KB181156

L.I.E. 영문학총서 제29권

영문학과 역사적 상상력

여홍상 편

L. I. E.-SEOUL

2013

이 도서의 국립중앙도서관 출판시도서목록(CIP)은 서지정보
유통지원시스템 홈페이지(http://seoji.nl.go.kr)와 국가자료공동목
록시스템(http://www.nl.go.kr/kolisnet)에서 이용하실 수 있습니다.
(CIP제어번호: CIP2013005473)

영문학과 역사적 상상력

르네상스시대의 인문주의자 필립 시드니(Philip Sidney)는 『시의 옹호』(*The Defense of Poesy*)에서 문학이 역사보다 우월한 글쓰기임을 피력한 바 있다. 역사는 파편적이고 우연적인 반면, 문학은 보편적인 가치를 재현함으로써 독자로 하여금 이상적인 것을 동경하고 추구하게 만든다는 것이 그의 설명이다. 물론, 보편적인 가치나 명제를 본격적으로 추구하는 학문으로 철학이나 형이상학을 꼽을 수도 있겠으나, 시드니의 경우에, 시―넓게 보아서 오늘날의 문학―는 보편과 구체의 학문을 대표하는 철학과 역사의 적절한 균형을 추구한다는 점에서 그 어떤 학문보다 우월한 영역으로 이해되었다.

그러나 후기구조주의, 해체비평, 신역사주의, 탈식민주의 등과 같은 일련의 문학비평이 1980년대 이후 본격적으로 풍미하면서 인문학계에 있어서 문학과 역사에 대한 통념은 더 이상 당연한 것으로 여겨지기보다는 다분히 의문시되었다. 다시 말해서, 전통적으로 문학이 추구한다고 믿었던 인문주의적인 가치, 미적인 질서, 유토피아적 비전은 여러 가지 측면에서 허구이거나, 특정 집단의 이해 혹은 권력 유지를 위한 이데올로기적인 기제로 비쳐지기 시작하였다. 문학 텍스트는 더 이상 우리가 우러러보며 존경을 표하는 정전이 아니라, 은연중에 권력의 기제로 봉사하고 있으며, 문학이 승인하는 윤리적 가치나 미적인 질서 역시 보편적이기보다는 특정한 이해나 가치 혹은 집단과 결부되어 있으므로, 문학텍스트는 이런 사실들을 증명하는 사례들(case histories)이라는 것이 요즘 비평의 대체적인 논지다.

새로운 인식의 패러다임 변화와 함께, 역사에 대한 이해도 달라졌다. 역사학자 헤이든 화이트(Hayden White)가 지적하듯, 이제 역사란 단순한 사실들(facts)의 나열이나 제시가 아니라, 문학과 마찬가지로, 비유와 은유를 사용하는 언어구조물로, 문체의 선택, 어휘 혹은 문장 배열을 통해 의미를 만들어가는 담론(discourse)의 구성물로 정의되고 있다. 이에 따라서, 문학과 역사를 구별하는 오래된 벽이 조금씩 허물어지면서, 이 두 인문학분야 간의 대화와 소통이 그 어느 때보다도 활발하게 이루어지고 있다는 것이 영문학계의 현재 상황이자 추세다.

앞에서 지적한 새로운 패러다임이 주류로 자리 잡은 현 상황에서, '역사와 문학'이라는 주제로 엮인 이 논문집은 이런 현대 비평의 패러다임 변화와 맥락을 같이한다. 더구나, '여홍상 교수 회갑기념 논문집'으로는 이보다 적절한 주제도 없을 것이다. 그는 1994년에 고려대학교 영어영문학과에 부임하면서부터 줄곧 '역사와 문학의 경계 허물기'를 강조해온 분이기 때문이다. 20여 년 전 당시만 해도 비교적 생소했던 신역사주의자들, 가령, 미하일 바흐친(Mikhail Bakhtin), 미셸 푸코(Michel Foucault), 제롬 머갠(Jerome McGann) 등의 학문적 업적들을 강단과 학계에서 적극적으로 소개하셨고, 그들의 학문적 성과를 한국 영문학이라는 특수한 상황에 맞게 수용하고 발전시키는 데 꾸준한 노력을 경주하고 계신 분으로서, 특히 바흐친의 문학이론과 문화이론을 국내에 정착시킨 장본인이 바로 여홍상 교수라는 사실은 그 누구도 부인 못할 참으로 대단한 업적이라고 아니할 수 없겠다.

　이 책은 여홍상 교수의 회갑을 축하하고 이를 기념하기 위해, 그간 선생님과 함께 공부하면서 귀한 사랑, 소중한 가르침을 받았던 제자들 혹은 지인들이 다시 한 번 스승과 더불어 '아름다웠던 학창시절을 떠올리며 즐겁게 마지막 과제를 해보자'는 취지로, 글을 통해 오랜만에 한자리에 모여 기어이 결실을 맺은 이 세상에 하나밖에 없는 아주 귀하디귀한 열매다. 이를 계기로, 제자들 역시, 여홍상 교수의 최대화두, '문학과 역사'라는 주제를 다시금 되짚어보고 성찰의 시간을 가져본 참으로 귀하고 뜻 깊은 시간이었다. 이 책에 논문을 기고한 연구진들은 모두 여홍상 교수의 지도하에 학위논문을 썼거나, 대학원 세미나 혹은 학회 등을 통해서 학문적인 인연을 맺고 쌓아온 사람들이다. 따라서 여홍상 교수가 신역사주의적인 관점에서 소개한 '문학과 역사'라는 주제의식이 마땅히 이들의 지적성장과 학문적 경력에 자연스레 녹아들어 다양하게 분화되고 발전되었을 것이다. 그리고 이런 분화와 발전 과정에서 문학비평의 새로운 전망이 탄생한다. 이 책에 실린 논문들은 신역사주의적인 비평 틀에 안주하지 않고, 페미니즘과 탈식민주의 같은 새로운 문학적 기류 혹은 정신을 포용할 뿐만 아니라, 주제비평, 정신분석학과 역사비평의 화해처럼, 기존 비평 틀들의 발전적인 통합도 시도하고 있다. 이미 새로운 전망의 탄생을 예고하고 있는 것이다.

　아무튼, 이렇게 다양한 관점과 접근방식으로 맺은 이 열매가 모쪼록 달콤한 향기를 풍기어 더욱 새롭고 향긋한 열매의 탄생으로 이어지는 계기가 되기를 바라면서, 이 책에 실린 귀한 글들의 내용을, 각 논문이 일차적으로 다루고 있는 문학작품의 연대순에 따라 간략하게 소개하는 것으로 머리말을 갈무리하겠다.

먼저, 최재민의 논문("Puritan and Anti-theatricalism in Early Modern England")은 청교도들이 문학, 특히 연극을 혐오했다는 추정에 맞서, 청교도주의자 존 폭스(John Fox)의 『교회행정과 영웅적 인물들』(*Acts and Monuments*), 윌리엄 셰익스피어(William Shakespeare), 벤 존슨(Ben Jonson)의 문학작품 등을 통해서 르네상스시기 영국청교도들의 문학 혹은 연극에 대한 유연한 태도와 자세를 밝히고자 한다.

김천봉의 「『서정민요』와 워즈워스, 공감의 시학, 그리고 녹색기억」은 흔히 낭만주의 문학의 효시로 간주되는 『서정민요』 초판부터 4판까지의 출간과정을 윌리엄 워즈워스(William Wordsworth)의 '전성기'에 연계하여 살펴보고, 워즈워스 시의 특징을 '공감의 시학'과 '녹색기억'으로 규정, 1798년 초판의 내용을 중심으로 풀어내고 있다.

그리고 박우식의 「코울리지의 유토피아적 비전: 『노수부의 노래』와 항해공동체」는 사무엘 테일러 코울리지(Samuel Taylor Coleridge)의 『노수부의 노래』(*The Rime of the Ancient Mariner*)에 그려진 공동체의 항해과정에서 노예제도(무역)의 암시성을 발견하고 이상적 정치 공동체의 모습을 추적한다. 기독교 천년왕국 도래에 대한 기대가 좌절되고 만민동권정체의 실현계획도 실패하자, 코울리지는 문학작품을 통해 그런 유토피아적 비전을 재현했다는 것이 이 논문의 요지다.

전범수의 논문("Reading Poems in Their 'Place': Romantic Collection, Versions, and Self-Fashioning in Coleridge's *Fears in Solitude*")은 코울리지의 팸플릿 『은둔 속의 근심』(*Fears in Solitude*)에 수록된 작품들의 여러 수정본들을 비교한다. 「한밤의 서리」("Frost at Midnight") 등 이른바 "대화시"(conversation poems)가 표면적으로는 강력한 감정의 자연발생적인 넘쳐흐름이나 그 상실감을 주제화하는데 반해, 이 논문은 코울리지의 "명상적 서정시"가 역설적으로 수반하는 텍스트 자체의 변동성(instability)을 분석하고, 작품과 장르의 의미를 물적 형식으로부터 분리할 수 없다는 텍스트 연구(textual studies)적인 문제 제기가 낭만시 연구에 유효함을 밝힌다.

그리고 이 논문집의 주인공 여홍상 교수의 「배릿 브라우닝의 '저주'의 시학과 여성시인」에 따르면, 빅토리아조의 대표적 여성시인 엘리자베스 배릿 브라우닝(Elizabeth Barret Browning)은 「필그림 곳의 도망노예」("The Runaway Slave at the Pilgrim's Point")와 「한 나라에 대한 저주」("A Curse for a Nation")에서 노예제 문제를 신생국 미국에 내린 '저주'로 보고, 이를 여성흑인노예 혹은 여성 선지자—시인의 입장에서 신랄하게 고발하고 비판한다. 브라우닝은 다른 사회적 저항 시에서 다루고 있는 근대 서구 자본주의 사회가 처한 다양한 '저주'의 문제, 특히 '자유'를 표방하는 신생국 미국이 당면한 노예제 문제로 구체화하면서, 이를 "쓰고" 고발하는 것을 자신과 같은 여성시인이 감당해야 할 불가피한 시대적 사명으로 받아들이고 있음을 보여준다.

이혜지의 「빅토리아조 영시에 나타난 '타락한 여성'을 보는 각각 다른 시선들」은 단테 가브리엘 로제티(Dante Gabriel Rossetti)의 「제니」("Jenny"), 그의 여동생 크리스티나 로제티(Christina Rossetti)가 쓴 '타락한 여성들'을 다룬 시들과, 당시의 여성 운동가 어거스타 웹스터(Augusta Webster)가 매춘부를 화자로 내세워 쓴 「버려진 자」("A Castaway")를 통해서, 19세기 빅토리아조 영국사회의 '타락한 여자'에 대한 다른 시각들을 비교·조명하고 있다.

그리고 이만식의 「책, 텍스트, 텍스트성: 헨리 제임스의 『대사들』」은 해체론의 책, 텍스트, 텍스트성이라는 세 가지 개념에 근거하여, 헨리 제임스(Henry James)의 『대사들』(The Ambassadors)에 대한 '해석의 태생적 불확실성'을 넘어서는 한 틀을 구축하고자 한다.

전세재의 논문("Art and Nature in Yeats' *The Tower*")은 윌리엄 버틀러 예이츠(W. B. Yeats)의 미학적 성숙을 가장 잘 드러낸 작품으로 평가되고 있는 『탑』(*The Tower*)의 표제 시, 「탑」("The Tower")에 나타난 예술과 자연에 대한 주제적 접근을 시도한다. 기존비평에서 드러난 예이츠의 예술관과 자연관에 대한 의미의 고정적인 해석을 재점검함으로써 「탑」의 의미의 배회성을 고려한 해석을 시도하고 있다.

　그리고 이정화의 논문("Reconfiguring Race: Becoming "Black" in Jean Rhys's *Wide Sargasso Sea*")은 『드넓은 사가소 바다』에 나타난 식민지 인종역사의 문학적 변용을 다루고 있다. 영국의 식민지였던 도미니카에서 백인 노예주의 후손으로 태어나 서인도제도의 흑인문화를 동경한 리스가 어떻게 흑－백의 경계 가로지르기를 꿈꾸고 있는지를 중점적으로 살핀다.

　이석광의 논문("Fluidity: The Idea of City in *Secret Agent*, *Mrs Dalloway* and *Bleak House*")은 도시의 유기성·역동성이 어떻게 세 작품(『황폐한 집』·『비밀요원』·『댈러웨이 부인』) 속에서 유사하게 혹은 상이하게 나타나고 있는지를 살펴본다. 인물들이 도시에 반응하고 그 도시성과 유리될 수 없는 양상들이 지속성과 유기성으로 드러나면서 도시와 인물간의 관계가 지속성을 띄고 있다는 것이 논문의 주안점이다.

　마지막으로, 이종임의 논문("Fetishism, Allegory, and the War: Reading Septimus's Homoerotic Desire in *Mrs. Dalloway*")은 버지니아 울프(Virginia Woolf)의 문학 속에 깃든 정치적이고 사회 비판적인 알레고리의 충동을 탐색하고 있다. 주인공 셉티머스의 신경증으로 발현되는 물신숭배(fetishism)의 무의식적 동기를 분석함으로써, 셉티머스를 대영제국의 자기 분열적이고 모순적인 성(性) 이데올로기의 희생물일 뿐만 아니라, 그러한 이데올로기를 체현한 알레고리적 표상으로 조망하여, 서구 모더니즘 문학에 내재한 개인 심리와 역사 현실 간의 긴밀한 상호관계를 논구하고 있다.

여홍상 교수를 비롯하여 우리 열한 명의 연구진들 역시 각자의 자리에서 교수로서, 또 번역가로서, 학문적 업적을 쌓으며 학생들을 가르치고, 새로운 책도 내면서 열심히 각자의 영역을 구축해나가고 있다. 우리 연구진들의 오늘이 있기까지, 또 이 단행본을 기획하여 출간하기까지 아낌없는 조원과 성원을 보내주신 여홍상 교수께 다시 한 번 진심으로 감사드린다. 그리고 이 논문집에 참여한 모든 분들에게, 여홍상 교수님을 대신하여 상상으로나마 그분의 따뜻한 미소 한 자락과 더불어, '수고했네, 고맙네'라는 말을 전하며, 흔쾌히 출간에 응해주신 L.I.E. 출판사측에도 심심한 감사의 인사를 표한다. 이 세상 어디에서 무엇을 하며 어떻게 살고 또 어떻게 살아가든, 모두에게 늘 건강과 행복이 함께하기를 바란다.

필진 일동

목 차

Puritan and Anti-theatricalism in Early Modern England*

Choi, Jaemin

I . Conventional images of Puritans in literary history

In early modern historiography, puritan iconoclasm was often cited to prove the negative attitude of puritans toward theatrical activities in general. *The Idolatrous Eye*(2000) by Michael O'Connell is one of such examples. O'Connell argues in the book that the ascending power of

---

* This paper is revised from one of the chapters in my doctorial dissertation, *Theatricality, Cheap Print, and the Historiography of the English Civil War*, submitted to Texas A&M University in 2010.

puritans produced a fundamental change not only in the ways of worship but also of "epistemology and aesthetic values"(17). O'Connell characterizes the puritans' doctrinal and liturgical attacks against Catholic religious practices and masses in early modern times as "iconoclastic impulse", a strong inclination to wipe out visual images and dramatic apparatuses relying upon them(38). And this impulse, O'connell maintains, as the Reformation movement was on the rise and gaining power, started to move beyond the walls of Church to condemn the danger of image and its seductive power in secular settings as well. While identifying the increasing dominance of Calvinism as responsible for England's departure from visual culture(61), O'Connell also acknowledges the role of print culture whose steady growth, due to the support from puritans and humanists alike, gradually resulted in the replacement of visual-based, with word-based worship: "For Erasmus - and humanism more generally - 'Christ as text' replaces the painted, sculpted Christ. For succeeding reformers Christ's real presence as text would also eclipse his real presence in the visible, tactile Eucharist"(37).

Perhaps the most thought-provoking moment in this book, however, comes when he diagnoses the cultural movement of idolatry as the main cause for the disappearance of medieval plays -especially Corpus Christ plays- which took place on a regular basis in the regional centers such as York and Coventry. Corpus Christ plays, he points out, became the target of criticism by Reformers who saw in the plays the (misplaced) veneration of the body of Christ and fleshly images. In the eyes of Reformers, the religious plays were symptomatic of "the incarnational structure of late-medieval religion", which had sustained itself through the use of "images, relics, the cult of the saints, liturgical ceremony, sacraments" and others of similar kind(50). O'Connell continues to argue that "the antitheatricalism" from the Elizabethan to the Caroline period is the later development of iconoclasm that had shattered the traditions of medieval drama and it was this hatred and fear of image that finally brought to "the closing of the public theaters in 1642."

> I want to insist that the antitheatrialism of the period is a subset of the iconoclasm that begins about a half century before and continues unabated along with it. The suppression of the medieval drama should be understood as an iconoclast victory just as much as the destruction of rood screens, painting, and sculpture. An analogous, though temporary, victory would be the closing of the public theaters in 1642. (17)

Since I already talked in another journal paper about the ways in which to question the traditional interpretation of the 1642 parliament order, which have been cited over and over as a stellar example of Puritan's hatred of drama, I will not dwell on the issue of "the closing of the public theaters in 1642."[1] Instead, in the pages that follow, I want to focus on earlier instances of puritan iconoclasm before the civil wars, which O'Connell and others identified as detrimental to the development of early modern drama and theatricality.

---

1) See Jaemin Choi, "The Parliamentary Order of 1642 and Puritanism", *MEMES* 21.2: 261-73.

Although I do not entirely share O'Connell's view of iconoclasm, *The Idolatrous Eye* is an excellent book in the sense that it superbly illustrates how what appeared to be purely religious matter of iconoclasm served to make the dynamics of image and word radically different from those in the medieval times. O'Connell was quite right when he argued for the necessity of exploring the impacts of iconoclasm on the cultural areas rather than replicating the discussions in the same religious terms as used by Englishmen in the sixteenth century and "focusing narrowly on the question of idolatry"(58). But to attain more sophisticated understanding of the impacts of iconoclasm on cultural phenomena, it is not sufficient to name and cite some puritans or reformers who cried out against public theaters in London for their unhealthy influences on the spectators.

My point is not simply that there were equally impressive numbers of puritans in early modern England who endorsed theater as a tool of education and social reformation. John Bale's experimental biblical plays during the reign of Henry VIII, Philip Sidney's passionate defense of arts and drama in *Defense of Poetry*, John Fox's action packed narrative and his ingenious use of wood-cuts for dramatic effects in *Acts and Monuments*, the well-known sympathies of Thomas Middleton, Thomas Dekker and Richard Broome to military Protestantism and religious reforms as expressed through their dramatic works, John Milton's ingenious attempt to rewrite court masque genre in *Comus* are only a few of such examples. More important to consider, however, is the implied assumption in his book that the intention of one social group is powerful enough to determine the shift of ideological and aesthetic values in a certain historical time. This view is problematical because social practices, instead of being dictated by one powerful group, are always in the process of negotiation and struggle between various social groups. Historical documents clearly show that the Reformists since Henry VIII, when they held hegemony, used their political power to correct what they considered wrongful worship of God by removing ornamental objects from the church . But it is not always clear whether the removal of idolatrous images from Church and religious communities also guaranteed the suppression of the same kind in other cultural areas.

Tessa Watt's nuanced studies of early modern ephemeral print culture in *Cheap Print* and *Popular Piety* gives us a different picture of the cultural change in early modern times, which complicates the theory of the decreased vitality of the visual culture after the Reformation. While admitting that "much of the statuary and wall painting" in the church "had been removed or covered" by the order of religious and political authorities, she finds the continued and increased use of illustrations in cheap print materials such as ballads and pamphlets. Illustrations on the pages were usually treated differently from the paintings on the wall, because its relatively small size and its subordination to narrative functions made it difficult to consider "meditational objects in themselves"(167). The use of image for the purpose of education and propaganda was tolerated and to some degree encouraged. With detailed examples, Watt points out that "satirical pictures of the pope" and the grotesque images of Catholic church were popular "as late as the 1640s" (158). Watt also points out because of the improved technologies of wood cuts over the century that more woodcut images were able to be reproduced at cheaper price and this technological development enabled the increased consumption of images even to the level of less educated groups(148-50). One of the ramifications of her findings with cheap print culture was that the visual culture, though losing vitality in one social space, managed to stay alive in another by adapting skillfully to the changed circumstances. The demand to the visual was huge especially among the illiterate and semi-illiterate, and whether the radical Reformers liked the idea of using visuals or not, it was (and would have been) extremely difficult for one political or religious group to stop the traffic of image across every level of social interaction. Just as the theatrical energy, after the closing of public theaters in 1642, was displaced and led to the new development of theatricality-friendly media such as pamphlets and newsletters, we see the paralleled process of the displacement of images from one area to another in Watt's analysis of cheap images, in order words, a newly configured relationship between image and word under the climate of the Reformation.

When displaced from its base, visual images often did not retain the old function and form. John Fox's *Acts and Monuments* can be a good example that allows us to learn how a change of media involved more than superficial relocation of the images from one place to another. Described by Watt as having "achieved a status close to that of a second Bible", John Fox's *Act and Monuments* is one of the most important and influential books in the book history of England(Watt 90). "Nearly four time the length of the Bible", John King explains, "the monumental fourth edition is the most physically imposing, complicated, and technically demanding English book of its era"(1). Especially "the complexity of paratext and spectacular woodcut illustration" made the book "the best-illustrated English book of its time"(King 1). The illustrations in *Acts and Monuments* would certainly have helped the book to gain its popularity even among the illiterate and the semiliterate. Citing the historian J. H. Plumb, Richard Helgerson observed in *Forms of Nationhood*: "the Bible, *Acts and Monuments*, and *The Pilgrim's Progress*, 'often the only books which the illiterate, the semiliterate, and the literate poor even knew in any detail'"(287).

The illustrations in *Acts and Monuments* are impressive not simply because of the number of appearance but also because of their stark difference in style and form from traditional iconography of saints. As John King shrewdly comments, "unlike traditional saints, Foxean martyrs" in the illustrations "are recognizable people from all walks of life who are invested with neither supernatural powers nor the power of intercession between the human and divine. They range from lowly peasants to imputed faith informs ordinary individuals with a capacity to testify to their beliefs despite pain, suffering, and death, these woodcut portrayals provide visual models worthy of emulation by other believers" (9). The departure of Fox's book from traditional iconography is more apparent when we come to notice that Fox's woodcuts are much more realistic and mundane in the portrayal of the saints and religious events. Many woodcuts in *Acts and Monuments* contain execution scenes of the early protestant martyrs in the sixteenth century such as John Frith,

Hugh Latimer, and William Tyndale. In the scenes, the martyrs were usually surrounded by crowd, soldiers and their persecuting Catholic clergy(figure 1 and figure 2). By capturing the dramatic moment of execution that signifies the spiritual battle between Christian belief and anti-Christian power, the woodcuts exhort the readers to remember the martyr's heroic deeds and their invincible faiths rather than seek fruitlessly in their physicality the external signs of majesty and power that had been confirmed over and over in the traditional iconography of the saints.

<Figure 1: *Acts and Monuments*, Vol.2(1583), 1037>

¶ The Martyrdome and burning of mayster William Tyndall, in Flaunders, by Filford Castle.

<Figure 2: *Acts and Monuments*, Vol.2(1583), 1079>

The focus on heroic acts in a dramatic setting is continued in the depiction of St. Peter. St. Peter in the three-fold illustration of "A Table of the X. first Persecutions of the Primitive Church"(figure 3) did not receive a special iconic treatment when he appeared with dozens of Christians, who fell victims to extreme tortures and gruesome executions during the reign of "Tiberius, unto Constantius Emperours of Rome."

<Figure 3: *Acts and Monuments*, Vol.1(1583), 795>

Depicting luridly the physical violence and torture inflicted upon the Christians, the woodcut emphasizes the brutality of reality that Christians as a group had to endure over centuries for the sake of their faiths. The individuality of each believer is submerged to emphasize the collective battle between Christians and their enemies, which leads St. Peter to be recognized simply as one of them instead of an extra-ordinary individual. John King convincingly explains the Reformation aspect of the woodcut in the following way:

> Amidst an array of anonymous figures, only three portrayals of traditional saints [Laurence, Ignatius, Cassianus (added by me)] join St. Peter in the 'Table of the X. first Persecutions.' Because these figures depart from late medieval conventions, in certain respects, they call into question that the Foxe-Day program of illustration is 'iconic' rather than iconoclastic. Wholly absent are the iconic emblems that identify stylized representations of saints in pre-Reformation and Counter-Reformation stained glass windows, religious images, and book illustrations. [. . .] Inviting the pious gaze of devotees who look on them as intercessors between human divine, the static iconicity of hieratic images of saints who appear immune to pain and suffering is very different from the physical contortion, dynamic emotionality, and realism of Foxean woodcuts. (211-12)

Seen in this way, Fox's woodcuts show a different use of images, which sharply contrasts itself to traditional iconography sanctioned by Catholic traditions. Of course, I do not argue here that Fox's illustrations are the only model available for the printers and authors to model after in the sixteenth and seventeenth centuries. It is certainly plausible to imagine that Catholics, as a reaction to the removal of images from Church by the Reformers, took advantage of printed illustrations to extend rather than subvert their iconographic tradition. Nonetheless, the examples of the woodcuts by Fox and his publisher John Day are useful to remind us of that the changed dynamic between image and word in the post-Reformation England was not as simple as it might have appeared. As Tessa Watt and John King suggested, the number of images after the Reformation overall increased rather than decreased, though in a certain cultural and social venue the strict prohibition of the use of image was imposed.

II. Revisiting Anti-theatrical tracts:

When literary historians highlight the repressive measures by puritans with the evidence of broken stained glasses and deformed statues in the church, they cause us to overlook equally important changes happening in other cultural areas. As Benjamin famously noted in "The Work of Art in the Age of Mechanical Reproduction", what Reformers brought the end of life to was not images themselves but the mystic aura that were attached to them. According to Benjamin, the statues and images in the shrine or holy places were traditionally considered to have an aura because of their imagined authenticity." A particular object with aura was usually kept hidden from the spectators: "Certain statutes of gods are accessible only to the priest in the cella; certain Madonnas remain covered nearly all year round; certain sculptures on medieval cathedrals are invisible to the spectator on ground level"(225). The exhibition of the images to the public was strictly controlled for the sake of their "cult value." Reformers were able to destroy this cult value not largely by further restricting to use sacred images but by mass-producing and circulating them beyond church walls by means of print media.

In a similar way, puritans' distaste against Catholic theatricality, which O'Connell marshals to confirm their negative role in early modern drama, needs to be re-contextualized in order to reflect more dynamic interactions between word and image. O'Connell's analysis of how the fist generation of Reformation suppressed the medieval biblical drama in the name of idolatry is well argued and supported strongly with historical documents. After all, history shows us the rapid disappearance of biblical drama in regional centers after the supervision of Reformed clergy sent from London. But it is questionable whether anti-theatrical tracts against public theaters in post-Reformation England can be discussed in the same heading of massive Reformation movement. To argue for the continuing negative role of protestants/puritans in the fields of visual arts and drama alike in the latter sixteenth and early seventeenth centuries, O'Connell highlights the criticism of public theaters by religious writers such as John Northbrooke, Stephen Gosson, and William Prynne. By calling them "Puritan antitheatricalists"(13) and suggesting their harsh criticism of public theaters deriving from the concern of idolatry, O'Connell implicitly argues that each antitheatricalist shared the same political and religious ground, which led them to oppose theatrical performances. But when we examine the anitheatricalists' writings, we found each of them did not oppose theatrical performance in the same reason or purpose.

First, Northbooke's criticms of plays in *A Treatise*(1577?) is mainly written for spiritual advice to Christian youths who might misspend their past-time unworthy of the deity they worship. Written in a dialogue between allegorical characters, Youth and Age, this tract details many evil pastimes Christians should abstain from, and commercial plays are identified as one of many moral threats to avoid. Dancing, dicing, and plays are all evil inventions because they not only open the door to sinful desires but also deprive the opportunity of Christians to make the most of their leisure for godly purpose: "he [Christian] must nedes much more be inforced of Christian Knowledge and Charitie, to imploy his labours in bestowing those gifts which God hath given him to the profit of others than those philosophers, which knew not god alright in his word, through Jesus Christ." The concern of idolatry, as far as my reading goes, is not a reason to oppose theatrical performances. And the following lines spoken through the mouth of Age indicates much more flexible (and possibly complicated) attitude toward drama.

> **Age:** I think it is lawfull for a Scholemaster to practise his schollers to play Comedies, observing these and the like cautions. First that those Comedies which they shall play, be not mixt with any ribaudrie And filthyie termes and words (which corrupt good manners.) Secondly, that is be for learning and utterance sake, in Latine, and very seldome in Englishe. Thridly, that they use not to play commonly, and often, but verye rare and seldome. Forthlye, that they be not pranked and decked up in gorgeious and

sumptuous apparell in their play, fiftly, that it be not made a common exercise publikley for profit and gaine of money, but for learning and exercise sake. And lastly, that their Comedies bee not mixte with baine and wanton toyes of love. These being observed, I judge it tollerbalbe for scholler. (76)

The passage quoted suggests that Northbook approves the use of dramatic performances for education purpose, even though reluctantly. "As farre as good excercises and honest pastimes & plays does benefit the health of manne, and recreate his wittes", the Age argues that he does not oppose them(23). What he argues against is the abuse and misuse of the recreations, and as for him the commercial plays was dangerous because it served as a seedbed for the growth of "thousande mischiefes and inconveniences"(57).

On the other hand, Stephen Gosson's antitheatrical tracts, *The Schoole of Abuse*(1579) and *Playes Confuted in Five Actions*(1582), narrow their focus to target commercial theaters rapidly emerging in London during the time. Although both antitheatrical tracts are serious pleas for closing down theaters, the latter, written as a response to Thomas Lodge's defense of theaters (i.e. *A Reply to Stephen Gosson's Schoole of Abuse*), is distinguished from the former by its more forceful attacks against theaters and its grounding of the accusations heavily on what he believes to be Christian principles and faith. Especially the charge of idolatry against theaters is explicit only in the latter, whereas in *The School of Abuse*, Gosson often justifies his criticism of theaters with the citation of heathen Humanists such as Plutach, Maximus of Tyre, and Ovid.

In *Plays Confuted in Five Actions*, Gosson throws every possible negative charge against the stage plays to o convince his view that "Stage Playes are the doctrine and invention of the Devill"(sig. B4r). He bemoans, for example, how everyday exposure to stage plays feminized the once great warriors of England, and also condemns the theaters for mixing men and women in the same place to the risk of sexual promiscuity. Unlike Northbook's polemical writing, Gosson repeatedly evoked the danger of stage plays by associating them with "idolatry." Stage plays are idolatrous because it originated from the worship of heathen gods: "whatever was consecrated to the honour of the Heathen Gods was consecrated to idolatrie"(sig. B4v). The "glittering" pomp and the unbridled display of emotions on the stage also make the commercial plays guilty for the charge of idolatry. In Gosson's eyes, the flattering sight, the "wanton speech", and the "pomp" of vainglory are idolatrous because they excite the gaze and admiration of the playgoers, eventually letting them forget their Christian faith and duty.

> Shall wee that write of the law, of the Prophets, of the gosphel, of God himself, so looke, so gaze, so gape upon plaies, that as men at the stare on the head of Medusa are turned to stones, wee freeze unto ease in our owne follies? . . . let the commandements of our God which are autentike; let the care of our souls that shall be judged; let the threatening of him that detesseth hypocrisie, pompe, and vanitie, so strike our hearts, that we tremble [as] shiner

at the remembrance of folly past, gather up our wittes onto amending. (sig. E7v-E8r)

Behind Gosson's antitheatrical rhetoric lays the assumption that the pursuit of sensual pleasure and immediate gratification is the typical way in which heathen gods have been worshiped. Thus, the criticism Gosson leveled against stage plays for the reason of heathen origins is indiscriminately blended with the biting accusations against the seductive power the theater wields over the minds of its audience. This problematic reasoning went further when Gosson refused to distinguish the historical and institutional difference that set apart Elizabethan secular playhouses from the religious theaters in Ancient Greek and Roman times. If the history of ancient Greek and Roman confirmed that theaters in ancient times had been used to the honor of heathen gods such as Venus and Jupiter, Gosson reasoned that those Elizabethan playgoers could not be different from the worshippers of heathen gods because they joined the same heathen rituals commonly called 'theaters' to fulfill bodily pleasure and gratification. The commercial Elizabethan theaters thus in the view of Gosson became the place of worship for heathen Gods.

What is idolatry but to give that which is proper to God unto them that are no gods? What is so proper unto God as worship to his majesty; Trust, to his strength; Prayer, to his help; Thanks to his goodness? Setting out the Stages playes of the Gentiles, so we worship that we stoop to, the name of heathen idols; so we trust that we give ourselves to, the patronage of Mars, of Venus, of Jupiter, of Juno and such like; so we pray, that we call for their succour upon the stage; so we give thanks for the benefits we recive, that we make them the fountains of all our blessings, wherein, if we think as we speak, we commit idolatry, because we bestow that upon the idols and the heart, honouring the Gods of the heathens in lips and in gesture, not in thought, honouring the Gods of the heathens in lips and in gesture, not in thought, yet it is idolatry; because we do that which is quite contary to the outward profession of our faith. (Gosson sigs. D7v-D8r)

Although Gosson used the word 'idolatry' as a shibboleth to reveal the satanic nature of commercial London theaters, his antitheatrical tracts does not clearly show what exactly his position is on the issue of the visual. Bodily sensations excited through the gaze on the theatrical events were condemned by him as heathenish and idolatrous. But it is not entirely clear the reason of them being idolatrous is because they were the ancient form of ritual for heathen gods or because they were disturbingly visual and emotional. At least in the biographical context, Gosson showed that he had no qualms about allowing theatrical elements at Church service. Contrary to what we commonly believe, Gosson was not a puritan. As Arthur Kinney pointed out, when Gosson was appointed vicar of St Ablan's Church in 1586, he "was loyal to the Book of Common Prayer, wore a surplice, used the sign of the cross at baptism, and conducted the service at a proper font in the front of the church-easy assumptions that he was a puritan have no foundation in fact"(*Oxford Dictionary of National Biography*).[2] In his 1598 sermon *The Trumpet of Warre*, according to Héloïse Sénéchal, Gosson went further and called puritans as "vermin", distinguishing his humanistic education at the King's School in Canterbury and Corpus Christi College, Oxford against the "doctrinal tub-thumping"of puritans(Sénéchal 2). It should be also noted that Gosson tried his hand seriously at drama before publishing his antitheatrical tracts. Though these plays are no longer available, the plays appeared to enjoy some success in his time that brought them to the commercial stage. Interestingly, Gosson did not suppress his misspent past in his antitheatrical writings. Instead, "To the Reader" both in *The Schoole of Abuse* and *Playes Confuted in Five Actions* explicitly represents it as folly of his life before the new birth by the grace of God. In this sense, Goosson's antitheatrical pamphlets "could be described in terms of an evangelical conversion"(Lake & Questier 433), a form of writing that recants one's past sinful deeds from the viewpoint of a Christian.

Gosson's attempt to self-fashion himself as a champion of Christian morals appears to be not entirely spiritually motivated. He dedicated each of his pamphlets to powerful national leaders, respectfully to Philip Sidney and Francis Walsingham, probably in the hope of gaining the courtly patronage. It is not easy to determine how much his pamphlets helped him move up the social ladder but his allegiance with Francis

---

2) For further detail about the misapplication of the term puritan to Gosson, see Héloïse Sénéchal, "The Antitheatrical Criticism of Stephen Gosson", *Literature Compass* 1(2004), pp.1-2.

Walsingham in his later years suggested a positive role of his pamphlets in the process of career-building. Regardless of the impact of his antitheatrical tracts upon his later life, it is noteworthy that they certainly generated quite a public attention that Northbrook's polemic failed to. As frequently cited by literary historians, *The School of Abuse* triggered a spate of pro -and anti- theatrical writings. Thomas Lodge, an Elizabethan dramatist and writer, answered shortly to *The School of Abuse* with *Honest Excuses, A Defense of Poetry, Reply to Gosson*. The exchange of words between these two over the nature of theaters continued with the subsequent publication of *Playes Confuted in Five Actions*(1582) and *An Alarum Against Usurers*(1584). Not only these two writers but also others such as Antony Munday and Thomas Heywood joined the battle either to approve or disapprove the role of public theaters. The years from 1579 to 1612, when these polemical writings were dramatically increased, was also marked by the vibrant development of commercial theaters in the London. Starting with the year of 1576, when Burbage built the first permanent theater, Theater, in Shoreditch, a northern suburb just outside London, a host of major commercial theaters such as the Swan (1595), the First Globe(1599), the Hope(1614), and the Second Globe (1614) began to emerge in a very short span of time. The rapid expansion of commercial/public theater in London was very likely to be alarming to some of the clergy, not simply because the plays on stage were immoral or un-Christian but also because commercial theaters took away their audience (i.e. laymen). In other words, although antitheatricl writers attacked public theaters on the ground of moral or religious principles, the sudden rush of their writing at the time when the commercial theater increased its number suggests that their concerns were also professional and pragmatic. Especially the fact that playing was allowed on the Sabbath led the clergy to more strongly attack the commercial theaters. As Peter Lake points out, the contrast often drawn by antitheatrical writers "between full theatres and empty churches . . . suggests powerfully that what was at sake here was competition for an audience-if not for exactly the same audience, then certainly overlapping audiences"(429).

Contrary to the heated responses from the pulpits and the playwrights that followed after the publication of Gosson's antitheatrical tracts, William Prynne's anti-theatrical writing did not generate a similar level of enthusiasm on either side. Critics have often ignored this lack of interest and instead used his antitheatrical writing as evidence of the continuing tension between church and theater, which eventually, they argued, culminated in the civil war crisis. But this linear reading of the early modern dramatic history fails to consider the dialectic interactions between drama and religion that had been developing over the two decades since the establishment of commercial theaters. Martin Butler, the rare exceptional voice against this oversimplified opposition between Puritanism and theater, points out in the following the significant improvement in the condition of commercial theater during the reign of King James and Charles I, which served to weaken the base of "puritan militancy against the stage":

The reasons for the decline of puritan militancy against the stage are not far to seek. Although buttressed by disapproval of the hypocrisy of acting and by reference to the biblical prohibition against men dressing as women, the principal grounds of hostility had always been the social dangers the theaters posed and the fact that they did not observe the Sabbath. By the 1630s, both these complaints had largely been answered. With the rise to importance of the 'private' playhouses, theater-going had become a much more respectable activity. Three 'public' stage still performed, but the theaters did not pose exactly the same social menace that they once had seemed to; Prynne was not attacking quite the same rowdy, volatile institution that Gosson and Stubbes had been. Secondly, when James had forbidden Sunday playing, and Charles confirmed his order, a fundamental point of friction was at once removed, and to this we should probably ascribe much of the puritan acceptance of the theaters as a permanent element in weekday life. (Butler 97)

It is in this historical context that we need to distinguish the increasing attack of Royal masque and the court's Sunday performance by the pamphleteers during the 1630s and 1640s from the criticism of emerging commercial theaters in the previous generation. In other words, the former was not so much concerned with theatricality in general as critics argued as with the court culture and politics which was getting alarmingly closer to Catholic ideals and practices. The relationship between theatricality and Protestant Christianity in post-Reformation England was much more complicated than we moderns would normally imagine. Bryan Crockett markedly point out in *The Play of Paradox* that the sermon in the seventeenth century was more theatrical than that of the later centuries. Removed from the theatrical devices that had once supported church service, the Reformation sermon had to take on "some of the ritual force, some of theatricality that it was meant to replace"(Crockett 33). The preachers like Playfere, Andrews, and Donne tried out a variety of rhetorical and literary skills to exploit the potential of the spoken word(Crocket 63). By using the ingenious conceit and literary figures and by casting the cosmic struggle between the antichrist and the Christ in dramatic terms, the preachers endeavored to capture the wonder of the divine and to make the experience of God all the more fresh and transformative. Crockett explains this dramatic experience both in the pulpit and the stage with the notion of "the cult of ear."

> If a driving force for a playwright like Jonson as well as for the Protestant reformers was a distrust of the Catholic cult of the eye, one recourse of both playwrights and preachers was what I have called the cult of the ear. Such a situation, in fact, helps to explain the explosive development of verbal art forms during the last quarter of the sixteenth century. The period is unquestionably informed by a pervasive desire to exploit the artistic potential of the spoken word. (Crockett 69)

III. Conclusion: The Cult of Ear

The "cult of ear" affirms and celebrates the presence of the Word, which the players and preachers have to bring to life by asking the audience to look inwardly the spiritual origins of their utterances. To invent the cult of ear, Renaissance drama deployed a different of rhetorical tactics and theatrical effects. For example, the bare stage only with a few key props created the impression of simplicity, which helped the audience to be more focus on the verbal performance of the players. The audience ability to relish the rhetorical flourishes and to follow the imaginary journey conveyed through poetic language can be attested by the strong presence of lengthy soliloquy, which makes Renaissance drama so unique from others. Furthermore, the Reformation imperative to adopt a suspicious stance toward the visual was exploited as often as ridiculed for dramatic effect in Renaissance drama. The famous Hamlet's speech below, which follows when Queen Gertrude chides his prolonged mourning the loss of his father, offers a relevant case in point.

> **Queen:** Why seems it so particular with thee?
> **Hamlet:** Seems, madam? nay, it is. I know not "seems."
>   'Tis not alone my inky cloak, good mother,
>   Nor customary suits of solemn black,
>   Nor windy suspiration of forc'd breath,
>   No, nor the fruitful river in the eye,
>   Nor the dejected haviour of the visage,

Together with all forms, moods, shapes of grief

That can denote me truly. These indeed seem,

For they are actions that a man might play,

But I have that within which passes show-

These but the trappings and the suits of woe. (1.2. 76-86)

Hamlet's expression of his grief is exaggerated and dramatic. But the dramatic feeling of the passage is peculiar because it comes out of the recantation rather than the affirmation of ceremonial posture. As a Reformed mourner, Hamlet positions himself as a person who scorns artificial and dramatic gestures - "I know not 'seems'"-- often practiced in a traditional funeral. By redefining the traditional form of grief -- "inky cloak", "forc'd breath", "dejected haviour" and so on -- as something pretentious and by portraying it as falling short of expressing his inner grief, Hamlet divorces his grief from external ceremonious practices and transforms it into the eternal loss beyond the reach of any external marks.[3]

Hamlet's speech is a small example of how dramatic effect can be created without subscribing itself to the cult of visual culture. By simultaneously evoking the visual images and at the same time recanting them as something vain and ungodly, the Reformed writer can maintain dramatic effects. Milton's ambivalent engagement with Satan and Eve as

---

[3] For the impacts of the Reformation upon mourning practices and the expression of grief in early modern England, see Patricia Phillippy, "Map of Death", *Women, Death, and Literature in Post-Reformation England* (New York & Cambridge: Cambridge University Press, 2002), pp.15-48.

the seductive visual image in his epic, and George Herbert's self-cancelling gesture in his verse by arguing for the supremacy of plain words over crafted language would be more of the same practice.[4] More importantly, however, the resistance against the visual also serves as a driving force to move Renaissance drama forward. In other words, instead of functioning as an impediment to the development of Renaissance drama, the iconoclastic impulses helped drama improve itself and move onto another level. Ben Jonson, for example, in "The Epistle" of Volpone(1607), illustrates how his drama-now morally fortified- can be immune from the censure of antitheatricalists. In the epistle, Jonson made some concession to the antitheatricalists by admitting that the "stage poetry" of these days was "nothing but ribaldry, profanation, blasphemy, all license of offence to God and man is practised"(34-35). Mimicking the voice of antitheatricalists, Jonson continues to harp on the current corruption of dramatic works but insists that his dramatic work is a far cry from scurrilous writings now in fashion. He claims, he studiously "stand[s] off from" the follies of theaters of his age and tries to demonstrate in his "latest work" a reformed drama by bringing back "not only the ancient forms, but manners of the scene-the easiness, the propriety, the innocence and, last, the doctrine which is the principal end of poesie: to inform men in the best reason of living"(96-97, 100-102).

---

4) See, for example, Helen Wilcox, "George Herbert", *The Cambridge Companion to English Poetry, Donne to Marvell*, ed. Thomas N. Corns(Cambridge University Press, 1993), pp.183-99; Christine Froula, "When Eve Reads Milton", *Canons*, ed. Robert von Hallberg(Chicago: University of Chicago Press, 1984), pp.149-75; Linda Gregerson, *The Reformation of the Subject* (Cambridge University Press, 1995), pp.148-63 & p.206.

One may argue that Jonson's reformed drama is not so much concerned with iconoclasm as with humanistic learning, especially when we consider that it was Ben Jonson who often ridiculed puritans' excessive zeal against heresy or idol in his own plays such as The Alchemist and Bartholomew Fair. But we should not allow our perception of Ben Jonson as a Catholic who was an outspoken opponent to puritan reforms to distort our observation. The opening scene of *Volpone*, which lavishly depicts Volpone's ceremonial worship of his gold, is written in explicitly religious terms (e.g. "Saint", "dumb God", "heaven", "hell", "relic of Sacred Treasure") to reflect the issue of iconoclasm and to admonish the danger of visual pleasure. Jonson's distrust of the visual is also found in another play, *The Staple of News*(1625), when he addresses to the playgoers who busily runs after gossips, fashion trends and cheap curiosities in the satirical voice of Prologue. In a bid to correct the wrong expectation of the playgoers, Prologue said the following:

> For your own sakes, not his, he [the playwright] bade me say,
> Would you were come to hear, not see, a play.
> Though we his actors must provide for those
> Who are our guests here in the way of shows,
> The maker hath not so. He'd have you wise
> Much rather by your ears than by your eyes, ("The Prologue for the
> Stage", 1-6)

In defending his authorship as playwright, it was crucial for Jonson to downplay the role of the visual in drama. When speaking about royal masque whose popularity heavily hinges on the opulent display of rich costume, elaborate scenery and scenic effects, Jonson insists in *Hymenaei* (1606) that the poet is superior to the painter by arguing "the outward celebration or show" is "but momentary and merely taking", whereas "the inward parts, and those grounded upon antiquity and solid learning" are "impressing and lasting." By presenting his work as something more than the collection of visual images, Jonson tries to distinguish his authorship as opposed to other competitors including Inigo Jones.

Although less explicit in the case of Shakespeare's *Midsummer Night's Dream*(1600), Shakespeare promotes a similar argument about aesthetics by encouraging the audience to compare his own play to the play within a play by "rude mechanicals." The play within a play staged by Bottom and his fellows on the nuptial night of Theseus and Hippolyta resembles in many different ways a medieval drama tradition. The play is performed not only by non-professional actors but also against the festive backdrop of May Day and midsummer(Williams 58). The love story of Pyramus and Thisbe is certainly not a typical subject commonly found in a mystery cycle, but the story represents a folktale told from one generation to another, perhaps one of the familiar romances that Shakespeare and his audience were likely to have known in their childhood. By having the mechanicals perform the love story everyone easily connects to, Shakespeare is able to bolster the semblance of community encompassing age and social class.

It is important to note, however, that Shakespeare is not entirely approving the performance by Bottom and his friends. Characterized by malapropism, misplaced pause and accent, and a lack of understanding of dramatic convention, the mechanicals' performance of Pyamus and Thisbe becomes a ludicrous parody of tragic love drama. As Louis Montrose points out, the fault of their performance is all the more visible because the emerging professional actors, the Lord Chamberlain's Men in this case, enacted this comical scene, thereby forcing the audience to compare their superb performance to that of amateur actors who had gradually disappeared from the map of England(81-82).

In particular, the contrasting endings performed by Bottom and by Puck demonstrate the sharp difference between amateur and professional acting. Bottom and his fellow actors end their performance with a "Bergomask dance" instead of an epilogue because Theseus thought it was a more appropriate form of ending for their performance (5.1.348-53). The visual and bodily show by Bottom and his fellows is certainly an interesting juxtaposition to the masterful ending by Puck that concludes the whole story. As an epilogue of *Midsumer Night's Dream*, Puck's speech clearly shows what lacks in the performance by the Athenian mechanicals. With its rhyming couplets and simple words, most of which have one or two syllables, Puck's epilogue accomplishes ritualistic or choral effects, making the transition from the green world to the real one less abrupt and jarring. By asking the audience to consider the play as an "idle" "dream", if they are "offended" by it, Puck extends the governing theme of the play -- dream and imagination -- even at the last moment of the show, offering one more chance for the audience to reconsider the nature of life, theater, and dream and the relationship between them(5.1.423-38). Puck's eloquent speech to weave seamlessly between these three different worlds and his ability to give "to aery nothing/ a local habitation and a name" is a clear indication of how competent Shakespeare and his fellow actors were in the making of drama(5.1.16-7). If the mechanicals' apology for their performance in their prologue(5.1.108-18) unwittingly reveals their ignorance of dramatic conventions, the epilogue by Puck displays the confidence of Shakespeare and his colleagues with dramatic language and form.

Shakespeare's masterful moment to create the illusion of ending purely by means of language showcases a stellar example of how dramatic performance can be more than visual spectacle and the trappings of image. Given the historical context of iconoclasm and anti-theatrical movement, it also signifies an attempt of Renaissance playwrights and actors to develop a different kind of drama, whose poesis is not entirely dependent on visual image and sensational manipulation. Of course, there is a fundamental paradox in this anti-theatrical aesthetics because the critical stance toward sensory images always already involves its use of them. We will look further the significance of this paradox in the next section by looking at how the movement of iconoclasm during the English civil wars simultaneously fueled not only the discourse of antitheatricality but also the theatrical spectacle of varying kinds. By examining the development of iconoclasm during the civil wars, we will be able to reach more in-depth understanding of the dynamic between antitheatricalism and Renaissance drama.

In this paper, we have examined the common assumption that the iconoclastic movement of puritans led to the suppression and the eventual demise of Renaissance drama. To challenge this assumption, we started our discussion with the question of whether cultural changes can be explained solely by the dominance of one group over others. Although bare, white walls of the church devoid of ornaments testify the powerful force of iconoclasm, the proliferation of scared images in other cultural domains, especially in cheap print, demonstrates that cultural changes involve complicated negotiations among interesting groups, yielding process of transformation that cannot be attributed to the hegemony group alone. As O'Connell argues extensively in his book, antitheatrical tracts in Elizabeth and Jacobean period have been widely described as another war of iconoclasm led by puritan polemicists. By revisiting some of the famous antitheatrical tracts by Gosson and others, we are now able to show that the antitheatrical writers were not a homogenous group that was sharing a specific political or moral agenda. They were loosely connected in the hostile response to the burgeoning commercial theaters but this hostility, despite their moralistic rhetoric, were largely fuelled by practical and professional concerns. Of course, it would be quite misleading to deny that there were actually some puritans who condemned drama and its institution primarily from their religious or moral conviction. But my point is that the impact of their ideological position on dramatic literature and activities has been exaggerated and exploited to justify, instead of questioning, the rigid dichotomy between drama and Puritanism. Both commercial drama and puritans represented in Elizabethan and Jacobean period new cultural and social phenomena, the visible signs of change after the Reformation that Londoners started to recognize but, due to their rapid evolution, felt it difficult to grasp their nature. Just as "puritans" had to construct their social and cultural identity by re-appropriating the already established cultural and technical resources, much of which were deeply informed by Catholic culture and aesthetics, secular drama has to secure its autonomy from religious authorities by working with, not posing a threat to them.

One of the serious consequences that stems from the misleading opposition between early modern drama and Puritanism is to obscure the positive contribution of antitheatricalism to the evolution of early modern drama. Typically caricatured as cranky old men or religious fanatics who were incapable of accepting changes of time, the antitheatrical writers were arch villains in the early modern drama history and their prejudices were considered obstacles that blocked the progress. Ben Jonson's and Shakespeare's dramatic works, however, illustrate that early modern dramatists themselves were often willing to adopt and internalize rather than flatly refuse the discourse of anti-theatricalism. The discourse was an effective rhetoric when an individual dramatist was trying to make distinction from other competitors or from the previous generation of the dramatists whose aesthetic practices had been increasingly viewed as problematical in Post-Reformation England. As Alan Ackerman points out, "theatre and performance studies have not been willing to see in anti-theatricalism anything but a threat and have therefore tended to defend jealously the value of theatricality against anyone who dares to look at it critically" (281). For more meaningful dialogue between drama and its criticism, "this defense mechanism must be overcome in order to recognize the productive function of anti-theatricalism in a wide range of phenomena, from modernist closet drama to total theatre"(Ackerman 281). Our discussion of iconoclasm and Renaissance drama, I hope, is one answer to Ackerman's call for rethinking of antitheatricalism.

<Mokpo National University>

Works Cited

Benjamin, Walter. "The Work of Art in the Age of Mechanical Reproduction." *Illuminations*. Ed. Hannah Arendt. New York: Schocken, 1969.

Butler, Martin. *Theatre and Crisis, 1632-1642*. New York: Cambridge University Press, 1984.

Crockett, Bryan. *The Play of Paradox*: *Stage and Sermon in Renaissance England*. Philadelphia: University of Pennsylvania Press, 1995.

Gosson, Stephen, *Playes Confuted in Five Actions*. London: 1582.

Helgerson, Richard. *Forms of Nationhood : The Elizabethan Writing of England*. Chicago: University of Chicago Press, 1992.

John, Fox. *Acts and Monuments*. London: 1583.

Jonson, Ben. "Hymenaei", *Inigo Jones: The Theatre of the Stuart Court*. Ed. Stephen Orgel. Vol. 1. London: Sotheby Parke Bernet, 1973.

_____. *The Staple of News*. Regents Renaissance Drama Series. Ed. Devra Rowland Kifer. Lincoln: University of Nebraska Press, 1975.

_____. *Volpone, or the Fox*. Ed. R. B. Parker. Manchester: Manchester University Press, 1983.

Kemp, Geoff. 'Twyn, John(bap. 1619, d. 1664)', *Oxford Dictionary of National Biography*, *Oxford University Press*, Sept 2004; online edn, Jan 2008 (http://www.oxforddnb.com/view/article/68209, accessed o7 Jan. 2013).

King, John N. *Foxe's Book of Martyrs' and Early Modern Print Culture*. Cambridge ; New York: Cambridge University Press, 2006.

Lake, Peter, and Michael C. Questier. *The Anti-Christ's Lewd Hat*: *Protestants, Papists and Players in Post-Reformation England*. New Haven: Yale University

Press, 2002.

Montrose, Louis A. "A Kingdom of Shadows." *The Theatrical City : Culture, Theatre, and Politics in London, 1576-1649*. Eds. David L. Smith, Richard Strier and David M. Bevington. New York: Cambridge University Press, 1995.

Northbrooke, John. *A Treatise Wherein Dicing, Dauncing, Vaine Plaies or Enterludes . . . are reprov'd*. London: 1577?

O'Connell, Michael. *The Idolatrous Eye : Iconoclasm and Theater in Early-Modern England*. New York: Oxford University Press, 2000.

Sénéchal, Héloïse. "The Antitheatrical Criticism of Stephen Gosson." *Literature Compass* 1(2004).

Shakespeare, William. *The Riverside Shakespeare*. Eds. G. Blakemore Evans and J. J. M. Tobin. 2nd ed. Boston: Houghton Mifflin, 1997.

Watt, Tessa. *Cheap Print and Popular Piety, 1550-1640*. Cambridge Studies in Early Modern British History. New York: Cambridge University Press, 1991.

Williams, Penry. "Shakespeare's a Midsummer Night's Dream." *The Theatrical City: Culture, Theatre, and Politics in London, 1576-1649*. Eds. David L. Smith, Richard Strier and David M. Bevington. New York: Cambridge University Press, 1995.

『서정민요』와 워즈워스, 공감의 시학, 그리고 녹색기억

김 천 봉

Ⅰ. 『서정민요』와 워즈워스

　『서정민요』는, 1798년에 익명으로 출간된 초판(*Lyrical Ballads, With a Few Other Poems*)부터, 1800년에 윌리엄 워즈워스(William Wordsworth, 1770~1850)의 이름으로 그의 유명한 「서문」("Preface")과 자작시 1권을 더해 2권으로 출간된 2판(*Lyrical Ballads, With Other Poems, in Two Volumes*), 1802년에 2판의 여러 시와 「서문」을 수정보완하고 "시어"(Poetic Diction)에 관한 내용을 부록(Appendix)으로 첨가해서 출간된 3판(*Lyrical Ballads, With Pastoral and Other Poems, in Two Volumes*), 그리고

1805년에 2~3판과 별단 다르지 않는 내용으로 출간되어 문학사가나 비평가들로부터 거의 주목받지 못한 마지막 4판까지, 최소한 4개의 판본이 존재한다.[1] 특히, 『서정민요』 초판이 출간된 1798년은 영국 낭만주의뿐만 아니라, 유럽 및 미국 낭만주의의 시발점으로까지 간주된다. 그만큼 이 시집이 서양문학의 새로운 흐름에 크게 기여했다는 반증일 것이다. 그러나 이런 평가는 사실 후대의 결과론적 판단이고, 초판은 기존의 영시에 일대혁명을 야기하려는 특별한 의도나 기획에 의해 출간된 게 아니었다. 익히 알려져 있다시피, 단순히 윌리엄 워즈워스, 도로시 워즈워스(Dorothy Wordsworth, 1771~1851)와 사무엘 테일러 콜리지(Samuel Taylor Coleridge, 1772~1834), 세 사람의 장기 독일여행 경비마련이 목적이었다.

브리스틀(Bristol)에서 인쇄된 초판이 여러 형태의 판본으로 남아있는 것만 봐도 『서정민요』 초판이 얼마나 어수선한 분위기에서 무계획적으로 출간되었는지를 충분히 짐작할 수 있을 것이다. 마크 리드(Mark Reed)에 따르면, 현재 남아있는 브리스틀 판본이 14권인데, 그중 3권에는 「류티」("Lewti or the Circassian Love Chant")가 실려 있고 「나이팅게일」("The Nightingale, A Conversational Poem")과 머리말 「광고」("Advertisement")는 빠져있으며, 그중 2권에는 「류티」, 「나이팅게일」과 「광고」가 모두 실려 있고(그러나 이마저도 한 권의 목차가 다르다), 나머지 9권 중 한 권에도 「나이팅게일」 바로 다음에 『서정민요』

1) 런던과 브리스틀에서 출간된 초판의 내용이 조금씩 다른 것을 감안하면 저자의 인가를 받은 판본으로 다섯 종류 이상이 있다고 하는 게 더 정확한 표현일 것이다. 1798년 초판부터 1805년 4판까지 한눈에 볼 수 있는 곳을 소개하니 참고하기 바란다. 바로 메릴랜드대학교와 캠브리지대학교 출판사가 공동으로 제작하여 인터넷상에 게시해놓은 전자서적 『서정민요』(*Lyrical Ballads*)(http://www.rc.umd.edu/editions/LB/)이다.

를 패러디한 토머스 베도스(Thomas Beddoes, 1760~1808)의 「가내시편」("Domiciliary Verses")이 버젓하게 삽입되어있다(230-40). 「류티」와 「나이팅게일」은 모두 콜리지의 시로, 『서정민요』 초판본이 여러 형태로 남아있는 것은 이렇게 이 두 시가 번갈아 실려 있기 때문이라고 해도 과언은 아니다. 버틀러와 그린(Butler & Green)의 연구에 따르면, "워즈워스는 무명이고, 나[콜리지]의 시들은 많은 사람들에게 역겨우니까", 익명으로 출간하자는 콜리지의 제언에 따라(3-12), 브리스틀의 빅스코틀(BIGGS AND COTTLE) 인쇄출판사로부터 30기니(guineas)를 선불로 받고 출간이 진행된 것이었다(43-44). 그러나 「류티」는 1798년 4월 13일자 『모닝포스트』(Morning Post)에 이미 발표된 시였다.[2] 물론, 콜리지가 익명(Nicias Erythraeus)으로 발표했기 때문에(Hartley Coleridge 253), 어느 정도는 익명이 보장될 수도 있었겠으나, 브리스틀의 출간업자가 홍보용으로 돌린 판본들이 하필이면 앞서 언급한 베도스를 비롯해 로버트 사우디(Robert Southey, 1774~1843)처럼 두 시인의 지인들에게 대부분 들어갔다. 그래서 지은이의 정체가 탄로 나는 것은 사실상 시간문제였다.

아무튼, 이렇게 어수선한 상황에서 런던 판이 출간되어 런던의 서점들에 첫 선을 보이게 된 것은 1798년 10월 4일,[3] 워즈워스남매와 콜리지가 독일로 여행을 떠난 후였다(Butler & Green 14-15). 2권으로 이루어진 2판~4판의 1권이 모두 런던초판에 근거하고 있기 때문에 그것을 공식적인 『서정민요』 초판이라고 할 수 있을 것이다. 이 판본에 수

---

2) Ernest Hartley Coleridge ed., *Coleridge: Poetical Works*(London: Oxford UP, 1912-1967), p.253.
3) 런던의 제이 엔 에이 아치(J. & A. Arch) 사가 브리스틀의 빅스코틀사로부터 저작권을 사서 출간한 것이었다.

록된 시는 모두 23편으로, 「나이팅게일」, 「노수부의 노래」("The Rime of the Ancyent Marinere"), 「유모의 이야기」("The Foster-Mother's Tale") 와 「지하 감옥」("The Dungeon"), 4편이 콜리지의 작품이고, 「여자 부랑자」("The Female Vagrant"), 「구디 블레이크와 해리 길」("Goody Blake and Harry Gill"), 「사이먼 리, 늙은 사냥꾼」("Simon Lee, the Old Huntsman"), 「우리는 일곱」("We are seven"), 「가시나무」("The Thorn"), 「백치소년」("The Idiot Boy"), 「충고와 대답」("Expostulation and Reply"), 「입장전환」("The Tables turned"), 「틴턴 애비」("Lines written a few miles above Tintern Abbey")를 비롯해 나머지 19편이 워즈워스의 시다. 이 런던 판은 여러 잡지(*Critical Review, or Monthly Review*)의 비판에도 불구하고 꽤 잘 팔리는 편이었고(Butler & Green 22-23), 특히 당시 인기여류시인 메리 로빈슨(Mary Robinson, 1758~1800)이 여러 잡지(*Morning Post, The British Critic, The Anti-Jacobin Review*)에 기고한 지지 글들에 크게 판매가 촉진되어, 1800년 6월에 워즈워스가 형 리처드(Richard)에게 보낸 편지에서 "다 팔렸다"는 소식을 전하게 되었고, 빅스코틀사의 제안에도 이 시집의 출간을 거부한 바 있었던 런던의 롱맨(T. N. LONGMAN AND O. REES) 출판사가 80파운드에 2판의 출간계약을 맺을 만큼 대단히 성공적이었다(Butler & Green 23-24).

그러나 1800년에 롱맨사에서 출간된 『서정민요』 2판에서도 역시 많은 문제점이 드러난다. 이를 두고 조지 힐리(George H. Healey)는 "워즈워스의 책들 중에서 서지학적으로 가장 복잡한 시집"이라고 규정할 정도다(6). 그러나 연구자들의 얘기를 종합해보면 그럴만한 내막이 있었다. 우선, 롱맨사와 6개월 내에 초판(1권)과 함께, 새 시집(2권)을 동시출간하기로 계약을 맺었는데, 워즈워스는 상당한 분량의 시들을 새로 써놓은 반면, 콜리지가 내기로 약속한 시들이 아예 백지상태였거나 완성되지 않은 상태였다. 따라서 애초부터 워즈워스가 출간을 주도할 수밖에 없는 상황이었다. 그보다 더 큰 문제는 이번에도 브리스틀의 빅스코틀 사에서 편집과 인쇄를 맡은 것이었다. 1년여의 독일 여행을 마치고 귀국하자마자 호수지방(Lake District)에 정착한 두 시인에게, 수백 킬로미터나 떨어져있는 브리스틀은 그야말로 까마득히 먼 곳이었다. 그렇게 여러 모로 불편한 상황에서 브리스틀의 인쇄업자와 연락할 방도는 우편밖에 없었고, 지금처럼 교통이 발달된 것도 아니라, 간혹 서신이 도착하는 데만 몇 주가 걸릴 정도였다고 하니 오죽 답답했을까. 그렇다고 두 시인, 혹은 둘 중 한 명이 브리스틀에 상주하면서 출간과정을 일일이 검토·감독할 수도 없는 노릇이었다. 당장에 원고를 써야했으니까. 이러저러한 악조건을 최대한 극복할 수 있는 방법은 믿을 만한 누군가에게 그 일을 대신 맡기는 길뿐이었다. 그래서 두 시인이 물색한 끝에 찾아낸 사람이 당시 화학분야에서 다양한 연구 논문으로 상당한 주목을 받고 있던 험프리 데이비(Sir Humphry Davy, 1778~1829)였다. 그에게 도움을 청해 인쇄사본과 교정쇄 검토는 물론이고 구두점 첨삭까지 부탁한 것이었다. 두 시인의 간절한 바람대로, 그 전도유망한 청년학자가 시인들의 숨은 의도까지 짐작해서 책임지고 잘 해줬더라면 좋았겠으나, 결과는 기대 이하였다. 게다가, 롱맨 사와 1800년 6월에 계약을 체결하고, 7월부터 12월까지 6개월에 걸쳐 서신의 형태로 출판사에 보낸 기존원고들을 다시 수정하거나, 인쇄가 들어간 상태에서 작품배치뿐만 아니라 시집제목까지 바꾸려한 워즈워스의 열정도 크게 한몫 거들었다.

워즈워스의 이런 열성 때문이었는지 아니면 콜리지가 정말 속이 좋은 사람이라서 그랬는지, 이 과정에서 참 이해할 수 없는 상황이 발생한다. 훗날 뱀파이어소설에 많은 영향을 준 작품으로 평가되는 콜리지의 대표작 「크리스타벨」("Christabel")이 빠지고, 워즈워스의 전원시 「마이클」("Michael")이 대신 그 자리를 차지하게 된 것이었다. 특히, 두 시인이 출간을 두 달 앞두고 이런 결정을 내릴 당시, 워즈워스는 「마이클」에 대한 구상조차 제대로 되지 않은 상태였다니, 더 이해가 되지 않는다. 이에 대해 논란이 많은 것도 당연하다하겠다. 아마, 두 시인의 사이가 소원해진 결정적인 계기가 되었을 것이다. 아무튼, 이 결정 때문에 워즈워스가 거의 500행에 달하는 「마이클」을 완성할 때까지 빅스코틀사는 인쇄를 미룰 수밖에 없었고, 크리스마스 특수를 노리던 롱맨사는 재촉할 수밖에 없는 상황에 처한다. 서둘러먹는 밥이 체한다고, 빅스코틀사에서 「마이클」의 인쇄를 서두르는 과정에서 이야기전개에 중요한 부분(15행)을 누락하는 큰 실수를 범하고 만다. 그렇게 해서 『서정민요와 다른 시』(*Lyrical Ballads, With Other Poems, In Two Volumes*)라는 새 제목으로 2판이 세상에 나온 것이었다.[4] 그러나 실수투성이의 불완전한 시집이었으니, 두 시인, 특히 워즈워스의 실망이 이만저만이 아니었을 것이다. 힐리에 따르면, 콜리지는 "인쇄업자/인쇄기계의 수치스러운 실수"("an infamous Blunder of the Printer")라고 애매하게 표현한 반면, 워즈워스는 "전반적으로 비참하게 인쇄되었다"(throughout miserably printed)며 불평을 늘어놓았다고 한다(6). 2판 1권에 실린 콜리지의 시는 『서정민요』 런던초판에 실린 4편에 「사랑」("Love")이라는 시가 한 편 추가되었을 뿐이다. 그리고 2판 2권에 실린 「사슴─뛰는 우물」("Hart-Leap Well"), 「형제」("The Brothers"), 「루시 그레이」("Lucy Gray"), 「루스」("Ruth"), 「열매따기」("Nutting"), 「늙은 컴벌랜드 거지」

---

4) James Butler & Karen Green eds., "Introduction" to *Lyrical Ballads and Other Poems, 1797-1800 By William Wordsworth*(Ithaca: Cornell University Press, 1992), pp.26-31, pp.123-125 참고.

("The Old Cumberland Beggar, a Description")와 「마이클」("Michael, a Pastoral")을 비롯해 37편의 시가 모두 워즈워스의 작품이었다. 2권 자체가 온전히 워즈워스의 시집이었다는 말이다. 2판의 실수투성이 결과물에 대한 콜리지의 애매한 반응 뒤에는 어쩌면 통쾌한 웃음이 숨어 있었는지도 모른다.

그러나 2판 1권에 붙이는 「서문」("Preface")을 직접 쓰고, 콜리지의 「크리스타벨」을 자신의 「마이클」로 대체하여 2권을 온전히 자기시집으로 만든 워즈워스로서는 어떻게든 인쇄업자의 실수들을 만회할 기회를 찾을 수밖에 없었을 것이다. 아니나 다를까, 워즈워스가 곧장 「마이클」의 교정지(누락된 부분)를 롱맨사에 보내 수정해달라는 통에, 이미 인쇄된 시집에 누락된 부분을 새로 찍어 붙이는 방식의 어설프고 우스꽝스러운 시집이 더해졌다.5) 그것과는 별도로, 워즈워스는 「마이클」의 주요부분이 누락된 채 인쇄된 시집을 토대로 곧장 교정 및 수정 작업에 들어가 2권의 수정본을 만든 다음, 한 권을 자신이 보관하고 다른 한 권을 롱맨사에 보내, 1802년 6월에 『서정민요, 전원시와 기타 시』(*Lyrical Ballads, With Pastoral and Other Poems, in Two Volumes*)라는 새 제목의 3판을 세상에 내놓는다. 1801년 여름부터 1802년 4월까지 반 년 이상의 시간동안(Butler & Green 31-32), 워즈워스가 심혈을 기울여 다시 세상에 선보인 『서정민요』 3판은 한마디로 불완전한 2판의 완성판이었다. 가령, 2판 1권에 붙인 「서문」에 '시인에 대한 정의'("He is a man speaking men."), '시인과 과학자(man of science)의 비교' 등과 같은 새로운 논의를 덧붙여 시론의 완성도를 높였고, 2권 말미에 부록

---

5) 그중 2권이 미국 캘리포니아 주에 있는 헌팅턴도서관(Huntington Library)과 펜실베이니아 주의 스워스모어 칼리지(Swarthmore College)에 소장되어 있다고 한다(Graver &n Tetreault 13).

(Appendix: See Preface. Page XLiii—"by what is usually called Poetic Diction")을 첨가하여 「서문」의 '시어'에 관한 논의를 보강하였다. 그러나 2판 1권에 수록된 24편의 시 중에서 콜리지의 「지하 감옥」을 빼고, 워즈워스자신의 「버려진 한 인도여인의 한탄」("The Complaint of a forsaken Indian Woman"), 「저녁에 보트로 항해하다 지은 시」("Lines written when sailing in a Boat at Evening"), 그리고 「리치몬드 근처 템스강위에서 지은 시」("Lines written near Richmond, upon the Thames")를 「콜린스의 기억, 리치몬드 근처 템스강위에서 쓰다」("Remembrance of Collins, written upon the Thames, near Richmond")로 제목을 바꾸어, 총 3편을 2권에 옮겨놓는 방식으로,[6] 1권을 20편으로 줄이고 2권을 39편으로 늘려놓았을 뿐, 새로 써서 수록한 작품은 없다. 자레드 커티스(Jared Curtis)에 따르면, 워즈워스는 「루이자」("Louisa")와 「나는 무명인들에 섞여 여행했다」("I travell'ed among unknown men")라는 2편의 새 작품을 2권에 실을 계획이었으나 막판에 뺐다고 한다(196-201). 새로운 시가 수록되지 않았다는 아쉬움은 있겠으나, 워즈워스자신은 2판의 결점들을 충실하게 다듬고 수정·보완했기 때문에 자못 흡족한 마음으로 독서대중과 비평가들의 반응을 기다릴 수 있었을 것이다. 그러나 독서대중도 비평가들도 그의 기대를 채워주기는커녕 오히려 싸늘했다. 3판이 출간된 1802년 같은 해에, 마치 저격수처럼 영국 낭만주의시인들에게 맹공을 퍼부은 것으로 악명 높은 『에든버러리뷰』(*Edinburgh Review*)가 창간되어 본격적으로 워즈워스와 소위 "호수파"("Lake School") 시들을 혹평하기 시작한 것이 큰 이유 중 하나였다. 1802년 『에든버러

---

6) 「저녁에 보트로 항해하다 지은 시」와 「리치몬드 근처 템스강위에서 지은 시」는 초판의 「저녁에 리치몬드 근처 템스강위에서 쓴 시」("Lines written near Richmond, upon the Thames, at Evening")를 나눠서 2편으로 만든 작품들이다.

리뷰』10월호에 실린 프란시스 제프리(Francis Jeffrey)의 「사우디의 『살라바』 서평」(Review of Southey, *Thalaba*[7])에서 발췌한 아래 인용문은 사우디에 대한 공격보다는 차라리 워즈워스의 가슴을 직접 겨냥하는 것으로 비쳐진다.

> 그[사우디]의 단점들이 노상 심화되고 왕왕 양산되곤 하는 것은 저 새로운 시 일파의 별난 작풍에 대한 편애 때문이다. 본인이 그 일파의 충실한 제자로, 그 패거리 중 누구보다도 자랑스러워 해도 좋을만한 대단한 재능과 업적을 그 일파의 광영에 바쳐온 결과라고 하겠다.

> His faults are always aggravated, and often created, by his partiality for the peculiar manner of that new school of poetry, of which he is a faithful disciple, and to the glory of which he has sacrificed greater talents and acquisitions, than can be boasted of by any of his associates.[8]

이렇게 불리한 상황이었음에도 롱맨사는 여러 잡지에 별도의 홍보 글을 게제하고 『서정민요』 3판을 자사 베스트셀러들과 나란히 광고함으로써 오히려 공격적인 마케팅을 펼쳤으나, 결과가 아주 미미해서 1쇄로 찍은 500부가 팔리는 데 근 3년이 걸렸다(Butler & Green 32). 그리고 1805년 10월 9일, 『서정민요』 4판이 3판의 내용과 거의 다름

---

7) 로버트 사우디(Robert Southey)가 1801년에 지은 서사시로, 원제목은 『파괴자 살라바』 (*Thalaba the Destroyer*)다. 이 작품 역시 롱맨사에서 출판되었으나 판매가 저조해 1804년까지 초판 1쇄의 절반밖에 팔리지 않았다고 한다.

8) 인터넷자료 참고(http://spenserians.cath.vt.edu/CommentRecord.php?action=GET&cmmtid=12022).

없는 형태로 세상에 나왔다. 4판에서 딱히 달라진 것이 있다면, 장편 「루스」("Ruth")를 비교적 많이 개정했다는 것과, 롱맨사에서 당시 런던으로 이전해있던 빅스코틀사가 아니라 다른 인쇄소(R. Taylor of Shoe-Lane, London)에 인쇄를 맡겨, 이전 판들보다 훨씬 현대적인 활자체의 시집이 나왔다는 사실 뿐이다. 4판 출간 당시, 워즈워스에게 새로운 시가 없었던 것도 아니다. 3판에 넣으려했던 2편 외에도, 1807년에 출간된 「결의와 독립」("Resolution, and Independence", 1804), 「나는 구름처럼 외로이 배회하였다」("I Wandered Lonely As a Cloud", 1804), 「불멸송가」("Ode: Intimations of Immortality, 1802~1804")처럼 유명한 작품들이 모두 4판 출간 이전에 씌어졌으니 말이다. 진이 다 빠져서 그랬을까, 아니면 새 길을 모색하고자 그랬을까? 아무튼, 『서정민요』에 들인 워즈워스의 열정과 노력은 이렇게 4판 출간을 끝으로 갈무리된다.

영국문학사에서 워즈워스와 콜리지의 『서정민요』 '공저'는 매우 중요한 업적 중 하나로 꼽는다. 서두에 지적했듯, 『서정민요』 초판이 여행경비마련을 위한 단순한 계기에서 세상에 나온 것은 사실이지만, 이 시집이 초판에서 끝나지 않고, 2판, 3판, 4판까지 거듭나는 또 다른 계기가 되었다는 점에서 더 큰 의의를 지닌다. 이 시집이 이렇게 여러 형태로 거듭나는 과정에서 자연스럽게 낭만시의 토대가 공고하게 다져졌다고 할 수 있기 때문이다. 그러나 지금까지 살펴본 『서정민요』 출간사를 한 번 돌이켜보라. 과연 이 시집을 두 시인의 '공저'라고 할 수 있을까? 더구나, 초판을 제외하고 나머지 2~4판의 저자는 1권과 2권 모두 윌리엄 워즈워스(By W. WORDSWORTH)로 찍혀있다! 2판 이후의 『서정민요』에 실린 콜리지의 시는 겨우 한 편 「사랑」뿐이다. 그러나 편수는 적더라도, 2~4판의 1권에 콜리지의 작품이 엄연히 존재하고 있는데, 왜 워즈워스의 이름만 저자로 찍혀 나왔을까? 2~4판 「서문」에서 '다양성을 위해, 또 자신의 약점을 보충하기 위해, 한 친구의 도움으로 다섯 편의 시를 더 싣게 되었다'[9]고 밝힌 워즈워스의 변명은 참으로 옹색하기 짝이 없다. 그럼 콜리지는 언제 어디로 사라져버렸나, 그동안 그는 무슨 일을 했나? 그런 의문이 들지 않는가? 콜리지가 롱맨사와 2판 출간계약을 성사시켰기에(Butler & Green 23-24 참고) 같은 출판사에서 3~4판을 계속 낼 수 있었다는 사실을 감안하면, 나름대로 아주 중요한 역할을 했다고 볼 수 있다. 그러나 엄밀히 말해서, 그게 공저는 아닌 것이다. 혹시 워즈워스의 「마이클」 대신 콜리지의 독특한 장편 「크리스타벨」이 본래계획대로 2판 이후의 2권에 계속 실렸다면 어땠을까? 부질없는 질문일지는 모르겠으나, 누구의 시가 몇 편 더 실렸느냐에 상관없이, 「크리스타벨」한 편만으로도 콜리지의 독특한 문학적 향기를 충분히 내뿜지 않았을까? 초판에 실린 그의 4~5편의 시들이 그렇듯이 말이다.

어쨌든, 2판 출간과정을 설명하며 언급했듯, 워즈워스는 이미 많은 시를 써놓은 상태였지만, 콜리지자신은 거의 무에서 유를 창조해야하는 상황이었으니 아무래도 그에게는 큰 부담이었을 것이다. 보통, 시인 콜리지의 문학적 이력을 살펴온 학자들은 영감고갈과 창작력감퇴의 괴로움을 읊은 1802년의 「낙담 송가」("Dejection: an Ode")를 최후수작으로 간주한다. 물론, 그 후에도 1803년에 나온 「잠의 고통」("Pains of Sleep")이나 1825년의 소네트 「희망 없는 일」("Work without Hope")처럼 간간히 그만의 독특한 작품을 쓰기는 했으나, 1802년은 얼추 콜

---

9) For the sake of variety, and from a consciousness of my own weakness, I was induced to request the assistance of a Friend, who furnished me with the Poems of the ANCIENT MARINER, the FOSTER-MOTHER'S TALE, the NIGHTINGALE, and the Poem entitled LOVE(Preface ii).

리자기『서정민요』 2판의 원고를 쓰던 시기, 정확하게 3판이 나온 시기와 겹친다. 혹시 2판에 실을 원고를 쓰는 과정에서 느낀 중압감 때문에 시의 샘이 말라버린 것은 아닐까? 워즈워스의 전성기도, 보통 1797년부터 1807년까지, 10년으로 보는 견해가 지배적이다. 이 기간은『서정민요』초판(1798년)과 4판(1805년)이 나온 시기와 '거의' 중첩된다. 앞에서 언급한「결의와 독립」(1802),「나는 구름처럼 외로이 배회하였다」(1804),「불멸 송가」(1802~1804) 외에,「내 가슴 절로 뛴다」("My Heart Leaps Up", 1802)나「외로운 추수꾼」("The Solitary Reaper", 1805)처럼, 널리 애송되는 시들이 모두 괄호 안의 연도표기와 같이 1805년 이전에 씌어졌음을 감안하면 거의가 아니라 '거의 정확히' 겹친다. 워즈워스의 대표작으로 간주되는『서곡』(The Prelude)의 초판도 1805년에 나왔다! 워즈워스의 실질적인 전성기도『서정민요』로 시작해서『서정민요』로 끝났다는 말이다. 워즈워스의 쇠퇴원인으로 흔히 경제적 안정이나 정치적 보수화를 예로 들지만,『서정민요』출간과정에 쏟은 그의 열정과 헌신, 그 일에 얽힌 여러 전후사정을 간과할 수 없을 것이다. 이를 테면, 그 과정에서 콜리지의 중압감이 그의 마법적인 힘, 상상력의 출구를 막아버렸다면, 워즈워스는『서정민요』출간에 자신의 순수한 열정을 다 쏟아버렸다고나 할까?

Ⅱ. 공감의 시학

문학사적으로『서정민요』는 낭만주의(Romanticism)의 효시로 간주되고, 2~3판의 「서문」은 낭만주의문학의 선언서(manifesto)로 통한다. 그것은 이성과 질서, 정형화된 형식, 고상한 주제, 위트와 유머, 격식 등을 중시한 기존의 신고전주의(neoclassicism)시풍과 확연히 다른 소재, 시어, 전개방식, 시적화자(I)의 자세와 태도, 독자에게 전달되는 효과 등, 여러 측면에서 근대화의 새 물결에 걸맞은 새로운 감수성의 형성과 발전에 크게 이바지했다는 평가에 다름 아니다. 달리 말해서, 이 시집들에서 콜리지와 워즈워스가 전면에 내세운 보통사람들, 그들의 삶과 언어, 상상력, 어린 시절과 자연, 초자연적인 꿈과 상상의 세계 등이 고스란히 낭만 시의 주요 변별적 특질들이 되었다고 할 수 있다.

특히 워즈워스는, 초판 「광고」의 "사회의 중간 및 하층 계급"("the middle and lower classes of society", 8[10]), 또는 3판 「서문」의 "하층 시골사람들"("low and rustic life")의 일상적인 언어와 삶에서 시의 언어와 소재를 택하여 그 언어와 소재들에 내재되어 있는 경이로움과 아름다움을 상상력의 채색을 통해 표현하고자 하였다(Preface vii[11]). 워즈워스의 시들은, 『근대영문학의 흐름』에서 여홍상 교수도 지적하듯, 대부분 시적화자가 짧은 도보여행 중에 만나는 사람 또는 자연풍경에 대한 객관적인 묘사에서 시작해, 그 사람 혹은 풍경이 화자의 내면에 끼친 심리적·도덕적 영향에 관한 명상과 반성으로 갈무리되는 형식을 취하고 있다(19). 화자("나" 혹은 워즈워스자신)가 짧은 여행길에 만나는 사람들은, 그의 말마따나, 대부분 하층계급에 속하는 시골사람들이다. 귀족의 사냥몰이꾼으로 마을공유지에서 사냥하며 살았던 즐거

---

10) 이후부터 『서정민요』 초판의 인용은 필자의 영한대역시집 『서정민요, 그리고 몇 편의 다른 시』(이담북스, 2012)에 준하여 인용하겠음.

11) 「서문」의 인용은 메릴랜드대학교와 캠브리지대학교 출판사가 공동으로 제작하여 인터넷상에 게시해놓은 전자서적 『서정민요』(*Lyrical Ballads*, 1802)(http://www.rc.umd.edu/editions/LB/) 3판에 준하여 인용함.

운 젊은 시절을 뒤로하고 늘그막에 생계를 꾸리기 위해 늙은 아내와 황무지를 개간해야할 처지에 놓인 노인(「사이먼 리」), 죽은 남매의 묘 옆에서 마치 그들이 살아있는 양 고집스레 우기는 어린 산골소녀(「우리는 일곱」), 결혼식을 며칠 앞두고 사내로부터 버림받은 후에 사산한 자식을 높은 산꼭대기에 묻고 매일같이 올라가 자식의 무덤가에서 고개 숙인 채 귀신처럼 통곡하는 어머니(「가시나무」), 어머니의 심부름으로 병든 이웃을 위해 혼자 조랑말타고 읍내로 의사를 부르러갔다가 길을 잃고 헤매는 백치소년과 아무리 기다려도 돌아오지 않는 자식걱정에 애간장을 태우는 어머니(「백치소년」), 아들이 전쟁터에서 큰 부상을 입고 항구로 이송되어 그곳에서 죽어가고 있다는 슬픈 소식에 자식을 만나려는 일념으로 먼 길을 꿋꿋이 걸어가는 노인(「여행하는 노인」("Old Man Travelling"), 가족을 다 잃고 정처 없이 떠돌아다니는 「여자 부랑자」, 떠나버린 남편을 찾아서 갓난아기를 품에 안고 이리저리 헤매는 「미친 어머니」("The Mad Mother"), 지하 감옥의 열악한 환경에서 사슬 묶여 죽어가는 「죄수」("The Convict") 등이 바로 그들이다.

이렇듯, 모두가 하나같이 아픈 상처와 슬픈 사연을 가지고 있어, 화자자신뿐만 아니라 독자에게도 자연스레 측은지심과 공감의 정서를 유발한다. 공감(sympathy) 혹은 공감적 동일시(sympathetic identification)는 18세기후반에 루소(Jean Jacques Rousseau, 1712~1778), 데이비드 흄(David Hume, 1711~1776), 아담 스미스(Adam Smith, 1723~1790), 에드먼드 버크(Edmund Burke, 1729~1797) 등의 사상가들에 의해 체계적인 원리 또는 이론으로 발전한 개념이다. 공감은 개인이 다른 사람에게 동정을 보내고, 넓게는 세계에 다가가는 방식을 말한다. 상대의 입장을 헤아리는 마음의 소통으로 유대의 장, 공감의 공동체를 이루게 하는 원동력인 것이다. 루소는 『인간 불평등 기원론』에서 '연민'

을 "자연의 감정으로, 각 개인에 있어서는 자기애의 활동을 조절하고 종 전체의 상호보존에 협력하는" 감정으로 정의하였고,[12] 흄과 스미스는 공감을 "도덕 감"(moral sentiment)의 원인으로 보았으며, 버크는 상상력과 더불어 '미적 경험'을 산출하는 원동력으로 간주하였다.[13] 「서문」에서 워즈워스가 "시는 천사들이 흘리는 그런 눈물이 아니라 자연스러운 인간의 눈물을 흘린다"("Poetry sheds no tears 'such as Angels weep,' but natural and human tears." iixiv)하고, 공감과 기쁨의 전파 혹은 확산을 연계해, "인간에게 공감이 있어서 기쁨이 확산되는 것"이라며 수차례 "공감"을 강조하는 것도[14] 같은 맥락에서였다. 『서정민요』는 이런 연민 혹은 공감의 원리를 문학적으로 실현한 최초의 시도이자 최고의 성과였다. 시적화자가 독자에게 "별 얘기는 아니지만, 생각해보시길,/어쩌면 여러분도 할 만한 얘기이리니"("It is no tale; but should you think,/Perhaps a tale you'll make it." 10.7-8) 그러면서, 공감과 협조를 호소당부하고 있는 「사이먼 리」의 마지막 연(13연)이 그런 공감원리를 가장 효과적으로 표현한 예로 비쳐진다.

> 눈물이 그의 두 눈에 맺혔고,
> 감사와 찬사가 연달아 가슴 밖으로
> 뛰쳐나올 듯했는데, 나는 그것들이
> 소임을 다하지 않았으면 싶었네.
> ─친절한 행위들에, 늘 냉랭히

---

12) 장 자크 루소, 『사회계약론·인간불평등기원론』, 정성환 역(홍신문화사, 1987), 243쪽.

13) James Engell, *The Creative Imagination: Enlightenment to Romanticism*(Cambridge, Mass. & London: Harvard UP, 1981), pp.143-60.

14) We have no sympathy but what is propagated by pleasure: I would not be misunderstood; but wherever we sympathize with pain it will be found that the sympathy is produced and carried on by subtle combinations with pleasure(Preface iiixiv).

답하는 매정한 가슴들에 대해 들었네.
슬프게도! 사람들의 감사가
나를 슬프게 한 적이 더 많았다네.

The tears into his eyes were brought,
And thanks and praises seemed to run
So fast out of his heart, I thought
They never would have done.
—I've heard of hearts unkind, kind deeds
With coldness still returning.
Alas! the gratitude of men
Has oftener left me mourning.

꼬부랑 노인 사이먼 리가 곡괭이로 아무리 찍어대도 소용없던 나무 뿌리가 도우미(화자)의 손길에 단방에 떨어져나간 상황에서, 노인의 반응과 도우미의 안타까운 마음을 절묘하게 병치해놓은 대목이다. "슬프게도! 사람들의 감사가/나를 슬프게 한 적이 더 많았다네." 더 이상의 말은 필요 없으리라. 그야말로 아주 사소한 일화가 공감의 공명을 통해서 매우 의미 있는 이야기로 다시 태어나는 순간이다.

이렇게, 워즈워스 시의 가장 큰 매력 중 하나는, 주로 상류층 또는 지식인층을 주인공으로 내세우고 또 그들의 세계관을 대변·옹호하는 그들만의 문학이었다고 해도 과언이 아닌 신고전주의시풍과는 아주 다르게, 매우 열악한 환경에서 애달프게 살아가는 하층민들을 시의 주인공으로 내세워 본격적으로 그들의 이야기를 다뤘다는 사실에 있다. 매슈 아널드(Matthew Arnold, 1822~1888)도 「추도의 시」("Memorial Verses", 1850)에서 워즈워스 시의 가장 큰 특징을 저 "대단한 위로의 목소리"("such soothing voice" 3연 2행)에서 찾고 있듯이,15) 『서정민요』

가 당시의, 또 후대의 독자들에게 큰 충격으로 비쳐질 수 있는 제일의 요인도 바로 이 '공감효과' 때문일 것이다. 시에 그려진 이야기를 통해서 슬프고 아픈 사람들의 눈물을 접한 독자로 하여금 자연스럽게 그 눈물을 닦아주고픈 마음을 유발하는 시―소위, 공감의 시―가 시작된 것이다. 그것은 곧 시의 대중화, 민주화의 시작이었다.

III. 녹색 기억

2세대 낭만주의시인 퍼시 비쉬 셸리(Percy Bysshe Shelley, 1792~1822)가 「워즈워스에게」("To Wordsworth")에서 "자연의 시인"("Poet of Nature", 1행16))으로 부르고 있는 워즈워스의 문학적 이력을 가장 잘 대변하는 용어가 바로 "자연"이다. 앞서 언급한 『에든버러리뷰』의 "호수파" 시들에 대한 혹평은 워즈워스풍의 자연 시에 대한 비난에 다름 아니었다. 토머스 러브 피콕(Thomas Love Peacock, 1785~1866)은 「시의 네 시대」("The Four Ages of Poetry", 1820)에서 특히 워즈워스를 겨냥해 "우리시대의 시인은 문명화된 사회에 살고 있는 반-야만인"("A poet in our times is a semi-barbarian in civilized community." 171717))이라고 비난할 정도였다. 상인의 아들로 태어나 거의 독학으로 고

---

15) 김천봉 엮음 · 옮김, 『19세기 영국명시: 빅토리아여왕시대 3』(이담북스, 2011), 61-62쪽.

16) 김천봉 엮음 · 옮김, 『19세기 영국명시: 낭만주의시대 3』(이담북스, 2011), 94-95쪽.

17) Percy Bysshe Shelley & Thomas Love Peacock, A Defence of Poetry & The Four Ages of Poetry, Ed. by John E. Jordan(New York: The Bobbs-Merrill Company, 1965).

전을 습득했고 동인도회사의 관리로서 대단한 사업수완을 발휘한 인물이었던 피콕의 입장에서는 당연한 비판이었는지도 모른다. 산업혁명과 프랑스혁명으로 대변되는 경제적·정치적 근대화의 큰 물결에 이바지하고 있는 '자기-같은' 산업경제역군, 민주화의 주역이 아니라, "반-문명화된 사람들의 미개간된 땅"("the uncultivated lands of semi-civilized men")을 아름답게 묘사하고 그렇게 야만적인 데서 사는 무식한 사람들의 시시한 일상얘기나 늘어놓으며 줄기차게 "자연으로 돌아가자"("a return to nature")고 부르짖고 있으니 '반-야만인'이라고 부를 수밖에("The Four Ages of Poetry", 15).

워즈워스와 그의 시에 대한 셸리의 견해와 피콕의 비판은, 시대와 장소를 떠나, '산업화·근대화를 사는 모든 인류'에게 공통으로 안겨지는 보편적 질문이다. 공감의 시학을 넘어, 워즈워스의 작품들을 새로운 시각에서 볼 근거역시, 그의 시들이 미국독립전쟁(1776~1783), 프랑스혁명(1789), 산업혁명(1750~1850) 같은 굵직굵직한 역사적 사건들, 소위 '혁명의 시대'를 배경으로 씌어졌다는 데서 찾을 수 있다. 피콕의 비판에 응하여, 워즈워스에게 공감 혹은 연민의 정서를 유발하는 사람들이 왜 저마다 아픈 상처와 슬픈 사연을 가지고 있을까? 그의 작품들에 등장하는 그들이 바로 직간접적으로 그 엄청난 역사의 큰 물결에 휩쓸려 상처 입고 소외되어 뒤안길로 물러난 슬픈 희생자들, 타자들이 아닌가? 게다가, 자연은 그런 산업주의, 과학만능주의, 공리주의, 자본주의로 대변되는 근대화의 물결에 가장 큰 타격을 입지 않았던가? 이렇게 되물어볼 수 있을 것이다.

워즈워스에게 "좋은 시는 모두 강력한 감정의 자연스런 흘러넘침"("all good poetry is the spontaneous overflow of powerful feelings" x-xi)이다. 그러나 이 정의는 '시인의 시 쓰는 방식'에 대한 기술이라기보다는 차라리 '완성된 시가 독자에게 전달되는 호소력 혹은 전반적인 효과'를 의미한다. 시는 "고요 속에서 회상된 정서에서 유래한다"("it[poetry] takes its origin from emotion recollected in tranquillity", Preface l)라고 언급한 바와 같이, 그의 시들은 근본적으로 자신의 구체적 경험에 대한 반성의 산물이기 때문이다. 「서문」초반부에서 워즈워스는 『서정민요』의 시들이 "저마다 가치 있는 목적을 지니고 있다"("each of them [the Poems in these volumes] has a worthy *purpose*." ix)고 언급한 바 있는데,[18] 이 언급을 적용하여, 워즈워스의 시들은 그의 경험 혹은 경험담이 차분한 회상과 반성의 과정을 거치면서 일정한 목적 또는 의도에 맞게 재구성된 결과물들이라고 풀이할 수 있을 것이다. 그의 경험 혹은 기억을 상상력으로 채색함으로써 평범한 일들을 특별한 방식으로 표현하는 게("a certain colouring of imagination, whereby ordinary things should be presented to the mind in an unusual way", Preface vii) 워즈워스의 방식이었다. 「갈가마귀」("The Raven")의 전반적인 효과 또는 인상을 극대화하려고, 에드거 앨런 포(Edgar Allen Poe, 1809~1849)가 들인 치밀한 노력에 비할 바는 아니겠으나,[19] 워즈워스 또한 특정한 의도를 가지고 평범한 이야기들을 효과적으로 배치·구성하였기에 '공감의 시학'으로 불러도 좋을만한 새로운 경향의 시가 탄생하여 만개한 것이다.

물론, 그의 "고요 속에서 회상된 정서"를 반드시 시대와 역사에 대한 반성으로 읽을 수는 없을 것이다. 더구나, 워즈워스는 대체로 어린이, 광인, 여자, 편모, 편부, 노인, 죄수, 부랑자 등과 같이 사회적으로 소외

---

18) 가령, 「백치소년」과 「미친 어머니」는 모성애를, 「버려진 한 인도여인의 한탄」에서는 죽음을 앞둔 한 인간의 마지막 몸부림을 보여주고자 했다는 게 워즈워스의 설명이다(Preface x-xiv).

19) 포의 「작시원리」("The Philosophy of Composition", 1846) 참고.

된 계층의 안타까운 이야기들을 동정어린 시선으로 그려내고, 인간과 자연이 조화롭게 어울려 사는 모습을 긍정적으로 전망할 뿐, 그렇게 소외될 수밖에 없었던 역사적인 사건들이나 산업화과정에서 드러난 인간의 자연수탈현장을 여실히 보여주는 역사적 사실들을 좀처럼 드러내지 않았기 때문이다. 특히 그런 맥락에서, 유일하게 예외적인 작품이 바로 「여자 부랑자」("Female Vagrant")이다. 이 여인이 겪은 아픈 일들이 모두 이 시대, 근대화의 물결에 난파당한 사람들을 '전형적으로' 보여주고 있기 때문이다. 강가의 작은 오두막에서 아버지와 둘이서 크게 욕심 부리지 않고 소박하게 살던 여인에게 난데없는 시련이 닥친다.

> 스무 여름의 태양이 춤추며 지나갔어요—
> 아! 거의 흔적도 없이, 어찌나 빨리 흘렀는지.
> 그 무렵 우리 숲에 거만한 저택이 솟았고,
> 오두막들이 하나둘 그 댁의 영향력을 인정하면서,
> 이웃집 방문도, 자기소유가 아니라, 영주가
> 탈취한 목초지를 배회하는 기쁨도 사라졌어요.
> 아버진 감히 그자의 탐욕스런 요구를 거절했죠.
> 그는 대대로 물려받은 외진 그곳을 사랑하셨고,
> 나도 그리 슬픈 이별 생각하면 마음이 아팠어요.
>
> 하지만, 그가 제의받은 금화를 거절하자,
> 아버지는 잔인한 상처의 희생양이 되고 말았죠,
> 그가 무엇을 사고팔든 아픈 상처로 돌아왔어요.
> 날이 갈수록 그의 근심만 쌓여갔고,
> 끝내 그의 재산을 모두 잃고 말았어요.
> 그의 작은 어로구역마저 빼앗기고 말았죠.

그의 늙은 몸을 뉘는 침대를 빼고는 모두,
모두, 모두 강탈당하자, 울면서, 나란히,
우리는 상처 없이 머물만한 집을 찾아 나섰어요. (5~6연)

The suns of twenty summers danced along,-
Ah! little marked, how fast they rolled away:
Then rose a mansion proud our woods among,
And cottage after cottage owned its sway,
No joy to see a neighbouring house, or stray
Through pastures not his own, the master took;
My Father dared his greedy wish gainsay;
He loved his old hereditary nook,
And ill could I the thought of such sad parting brook.

But, when he had refused the proffered gold,
To cruel injuries he became a prey,
Sore traversed in whate'er he bought and sold:
His troubles grew upon him day by day,
Till all his substance fell into decay.
His little range of water was denied;
All but the bed where his old body lay,
All, all was seized, and weeping, side by side,
We sought a home where we uninjured might abide.

그야말로, 이 시대 인클로저운동(enclosure movement)의 과정과 결과를 여실하게 보여주는 대목이다. 영국사에서 미개간지나 공유지에 울타리를 쳐서 타인의 이용을 막고 토지를 사유화하는 과정을 일컫는 인클로저운동은 중세시대부터 시작되었고, 15~16세기와 18~19세

기의 두 시기에 가장 활발히 시행된 것으로 알려져 있다. 전자의 시기
(1차 인클로저운동)에는 양모생산을 위해 경지를 목장으로 전환한 게
특색이었다면, 후자의 시기, 특히 1760년대부터 급격히 증가한 2차 인
클로저운동은 산업혁명으로 급증한 농산물수요에 발맞춰 정부와 의
회의 주도하에 농업혁명의 일환으로 진행된 사업으로, 1~2차 인클로
저운동 모두, 중·소농의 몰락과 그들의 이농향도현상에 따른 다양한
사회문제를 야기한 엄청난 사건이었다. 삶터를 빼앗긴 중·소농은 혼
히 농촌에 남아 농업노동자로 전락하거나 도시로 가서 공업노동자가
되거나, 그것도 아니면 떠돌이가 되는 사람이 허다했다고 알려져 있
다.『서정민요』초판의 마지막에 실린「틴턴 애비」의 숲에서 피어오
르는 연기("wreathes of smoke/Sent up, in silence, from among the
trees", 1연 18~19행)는 어쩌면 그렇게 떠돌이로 전락한 농민들의 기
구한 운명을 하소연하는 슬픈 신호인지 모른다.

앞에 인용한 두 연에서, 워즈워스는 한 여인의 입을 통해 특히 2차
인클로저운동을 주도한 대지주의 횡포와 냉혹한 전략에 무력하게 쫓
겨날 수밖에 없었던 중·소농의 비참한 운명을 비교적 자세하게 소개
하고 있다. 레이먼드 윌리엄스(Ramond Williams)는『시골과 도시』
(The Country and the City)에서 산업화의 본질을 "사회적 경쟁, 소외감
또는 부의 소수편중" 등을 야기한 "자본주의의 생산양식과 체제"라고
지적하고 있는데(352), 위의 두 연은 이 자본주의의 생산양식과 체제
가 시골에 침투하여 시골공동체를 해체해가는 과정을 여실히 보여주
고 있다는 점에서 매우 흥미로운 대목이라고 할 수 있겠다. 그러나 문
제는 그것이 장소를 막론하고 곳곳에 퍼진다는 데 있다. 아버지와 정
든 삶터를 두고 도시의 옛 여인을 찾은 여인 앞에도 더욱 슬프고 안타
까운 미래가 기다리고 있기 때문이다. "그이의 아버지가 그에게 먼 도

시로 나가/부지런히 배워서 기술자가 되라고 말했죠."("His father said, that to a distant town/He must repair, to ply the artist's trade." 9연 1~2행)라는 여인의 말에서 유추할 수 있듯, 그녀의 연인은 도시의 공장근로자다. 이 말은, 아마, 산업화초기의 나라에서 살았고, 또 살고 있는 숱한 젊은이들이 부모로부터 듣는 말일 것이다. "4년을 매일같이 끝없는 노동과 부단한 기도로/하루하루 구한 빵을 축복하며 살았어요"("Four years each day with daily bread was blest,/By constant toil and constant prayer supplied." 10연 1~2행). 그러나 이유도 모른 채 한숨밖에 나오지 않았다는 그녀(10연 3~5행), 그녀의 다음 말이 더 애잔하다.

> 나의 행복한 아버지는
> 슬픈 가난으로 애들 밥을 줄일 쯤에 돌아가셨죠.
> 세 배는 행복하시리라! 그의 죽음으로 무덤이
> 빈 베틀, 차가운 난로와 고요한 물레바퀴,
> 인내도 치유 못할 병 때문에 흘렸을 눈물을 숨겨줬을 터이니.
> (10연 5~9행)

> My happy father died
> When sad distress reduced the children's meal:
> Thrice happy! that from him the grave did hide
> The empty loom, cold hearth, and silent wheel,
> And tears that flowed for ills which patience could not heal.

그러나 그녀의 비극은 끝이 없다. 남편이 '기술을 배웠다'고 해서 뾰족한 수가 있었던 건 아니었다. "굶고 있는 처자식을 부양하려는 일념으로"("to strain/Me and his children hungering in his view" 11연 5~6행)

남편은 자원입대를 택할 수밖에 없었기 때문이다. 그리고 여인과 남은 자식들이 어쩔 수 없이 택한 길이 '이민'이었다(12~14연). 그 과정에서 숱한 죽음을 목격하면서, 그녀의 가족들에게 돌아온 것도 죽음뿐이었다.

> 숲에서 황야에서, 캠프에서 또 도시에서,
> 우리머리에 내리 덮친 고통과 재앙들,
> 질병과 기아, 사투와 공포,
> 듣기만 해도 뇌가 터질 지경일 거예요.
> 모두 죽었어요―모두, 무자비한 한 해에,
> 남편과 자식들이! 하나 또 하나, 검과
> 탐욕스런 역병에, 다 죽었어요. (15연 1~7행)

> The pains and plagues that on our heads came down,
> Disease and famine, agony and fear,
> In wood or wilderness, in camp or town,
> It would thy brain unsettle even to hear.
> All perished-all, in one remorseless year,
> Husband and children! one by one, by sword
> And ravenous plague, all perished:

그 후로, 부랑자패거리들과 도둑질을 일삼으며 근근이 살다가, 또 어디론가 떠나는 길이라며 이야기를 마치고, 청자(서술자)에게 "어디로 가면 좋을까요?"라고 묻는 여인에 대한 안타까운 감정을 서술자는 이렇게 술회한다.

> ―여인이 말을 멈추고, 울면서
> 돌아섰다, 마치 자신의 이야기가 다 끝나서

우는 양―여인은 그녀의 영혼을 짓누르는 저
끝없는 삶의 무게에 대해 더는 할 말이 없었기에. (30연 6~9행)

―She ceased, and weeping turned away,
As if because her tale was at an end
She wept;―because she had no more to say
Of that perpetual weight which on her spirit lay.

더 이상 무슨 말을 하랴? 이 여인이 얘기를 끝내기 전에 하는 말, "왕
왕 눈물에 젖어,/가련한 내 가슴에서 아련히 잊혀가는/고향마을로 떠
가는 해를 바라다보곤 했죠"("often have I viewed,/In tears, the sun
towards that country tend/Where my poor heart lost all its fortitude." 30
연 1~3행). 이 말속의 "고향마을"이 큰 울림으로 다가오는 것은 인클
로저운동, 미국독립전쟁, 산업혁명, 도시화 등의 엄청난 역사적 소용
돌이에, 어쩔 수 없이 삶터에서 쫓겨난 소박한 농민들, 처자식을 먹여
살리려고 전쟁터로 아니면 이민 길을 택할 수밖에 없었던 숱한 가장들
과 그들의 가족,[20] 도시의 열악한 환경에서 애처롭게 살아갈 수밖에
없었던 숱한 도시일꾼들, 그야말로 이 시대의 타자들이 '늘 그리워하
면서도 갈 수 없는 고향'을 환기시키기 때문일 것이다. 워즈워스가 공
감의 시선으로 그려낸 그네들의 아픈 이야기들과 고향풍경은 그들로
하여금 자신의 삶과 주변사람들을 돌아보는 계기를 제공할 뿐만 아니
라, 시를 통해서 간접적으로나마 자신의 옛 삶터, 자연 속에서 살게 만
들었을 것이다. 아마 이게 바로 워즈워스 시의 가장 큰 힘이자 매력일

---

20) 워즈워스 자신이 일찍 부모를 여의었기 때문에 그런지도 모르지만, 그의 시들에서
편부와 편모 가정이 유독 많은 것은, 더구나, 남편 혹은 아버지가 자원입대한 경우
의 편모가정이 매우 많은 것은 결코 우연이 아닐 것이다.

것이다. 워즈워스의 작품들이 자신의 경험에 대한 반성의 산물이면서, 녹색기억의 산물인 이유가 여기에 있다고 하겠다.

현재 지구는 온실효과, 오존층 감소, 열대우림파괴와 해양오염, 사막화 등으로 몸살을 앓고 있다. 현재의 환경위기들이 자연과학 또는 기술공학의 발전을 등에 업고 가속화된 산업화, 도시화과정의 누적된 결과라는 데에 이의를 제기할 사람은 없을 것이다. 18세기 중반 영국에서 시작되어 250여 년 동안 지구전역으로 확산되어온 산업화와 도시화—그동안 인간의 제도와 산업중심주의문화가 지구환경과 생태계의 자연스러운 흐름과 순환에 인위적이고 기계적인 형식들을 억지로 부과하여 자연계 고유의 생체리듬을 막아온 결과, 끝내 자정능력을 상실한 거대생명체 지구가 지금 곳곳에서 곪아 터지고 있는 것이다. 이와 같은 맥락에서, 워즈워스의 시들은 산업화초기의 독자들보다는 차라리 오늘날의 독자들에게 산업화와 도시화로 대변되는 근대화의 큰 물결에 휘말려 희생자, 타자로 전락한 자연을 거듭 기억하게 만들고, '인간은 단지 자연의 일원일 뿐'이라는 거시적인 관점 혹은 전체론적인 관점에서 자연과 인간 혹은 생명들의 상호 조화로운 관계를 모색한 최초의 시도, 칼 크뢰버(Karl Kroeber)의 표현대로 "생태학적 사고의 원형"("proto-eclological thinking" 166), 낭만주의문학의 기수였다는 점에서 다시금 기억하고 재현하고 확산시켜야할 인류문화의 귀한 자산인 것이다.

기억은 현실과 과거의 경계에 놓여있는 일종의 거울이다. 거울은, 안타깝게 자살로 생을 마감한 미국의 여류시인 실비아 플래스(Sylvial Plath, 1932~1963)가 「거울」("Mirror")이라는 시에서 표현하고 있는 것처럼, '아무 선입견 없이, 그저 충실하게 있는 그대로를 비출 뿐'(1연 1~5행[21])이다. 그러나 '기억의 거울'은 대상 혹은 현실을 있는 그대로 비춰서 보여줄 뿐만 아니라, 그 현실의 바탕에 과거를 겹쳐 보여준다. "내 [거울] 안에 그녀는 한 어린 소녀를 익사시켰고, 내 안에서 한 늙은 여인이/매일같이 끔찍한 물고기처럼 그녀를 향해 떠오른다"("In me she has drowned a young girl and in me an old woman/Rises toward he day after day, like a terrible fish." 2연 7~9행). 거울자신은 "잔인하지 않다"("I am not cruel", 1연 4행)고 말하지만, 정작 현실은 잔인하다 못해 끔찍하기까지 하다. 그야말로 충격이 아닐 수 없다. 이 지구의 과거와 현재 모습, 옛날과 지금의 모습을 있는 그대로 비춰주는 우주의 거울이 있다고 한 번 상상해보자. 거울에 비친 여인의 추악한 모습이 바로지금 지구의 실제모습이라면 어떨까? 조나단 베이트(Jonathan Bate)는 『대지의 노래』(*Song of the Earth*)에서 낭만주의 시인들에게 있어서 '몽상, 고독, 걷기' 등을 '자연으로 돌아가는 방식'으로 꼽고(41), 낭만주의시대의 시를 "대지를 구하는 장소"라고 표현하고 있다(283). 시를 통해서 '자연을 읽는' 행위자체가 일종의 생태체험이다. 그런 계기를 통해 독자역시 잠시나마 '상상의' 자연으로 돌아가 자연에서 살기 때문이다. 그래서 문학이 본래 녹색인 것이다. 워즈워스의 자연 시에 대한 보다 심도 깊은 생태학적 논의는 다음으로 미뤄야할 것 같다.

<숭실대학교>

---

21) Sylvia Plath, *The Collected Poems*, Ed. by Ted Hughes(New York: Harper & Row, 1981).

인용문헌

김천봉 엮음 · 옮김, 『서정민요, 그리고 몇 편의 다른 시』(*Lyrical Ballads With a Few Other Poems* by William Wordsworth & Samuel Taylor Coleridge, 1798), 이담북스, 2012.

_____, 『19세기 영국명시: 낭만주의시대 3』, 이담북스, 2011.

_____, 『19세기 영국명시: 빅토리아여왕시대 3』, 이담북스, 2011.

여홍상, 『근대영문학의 흐름』, 고려대학교출판부, 2003.

장 자크 루소, 『사회계약론 · 인간불평등기원론』, 정성환 역, 홍신문화사, 1987.

Bate, Jonathan. *The Song of the Earth*. Cambridge, Mass.: Harvard UP, 2000.

Butler, James & Karen Green, eds. "Introduction" to *Lyrical Ballads and Other Poems, 1797-1800* By William Wordsworth. Ithaca: Cornell University Press, 1992.

Coleridge, Ernest Hartley ed. *Coleridge*: *Poetical Works*. London: Oxford UP, 1912-1967.

Curtis, Jared R. "A Note on the Lost Manuscripts of William Wordsworth's 'Louisa' and 'I travell'd among unknown men'." *Yale University Library Gazette* 53(1979).

Engell, James. *The Creative Imagination*: *Enlightenment to Romanticism*. (Cambridge, Mass. & London: Harvard UP, 1981).

Graver, Bruce & Ronald Tetreault. "Editors Preface to *Lyrical Ballads*, 1798-1805. Romantic Circles(U of Maryland) in Conjunction with Cambridge UP. (http://www.rc.umd.edu/editions/LB/).

_____. eds. *Lyrical Ballads, 1798-1805 by William Wordsworth*. Romantic Circles(U of Maryland) in Conjunction with Cambridge

UP. (http://www.rc.umd.edu/editions/LB/).

Healey, George Harris. *The Cornell Wordsworth Collection*: *A Catalogue of Books and Manuscripts presented to the University by Mr. Victor Emanuel, Cornell, 1919*. Ithaca: Cornell University Press, 1957.

Jeffrey, Francis. "Review of Southey, *Thalaba*." *Edinburgh Review*(10/1802). (http://spenserians.cath.vt.edu/CommentRecord.php?action=GET&cmmtid=1 2022).

Kroeber, Karl. "Proto-Evolutionary Bards and Post-Ecological Critics." *Keats-Shelley Journal* 48(1999).

Plath, Sylvia. *The Collected Poems*. Ed. by Ted Hughes. New York: Harper & Row, 1981.

Poe, Edgar Allan. "The Philosophy of Composition." *American Tradition in Literature*. Eds. George & Barbara Perkins. New York: McGraw-Hill, 1994.

Reed, Mark L. "The First Title Page of *Lyrical Ballads*, 1798." *Philological Quarterly* 51(1998).

Shelley, Percy Bysshe & Thomas Love Peacock. *A Defence of Poetry & The Four Ages of Poetry*. Ed. by John E. Jordan. New York: The Bobbs-Merrill Company, 1965.

Williams, Raymond. *The Country and the City 1780-1950*. Penguin Books, 1963.

코울리지의 유토피아적 비전:
『노수부의 노래』와 항해공동체

Ⅰ. 시에 대한 비평과 정치적 접근

본 논문의 목적은 사무엘 테일러 코울리지(Samuel Taylor Coleridge: 1772~1834)의 『노수부의 노래』(*The Rime of the Ancient Mariner*) 속에 등장하는 공동체의 항해 과정을 통해 노예제도 혹은 노예무역의 암시성을 발견하고, 이에 대한 코울리지의 정치적 비전을 파악하는 것이다. 코울리지는 정치적 유토피아의 도래를 갈망했는데, 이 시가 창작되기 전부터 기독교 천년왕국 교리와 절친한 친구인 로버트 사우디(Robert Southey)와 함께 계획했던 만민동권정체(Pantisocracy)의 이상

코울리지의 유토피아적 비전:『노수부의 노래』와 항해공동체 **81**

에 경도(傾倒)되어 있었다. 코울리지는 천년왕국과 만민동권정체에 대한 단순한 기대를 넘어 천년왕국의 도래와 만민동권정체의 실현을 위해 행동했다. 두 공동체는 각각 도래하지도 실현되지도 않았지만, 코울리지는 문학이라는 공간을 통해 자신의 정치적 비전에 대한 목소리를 담아내고 있다. 따라서 『노수부의 노래』를 중심으로 그의 정치적 함의를 구체적으로 살펴보는 것은 의미 있는 작업이 될 것이다.

『노수부의 노래』의 창작 시기는 학자들 마다 약간의 이견이 있기는 하지만, 1797년 11월 말부터 1798년 5월 말경으로 추정된다(Hill, 106). 이 시는 같은 해에 출판된 『서정 담시집』(The Lyrical Ballads)을 통해 발표되었고, 시에 가해진 비평은 신학적, 종교적, 심리학적인 해석이 주류를 이루고 있다. 20세기 초반에 시도된 해석은 노수부의 항해를 인간의 삶을 묘사하는 영적인 알레고리로 간주하는 것이다. 즉 노수부는 모든 인간을 대표하며, 죄를 짓고 벌을 받지만 결국 구원을 받는다는 해석이다. 알레고리로 시에 접근하는 해석 경향은 상징적 해석이 대두된 이후로는 감소하였다. 1946년 시에 대한 상징적 해석을 시도한 로버트 펜 워런(Robert Penn Warren)의 연구는 많은 비평가들에게 영향을 주었다. 그는 시의 도덕적이고 영적인 측면을 상징적으로 해석하였다(391-427). 『노수부의 노래』를 상징으로 해석하든 알레고리로 해석하든 양쪽 모두 전통 기독교 사상을 반영하고 있다. 다시 말하자면, 노수부가 죄를 인식하고 회개와 속죄의 과정을 통해 궁극적으로는 구원을 얻는다는 내용이다.

『노수부의 노래』에 대한 20세기 후반의 비평경향은 자유의지 대 (vs.) 결정론과 관련된 해석을 시에 적용하면서 코울리지가 심취했던 경험주의, 철학적 필연성 혹은 초월적인 형이상학의 관점으로 작품을 읽으려는 연구가 활발하게 이루어졌다.[1] 아울러 『노수부의 노래』에 담긴 감정적인 힘을 이해하기 위해 저자의 자서전적이고 심리적인 측면에서 작품 분석을 시도 한다.[2] 20세기 말에는 생태비평이 문학계의 화두가 되면서 에이브럼즈(M. H. Abrams), 제임스 머쿠직(James McKusick), 그리고 칼 크뢰버(Karl Kroeber)는 코울리지의 시에서 "우주적 생태학"(cosmic ecology), 코울리지 시어의 생태론적 측면, 그리고 산발적으로 코울리지의 대화시에 나타난 정신의 생물학적 의미를 각각 살펴보고 있다(여홍상, 「코울리지 비평의 생태학적 의미」 8).

코울리지의 시를 연구하는 학자만큼이나 시에 대한 다양한 접근이 있음에도 불구하고, 정치적인 관점에서 그의 작품에 다가가는 연구는 간헐적으로 이루어져 왔다. 시에 대한 정치적 해석의 가능성이 처음 제기된 시기는 1961년이며, 이 논의를 시작한 학자는 틸리야드(E. M. W. Tillyard)였다. 그는 코울리지가 같은 시기에 쓴 「프랑스: 송가」("France: An Ode") 혹은 「고독 속에 근심」("Fears in Solitude")과 같은 시에 드러난 것처럼 『노수부의 노래』에는 프랑스 혁명과 당대 영국의 정치적 사건에 대한 암시가 없다고 했다(80). 이런 틸리야드의 견해는 1960년대까지의 비평적 경향을 반영한 것이다. 실제로 1960년대 이전까지 『노수부의 노래』와 당대 정치·역사적 상황을 연구한 학자의 글은 드물었다. 그 이유는 전술한 바와 같이 1960년대까지 이 작품에 대

---

1) 대표적인 연구로는 John Beer, *Coleridge: The Vision*(NY: Collier Books, 1962), Patricia M. Adair, *The Waking Dream*, (London: Edward Arnold, 1967), Stephen Prickett, "The Living Edicts of the Imagination: Coleridge on Religious Language"(*The Wordsworth Circle* 4, 1973), pp.99-110, James B. Twitchell, "The World Above The Ancient Mariner"(*Texas Studies in Literature and Language* 17, 1975), pp.103-117 등이 있다.

2) 『노수부의 노래』에 대한 심리학적인 연구로는 Paul Magnuson, *Coleridge's Nightmare Poetry*, (Charlottesville: UP of Virginia, 1973), Edward E. Bostetter, "The Nightmare World of The Ancient Mariner"(*Studies in Romanticism* 1, 1962), pp.241-54, Joseph C. Jr. Sitterson, "'The Rime of the Ancient Mariner' and Freudian Dream Theory"(*Papers on Language and Literature* 18, 1982), pp.17-35 등이 있다.

한 비평은 앨버트로스(Albatross)를 이유 없이 죽인 노수부의 죄와 속죄 그리고 구원의 과정으로 해석하려는 알레고리 혹은 상징적 해석이 대부분이었기 때문이다.

틸리야드가『노수부의 노래』의 무정치성(apolitical)을 선언할 쯤에 칼 우드링(Carl Woodring)은『코울리지 시의 정치학』(*Politics in the Poetry of Coleridge*)에서 시의 정치적 해석의 가능성을 강력하게 제기했다(223). 우드링의 논리는 틸리야드가 주장한 것처럼 작품에 정치적인 요소를 전혀 찾아 볼 수 없다는 것 그 자체가 시의 정치성을 보여준다는 입장이다. 굳이 프레드릭 제임슨(Frederic Jameson)의 '정치적 무의식'(political unconscious)을 소개하지 않더라도, 코울리지의 다른 작품에 많이 포함된 정치적 함의가『노수부의 노래』에는 직접 드러나지 않는다는 점은 정치적 요소를 코울리지가 의도적으로 배제했다고 볼 수 있을 것이다.

이런 관점에서 주목할 만한 코울리지 연구가는 존 리빙스턴 로우즈(John Livingston Lowes)이다. 로우즈는『상도에 이르는 길』(*The Road to Xanadu*)에서 노예무역에 대한 코울리지의 관심과 이에 대한 경험이 그의 작품에 중요한 배경이 된다고 보았다. 로우즈는 코울리지가 노예무역에 대해 가진 정치적 견해와 경험을 소개하면서, 앨버트로스와『노수부의 노래』의 창작 자료가 될 만한 여러 가지 기록을 통해 시에 대한 이해와 해석의 폭을 넓혀준다(224-6). 코울리지의 시에 나타난 정치학을 연구한 우드링의 학문적 성과 이후에『노수부의 노래』와 18세기 영국의 정치적 상황과 연관시켜 해석하려는 몇몇 시도가 있었다. 1961년 말콤 웨어(Malcolm Ware)는 물이 없어 갈증 때문에 수부들이 죽어가고 있을 때 그들이 발견한 유령선이 노예선임을 제기하는 글을 발표했다(589-593). 1964년 윌리엄 앰프슨(William Empson)은「노수부」("The Ancient Mariner")에서 항해라는 작품의 내용은 당대 영국의 해양 정복을 통한 식민주의 확대와 이에 따른 제국주의적인 특징을 보여주고 있다고 보았다. 그는 상당수의 학자들이 이런 견해에 동조하고 있음도 지적했다(298). 하지만 앰프슨은 이를 뒷받침할만한 구체적인 논의를 펴고 있지는 않다. 에밧슨(J. R. Ebbatson)은 「코울리지의 수부와 인권」("Coleridge's Mariner and the Rights of Man")을 통해 인권문제를 제기하였다. 노수부는 자신의 행위에 대한 징벌을 받았고, 배의 승무원들은 유럽의 인종주의적인 죄를 사죄할 필요가 있다는 것이 그의 주장이다(171-206).

웨어, 앰프슨, 에밧슨의 연구 이후 『노수부의 노래』와 정치성에 대한 주목할 만한 논의가 이루어지지 않았다. 1990년대 후반에 와서야 학자들은 시의 정치적 해석에 다시 관심을 가지기 시작했다. 그 대표적인 연구가는 패트릭 키앤(Patrick J. Keane), 피터 킷슨(Peter J. Kitson), 그리고 데비 리(Debbie Lee)이다. 키앤은 코울리지의 『노수부의 노래』에 잠재된 정치학을 발견하기 위해 웨어의 견해를 발전시켜 유령선과 노예무역선의 유비성 등을 연구하고 있으며, 킷슨은 1785년에서 1800년 사이의 낭만주의 작품이 당대 영국의 제국주의적 식민정책과 관련성이 있음을 주장한다("Romanticism" 13-34). 리는 당대 영국 사회를 지리상의 발견과 대륙 간 잦은 이동으로 인해 황열병이 발생하였고, 이 병은 불결한 노예무역선과 위생 개념이 없었던 유럽의 대륙을 통해 확산되고 있음을 추적하고 있다("Yellow Fever" 675-700).[3]

---

3) 18세기 영국의 식민주의가 제국주의로 확장·발전되면서 영국은 18세기 후반부터 노예무역을 포함하여 아프리카, 아메리카, 영국을 잇는 삼각무역의 해상권을 지배하였다. 동시에 이 시기에 영국에서는 노예무역에 대한 제한과 반대 및 노예제 폐지 운동이 활발하게 일어났으며, 1800년대 초까지 지속된 1차 반노예제 운동은 영국 상선에 의한 노예무역을 제한하는데 집중되었다. 당시 반노예제 운동은 대중 강연

하지만 이들의 연구는 코울리지의 작품에 대해 정치적 해석을 가한 연구라기보다 정치적 해석에 대한 가능성만을 제시하고 있다. 노예무역과『노수부의 노래』를 연관시키려는 학자들의 시도는 주로 시에 나타난 이미지를 통해 그러한 해석의 가능성만을 타진하는 정도이며, 이들의 연구는 시 자체보다는 당시 사회적 문제에 초점을 맞추고 있다.

『노수부의 노래』를 당대 정치·역사적 상황에서 해석하려는 이들 연구가들의 시도를 정리하면, 첫째 항해라는 주제 자체가 제국주의적 팽창, 지리상의 발견이라는 18세기 말 영국의 정치적 상황을 반영한 것이며, 둘째『노수부의 노래』에 노예무역에 대한 암시가 있으며, 셋째 위생학이나 역사적 사건이 작품에 일부 반영되고 있음을 증명하는 정도이다. 그러므로『노수부의 노래』에 가해진 기존의 정치적 해석으로는 코울리지가 제시한 유토피아적 비전을 설명하는데 한계가 있다. 따라서 노예무역 폐지라는『노수부의 노래』의 정치적 함의를 정확하게 이해하기 위해 코울리지의 유토피아적 이상의 변천과정을 살펴보면서, 노수부가 속한 항해 공동체 역시 이런 공동체 사상의 연장에 있음을 살펴보겠다. 또한 항해 공동체가 분열되고 파괴되는 원인 규명을 통해서『노수부의 노래』가 노예무역 폐지와 불가분의 관계에 있는 작품임을 밝히고자 한다. 끝으로 노수부의 깨달음을 통해 노예무역 폐지가 이상적인 공동체 형성을 위한 전제 조건임을 피력하고 코울리지가

과 의회보고서 및 연설, 홍보 전단지, 시와 산문 등에 나타났다. 특히 윌리엄 쿠퍼(William Cowper), 윌리엄 블레이크(William Blake), 코울리지, 사우디 등의 남성 시인뿐만 아니라 하나 모어(Hannah More), 앤 이어슬리(Ann Yearsley), 애너 바볼드(Anna Letitia Barbauld), 메리 로빈슨(Mary Robinson), 헬렌 윌리엄즈(Helen Maria Williams), 어밀리어 오피(Amelia Opie) 등 주요 영국 여성 시인들도 반노예제 시를 출판하였다(여홍상, 81-84). 낭만주의 시기의 반노예제 운동과 여성시인들의 반노예제 시에 대한 자세한 연구는 여홍상, 「낭만주의 여성시인들의 반노예제 시 연구」, (『19세기 영어권 문학』9.3, 2005), 81-116쪽을 참조하시오.

생각한 노예무역의 원인과 그 해결책을 제시하고자 한다.

본 연구를 통해 코울리지가 기대했던 프랑스 혁명의 정신과 유토피아적 사상이 그의 만민동권정체 사상뿐만 아니라 대표적인 작품인 『노수부의 노래』에도 내재해 있음을 발견할 수 있다. 이는 정치적으로 좌절된 코울리지의 혁명 정신이 개인적 유토피아로 치환되고, 개인적 유토피아에 대한 이상이 문학적(미학적) 유토피아로 변하는 과정일 것이다.

Ⅱ. 코울리지와 유토피아

코우리지의 초기 저작을 통해 그가 기대했던 유토피아적 이상은 크게 세 가지로 나눌 수 있다. 그가 관심을 가진 유토피아 공동체는 천년왕국, 만민동권정체, 그리고 그의 창작 활동 속에 나타난 문학적 유토피아이다. 당대 많은 지식인들은 프랑스 혁명 이후 구제도를 대표되는 타락하고 압제적인 정치체계가 소멸되고 도래할 것으로 믿었던 유토피아는 천년왕국이다. 코울리지 역시 기독교 역사관의 산물인 천년왕국의 도래를 기대하고 있었다. 그러나 프랑스 혁명이 진행된 후 수년이 흘러도 코울리지가 기대한 유토피아인 천년왕국은 실현될 기미가 보이지 않았다. 새로운 세상에 대한 기대감이 좌절되자, 코울리지는 자신의 정치적 이상을 실천할 이상적 공동체를 계획하기에 이르렀다. 이 공동체가 바로 만민동권정체이다. 코울리지는 절친한 친구였던 사우디와 함께 만민동권정체 건설에 심혈을 기울였고, 그가 생각한 모든 이상을 이 공동체를 통해 실현하려고 했다. 그렇지만 이 계획 역시 이루지 못했다.

그 후 코울리지는 윌리엄 워즈워스(William Wordsworth)를 비롯하여 당대 저명한 문인들과 창작활동을 하면서 문학을 통해 자신의 정치적 이상을 보여주고자 했다. 이를 통칭해서 유토피아에 대한 문학적 (미학적) 비전이라고 볼 수 있다.[4] 문학적 유토피아에 대한 비전은 코울리지의 작품에 나타난 항해공동체의 항해과정에 나타나 있다. 그는 문학적 이상 공동체를 통해 천년왕국이나 만민동권정체에 대한 자신의 사상을 전개하고 있기 때문에, 천년왕국, 만민동권정체, 그리고 문학적 유토피아는 정도의 차이는 있지만 공통점을 가지고 있다. 물론 이들 세 공동체가 시기적으로 극명한 경계선을 가진 것은 아니지만, 이상적 공동체에 대한 그의 관심과 여망이 지속되었다는 점은 재론의 여지가 없다.

본장에서는 코울리지가 추구한 천년왕국, 만민동권정체, 그리고 그의 대표작이라고 할 수 있는 『노수부의 노래』에 나타난 문학적 항해공동체에 대한 분석을 통해 그가 추구한 이상적 공동체의 모습을 살펴보겠다.

---

4) 문학적 이상 공동체를 문학적 유토피아로 간주한다면 프랑스 혁명에 대한 대안으로 프리드리히 슐레겔(Friedrich Schlegel)의 미학적인 혁명에 대한 유토피아적 비전은 이미 근대에 굳은 지반을 형성하였다. 이에 대한 자세한 설명은 최민숙, 「독일 전기 낭만주의의 정치적 유토피아」, (『한국독어독문학회』 57, 1995), 63-65쪽을 참조.

1. 천년왕국

18세기 기독교 전통에서 천년왕국주의는 유럽에서 세속화되어 등장했고, 혁명의 발생지인 프랑스에서도 천년왕국주의를 고조시키는 일련의 사회적 분위기가 조성되었다. 당대 많은 프랑스인들은 기적과 마술·점성술에 관심이 있었고, 1777년 태양에 흑점이 나타났고, 1780년 이상기후로 인해 인류에게 종말이 다가오고 있으며 무서운 변화가 닥칠 것이라는 소문이 사람들 사이에 무성했다. 또한 프랑스 혁명 전에는 얀센파(Jansenist)와 경련파(Convulsionaries) 천년왕국주의자들이 프랑스 내에서 천년왕국주의 분위기를 고조시켰다.[5]

이런 상황에서 1789년에 자유·평등·박애를 그 이상으로 내세운 프랑스 혁명이 발발했을 때, 당시 유럽의 지성인들은 프랑스의 구제도라는 사회·정치적 제도들이 폭력에 의해 붕괴되는 것을 보았다. 그리고 그들은 성서의 예언대로 세상의 종말이 왔다고 믿었다. 이들은 프랑스 혁명 자체가 성서의 예언을 알리는 징표라고 간주했으며, 이제 사악한 시대가 끝나고 기독교적 유토피아인 천년왕국의 도래가 임박했다는데 확신을 가졌다. 이런 믿음이 영국에서도 예외는 아니었다.

프랑스 혁명을 전후하여 영국 사회는 성 아우구스티누스(St. Augustine)의 역사 6천년설이 유행처럼 크게 번졌다.[6] 이 학설에 바탕을 두고 인

---

5) 천년왕국주의(Millenarianism)에 대한 자세한 설명은 박양식, 「천년왕국주의」, 김영한·임지현 엮음, (『서양의 지적 운동』, 지식산업사, 1994), 47-85쪽이 도움이 된다. 아울러 본 논문에서 인용된 부분은 62임을 밝힌다. 영국 낭만주의운동과 천년왕국에 대한 연구는 박찬길, 「낭만주의와 유토피아」, (『안과 밖』 6, 1999), 8-35쪽, M. H. Abrams, *Natural Supernaturalism: Tradition and Revolution in Romantic Literature*, (NY: Norton, 1971), pp.32-46와 Morton D. Paley, *Apocalypse and Millennium in English Romantic Poetry*, (Oxford: Oxford UP, 1999) 등을 참조.

6) 역사 6천년설이란 성 아우구스티누스가 주장한 학설이다. 이 학설은 신이 6일 동안 천지창조를 하고 제7일에는 안식했다는 성서 창세기 내용을 근거로 하루를 천년으

류 역사는 약 200년 정도 더 지속되다가 종말을 맞은 후 천년동안 유토피아인 천년왕국이 도래한다는 사상이다. 아울러 인류의 종말 이전에 기독교가 타락하고, 전쟁, 기근, 재앙, 전염병 등의 징조가 일어날 것을 성서는 예언하고 있다. 이 때문에 당대 영국인들은 프랑스 혁명을 천년왕국이 임박했음을 알리는 사건으로 보았고, 혁명의 유혈과정을 성서의 예언과 동일시했다(Wylie, 494).

코울리지 역시 성서의 예언을 완성시키는 프랑스 혁명 정신이 널리 전파되고 이를 통해 삶이 변화될 것이라고 주장했다(Paley, 1). 그가 1789년에 지은 「바스티유 감옥의 파괴」("Destruction of the Bastille")는 파리 시민들이 감옥을 향해 돌진하면서 감옥의 죄수들을 풀어 주는 과정을 묘사하고 있다. 화자는 바스티유 감옥의 파괴라는 사건에 대한 연상 작용을 보여주다가 마지막 연(6연)에서 프랑스 혁명의 정신이 영국과 전 세계에 전해지기를 바라고 있다.

> 프랑스 혼자서만 폭군을 쫓아낼 것인가?
> 오 자유여! 프랑스만 그대의 배려를 자랑해야만 할 것인가?
> 보라, 벨기에의 영웅들은 그대의 기준에 흥분하고 있다,
> 권력의 피로 오염된 사광은 분위기에 불을 지피고 있을 지라도,
> 그리고 그대의 영향을 널리 전파하라,
> 그대의 피곤한 머리는 기대지도 못하리,
> 온 세계 모든 땅이
> 하나의 독립적인 정신을 자랑할 때까지!

로 간주하여 인류 역사를 6천년으로 해석한다. 최초의 인류인 아담은 B. C. 4,000년경 창조되었다고 가정한다면 A. D. 2,000년에는 인류에게 종말이 온다. 그리고 선택된 자들은 유토피아인 천년왕국에서 안식을 누리게 된다. 이 학설은 초기 기독교 사회에 유포된 "바나바의 편지"에 근거를 두고 주장되고 있는 학설로써, 역사 6천년설을 "천년안식"(Millennium-Sabbath)설이라고도 한다.

예전처럼 특전이 부여된 영국은
선각자들 중 가장 앞서고 자유로운 사람들 중 가장 자유롭게 되
도록 하라! (31∼40행)

Shall France alone a Despot spurn?
Shall she alone, O Freedom, boast thy care?
Lo, round thy standard Belgia's heroes burn,
Tho' Power's blood-stain'd streamers fire the air,
And wider yet thy influence spread,
Nor e'er recline thy weary head,
Till every land from pole to pole
Shall boast one independent soul!
And still, as erst, let favour'd Britain be
First ever of the first and freest of the free![7]

　코울리지는 혁명의 정신이 바로 다가 올 이상 공동체인 천년왕국의
정치적 이념이 될 것이라는 확신을 가지고 있었다. 그래서 그는 1794∼
1796년 사이에 쓰이어진 시를 통해 프랑스 혁명 중에 발생한 폭력의
과도함은 천년왕국에 보다 근접하고 축복받은 미래 상태를 확보하기
위해 피할 수 없는 과정이라고 보았다(Kitson, "Coleridge" 200). 「종교
적 명상」("Religious Musings")에도 코울리지는 프랑스 혁명으로 인한
파괴와 폭력은 유감스럽지만 필요하며 이것은 임박한 천년왕국을 준
비하는 과도기적 사건으로 해석한다.

---

7) 이후로부터 특별한 언급이 없는 한 코울리지 문학 작품에 대한 인용은 Samuel Taylor
　Coleridge, *Coleridge: Poetical Works*, Earnest Hartley Coleridge, ed. (NY: Oxford UP, 1983)에
　서 인용하겠다.

더 많은 신음이 발생해야만 하고,

더 많은 피가 흘러야만 한다, 그대의 악행이 충만하기 전까지.

이제 최후의 심판일이 다가오고 있다: (301~303행)

More groans must rise,

More blood must stream, or ere your wrongs be full.

Yet is the day of Retribution nigh:

　자유, 평등, 그리고 박애의 혁명 정신을 계승할 공동체인 천년왕국이 도래하기 위해서는 전쟁과 그로 인한 폭력과 그 피해가 불가피하다고 인식할 정도로 코울리지는 천년왕국 사상에 경도되어 있었다. 하지만 이런 확고한 믿음에도 불구하고 천년왕국이 도래하지 않자, 시간이 지날수록 유토피아에 대한 그의 기대는 좌절되었다. 그러던 중 1794년 프랑스 혁명은 새로운 국면을 맞이하게 되었다. 대외적으로 프랑스의 새로운 지도자들은 복잡한 국내문제의 돌파구를 마련하기 위해 프랑스 혁명군이 영국을 중심으로 반혁명군과 전쟁을 시작했다. 대내적으로는 새로 집권한 막시밀리앙 로베스피에르(Maximilien de Robespierre)가 반대파에 대한 학살을 감행하였다. 이를 목격한 영국의 개혁가들은 프랑스와 프랑스 혁명에 대한 열광적인 지지를 철회하기 시작했다. 코울리지 역시 이 대열에 합류하였다.

2. 만민동권정체

　프랑스 혁명에 대한 지지를 철회한다는 것은 혁명 정신으로 통치될 유토피아인 천년왕국주의를 포기하는 것을 의미한다. 코울리지는 천년왕국에 대한 기대는 접었지만 혁명의 정신을 포기한 것은 아니었다.

그는 이를 실현한 새로운 공동체 결성을 계획했다. 평등사상을 강조한 코울리지는 새로운 공동체의 이름도 모든 사람이 통치하는 정부(the government ruled by all)라는 의미에서 만민동권정체로 명명했다. 그리고 영국에서 멀리 떨어진 아메리카(미국) 식민지에 공동체 건설을 타진했다. 만민동권정체의 구체적인 운영 방안에 대한 내용은 전해지지 않지만, 사우디와 교환했던 편지 내용 속에는 공동체의 자녀 교육 프로그램, 하인문제, 여자들을 가사노동으로부터 해방시키는 방안, 집 안팎의 청소문제 등의 공동체 운영에 관한 사항을 논하고 있다.

만민동권정체에는 프랑스 혁명의 정신이 반영되어 있다. 그 중 평등은 그리스도의 사명이었고, 진정한 평등을 위해서 예수는 제자들에게 소유를 금지시켰다. 예수의 가르침처럼 부의 축적이나 소유의 금지에 대한 생각이 코울리지의 중요한 사상적 근간이다(Sternbach, 260). 코울리지는 옥스퍼드를 떠나기 전에 사우디와 함께 만민동권정체의 중요한 특징을 구상하기 시작했다. 그가 사우디를 알게 된 것은 1794년 6월이었으며, 사우디는 웨일즈 지방을 여행할 동안 만민동권정체를 함께 실현하기를 희망하며 코울리지를 브리스틀로 초대했다. 그리고 브리스톨에서 이들의 공동체 계획은 점차 구체화되기 시작했다(Coleridge, *CL* I 163).[8]

만민동권정치에 대한 계획은 코울리지가 지인들에게 보낸 편지에 주로 나타나 있고, 1794년 7월 6일에 사우디에게 보낸 편지에 이를 처음으로 언급했다. 만민동권정체는 자연의 혜택을 무소유화(aspheterized)하자는 생각을 가진 공동체이며, 무소유라는 단어는 그리스어로 무(non)를 의미하는 아(α)와 소유(proprius)를 뜻하는 스페테로스(σφέτε

---

8) 1795년 11월 13일 코울리지가 사우디에게 보낸 이 편지에는 그가 사우디와 처음 만나서 만민동권정체를 계획하기까지의 여정을 코울리지가 간단히 정리하고 있다.

ρος)의 복합어다(Coleridge, *CL* I 1) 84).[9] 이는 사유재산 폐지와 관계되어 있다.

　개인재산의 폐지를 원칙으로 이미 소수의 사람들이 이민계획을 세우고 있다고 1794년 8월 29일 찰스 히스(Charles Heath)에게 보낸 편지에서 코울리지는 밝히고 있으며, 이들의 정치적 신조에 대한 책을 준비 중이라고 덧붙이고 있다. 만민동권정체를 진행과정을 히스에게 설명하면서 코울리지는 그에게 이 공동체의 참여를 권유하였다(Coleridge, *CL* I 96).[10] 같은 해 9월 6일 코울리지는 사우디에게 공동체 건설을 위한 장소로 아메리카(미국) 동부의 펜실베이니아(Pennsylvania)에 위치한 서스케하나(Susquehanna)로 정하자고 편지를 제안을 했다. 서스케하나를 이상 공동체의 거주지로 정한 이유는 그 당시 코울리지가 만난 아메리카 부동산 중개업자를 통해 2,000파운드 정도면 땅을 구입해서 공동체를 만드는데 문제가 없으며, 그 땅이 매우 아름답고, 인디언의 공격으로부터 안전했기 때문인 것 같다(Coleridge, *CL* I 99). 코울리지는 만민동권정체 건설에 대해 상당한 기대를 가지고 자신의 모든 것을 투자하고 있었다. 그는 공동체에 합류하기로 한 사람들 중 그들의 아내로 인해 그 계획이 좌절 될 것을 두려워 할 정도였다. 그래서 코울리지는 사우디에게 다음과 같이 편지를 쓸 정도였다.

　　내 머리는 고통스럽게 쑤시기 시작하고 있습니다. 편지의 결론

---

9) 이 편지에는 만민동권정체를 의미하는 팬토크러시(Pantocracy)가 처음으로 언급되었고, 이 용어는 후에 '만민동권정체'(Pantisocracy)로 바뀌게 되었다.

10) 찰스 히스는 몬머스셔(Monmouthshire)에서 두 번이나 시장을 역임했던 지형학자 (1761~1831)로 그의 친형제는 브리스틀에서 약제사를 하고 있었다. 아마도 코울리지는 히스의 형제를 통해 히스에게 만민동권정체 건설에 동참할 것을 제안하는 편지를 썼던 것 같다.

을 내려야만 하겠네요. 부인에게 말해 주세요. 내가 지난밤 악
몽을 꾸었는데, 그녀가 아메리카로 가는 것을 거절하는 꿈을 꾸
었네요! 하나님이 그녀에게 복을 주시기를!

My head begins to throb painfully -- I must conclude --. Tell Mrs
Southey, I had the Night Mair last night -- I dreamt (vision of
terrors!) that she refused to go to America! God bless her!
(Coleridge, *CL* I 101)

같은 시기에 쓴 「만민동권정체」("Pantisocracy")에도 새로운 공동체
에 대한 기대가 명백하게 드러나 있다.

> 환상에 잠긴 나의 영혼으로 하여금 과거에 있었던 행복에 더 이상
> 머무르지 않도록 할 것이다. 왜냐하면 불길한 날의 수치와 괴로
>   움에 무게를
> 가하면서 더 이상 참지 않을 것이기 때문이다,
> 현명하게 잊자! 대양 너머로
> 숭고한 희망이 끓어오른다. 나는 아담한 골짜기를 찾으려고 한다.
> 그 골짜기에서는 무심한 발판을 가진 냉정한 덕이 탈선할지도
>   모른다,
> 그리고 달빛의 노래에 맞추어 춤을 추면서
> 마법 같은 열정은 거룩한 주문을 엮는다. (1~8행)

No more my visionary soul shall dwell
On joys that were; no more endure to weigh
The shame and anguish of the evil day,
Wisely Forgetful! O'er the ocean swell
Sublime of Hope, I seek the cottag'd dell

Where Virtue calm with careless step may stray,

And dancing to the moonlight roundelay,

The wizard Passions weave an holy spell.

　코울리지에게 만민동권정체는 도래하지 않은 혁명 정신을 계승할 천년왕국에 대한 좌절을 궁극적으로 보상할 대안이자, 새로운 이상적 공동체였다. 그가 생각한 공동체는 크게 세 가지 특징으로 요약될 수 있다. 첫째 소유권 철폐를 전제로 하는 재산 공유제이다. 앞 단락에서 인용한 코울리지의 편지에 나온 애스피터리즘(Aspheterism)이라는 무소유(non proprius) 사상은 코울리지가 의도한 공동체의 핵심이다. 둘째 프랑스 혁명에서 주장한 박애정신을 코울리지는 극단적으로 확대하여 적용하고 있다. 코울리지에게 있어서 박애는 인간에 대한 사랑뿐만 아니라 동물까지도 포함하는 인간과 동물간의 형제적 유대관계를 포함한다. 보편적인 자연의 박애정신을 강조한 것으로 고양이조차 자매라고 부르고 있다. 셋째 공동체의 교육은 루소적인 교육관을 가지고 있다. 새로운 유토피아적 공동체는 자녀들에게 당대 사회의 타락한 문명의 영향으로부터 절대적으로 보호받아야 하기 때문에 당대 이루어지고 있던 모든 제도적 교육을 거부하고자 했다(박찬길, 21-22).

　하지만 무소유, 박애정신, 루소적인 교육관을 가진 만민동권정체라는 이상 공동체는 무산되었다. 코울리지가 이 계획을 포기한 이유는 공동체의 운영방안에 대해 사우디와의 이견과 공동체 계획으로부터 사우디가 이탈을 했기 때문이다. 또한 비슷한 시기에 워즈워스와의 만남이 코울리지가 공동체를 포기한 결정적인 이유이기도 하다. 코울리지와 사우디가 의견이 달랐던 부분은 새로운 공동체가 전통적인 가부장적 권력 방식에 집착을 하고 있었기 때문이다. 사우디는 새로운 공동체에 하인들을 두고 여성은 가사일과 육아를 해야 된다고 주장했으나, 코울리지는 이를 반대했다. 그는 공동체의 모든 구성원은 평등해야하며, 남자는 육체적인 일(농장일)을 많이 해야 하고 가사와 육아에도 종사해야한다고 주장했다.11)

만민동권정체 건설의 꿈도 좌절되자, 코울리지는 이상적 공동체에 대한 기대를 내면화 시키게 되었다. 이제 이상적인 공동체에 대한 코울리지의 여망은 그의 삶과 작품 속에 암시되어 있다.

3. 항해 공동체

코울리지의 작품에는 다양한 형태로 유토피아적 공동체의 모습이 암시되어 있는 데, 그 중『노수부의 노래』에 나타난 유토피아적 비전을 제시하는 공동체는 항해 공동체이다. 노수부가 포함된 항해 공동체를 이상적인 공동체로 보는 이유는 항해 공동체가 가지는 특징이 천년왕국이나 만민동권정체의 특징을 가지고 있기 때문이다. 항해 공동체가 가지는 이상적 공동체의 특징은 현실과 분리(격리)되어 있고, 남성으로만 구성된 공동체이며, 공동체 구성원 간에는 계급적 관계가 아니라 수평적 평등의 관계가 성립되어 있다는 점이다. 이런 몇 가지 특징을 중심으로 항해 공동체가 가지는 모습을 살펴보고자 한다.

항해 공동체를 이상적인 공동체로 볼 수 있는 첫째 이유는 이 공동체가 현실과 격리되어 있다는 점이다. 노수부들은 고국을 떠나 목적지

---

11) 1794년 10월 28일 사우디에게 보낸 편지(Coleridge, *CL* I 119-120)와 같은 해 11월 3일 또 다시 그에게 보낸 편지(121-122)에서 코울리지가 구상하고 있는 만민동권정체에는 하인이 있을 수 없다는 강력한 메시지를 사우디에게 전달하였다. 그리고 이것이 두 사람 사이에 논쟁이 되어 만민동권정체를 포기하는 중요한 요인 중 하나기 되었다.

도 없이 먼 바다 여행을 시작한다. 『노수부의 노래』에는 노수부와 200 명의 승무원들이 항해를 떠나는 이유가 적시되어 있지 않다. 전후 설명도 없이 노수부의 이야기는 항해와 그 가운데에서 노수부가 겪은 일 자체에만 관심이 있다. 1척의 배가 있었고(I부 10행), 이 배는 사람들의 환송을 받으며 항해를 시작한다(I부 21행)는 내용으로 시는 시작되고 있다.

이상적인 공동체인 만민동권정체 건설을 위해 영국을 떠나 아메리카로 항해하는 것을 꿈꾸었던 코울리지는 이상적인 공동체의 시작을 항해로 인식하고 있다. 그래서 그의 시에는 새로운 공동체에 대한 출발을 항해 이미지로 형상화시키고 있다. 『노수부의 노래』에서 항해 공동체가 항해하는 목적이나 동기를 밝히지 않고 노수부와 일행이 자신들의 고국을 떠나 남쪽으로 여행한다는 점은 미지의 세계 혹은 이상향을 향해 전진하는 여행이자 새로운 대륙을 찾아 떠난다는 이상적인 공동체 추구에 대한 은유로 해석할 수 있다.

노수부가 소속된 항해 공동체를 이상적인 공동체로 볼 수 있는 둘째 이유는 항해 공동체가 남성으로만 구성되었다는 점이다. 18세기말 대서양과 태평양을 운행하던 배들은 함선, 무역선, 여객선이 대부분이었다. 배에 탑승한 구성원들을 살펴볼 때 수부들이 탄 배를 함선이나 여행객을 태운 여객선으로 보기는 어렵다. 그렇다고 이 배를 무역선으로 간주할 만한 어떤 증거도 발견할 수 없다. 코울리지가 배의 구성원을 남성으로 제한한 것도 남성들 간의 형제애를 전제한 시도였다. 특히 승무원 중 노수부의 조카가 타고 있었다는 점도 이를 뒷받침해 주고 있다. 노수부가 승선한 배는 형제애와 가족관계의 유대로 형성되어 있으며 이것은 흡사 코울리지가 세우려고 한 만민동권정체에 가깝다고 주장은 머쿠직의 연구를 인용하지 않더라도("'Wisely forgetful'" 104),

항해 공동체는 그 구성과 역할 면에서 코울리지가 추구한 이상적 공동체의 모델에 가깝다.

> 내 조카의 시체가
> 내 옆에 서 있었소, 무릎을 맞대고.
> 왜냐하면 그와 나는 같은 밧줄을 잡아 당겨야 했기 때문이오,
> 하지만 그는 아무 말도 하지 않았소. (V부 341∼44행)

> The body of my brother's son
> Stood by me, knee to knee:
> The body and I pulled at one rope,
> But he said nought to me.

　수부들의 항해 공동체를 이상적인 공동체로 볼 수 있는 셋째 이유는 항해 공동체에는 선장과 선원의 관계, 즉 명령자와 수행자라는 계급적 관계가 존재하지 않는다는 점이다. 배에 승선한 선원들은 각자가 자신의 일을 책임지고 수행하였으며, 배에는 수부들의 행동을 통제하는 선장이나 명령을 하는 사람은 존재하지 않았다.

> 키잡이는 키를 조정했고, 배는 계속 움직였소;
> 하지만 미풍은 불어오지 않았소;
> *수부들은 모두 밧줄을 조정하기 시작했소,*
> *그들이 늘 일하던 곳에서;*
> 그들은 생명 없는 연장처럼 사지를 들어 올렸소 --
> 우리는 소름끼치는 선원들이었소. (V부 335∼340행; 이탤릭체 필자 강조)

The helmsman steered, the ship moved on;
Yet never a breeze up-blew;
The mariners all 'gan work the ropes,
Where they were wont to do;
They raised their limbs like lifeless tools--
We were a ghastly crew.

위에서 인용한 장면은 쓰러져 죽은 수부들이 다시 일어나 자신들이 원래 하던 일자리로 돌아가 일을 하고 있는 장면을 묘사한 부분이다. 명령하거나 지시하는 사람이 없음에도 불구하고 사자(死者)들은 살아나서 자기에게 부여된 일을 묵묵히 수행한다. 항해 공동체는 자신의 일에 대해서 불평을 하는 사람도 그 일을 유기하는 사람도 없었다. 그러므로 무시무시하고 소름끼치는 일을 경험한 노수부의 서술 분위기 때문에 항해 공동체가 이상 공동체의 특징을 가지고 있다는 점을 독자가 간과할 수는 있지만, 항해 공동체가 새로운 세상을 향해 항해를 떠난다는 점, 공동체가 남성으로만 구성된 형제애를 소유한 점, 그리고 공동체가 업무를 수행할 때에는 상명하복의 수직적 명령관계가 아니라 평등한 공동체라는 점에서 코울리지의 항해 공동체를 천년왕국이나 만민동권정체의 연속선에 있다.

이처럼 새로운 이상향을 위해 출발하고 평등한 일의 분업과 형제애로 구성된 항해 공동체는 남극에서 위기에 처하게 되었다. 외부적인 요인에 의해 평화롭던 항해 공동체는 분열되고 그 결과 파괴되었다. 인류에게서 폭력이 사라지고 모든 사람이 동등한 권리를 가지고 사는 이상향을 꿈꾸었던 코울리지에게 있어서 항해 공동체의 분열은 한 마리 새의 등장에서 비롯되었다.

Ⅲ. 항해공동체의 분열과 파괴

본장은 노수부가 소속된 항해 공동체가 파괴된 원인을 1790년대에 코울리지가 가졌던 정치적 이상을 중심으로 살펴보고자 한다. 항해 공동체가 파괴되는 사건은 앨버트로스의 등장과 관련 있으며 이 새에게 가해진 폭력 때문에 항해 공동체는 분열되고 결국은 파괴되었다. 또한 공동체가 파괴된 직후 『노수부의 노래』에 나타난 이미지는 노예무역의 참혹한 결과를 암시하고 있다. 그러므로 본장에서는 앨버트로스에게 가해진 폭력(살생)이 항해 공동체에게 가져온 분열과 파괴라는 관점에서 살펴보겠다.

1. 검은 앨버트로스

『노수부의 노래』속에 등장하는 항해 공동체가 파괴되는 배경에는 흑백의 대조가 명확하게 드러나 있다. 수부들이 폭풍에 내몰려져 남극에 도착한 후 그들이 본 것은 얼음과 안개와 구름, 그리고 달이었다. 이들 모두는 흰색으로 대표되는 대상들이다. 이때 만난 것은 백색과는 대조적인 흑색의 앨버트로스였다. 앨버트로스가 검은 색의 새라고 코울리지가 주장한 적은 없었다. 하지만 노수부가 앨버트로스를 죽이는 내용을 제안한 워즈워스가 참조한 당시 항해기를 그 근거로 한다면 앨버트로스의 색을 구체적으로 확인할 수 있다.

워즈워스는 1726년 조지 쉘보크(George Shelvocke) 선장이 쓴 『남태평양을 경유한 세계 여행』(*Voyage round the World by the Way of the Great South Sea*)을 읽은 적이 있었는데 그 책 중의 에피소드 하나를 코울리지에게 소개해 주었다(Hill, 104).[12] 로우즈는 쉘보크 선장의 항해기에 담긴 앨버트로스에 관한 내용을 자세하게 설명했다. 그 내용은 세계를 여행하던 쉘보크 선장의 배는 남태평양의 남극 근처에 도착하였으나 어떤 종류의 물고기나 바다 새 한 마리 못 보았는데 우울해 보이는 검은 앨버트로스 한 마리(a disconsolate black Albitross)가 쉘보크 선장의 배를 따라 왔으며, 선원 중 한 명이 이 새가 흉조라는 미신을 믿고 활을 쏘아 앨버트로스를 죽였다(Lowes, 206). 쉘보크의 이야기에서 필자가 주목하는 것은 앨버트로스의 색이 검다는 것이다. 그리고 코울리지가 의도했든 그렇지 않았든 간에 십자궁으로 앨버트로스를 쏘아서 죽인 수부의 행위를 서술하고 있는 쉘보크 선장의 항해기와『노수부의 노래』의 차이점은 후자의 작품에는 앨버트로스의 색을 명시하지 않고 있다는 점이다.

노수부의 항해 공동체가 도착한 백색으로 가득 찬 남극의 환경에서 검은 새가 등장하였고 이 새를 항해 공동체가 어떻게 수용할 것인지 결정하는 것은 그리 쉬운 문제가 아니었다. 항해 공동체의 수부들은 수일동안 생명체를 만나지 못했기 때문에 처음에는 이 새를 그리스도의 이름으로 환영하였다. 하지만 9일이나 새가 먹이도 먹고 수부들과 놀기도 하면서 항해 공동체에 계속해서 합류를 하게 되자 노수부는 십자궁으로 앨버트로스에게 폭력을 가했다. 앨버트로스에게 폭력이 가해진 이후, 항해 공동체는 급격히 분열되기 시작한다. 노수부의 행위를 비난하는 사람들과 이를 옹호하는 사람들로 나누어 졌다. 이전까지 항해 공동체는 특별한 사건이나 일이 없을 정도로 평온하고 구성원 사이의 관계에도 큰 문제가 없었다. 하지만 새를 죽인 폭력적인 사건을

---

12) 조지 쉘보크 선장의 항해 내용 중 앨버트로스를 죽인 사건이 기록되어 있으며 코울리지의 작품과 그 내용이 유사하다.

두고 공동체는 심한 분열의 위기에 직면했다.

> 왜냐하면 모두들 주장했소, 내가 순풍을 가져오는
> 새를 죽였다고.
> 비열한 사람! 그들은 말했소,
> 순풍을 가지고 오는 새를 죽이다니! (II부 93~96연)
> ㆍㆍㆍㆍㆍㆍㆍㆍㆍㆍㆍㆍㆍㆍㆍㆍㆍㆍㆍㆍㆍㆍㆍ
> 그때 모두들 주장했소, 내가 안개와 연무를 가져오는
> 새를 죽였다고.
> 옳은 일이야, 그들은 말했소.
> 안개와 연무를 가져오는 그런 새들을 죽인 것은. (II부 99~102연)

> For all averred, I had killed the bird
> That made the breeze to blow.
> Ah wretch! said they, the bird to slay,
> That made the breeze to blow!
> ㆍㆍㆍㆍㆍㆍㆍㆍㆍㆍㆍㆍㆍㆍㆍㆍㆍㆍㆍㆍㆍㆍㆍ
> Then all averred, I had killed the bird
> That brought the fog and mist.
> 'Twas right, said they, such birds to slay
> That bring the fog and mist.

　동일한 이상과 이념으로 출발한 항해 공동체이지만 새의 죽음과 새를 죽인 노수부의 행동에 대해 비열한(wretch) 것으로 보는 수부들과 그렇게 한 것을 옳은 일('twas right)로 보는 수부들로 의견이 분열되었다.
　항해 공동체가 자연에게 가한 폭력의 대가는 공동체 구성원간 관계성의 파괴뿐만 아니라 항해 공동체 자체의 붕괴를 예고한다. 한 개인

의 죄에 의해 집단이 붕괴하게 되는 것은 흔하게 나타나지는 않지만 코울리지가 최고의 문학으로 간주한 구약성서에 그 기원을 두고 있다.[13] 개인의 죄가 공동체의 운명에 영향을 주는 내용을 통해 코울리지가 보여주고자 한 것은 이상적 공동체는 의지나 사상이 아니라 구성원 각자가 공동체의 방향과 목적에 동의하고 참여할 때만 가능하다는 것이다.

그러면 18세기 말 영국의 정치 · 역사적인 상황을 고려해 볼 때, 코울리지가 『노수부의 노래』를 통해 고발하고자 한 항해 공동체의 폭력은 무엇인가? 항해 공동체를 18세기 말 유럽, 특히 영국 지성인들의 관점에서 본다면 이 공동체가 해결해야 할 선결과제는 흑인 노예문제이며 앨버트로스에게 폭력이 가해진 후 항해 공동체가 당하는 고통에는 노예제도의 문제점이 고스란히 반영되어 있다. 노예제도의 구체적인 문제점을 살펴보도록 하자.

2. 풍토병과 노예무역선

코울리지는 대학 재학 시절부터 노예무역 폐지에 관심을 가졌고 노예제의 폐해를 고발하는 시와 노예무역 폐지를 주장하는 연설을 하기

---

13) 일반적으로 기독교 신학에서는 죄를 인류의 조상이 지은 원죄(original sin[primordial sin=peccatum originalis=peccatum originale(L)])와 개인이 지은 자범죄(actual sin[peccatum actuale(L)])로 분류한다. 개인의 죄가 집단에게 영향을 준 사례는 구약성서 여호수아 7장에 기록된 "아간의 범죄"에서 그 예를 찾을 수 있다. 아간은 이집트를 탈출한 이스라엘 민족이 가나안 지역을 점령하면서 얻은 전리품을 개인이 소유하지 못함에도 불구하고 이를 훔쳐서 감추게 된다. 그러자 이스라엘 민족은 전략적으로 열세한 아이 성 원정에 실패를 하게 되었다. 여호와 신은 우월한 위치에 있는 이스라엘이 패한 원인을 "이스라엘이 범죄하여 내가 그들에게 명령한 나의 언약을 어겼으며 또한 그들이 온전히 바친 물건을 가져가고 도둑질하며 속이고 그것을 그들의 물건들 가운데 두었기" 때문이라고 말하고 있다(여호수아 7:11).

도 했다. 또한 그가 쓴 작품에도 노예제도의 인권 침해적인 요소에 대해서 자주 언급하였다. 여기서 논의하고자 하는 내용은 노예무역에 대한 역사를 논하는 것이 아니라『노수부의 노래』속에 나타난 노예무역에 관한 다양한 암시를 해석해 내고 이를 통해 배타적인 공동체주의에 빠진 항해 공동체의 죄를 증명하는데 중점을 두고자 한다.

『노수부의 노래』속에는 영국의 제국주의적 팽창과 당대에 만연한 노예무역을 암시하는 다양한 표현들이 숨어 있다. 엠프슨이 지적한 것처럼 영국의 제국주의적 경제활동이 왕성한 시기인 18세기 말에 200명의 남성 수부들이 항해를 한다는 것은 해상 활동을 통한 정복 혹은 지리상의 발견을 위한 활동으로 충분히 볼 수 있다(Empson, 298). 또한 이 배가 영국에서 출발했다고 가정한다면 배가 진행했던 항로도 이런 주장을 뒷받침 한다. 노수부의 배는 영국을 떠나 적도를 지난 다음 남극에 도달했다. 계속해서 배는 남미의 케이프 혼(cape horn)을 지나 태평양에 도착했다. 그 후 적도를 통해 다시 출발지로 귀환했다. 배가 지나 온 항로로 판단해 보건데 이 배는 새로운 대륙이나 식민지 발견을 위해 출항했던 선박이라는 해석은 충분히 가능하다. 특히 배가 남미의 케이프 혼을 지나 태평양에 들어 갈 때 "우리는 고요한 바다로 난입한 최초의 사람들이었소"(We were the first that ever burst into that silent sea.)(II부 105~106행)라는 정복의 의미를 고려해 볼 때 이런 주장은 더 설득력이 있다.

두 번째로 노예무역과 해상 지배력 확대로 인한 풍토병이나 황열병(yellow fever)의 특징을 노수부와 선원들에게서 찾아 볼 수 있다. 결혼식 하객은 신랑의 가장 가까운 친척 중 하나이지만 노수부의 마술에 걸린 것처럼 계속해서 그의 항해 경험담을 듣지 않을 수 없었다. 이때 결혼식 하객에게 비친 노수부의 모습은 "말라빠진 손"(his skinny hand

[I부 9행])과 "갈비뼈 모양의 모래사장처럼 키 크고 여위고 갈색을 띄고"(And thou art long, and lank, and brown, / As is the ribbed sea-sand. [VI부 226~7행])있다. 그래서 하객은 노수부를 외모를 보면서 두려워하였다(VI부 224~9행). 노수부가 이런 외모를 갖게 된 것은 그가 경험한 항해와 무관하지 않을 것이며 생중사의 고통을 경험한 것과도 관련이 있다. 동료 수부들이 비슷한 경험을 통해 죽은 것처럼 노수부 역시 바다 위에서 물과 식량부족 때문에 황열병이나 적도 지역의 풍토병으로 고통을 당했을 가능성이 매우 높다. 리가 「황열병과 노예무역: 코울리지의 '노수부의 노래'」("Yellow Fever and the Slave Trade: Coleridge's *The Rime of the Ancient Marine*")를 통해 분석한 것처럼 18세기 말 노예무역을 통해 아프리카나 서인도제도에서 유행한 풍토병이나 황열병이 영국에 유행하기도 했으며 영국 사람들에게 면연역이 강한 병들이 노예무역을 통해 다른 지역에 전염되기도 하였다(675-700).

수부들이 고통을 받고 죽는 장면을 통해 이들의 사인이 무엇인지를 밝히는 것도 흥미 있는 작업이 될 것이다. 앨버트로스를 죽인 형벌은 모든 수부들에게 고통으로 다가왔다. 태평양의 적도에 도착한 배는 그림으로 그려진 바다위의 그림배처럼 움직이지 않자, 이들은 곧 물 부족으로 인해 심한 갈증을 느끼기 시작했다.

물, 물, 사방에 온통 물
그런데도 모든 갑판은 오그라들고
물, 물, 사방에 온통 물
마실 물은 단 한 방울도 없었소. (II부 119~22행)
· ·
그리고 모든 혀는, 심한 갈증으로,

뿌리까지 시들었소;
우리는 더 이상 말할 수 없었소, 검댕으로
목구멍이 막힌 것처럼 (II부 135~38행)

Water, water, everywhere,
And all the boards did shrink;
Water, water, everywhere,
Nor any drop to drink.
· · · · · · · · · · · · · · ·
And every tongue, through utter drought,
Was withered at the root;
We could not speak, no more than if
We had been choked with soot.

이런 상태에서 노수부는 멀리서 다가오는 배의 형상을 보게 되는데 그 역시 갈증이 극에 달했기 때문에 자신의 팔을 깨물어 피를 마신 후에야 말을 할 수 있게 되었다(3부 161행). 이처럼 항해 공동체 구성원들이 기갈(飢渴)한 상태에서 램프에 비친 키잡이의 흰색 얼굴이라든지(III부 207행), 200명의 수부들이 한 사람씩 넘어져 죽는 장면(III부 216~19행), 그리고 수십만의 끈적끈적한 것들이 노수부와 함께 계속 살아 있는 모습(IV부 238~9행)을 종합해 볼 때, 수부들의 사인은 황열병이나 전염병일 가능성이 높다. 그렇지 않다면 200명의 선원들이 동시에 하나씩 죽는다는 것은 현실적으로 불가능한 것이기 때문이다. 18세기 말의 유럽은 지리상의 발견과 해상무역의 발달로 산업화의 길을 걷고 있었지만 대륙 간의 잦은 왕래는 전염병을 확산시키는 계기가 되었다. 이런 역사적인 관점에서 코울리지의 시를 바라본다면 이런 논리는 충분히 타당하다. 그리고 노수부만 살아남을 수 있었던 것은 그가 삶 속에서 죽음의 고통을 참고 이겼기 때문이다. 즉 그는 황열병이나 풍토병에 대한 면역력을 가지고 살아남은 것이다.

　수부들이 걸린 풍토병이나 황열병이 노예무역과 관계된다는 점과 선원들이 심한 갈증의 상태에서 만난 유령선(the spectre bark)이 노예무역선(slave ship)이라는 점은 독자들에게 노예무역과 노예들의 처참함을 보여주기에 충분하다. 웨어는 코울리지가 『노수부의 노래』를 쓰기 위해 참조한 여러 가지 문헌을 제기하면서 유령선을 만났을 때 선원들의 태도나 바다에서 이루어진 범죄의 유사성을 들면서 그 가능성을 주장했다(592). 이런 관점의 연장선상에서 키앤은 유령선을 통해 비친 쇠창살의 이미지를 통해 유령선이 노예무역선임을 주장하고 있다(Keane, 140). 왜냐하면 선원들에게 비친 쇠창살의 이미지는 노예무역선의 감옥을 연상시키기 때문이다.

　　거의 서쪽 파도위에
　　넓게 빛나는 태양이 있었소.;
　　이상한 형체가 우리와 태양 사이로
　　갑자기 전진해 왔소.

　　그리고 즉시 해는 빗장(창살) 무늬가 되었소,
　　(하나의 성모여 우리에게 은총을 내리소서!)
　　감옥 쇠창살처럼 태양이
　　넓고 불타는 얼굴로 응시하는 것처럼.
　　· ·
　　그것들은 **쇠창살을** 통해 태양이 보고 있는 것은
　　배의 늑재(肋材)인가? (III부 173∼86행)

Almost upon the western wave
Rested the broad bright Sun;
When that strange shape drove suddenly
betwixt us and the Sun.

And straight the Sun was flecked with bars,
(Heaven's Mother send us grace!)
As if through a dungeon grate he peered
With broad and burning face.
. . . .
Are those her ribs through which the Sun
Did peer, as through a grate?

　인용된 시구에서 볼 수 있듯이 유령선이 수부들과 태양 사이에 위치했을 때, 그들에게 비춰어진 모습은 창살이나 감옥의 쇠창살 이미지를 강렬하게 보여 주고 있다. 인용문의 다음 내용은 유령선에 사중생(Life-in-Death)과 그녀의 배우자 죽음(Death)이 타고 있었으며 이들은 수부들의 운명을 결정하기 위해 주사위를 던지고 있었다. 사중생과 죽음이 200명이나 되는 수부들의 생명을 단지 주사위 놀이를 통해 결정하는 내용을 인간의 생명을 매매하는 노예무역 상인들의 비인도적인 행위에 대한 암시로 해석할 수 있다.

　노수부의 항해 경험담 속에서 앨버트로스를 죽인 행위에 대한 속죄의 단계로 설정한 유령선과의 마주침, 노예무역을 하는 배에서나 볼 수 있는 쇠창살, 그리고 사람의 운명을 주사위 놀이로 결정하는 유령선의 유일한 승무원인 사중생과 죽음의 행동을 종합해 본다면 유령선을 노예무역선으로 보아도 무방할 것이다. 그렇다면 앞 단락에서 논의한 것처럼 유령선을 만난 후 수부들이 죽은 원인이 노예무역선 노예와의 접촉을 통해 얻은 풍토병이나 황열병일 가능성도 아주 크다.

18세기 말 당시 아프리카의 풍토병이나 흑인 노예들이 걸린 황열병은 노예무역을 통해 주로 서인도 제도에서 설탕농장의 노동자로 고용된 흑인들 사이에서 발생하였다. 물론 노예를 이송하는 과정에서도 많은 노예가 죽었지만, 새로운 환경에 적응하지 못하고 위생적으로 열악한 환경에서 육체적 노동에 시달린 흑인 노예들은 이런 질병에 항상 노출되어 있었다. 이들의 비참함에 대해 코울리지는 1792년 「서인도제도 노예들의 비참한 운명에 관해서」("On the Wretched Lot of the Slaves in the Isles of Western India")라는 송시를 썼다.[14]

서인도제도에서 비참한 생활을 하는 노예들의 고통을 묘사하면서 코울리지는 고통을 종식시킬 방법이 죽음으로나 가능하다고 못을 박는다. 죽음 외에는 노예들을 자유롭게 할 방법이 없다는 표현을 통해, 그들에 대한 학대를 노골적으로 드러내고 있다. 하지만 코울리지는 노예들에게 고통을 주면서 형제와도 같은 그들의 피를 강탈하는 자들에

---

14) Coleridge, Samuel Taylor, *Samuel Taylor Coleridge: The Complete Poems*, William Keach ed. (London: Penguin Books, 1997), p.609. 여기에 설명된 내용은 본서의 편집자인 윌리엄 키치가 쓴 시에 대한 부록 해설을 참조한 것이며, 「서인도 제도 노예들의 비참한 운명에 관해서」의 시 인용은 같은 책 419-21을 따른 것이다. 코울리지는 그리스어로 이 시를 써서 케임브리지 대학에서 금메달(the Brown Gold Medal)을 받았다. 당시에는 케임브리지 대학과 영국의회에서 서인도 제도의 노예무역에 관한 논쟁이 뜨거운 쟁점이었기 때문에 같은 해 7월 3일 코울리지는 자신의 시를 의회에서 낭독하기도 했다. 그리스어로 된 텍스트는 1893년 캠프벨(Campbell)에 의해 처음 출판되었고, 1983년 출판된 영문 번역은 앤시어 모리슨(Anthea Morrison)이 그리스어를 영어로 번역한 것이다. 또한 이 송가의 운율적 특징은 사포풍의 연(Sapphic Stanza)으로 씌어졌으며, 이 연의 특징은 약간 짧은 아도니스격의 시행(Adonic lines)에 이어 세 개의 더 긴 산문시체적인 11음절 시행(logaoedic hendecasyllabic lines)으로 구성되어 있다. 코울리지는 그리스어로 시를 쓴 다음 당시 케임브리지 대학의 그리스 학과 교수인 리처드 포슨(Richard Porson)에게 보여주자 포슨은 코울리지의 시에서 134개의 잘못된 예를 발견하고 수정해 주었다(609; Holmes, 43).

게 복수의 여신이 임하고 있다는 경고를 통해 노예제도의 불법성을 고발하고 있다. 아울러 당시 영국에서 활발하게 전개되는 노예무역 폐지 운동에 대한 가시적인 성과를 예측하고 있으며 노예무역을 통해 인간이 인간에게 범하는 죄는 불합리한 것이며 이런 불합리한 모순은 윌리엄 윌버포스(William Wilberforce)를 통해 해결될 것을 기대하였다.

이 시는 고통 때문에 노예들에게 죽음이 급하게 다가오는 것으로 시작한다. 하지만 이들에게는 노예로 사는 것보다 차라리 죽음이 해방을 의미하기 때문에 춤을 추고 기쁨의 노래로 죽음을 맞이한다. 왜냐하면 죽음이 노예들을 고통에서 해방시켜서 자신들의 고국으로 돌아갈 수 있는 길을 열어 줄 수도 있기 때문이다. 계속해서 코울리지는 시의 화자를 통해 노예들이 인간임에도 불구하고 다른 인간으로부터 고통을 당한다고 하면서 서인도제도에 만연해 있는 살인, 악, 배고픔, 유혈, 저주, 눈물의 현실을 그대로 말했다. 이어 시인은 노예제도에 대해서 슬픔을 느끼는 화자 "나"(I)의 심리상태를 묘사하는 동시에, 노예제도라는 악행을 즐기고 노예들을 이용하는 "너"(you)에게 복수의 여신(Nemesis)이 가까이 왔음을 알려주고 있다. 다음 부분에서는 시가 급진전 되면서 화자는 "연민의 사자"(a Herald of Pity)를 보게 된다. 마지막 부분에서 시는 반전되어 노예무역 폐지 법안을 제출하여 이를 통과시키기 위해 노력하는 윌버포스를 시의 중심에 놓았다. 그래서 이 시는 노예무역 폐지 운동을 주동적으로 끌고 가는 윌버포스를 "그대"(thou)로 부르면서 다음과 같이 끝을 맺고 있다.

환호하시오, 동정심의 키를 가장 잘
안내하는 당신이여! 사랑은 그녀의 눈물 속에서 웃음을
놓아두면서 훌륭한 행동의 날개로

그대를 존경할 것이오. 그리고 미덕의 수행자인
시신은 그대를 끊임없이 기억하려고 할 것이며;
그대의 이름은 고통당하는 사람들의 축복으로
천국으로 쏘아 올려 질 것이오. (Coleridge, *Samuel* 421)

Hail, thou who guidest
well the rudder of Compassions! Love, setting
laughter within her tears, shall honour thee
with the wings of good deeds. And the Muse,
attendant of Virtue, shall love to remember
thee continuously; and with the blessings of
the sufferers thy name shall dart to heaven.

노예무역에 관한 코울리지의 송시가 노예무역 폐지라는 정치적 이상을 담고 있는 것은 사실이다. 하지만 노예무역 폐지를 위한 논리로 사용되는 내용은 다분히 감성적이다. 서인도제도의 노예들이 비참한 생활을 하기 때문에 연민을 가지고 이들을 대해야 한다는 내용이 주를 이루고 있기 때문이다. 또한 시의 마지막 부분에서 윌버포스를 지나치게 우상화하는 경향도 있다. "사랑"(Love), "시신"(the Muse), 그리고 "고통 받는 노예들의 축복"(the blessings of the sufferers)은 윌버포스의 이름을 궁창(하늘)까지 높이 던질 것이라는 시의 결론은 이 시가 노예의 비참한 생활로 시작되고 있지만 결국은 영국인에 의해 노예무역이 폐지되기를 바라는 코울리지의 소망이 녹아 있는 작품으로 볼 수 있다. 또한 그는 영국이 이상적인 공동체를 건설하기 위해 노예무역의 폐지에 앞장서야 하는 당위성을 부드럽지만 강력하게 주장하고 있다.

『노수부의 노래』와 「서인도 제도 노예들의 비참한 운명에 관해서」

를 통해 우리는 인간 불평등과 폭력의 중심에 노예무역이 존재하고 있음을 알 수 있다. 앨버트로스에 대한 폭력,『노수부의 노래』전체에 뒤덮고 있는 흑백의 대조, 노예들의 비참함에 대한 코울리지의 증언의 중심에는 노예무역이 위치하고 있다. 결국 앨버트로스의 죽음으로 인해 야기된 항해공동체의 분열과 파괴를 통해 코울리지는 노예무역에 대한 정치적 암시를 지속적으로 보여 주고 있다. 그러면 코울리지가 생각한 노예무역의 원인과 시가 제시하고 있는 그의 유토피아적 비전을 살펴보겠다.

IV. 항해공동체의 유토피아적 비전

노예무역 폐지를 위해서는 인간에 대한 불평등을 극복하고 모든 사람이 평등한 정치를 실현해야 하며(만민동권정체), 이 개념은 만물까지 확대되어 이것을 무의식적으로 사랑하고 축복하는 마음을 가져야만 한다. 18세기 영국인들은 아프리카 흑인을 미개하고 개화되지 않은 인간이며 자신들보다 열등하다고 생각했다. 하지만 자신의 경험을 말하는 노수부의 서술에서 우리는 그의 인식이 바뀌고 있음을 알 수 있다. 노수부가 자신의 변화된 모습을 깨닫는 시의 종결 부분을 살펴보자. 노수부는 항해 공동체의 구성, 분열, 그리고 파괴라는 자신의 이야기를 반복하면서 유토피아적 비전을 제시하고 있다.

인간과 새와 짐승을
잘 사랑하는 사람이 잘 기도하는 것이오.
크거나 작은 모든 만물을
가장 잘 사랑하는 사람이 가장 잘 기도하는 것이오.
왜냐하면 우리를 사랑하는 하나님,
그 분이 모든 것을 만드시고 사랑하고 계시기 때문이오. (VII부
612~17행)

He prayeth well, who loveth well
Both man and bird and beast.
He prayeth best, who loveth best
All things both great and small;
For the dear God who loveth us,
He made and loveth all.

앨버트로스에게 폭력을 가한 노수부와 이를 방관한 항해공동체의
구성원들은 만물에 대한 배려가 없었다. 그들은 검은 새를 먹이나 먹
고 수부들과 놀아 주는 정도의 도구로만 생각했다. 항해공동체 파괴와
그로 인한 엄청난 결과를 경험한 노수부는 마지막으로 자신의 경험담
을 끝까지 경청한 독자(하객)에게 인간, 새, 그리고 짐승을 잘 사랑하는
사람이 가장 잘 기도를 하는 사람이라는 결론을 내렸다. 이는 당시 타
락한 기독교를 비판하면서 동시에 형식적인 종교 활동으로써 기도보
다 짐승까지 사랑할 수 있는 사람이 가장 잘 기도하는 종교인임을 노
수부를 통해 코울리지는 주장하고 있다. 노수부의 말을 들은 하객은
신랑의 가장 가까운 친척이었지만 결혼식에 참석하여 축하도 하지 않
고 신랑 집 문에서 돌아 섰기 때문이다. 다음 날 일어났을 때 하객은 더
진지하고 지혜로워 졌다("A sadder and a wiser man, / He rose the

morrow morn." [VII부 624~25행]). 여기서 주목할 점은 노수부의 깨달음이다. 그는 인간뿐만 아니라 앨버트로스 새, 그리고 미물인 물뱀까지 사랑하고 무의식적으로 축복할 수 있을 정도로 모든 대상을 존중하는 정신을 습득하였다. 코울리지는 노수부의 항해 경험을 통해 그로 하여금 당대 문학에서 거부하고 배척되었던 뱀에 대한 선입관 역시 일종의 차별로 보았다.

코울리지는 노예무역의 원인에 대해서 1795년에 강연을 한 적이 있다. 그는 노예무역 폐지운동의 중심 도시인 브리스틀 지역에 노예무역 폐지 운동에 대한 열정이 식자, 만민동권정체 건설을 위한 자금도 마련할 겸 노예무역의 원인과 그 해법을 내용으로 강연을 했다. 노예무역에 관한 강연15)에서 그는 노예무역의 원인을 생필품이 아니라 사치품 혹은 기호품을 얻기 위해 시작된 것이며, 노예제도를 찬성하는 영국인들의 논리에도 반박을 하였다.

코울리지의 강연을 통해 노예무역의 원인을 분석하고 이를 제거하려는 그의 의도를 잘 이해하기 위해서는 영국의 노예무역의 역사를 간단히 살펴보는 것이 도움이 된다. 영국이 처음으로 노예무역을 한 것은 1562년 존 호킨스(John Hawkins) 경의 원정이었다. 이 당시 영국인들은 아프리카 노예 사냥꾼으로부터 획득한 노예들을 서인도 제도의 스페인 사람들에게 파는 정도의 초보적인 노예 매매 거래만을 했었다. 영국이 카리브 해 지역에 식민지를 설립하고 설탕산업을 도입할 때까지 영국의 노예무역은 소규모로 이루어 졌다. 그러다가 영국의 정치적 격변이 종료된 1660년경 영국은 상업의 한 분야로 신세계에서 설탕과 담배 식민지 확보를 위해서 노예무역의 중요성을 인식하기 시작했다.

---

15) 코울리지의 강연은 Coleridge, Samuel Taylor(1971), *Lectures 1795: On Politics and Religion*, Lewis Patton and Peter Mann(ed.), NJ: Prince UP에 수록된 글을 참조하였다.

2년 뒤에 왕립 아프리카 회사(the Royal African Company)가 설립되자 상황이 많이 달라져서 1675년에는 이 회사가 영국 노예무역의 주도권을 잡게 되었다. 아프리카 노예무역을 유지하고 발전시키는 것이 대서양 경제체제와 플랜테이션 사업의 주도권을 잡는 아주 중요한 단계로 판단한 영국은 흑인 노예무역을 1783년까지 영국 외교정책의 중요한 목표 중 하나로 삼았다. 자유무역에 따라 증가하는 상품 요구와 설탕 농장의 발전과 더불어 영국의 노예무역 규모는 크게 증가하였다.[16]

1680년과 1686년 사이에 왕국 아프리카회사는 연평균 5,000명의 노예들을 수송하였다. 1760년 영국은 146척의 무역선을 가지고 있었으며 이 정도의 선박이면 36,000명의 노예들을 선적할 수 있는 수송능력이 되었다. 1771년 노예무역 선의 수는 190척으로 증가했고, 선적 가능한 노예 숫자는 47,000명으로 증가했다. 1680년에서 1786년까지 영국 식민지로 수입된 노예는 2백만 명 이상으로 추산된다. 폴 러브조이(Paul E. Lovejoy)의 연구에 의하면 1701년부터 1800년 사이 영국 무역업자들이 아프리카로부터 수송한 노예의 규모는 2,532,300명으로 유럽에서 가장 많은 수를 차지했다(483). 18세기 영국 노예무역의 규모에 대한 여러 가지 계산이 있는데, 대부분의 계산들은 영국의 노예무역이 1783년 이후에 최고 정점에 도달한 것으로 보고 있다. 러브조

---

16) 영국의 노예무역 역사에 관한 유용한 참고문헌으로 곽문환, 「18세기 설탕산업, 노예무역 그리고 영국 자본주의」(『사림(성대사림)』 22, 2004), 147-77쪽; Deirdre Coleman, *Romantic Colonization and British Anti-slavery*(Cambridge: Cambridge UP, 2005); Judith Jennings, *The Business of Abolishing the British Slave Trade, 1783~1807*(London: Frank Cass, 1997); Elizabeth Kowaleski Wallace, *The British Slave Trade and Public Memory*(NY: Columbia UP, 2006); James Walvin, *Black Ivory: Slavery in the British Empire*(Oxford: Blackwell Publishers, 2001)의 책이 유용하다. 특히 이들 문헌은 영국의 노예무역 역사와 특히 18세기에서 19세기 초까지의 다양한 역사적 사실을 상세하게 설명하고 있다.

이는 노예무역 규모 전문가인 필립 커틴(Philip D. Curtin), 이니코리(J. E. Inikori), 로저 앤스티(Roger Anstey)와 같은 학자들의 통계가 차이가 있음을 설명하면서 자신만의 통계방법을 제시하고 있다. 즉 1701년부터 1807년까지 영국의 노예무역 규모를 계산하면서, 1750년까지는 커틴의 통계를 1751년부터 1807년까지는 앤스티의 통계를 따르고 있다 (Lovejoy, 487). 18세기 전반기의 노예무역 규모는 863,900명으로 1년에 13,738명의 노예가 매매되었고, 18세기 후반기 노예무역 규모는 1,913,380명으로 1년에 33,568명의 노예가 매매되었다. 그러므로 18세기 말에는 같은 세기 초보다 평균적으로 매년 노예들에 대한 선박 운송양이 대략 2.44배 증가한 셈이다.

영국은 완성된 제품을 아프리카로 팔고, 그 대가로 받은 아프리카 노예들을 아메리카에 팔고, 아메리카의 열대산물(주로 사탕수수의 부산물)을 자국과 그 주변 국으로 흘러 보내는 이른바 삼각무역의 중심에 있었다. 18세기 후반에 노예무역의 규모가 급증한 것은 설탕에 대한 수요가 증가된 원인과 무관하지 않다. 그리고 노예무역을 통해 노예들이 팔려간 곳은 카리브 해의 설탕을 생산하는 대규모 농장이었다.

노예들이 팔려간 카리브 해에는 대규모의 사탕수수 농장이 있었고, 사탕수수를 통해 추출된 설탕 수출은 영국령 카리브 해 플랜테이션 농장주들의 수입에서 가장 큰 요소를 차지하였다. 18세기 영국의 식료품 소비에서 설탕 그리고 설탕과 관련된 수입품(럼, 당밀, 시럽)이 다른 식료품들보다 우위를 보였다. 영국의 경제학자 콜만(D. C. Coleman)은 1650년대에서 1750년대 사이에 인구 1인당 설탕 소비량이 빵, 고기, 낙농제품의 소비량보다 빠르게 증가하였다고 주장했고, 디어(N. Deerr)는 1700~1809년 동안의 영국 국민 1인당 연간 설탕소비량이 4.5배 증가한 18파운드로 추정하였다(곽문한, 170-1 재인용).[17] 결국 영국이 노예무역에 깊이 관여하고 무역의 중심지가 된 것은 근본적으로 기호품에 대한 대중의 소비 증가와 직결된다. 특히 사탕수수의 부산물인 설탕과 럼주는 성별에 따른 기호와도 관련된다. 설탕의 주 소비계층은 여성들이고 럼주의 주 소비계층은 남성들이기 때문이다(Coleman, "Conspicuous" 344-5). 여성들이 차를 마실 때 설탕을 소비하고 남성들이 독한 진 대신에 럼주를 마시는 것만 절제할 수 있다면 노예무역은 자연스럽게 영국에서 사라질 것이라는 것이 코울리지의 논리이다.

이와 같은 시대적 상황에서 코울리지는 1795년 6월 16일 화요일 노예무역의 중심 도시 중 하나인 브리스틀 커피 하우스 "키"(The Quay)에서 「노예무역, 그리고 무역의 지속이 가져오는 대가에 관한 연설」("A Lecture on the Slave Trade, and the Duties that Result from its Continuance")을 했다. 브리스틀은 노예와 설탕의 무역의 중심지이자, 동시에 노예무역 폐지론자들이 활동을 하는 곳이기 때문에 노예무역에 대한 관심이 높았다. 실제로 1791년 윌버포스의 노예폐지법안 통과가 실패했을 때 이를 축하하기라도 하듯이 교회 종소리가 온 도시에 울리고 불꽃놀이를 하던 곳이기도 하다. 그래서 당시 주간 신문인 『브리스틀 머큐리』(Bristol Mercury)는 시사적이고 논란이 될 만한 코울리지의 강연을 선전하기도 했다.

코울리지가 브리스틀에서 강연을 한 이유는 1808년 토머스 클라크슨(Thomas Clarkson)에게 보낸 편지[18])에서 밝힌 것처럼 식어 가는 노

---

17) 곽문한이 인용하고 있는 수치의 출처는 다음과 같다. D. C. Coleman, *The Economy of England, 1450~1750*(Oxford: Oxford UP, 1977) 118; N. Deer, *The History of Sugar*, Vol. II(London: Chapman and Hall, 1950), p.532.

18) 『1795년의 강연들: 정치와 종교에 관하여』(*Lectures 1795: On Politics and Religion*)(NJ: Prince UP, 1971)는 1795년 코울리지의 강의를 모은 작품으로, 이 책의 편집자 루이스 패턴(Lewis Patton)과 피터 만(Peter Mann)은 「노예무역에 관한 강연」("Lecture on the Slave-trade")을 간략히 소개하면서, 코울리지가 1808년 3월 3일 토머스 클라크

예무역폐지에 대한 열정에 불을 집히기 위한 이유도 있었지만, 보다 현실적인 이유는 본장 초반에 밝힌 것처럼 1795년은 사우디와 함께 만민동권정체를 준비하던 기간으로 공동체 건설을 위한 기금 모금의 일환이었다. 후에 코울리지의 강연들은 축약되고 개정된 형태로『파수꾼』(*The Watchman*) 4호에 수록되었다(Morton, 89).

이 강연에서 코울리지는 설탕 소비를 멈추는 것 자체가 사악한 악인 노예무역을 자연스럽게 폐지시키는 방법이라고 주장한다. 노예무역 상인들이 비인도적인 인간 무역을 하는 이유도 영국 대중들의 설탕소비 욕구와 관련된 영국 공동체 전체의 죄였다. 달콤하고 사람들이 좋아하는 설탕 때문에 아프리카 노예들의 삶을 파괴하는 노예무역이 활발해 지고 있기 때문에 티모디 모턴(Timothy Morton)은 피 수사법 (blood topos)을 통해 사람들이 먹는 설탕이 "피의 설탕"(Blood sugar)이라고 주장하였다(87-106).

코울리지는 노예무역을 인간의 욕심에서부터 비롯되었다고 보았다. 강연의 첫 문장에서 코울리지는 노예제도를 "비참함"(miseries)이라고 표현하고 이런 악의 기원을 인위적인 욕구(artificial Wants)라고 하여 인간은 가상의(imaginary) 욕구를 만들어 내고 이를 지속적으로 유지하기 위해 노예제도를 합리화 시키고 있다고 보았다. 당시 영국은 서인도제도 노예들의 노동으로부터 설탕, 럼, 면화, 통나무, 코코아, 커피, 피망, 생강, 천연물감, 마호가니 등인데 이들은 모두 기호품이다.

슨(Thomas Clarkson)에게 보낸 편지를 인용하고 있다(232). 이 편지에서 코울리지는 클라크슨에게 노예폐지론자로써 자신의 업적을 크게 두 가지로 밝히고 있다. 첫째는 노예무역에 반대하는 그리스어로 된 송가를 써서 금메달을 받았고 의회(the Senate House)에서 그 시를 발표한 사실이며, 둘째는 노예무역폐지의 열정이 식어가고 있는 브리스틀을 방문하여 노예무역 폐지를 주장하는 사람들의 가슴에 열정을 불러일으키는 연설을 한 점이다.

그리고 가난한 사람들과 노동자 계층은 이런 것들을 향유할 수도 없었다. 그러므로 노예제도란 인간의 사치나 기호를 위해 다른 인간의 노동을 착취하는 사악한 행동이라는 것이 코울리지의 생각이었다. 그는 계속해서 노예제도의 정당함을 주장하는 사람들의 논리에도 반박을 했다. 노예무역을 합리화 시키려는 사람들은 이들이 아프리카인을 문명화시키는데 일조한다고 말한다. 하지만 코울리지의 생각은 달랐다. 그는 아프리카인들이 유럽인들보다 더 이상적인 세계에 살고 있기 때문에 이 논리는 잘못된 것으로 보았다. 오히려 노예무역은 아프리카에 빛을 주는 것이 아니라 유럽의 재앙을 아프리카까지 확대시키는 것이었다. 코울리지가 생각하기에 아프리카인은 유럽의 악의 오염으로부터 멀리 떨어진 순수하고 행복한 사람들이었다. 그는 자신이 건설할 계획을 세우고 있는 만민동권정체와 아프리카 지역을 유사하게 보기 때문이다.

아프리카인이 열등하다고 주장하는 논리에 대해 코울리지는 반박했다. 아프리카인들의 노동은 분화가 되지 않았기 때문에 다양한 작업을 수행하고 한 가지의 완전한 기술을 습득하는데 반하여, 유럽인들은 노동 분화로 인하여 이런 능력을 습득할 기회를 박탈당했기 때문에 오히려 유럽인들이 더 열등해 지고 있다고 주장했다. 그의 강연은 노예무역의 원인과 그 원인의 정당성이 결여되어 있음을 널리 알리고, 노예무역이라는 영국의 범죄 행위가 용서받고 이상적 공동체를 실현하기 위해서 노예무역은 폐지되어야 한다는 것이었다.

Ⅴ. 정치적 비전: 노예무역 폐지와 생명존중

코울리지는 노예무역에 관한 자신의 강연을 통해 노예무역의 부당성을 강하게 주장했다. 또한 당시 정치·사회적인 배경에서 보자면 그의 유토피아적 비전은 노예무역과 노예제도를 폐지하는 것에서 시작된다. 그리고 당대 노예들의 비참한 삶의 원인은 백인들의 과도한 욕심과 노예제도 합법화에 그 원인이 있다. 이런 관점에서 이에 대한 문제를 시를 통해 제기함으로 노예무역 폐지운동에 코울리지는 중심적인 역할을 하고 있는 셈이다.

노예무역 폐지에 대한 코울리지의 사상적 단초는 프랑스 혁명 정신과 그 정신을 계승할 것이라고 그가 생각했던 천년왕국 그리고 만민동권정체의 사상과 그 맥을 같이 한다. 인간이 가진 평등한 권리를 당시 유럽인들이 누리지 못하고 있다고 생각했기 때문에 자유, 평등, 그리고 박애가 모토가 된 혁명 정신은 코울리지에게 기독교적 이상향인 천년왕국의 전조를 알리는 징조였다. 시간이 지날수록 코울리지의 천년왕국주의는 좌절을 경험하게 되었고, 이를 대체하기 위해 그는 만민동권정체를 계획하였다. 하지만 만민동권정체 역시 시작도 하기 전에 동업자와 견해 차이 때문에 그것을 건설하는 데도 실패하였다. 그러자 코울리지는 워즈워스와 같은 문인들과 함께 낭만주의 문학 혁명을 주도하면서 미학적 공동체에 참여했고, 그 양상은 『노수부의 노래』에서는 항해 공동체로 등장하고 있다.

전술된 세 종류의 공동체는 모두 노예무역 폐지라는 18세기말 영국 사회의 중요한 담론을 포함하고 있다. 노예무역 폐지에 담긴 코울리지의 정치적 이상은 인간의 권리를 중요시하는 것이다. 모든 인간은 평등하고 동등한 권리를 가지고 있다. 다른 인간을 노예로 만든다는 것은 코울리지의 유토피아적 이상에 반하는 반인권적인 행동이다. 노수부가 이유 없이 앨버트로스에게 폭력을 행한 것처럼 이유 없이 다른 사람에게 폭력을 휘두르고, 기호품 생산을 위해서 흑인의 인권을 유린하는 노예제도와 노예무역은 없어져야 한다는 것이 코울리지의 비전이다. 더 나아가 코울리지가 의도했던 유토피아적 비전은 흑인을 포함한 인간뿐만 아니라 새, 짐승에 대한 생명존중의 정신까지 확장된다.

<고려대학교>

인용문헌

곽문환, 「18세기 설탕산업, 노예무역 그리고 영국 자본주의」, 『사림(성대사림)』 22(2004).

박찬길, 「낭만주의와 유토피아」, 『안과 밖』 6(1999).

여홍상, 「낭만주의 여성시인들의 반노예제 시 연구」, 『19세기 영어권 문학』, 9.3(2005).

_____, 「코울리지 비평의 생태학적 함의」, 『19세기 영어권 문학』, 7.1(2003).

최민숙, 「독일 전기낭만주의의 정치적 유토피아」, 『한국독어독문학회』 57 (1995).

Abrams, M. H. *Natural Supernaturalism*: *Tradition and Revolution in Romantic Literature*. NY: Norton, 1971.

_____. *The Correspondent Breeze*: *Essays on English Romanticism*. NY: Norton, 1984.

Bewell, Alan. *Romanticism and Colonial Disease*. Baltimore: The Johns Hopkins UP, 1999.

Bohm, Arnd. "Georg Forster's A Voyage Round the World as a Source for *The Rime of the Ancient Mariner*. A Reconsideration." *ELH* 50.2(1983).

Coleman, Deirdre. "Conspicuous Consumption: White Abolitionism and English Women's Protest Writing in the 1790s." *ELH* 61.2(1994).

_____. *Romantic Colonization and British Anti-slavery*. Cambridge: Cambridge UP, 2005.

Coleridge, Samuel Taylor. *Coleridge*: *Poetical Works*. Ed. Earnest Hartley Coleridge. NY: Oxford UP, 1983.

_____. *Collected Letters of Samuel Taylor Coleridge*. Ed. Earl

Leslie Griggs. 2 vols. Oxford: Clarendon P, 1956.

_____. *Lectures 1795: On Politics and Religion*. Ed. Lewis
Patton and Peter Mann. NJ: Prince UP, 1971.

_____. *Samuel Taylor Coleridge: The Complete Poems*. Ed.
William Keach. London: Penguin Books, 1997.

Ebbatson, J. R. "Coleridge's Mariner and the Rights of Man." *SIR* 11.3(1972).

Empson, William. "The Ancient Mariner." *Critical Quarterly* 6.4(1964).

Fulford, Tim and Peter J. Kitson, ed. *Romanticism and Colonialism: Writing and
Empire, 1780~1830*. Cambridge: Cambridge UP, 1998.

Haney, David P. *The Challenge of Coleridge*. University Park: Pennsylvania State
UP, 2001.

Hill, John Spencer. *A Coleridge Companion*. London: MacMillan, 1983.

Holmes, Richard. *Coleridge: Early Vision*. NY: Viking, 1989.

Jennings, Judith. *The Business of Abolishing the British Slave Trade, 1783~1807*.
London: Frank Cass, 1997.

Keane, Patrick J. *Coleridge's Submerged Politics: "The Ancient Mariner"* and
"Robinson Crusoe." Columbia and London: U of Missouri P, 1994.

Kitson, Peter J. "Coleridge, the French Revolution and 'The Ancient Mariner:
Collective Guilt and Individual Salvation." *Yearbook of English Studies* 19(1989).

_____. "Romanticism and colonialism: races, places, peoples, 1785~
1800." Ed. Fulford and Kitson. *Romanticism and Colonialism: Writing and
Empire, 1780~1830*. Cambridge: Cambridge UP, 1998.

Kroeber, Karl. *Ecological Literary Criticism: Romantic Imagining and the Biology of
Mind*. NY: Columbia UP, 1994.

Lee, Debbie. "Yellow Fever and the Slave Trade: Coleridge's *The Rime of the
Ancient Mariner*." *ELH* 65.3(1998).

_____. *Slavery and the Romantic Imagination*. Philadelphia: U of

Pennsylvania P, 2002.

Lovejoy, Paul E. "The Volume of the Atlantic Slave Trade: A Synthesis." *Journal of African History* 23(1982).

Lowes, John Livingston. *The Road to Xanadu: A Study in the Ways of the Imagination*. London: Houghton Mifflin Co., 1927.

McGann, Jerome J. "The Meaning of 'The Ancient Mariner'." *CI* 8(1981).

McKusick, James C. "'Wisely Forgetful': Coleridge and the Politics of Pantisocracy." Ed. Fulford and Kitson. *Romanticism and Colonialism: Writing and Empire, 1780~1830*. Cambridge: Cambridge UP, 1998.

_____. *Green Writing: Romanticism and Ecology*. NY: St Martin's P, 2000.

Mintz, Sidney W. *Sweet and Power*. 『설탕과 권력』, 김문호 역, 서울: 지호, 1998.

Morton, Timothy. "Blood Sugar." Ed. Fulford and Kitson, *Romanticism and Colonialism: Writing and Empire, 1780~1830*. Cambridge: Cambridge UP, 1998.

Newlyn, Lucy, ed. *The Cambridge Companion to Coleridge*. Cambridge: Cambridge UP, 2002.

Paley, Morton D. *Apocalypse and Millennium in English Romantic Poetry*. Oxford: Oxford UP, 1999.

Richardson, Alan. "Darkness visible? Race and representation in Bristol abolitionist poetry, 1770~1810." Ed. Fulford and Kitson. *Romanticism and Colonialism: Writing and Empire, 1780~1830*. Cambridge: Cambridge UP, 1998.

Smith, Bernard. *European Vision and the South Pacific, 1768~1850: A Study in the History of Art and Ideas*. Oxford: Clarendon P, 1960.

Southey, Robert. *New Letters of Robert Southey*. Ed. Kenneth Curry. 2 vols. NY: Columbia UP, 1965.

Sternbach, Robert. "Coleridge, Joan of Arc, and the Idea of Progress." *ELH*

46.2(summer, 1979).

Tillyard, E. M. W. *Poetry of Its Background*. London: Chatto & Window, 1961.

Wallace, Elizabeth Kowaleski. *The British Slave Trade and Public Memory*. NY: Columbia UP, 2006.

Wallen, Martin. *City of Health, Fields of Disease*. Burlington: Ashgate Publishing Company, 2004.

Walvin, James. *Black Ivory: Slavery in the British Empire*. Oxford: Blackwell Publishers, 2001.

Ware, Malcolm. "Coleridge's 'Spectre Bark': A Slave Ship?" *Philological Quarterly* 40.4(1961).

Warren, Robert Penn. "A Poem of Pure Imagination: an Experiment in Reading." *Kenyon Review* 8(1946).

Woodring, Carl R. *Politics in the Poetry of Coleridge*. Madison: U of Wisconsin P, 1961.

Wylie, I. M. "How the Natural Philosophers Defeated the Whore of Babylon in the Thoughts of S. T. Coleridge, 1795~1796." *RES* 35.140(Nov. 1984).

Wylie, Ian. *Young Coleridge and the Philosopher of Nature*. Oxford: Clarendon Press, 1989.

Yarlott, Geoffrey. *Coleridge and the Abyssinian Maid*. London: Methuen, 1967.

Reading Poems in Their "Place": Romantic Collection, Versions, and Self-Fashioning in Coleridge's *Fears in Solitude*

Jon, Bumsoo

I . Introduction

This paper explores how "Frost at Midnight", Samuel Taylor Coleridge's confession of poetic failure first published in *Fears in Solitude* (1798), constitutes a revealing meta-poetic event in which Romantic lyric poetry is surprisingly aware of itself as artifice, foregrounding its own medium, procedures and condition of enunciation. I shall suggest that our interpretation of what is often considered, erroneously, in terms of a pure rupture of unforced emotion—in this case, an intensely subjective and meditative one at the loss of creative energy—can be enriched significantly by an awareness of the meaning of the text as inseparable from its *physical* form.

II. Double Alienation in "Frost at Midnight"

One of the key characteristics of "Frost at Midnight" is its self-referentiality, its status as a poem about the mind attending to the workings of itself.[1] The poem delineates the way consciousness develops an observation of its own process of assimilating the objective world. As K. M. Wheeler observes in *The Creative Mind in Coleridge's Poetry* (1981), the poem's speaker is trying to build an atmosphere of "nowness" by giving the reader the impression of reporting what is happening to him at the moment. What contributes to the effects of this improvisatory gesture is not only "external objects observed, assimilated, and made actively present and valuable to the mind" but, as Wheeler suggests, the very procedure of "assimilation" that becomes an object of observation (95). In other words, the illusion of *inwardness* and extemporization, marked by a sense of urgency that seems to call for the rhetorical act of

---

1) Unless otherwise noted, quotations from Coleridge's poetry are taken from the reading texts in the relevant Bollingen volumes of *Poetical Works*, edited by J. C. C. Mays. All further references to Coleridge's work are included in the text by line numbers.

writing itself, ultimately relates to an image of mind that is being developed—and threatened—from the outset of the poem. The image of mind is figured most prominently in the speaker's meditations on Hartley's sensitivity to natural things, and in the tropes of "frost" and the "films" of flame he watches at the moment. Both tropes, with their deeply ambivalent connotations, represent either a creative force or an idle, degenerate spirit, and thus illustrate imagination's inherent conflict and the speaker's skepticism about the role of "self-watching subtilizing mind."[2]

Consequently, readers have argued that the poem's primary concern involves lyric impulse of the poetic speaker who, by means of his baby, is finally able to overcome the limits of time and space he confronts. For example, Wheeler claims that an illustration of the poem's arguable move to transcendence is the final stanza in which the myth of childhood, "a permanent state of imaginative play", is valuable for the adult speaker as a "metaphor for rejecting and overcoming preconditioned response, habit, and the prejudices of adulthood" (102). The idea of the ending as a prospect of resurrecting creative receptivity finds an echo in Kelvin Everest, who also sees the silence at the end as a confirmation of the unity of mind with nature, with the speaker finally overcoming the separateness shown at the beginning of the work (*Coleridge's Secret Ministry* 270). This reading is not entirely unfounded given Coleridge's apparent interest in a lyric persona as he was engaged in extensively

---

2) Coleridge, "Frost at Midnight", line 27, as included in *Fears in Solitude* of 1798 published by Joseph Johnson in London.

rewriting the poem, which ironically carries an air of extemporization. As Jack Stillinger has shown us, there are at least ten extant versions of "Frost at Midnight", beginning with its 1798 published text, and what the evidence suggests is that Coleridge tended to shorten the poem, "cutting out half a dozen lines from the end" in order to conclude with the line, "silent icicles, / Quietly shining to the quiet Moon"(*Instability* 74). In consequence, readers of any versions other than the earliest one reach an ending in which the poetic speaker refers again to "the secret ministry of frost" and returns to the idea of one's communion with nature, though this time the state of mind is not to be attained by the speaker himself but is attributed to his baby. The circular structure of the revised ending may be useful for reinforcing the awareness of reciprocity, at least providing the speaker with a means to overcome the threatening silence of the opening as he now hopes his child will retain the quiet interaction with nature.

The drama of subjectivity is, however, only part of a double alienation Coleridge's poem indicates; the Romantic emphasis on the subjectivity of an isolated individual involves a reaction against the alleged dehumanizing qualities of industrialization and dramatic changes in politics during the Revolutionary period. It appears that "Frost at Midnight" foregrounds the idea of continuity when its ending offers a seemingly descriptive account of "*all* seasons" (my emphasis) which, the speaker hopes, "shall be sweet" to his child Hartley now gently sleeping next to him (65). As we shall see, however, reflection on the poem's publishing context and intertextual relations informs us of its socio-political exigencies, and enables us to read it in terms of the uncertainty about one's own beliefs and the discontinuity of social circumstances; it is fruitful to reinsert "Frost at Midnight" into the context of its initial publication in the quarto pamphlet *Fears in Solitude* (1798) containing "Fears in Solitude" and "France: An Ode", two poems that in *Sibylline Leaves* (1817) and afterward Coleridge placed among "Poems Occasioned by Political Events or Feelings Connected with Them."

III. Self-Fashioning in the Poetic Collection

Coleridge, like many other Romantic poets, used poetic collections as a means of self-fashioning and self-advertisement. As commentators have noted, it is crucial to consider the meaning and importance of the decisions poets make about the presentation of their works, since an act of selecting and arranging poems into a Romantic collection not only affects our understanding of them but inevitably informs us of how the Romantics used their poetic collections to construct their public personas.[3]

---

3) Neil Fraistat argues, for example, that the "chance to build a poetic whole from disparate 'fragments'" has "special significance to Romantics", suggesting the poetry book itself as an object of interpretation (20). Stillinger reasons similarly by considering the process of arranging pieces in a volume another meaningful "stage of composition"; individual poems acquire, he suggests, additional meanings according to their relations with other poems in the volume (*Keats's Poems* 284). Both critics extend the classic argument for multiple interpretations of a work to the level of a book, privileging "texture" over a rigidly articulated "architecture", if

For example, the poems in *Fears in Solitude* have been positioned out of chronological sequence to set up a frame for the book:

"Fears in Solitude" (composed April 20, 1798)
"France: An Ode" (composed Mar-early April 1798; published in the *Morning Post*, April 16, 1798, under the title "The Recantation: An Ode")
"Frost at Midnight" (composed Feb 1798)

As early in the volume as in "Fears in Solitude", the opening piece, Coleridge's appreciation of nature's tranquility and the domestic comfort is already restrained by his awareness of political failure. As Nicholas Roe convincingly demonstrates, the poem (and Wordsworth's "Tintern Abbey", too) can be read in terms of Coleridge's and Wordsworth's radical years (which came to an end with their removal to Germany in 1798) and their respective experiences of the repressiveness of Pitt's government and the presence of a government spy sent to investigate their suspicious activities in the "beautiful recesses" of Alfoxden.[4] By providing the volume's title poem with a subtitle, "Written April 1798, During the Alarm of an Invasion", Coleridge immediately establishes his

---

not entirely of the same opinion on the relations between all the internal economies of meaning of a collection. Regarding how individual Romantic poets use their poetic collections as a means of self-fashioning, see also McGann 15-66 and 255-93; Stillinger, *Hoodwinking* 1-13 and 116-17; and Curran's essays on Wordsworth and Robinson.

4) See *Wordsworth and Coleridge* 257-75. For an excellent discussion of how Coleridge's language of nature and domesticity in the poem embeds a public tone involved with the current political anxieties surrounding war and invasion, see also Magnuson 91-92.

recognition of the rumored war at home with France as an imminent sign of apocalypse. And the poet continues to present his British "brethren" with a dramatic plea for action in defiance of what he now calls "an impious foe" and a "light yet cruel race" (136-37). Moreover, Coleridge uses the title poem to publicize his lifelong love of his country and the natural world, which he claims is the source of all his "sweet sensations" and "ennobling thoughts" (184). The elaborate statement of natural patriotism not only helps the poet in retreat justify his mistaken, former support of the French Revolution and affirm that true liberty is found only in nature ("France: An Ode"), but also sets up his account of the events later in the volume including his pledge to educate future generations (as represented by his son) amid the English countryside ("Frost at Midnight").

IV. The Duplicity and Publishing of "France: An Ode"

The rhetoric that Coleridge chose for "France: An Ode", the intermediate poem in the volume, is curiously equivocal. Written at the time of the French Revolution and its aftermath in the 1790's, especially Napoleon's invasion of the Cantons of Switzerland, the exigencies of the poem involve the growing discomfort in England and her allies with how the French are occupied with "inexpiable spirit / To taint the bloodless freedom of the mountaineer" (76-77). Napoleon army's campaign in the Swiss Alps shocked many liberals and conservatives in England and other European countries, leading them to suspect the French's adherence to the Revolution's original aims or even abandon their support for France altogether. In "France: An Ode" Coleridge addresses the situation in a noticeably diplomatic manner though, as his primary concern involves not so much a disappointment over the French's engagement in imperialistic aggression as a general disillusionment with all "forms of human pow'r":

> Alike from all, howe'er they praise thee
> (Nor pray'r, nor boastful name delays thee),
> Alike from priesthood's harpy minions
> And factious blasphemy's obscener slaves,
> Thou speedest on thy subtle pinions,
> To live amid the winds, and move upon the waves! (93-98)

True liberty, the speaker declares, is found neither with institutionalized religion ("priesthood's harpy minions") nor with the French revolutionaries ("factious blasphemy's obscener slaves"); nature instead is recognized as genuine "temples bare" in which the individual human soul is thought to be able to commune with "all things" without restraint (102, 104). Instead of giving an affirmative statement about the nature of the seemingly mystical relations in nature, Coleridge defends his authority by just repudiating what he deems false agents of liberty. The negative elements are referred to for emphasis, and they may be useful for making a point through implication; but the construction may in fact cause confusion about the intended meaning or even annoy the reader in that regard.

The idea of natural liberty as remote from all social institutions pertains, though, to the specifics of the political debates of the 1790's, and "France: An Ode" in fact offers valuable clues about the political nature of the predicament the stalled imagination will soon confront in the final poem of the volume. The poem's double targets find expression in the second stanza, in particular: it points, on the one hand, to the illusions in the British reaction to France, calling into question the increased "patriot[ic] emotion" (34) in England and the "dire array" (31) of the European monarchs England joined in 1793 to counter France. On the other hand, the stanza draws a certain line, too, between the writer's political radicalism and the French revolutionaries as the lines allude to the selfishness of the French in the Swiss Alps: "For ne'er, oh Liberty! With partial aim / I dimmed thy light, or damped thy holy flame" (39-40). "France: An Ode" thus keeps readers from identifying a clear association between the poet and any forms of political power, although Coleridge's aloofness in the poem, which is placed in the middle of the *Fears in Solitude* volume, can be read as conciliatory gestures to his enemies rather than a sign of complete indifference to politics. Since the passage of the notorious "Seditious Meetings and Treasonable Practices Acts" in 1795 the British government took severe measures against what it deemed to be seditious speech and writing. Generally associated with a radical strain of British politics, Coleridge uses the quarto pamphlet as an opportunity, in part to improve his public image as an obstinate critic of government policy, in part to protect Joseph Johnson—London-based radical bookseller who published the volume—from a severe sentence for seditious libel in mid-July 1798.[5]

Coleridge's engagement with this kind of self-advertisement at this moment is evidenced by his growing concern about where and when to publish his work. For example, when an earlier version of "France: An Ode" was contributed in April 16, 1798 to the *Morning Post*—originally a Whig paper, purchased by Daniel Stuart (1766~1846) in 1795, who converted it into a moderate Tory organ—Stuart's brief editorial note to the poem clearly illustrates in what public context the media placed the poem:

> The following excellent Ode will be in unison with the feelings of every friend to liberty and foe to oppression; of all who, admiring the French Revolution, detest and deplore the conduct of France towards Switzerland. It is very satisfactory to find so zealous and steady an advocate for freedom as Mr. Coleridge concur with us in condemning the conduct of France towards the Swiss Cantons.[6]

Stuart's preface re-marks "France: An Ode" as a piece of propaganda aimed at drawing an emotional response from conservatives in Britain.

---

5) For the public debate that the quarto volume entered and Johnson's situation as a radical publisher in the 1790's, see Magnuson 70-78; Roe 257-68; and Stillinger, *Instability* 56-57.

6) Qtd. in Wu., ed. 630 n.1.

The editor deliberately sets aside Coleridge's comment on British patriotic sentiment and the "dire array" of monarchical resistance while clearly constraining the poem's rhetorical purpose into a "very satisfactory" herald of the poet's renouncement of his former belief in the French Revolution. It must be noted though that the poet himself, too, takes part in influencing the initial reception of the work, since his choice of the particular publishing venue and the original title he selected for it—"The Recantation: An Ode"—strangely publicize a particular political cause instead of encouraging his readers to unravel the ode in terms of a purely subjective agenda.

V. The Politics and (Mis)positioning of "Frost at Midnight"

The multiple historical layers and publishing conditions complicate our understanding of Coleridge's love of nature in "France: An Ode", and eventually enable us to contextualize the nature/civilization binary in the final poem in the volume, "Frost at Midnight", which appears at first glance to have nothing to do with politics. "Frost at Midnight" looks as if it were an "intensely subjective, meditative lyric" exploring the isolated consciousness of its author; but, as Magnuson argues, the poem is also a "public speech act" when reinserted into the contemporary public context, and into its relationship with two other poems contained in

Fears in Solitude, which Magnuson calls Coleridge's "public defense of his caricature drawn in the Tory press" (67). Coming after two poems of recantation in the quarto volume, "Frost at Midnight" presents "a patriotic poet", as Magnuson suggests, whose patriotism depends on "the love of his country and his domestic affections" (78). Further, "Frost at Midnight" presents nature as the antithesis of those in power at that moment, though the direct opposite of nature, which is the subject of "France: An Ode", is now deliberately absent in the final poem in the collection.

Another illustration of the politics of Coleridge's public self-fashioning is the later positioning of "Frost at Midnight" among "Meditative Poems in Blank Verse" in the published *Sibylline Leaves* (1817) and thereafter. Surprised at the initial mispositioning of the poem among the political poems in the proofs of the 1817 collection, Coleridge queries, "How come this Poem here? What has it to do with Poems connected with Political Events?"; he insists, "It *must*, however, be deferred till it[s] proper place among my domestic & meditative Poems",[7] exemplifying an authorial intervention to place the poem under an optimistic vision of timelessness and transcendence, rather than his (or Johnson's) political radicalism.

Given Coleridge's highly politicized representation of nature in the preceding two poems, I would argue that the final piece portrays a doubly alienated subject, who suffers, on the one hand, from a

---

7) Qtd. in Stillinger, *Instability* 55.

disillusionment with political conflicts in the post-Napoleonic context and, on the other, from the consciousness of poetic failure represented in the duality of the frost image, which constitutes the poem's overall tone of uncertainty imbedded in a mysteriously quiet surface. If the recurring image of the "secret ministry of frost" is not merely a metaphor for natural phenomena but rather characterizes the mind's self-reflexive critique (72), the real problem suggested in the poem's generalized reference to "all seasons" involves not so much natural cycles of changes as one's psychological states and, perhaps more importantly, social existence. The image of sharp, cold, "silent icicles" in the final lines of "Frost at Midnight" demonstrates that the poem's problematic images of frost, which are symptomatic of imagination's immanent anxiety, still remain unresolved. The eloquent image testifies to the crucial differences between the social existence of the stymied lyric speaker and his child, a problem to which previous readings of the poem's "universal reciprocity" pay little attention.

VI. Conclusion: Poems of "Lyric Improvisation" and Conflicting Motives in *Re*writing

My discussion above shows that in "Frost at Midnight" and other companion poems published in the *Fears in Solitude* volume Coleridge's self-consciousness about the absence of authentic vision involves multiple historical layers and textual instability, rather than the prevailing idea of Romantic spontaneity or the orthodox view of the meta-poems as a hallmark of Romantic sincerity. The changing titles and contents of the poems are indicative of the poet's varying socio-political stances and the overall rhetorical purpose of the Romantic meditative lyrics shifting over time. Examining the poems in terms of their predominant themes and conflicting motives in *re*writing, I argue that Coleridge's self-reflexive moments allow us to recast the gap between the underlying structure and the immediate surface of the genre in more historicist and materialist terms.

<Korea University>

Works Cited

Coleridge, Samuel Taylor. *Poetical Works*. 6 vols. Ed. J. C. C. Mays. Princeton: Princeton UP, 2001.

Curran, Stuart. "Mary Robinson's *Lyrical Tales* in Context." *Re-Visioning Romanticism: British Women Writers, 1776-1837*. Eds. Carol Shiner Wilson and Joel Haefner. Philadelphia: U of Pennsylvania P, 1994. 17-35.

_____. "Multum in Parvo: Wordsworth's *Poems, in Two Volumes* of 1807." *Poems in Their Place: The Intertextuality and Order of Poetic Collections*. Ed. Neil Fraistat. Chapel Hill: U of North Carolina P, 1986. 234-53.

Everest, Kelvin. *Coleridge's Secret Ministry: The Context of the Conversation Poems 1795-1798*. New York: Barnes and Noble, 1979.

Fraistat, Neil. *The Poem and the Book: Interpreting Collections of Romantic Poetry*. Chapel Hill: U of North Carolina P, 1985.

Magnuson, Paul. *Reading Public Romanticism*. Princeton: Princeton UP, 1998.

McGann, Jerome J. *The Beauty of Inflections: Literary Investigations in Historical Method and Theory*. Oxford: Oxford UP, 1985.

Roe, Nicholas. *Wordsworth and Coleridge: The Radical Years*. Oxford: Oxford UP, 1990.

Stillinger, Jack. *Coleridge and Textual Instability: The Multiple Versions of the Major Poems*. New York: Oxford UP, 1994.

_____. *"The Hoodwinking of Madeline" and Other Essays on Keats's Poems*. Urbana: U of Illinois P, 1971.

_____. *The Texts of Keats's Poems*. Cambridge, MA: Harvard UP, 1974.

Wheeler, K. M. *The Creative Mind in Coleridge's Poetry*. Cambridge, MA: Harvard UP, 1981.

Wu, Duncan, ed. *Romanticism*: *An Anthology*. 3rd ed. Oxford: Blackwell, 2006.

배릿 브라우닝의 '저주'의 시학과 여성시인 「필그림 곳의 도망노예」와 「한 나라에 대한 저주」를 중심으로*

여 홍 상

Ⅰ. 배릿 브라우닝의 사회적 저항 시와 노예제 문제

빅토리아조 영국의 대중적 시인이었으며 현대 페미니스트 비평가들에 의해 영문학사상 최초의 본격적 여성시인으로 재평가 받게 된 엘리자베스 배릿 브라우닝(Elizabeth Barrett Browning, 1806~1861, 이하 배릿 브라우닝으로 약칭)은 단순히 여성문제뿐만 아니라 공장아동노동, 극빈아동학교, 미국 노예제, 계급 차별과 황금만능주의, 영국 제국주의, 이탈리아 독립 운동 등 당시 세계 여러 나라의 중요한 역사적, 사회적 문제들에 대해 열렬히 관심을 갖고 인간 사회에서 자유와 평등과

정의를 실현하기 위한 사회 항거적인 시들을 여러 편 집필하고 출판하였다. 체스터턴(G. K. Chesterton)이 높이 평가하였듯이 영국적 지역성과 보수성을 넘어서는 그녀의 '코스모폴리탄적'[1] 작품들은 실제로 당시 영미 독자들에게 큰 사회적 반향을 불러 일으켰다. 예컨대, 「어린이들의 외침」("The Cry of the Children"), 「인간의 외침」("The Cry of Man"), 「런던의 극빈아동학교를 위한 탄원」("A Plea for the Ragged School of London"), 「필그림 곶의 도망노예」("The Runaway Slave at the Pilgrim's Point"), 「한 나라에 대한 저주」("A Curse for a Nation")와 같은 시들과 시집 『귀디 가의 창』(Casa Guidi Windows)이 그러했다. 이 중에서 특히 본고에서는 미국 노예제 문제를 비판한 「필그림 곶의 도망노예」와 「한 나라에 대한 저주」 두 편의 시를 중점적으로 살펴보려 한다.[2]

18세기 말에서 19세기에 걸쳐 대서양의 양안에서 노예제 문제는 첨예한 사회적 논쟁의 대상이었다. 특히 영국 낭만주의 여성시인들은 성적으로 억압받는 사회적 소수자의 입장에서 흑인노예가 겪는 참상에 동정적이었으며, 노예무역의 부당함을 고발하는 시들을 출판함으로

---

* 본고의 일부 내용은 졸고, 「엘리자베스 바렛 브라우닝의 시에 나타난 대화적 양상과 사회비평」, 『성곡논총』 35집 상(2004), 91-138쪽에 부분적으로 기초하였으며, 서론과 결론을 중심으로 새로운 독립 논문으로 재집필하였다.

1) 체스터턴(G. K. Chesterton)은, 배럿 브라우닝은 섬나라 영국의 협소한 국가주의/민족주의를 넘어서서, "당대 모든 영국시인 중에서 가장 유럽적"(the most European of all the English poets of the age)이고 개방된 "세계주의"(cosmopolitanism)의 정신을 추구하였다고 논평하였다(Stone, Elizabeth Barrett Browning 212 재인용).

2) 「필그림 곶의 도망노예」는 John R. G. Bolton & Julia B. Holloway, eds., Elizabeth Barrett Browning: Aurora Leigh and Other Poems(London: Penguin, 1995)에서, 「한 나라에 대한 저주」는 Margaret Forster, ed., Elizabeth Barrett Browning: Selected Poems(Baltimore: Johns Hopkins, 1988)에서, 기타 글은 Horace E. Scudder, ed., The Complete Poetical Works of Elizabeth Barrett Browning(Cutchogue, NY: Buccaneer, 1993)에서 각각 인용하며, 본문 중에 연수와 행수, 혹은 쪽수로 표기함.

써 당시 반노예제 운동에 적극 참여하였다(여홍상, 『영문학과 사회비평』 11-12). 미국에서는 스토우(Harriet Beecher Stowe) 부인의 『톰 아저씨의 오두막』(Uncle Tom's Cabin)이 큰 반향을 불러일으켰고 링컨대통령이 언급하였듯이 어떤 면에서 남북전쟁을 촉발하는 계기가 되었다. 1830년대 초에 이르러 영국령에서는 노예제가 공식적으로 폐지되었지만 미국에서는 아직 노예제가 지속되고 있었다. 빅토리아조에서는 배릿 브라우닝이 쓴 반노예제 시와 여성 지식인 헤리엇 마티노(Harriet Martineau, 1802~1876)가 외롭게 전개한 반노예제 활동만이 낭만주의 시기에 꽃피었던 반노예제 운동의 전통을 잇는 소수의 문화적 유산으로 남아 있다. 배릿 브라우닝은 「필그림 곶의 도망노예」와 「한 나라에 대한 저주」에서 노예제 문제를 신생국 미국에 내린 '저주'로 보고, 여성흑인노예 혹은 여성 선지자-시인의 입장에서 이를 신랄하게 고발하고 비판한다. 이 작품들은 그녀가 다른 사회적 저항 시에서도 다루고 있는 근대 서구 자본주의 사회가 처한 다양한 '저주'의 문제(Stone, "Cursing as One of the Fine Arts" 184-201)를 특히 '자유'를 표방하는 신생국 미국이 당면한 노예제 문제로 구체화하면서, 이를 받아 "쓰고" 고발하는 것을 자신과 같은 여성시인이 감당해야 할 불가피한 시대적 사명으로 받아들인다.

본고에서는 배릿 브라우닝의 시에서 미국사회에 내린 노예제의 저주가 어떻게 여성노예 혹은 여성시인의 관점에서 형상화되고 있는지를 주로 러시아 비평가 미하일 바흐친(Mikhail M. Bakhtin)의 대화주의 이론에 입각하여 검토해보고자 한다. 바흐친의 대화이론은 원래 소설 장르의 담론을 설명하기 위한 것이었지만, 서정시와 같이 겉보기에 독백적인 장르에도 내재적 대화성이 함축되어 있음을 배제하지 않았다. 배릿 브라우닝의 두 편의 시는 각각 흑인여성노예와 필그림 유령 및 기타 청자들, 그리고 천사와 여성시인 사이의 내재적 대화과정을 통해서 노예제의 저주를 "쓰는" 가운데 선지자적 여성시인의 사회 저항적 주제를 형상화한다. 이러한 내재적 대화성을 통해서 배릿 브라우닝의 시들은 이전 낭만주의 여성시인들의 여성적 감상주의를 넘어서는 급진적 사회비평을 구현한다.

Ⅱ. 「필그림 곶의 도망노예」 ─ 노예제와 인종주의를 넘어서

「필그림 곶의 도망노예」는 「한 나라에 대한 저주」보다 8년 앞서 1848년에 『자유 종』(*Liberty Bell*)에 처음 출판되었으며, 『1850년 시집』(*Poems of 1850*)에 수록되었다. 『자유 종』은 보스턴에서 개최된 전국 반노예제 운동을 위한 집회의 바자회에서 여러 해 동안 연간으로 발간되고 판매된 팜플렛이다. 저자는 1846년 11월 21일에 피사(Pisa)에서 보이드(Mr Boyd)에게 보낸 편지에서 이 작품에 대해 이렇게 언급하였다.

> 나는 미국인들이 출판하기에는 너무 격렬할지도 모를 반노예제 시를 지금 막 보내고 있는 중입니다; 그렇지만 미국인들은 시 한편을 청탁했고, 따라서 이 작품을 받게 될 것입니다.
> (*Complete Poetical Works* 191)

> "I am just sending off an anti-slavery poem for America, too ferocious perhaps, for the Americans to publish: but they asked for a poem, and shall have it."

미국의 노예제를 비판하는 데 초점을 맞추고 있는 이 작품은 그 이전 낭만주의 여성시인들의 반노예제 시들의 전통과 연계될 수 있으며,[3] 미국보다 영국에서 더 인기가 있었던 스토우 부인의 『톰 아저씨의 오두막』의 영향을 반영한다. 나아가서 마커스(Julia Markus 92-97)와 머민(Mermin 157-58)이 지적하듯이, 배릿 브라우닝이 특히 이러한 반노예제 시를 쓰게 된 것은 자메이카에서 사탕수수 농장을 경영하였던 배릿 집안의 배경과도 중요한 관련이 있다.[4]

배릿 브라우닝은 이 시에서 한 여성 도망노예의 내재적 관점에서 노예제의 역사적 문제를 개인의 구체적 경험의 서술을 통해 생생하게 형상화한다. 남편 로버트 브라우닝(Robert Browning)이 즐겨 사용한 극적 독백 형식으로 되어 있는 이 시에서, 독백자는 도망노예 자신이다. 시의 뒷부분에서 서술자는 1인칭 복수 대명사 "우리"를 사용하는데(6, 7연 1행), 이것은 흑인노예의 공통된 처지를 대변한다고 볼 수 있다. 극적 독백은 1인칭 화자가 극적으로 현존하든지, 혹은 상상 속에 존재

---

3) 반노예제 시를 쓴 대표적 낭만주의 여성시인으로는 애너 러티셔 바볼드(Anna Laetitia Barbauld, 1743~1825), 하나 모어(Hannah More, 1745~1833), 앤 이어슬리(Ann Yearsley, 1756~1806), 헬런 마라이어 윌리엄즈(Helen Maria Williams, 1761~1827) 등이 있으며, 이들 시에 대한 자세한 논의는 졸고 「낭만주의 여성 시인들의 반노예제 시」(『영문학과 사회비평』 9-45) 참고.

4) 브라우닝 부부의 전기를 쓴 줄리어 마커스(Julia Markus)에 의하면, 이 시는 엘리자베스 배릿이 어렸을 때, 영국과 자메이카 양쪽에서 모두 산 경험이 있는 (사생아) 친척 리차드 배릿(Richard Barrett)으로부터 전해들은 실화에 바탕을 두었다고 한다(93). 철저한 노예제옹호론자였던 리처드가 쓴 이야기에서는 자메이카의 "나쁜" 도망 노예가 주인 농장을 지키는 "좋은" 크리올 노예에 의해 살해되는 것으로 되어 있는데, 이것은 물론 배릿 브라우닝이 쓴 시의 이야기와는 거리가 멀다. 마커스가 지적하듯이, 이 시의 배경 묘사(11연)는 자메이카를 연상시키는 측면이 있다. 반면에, 배릿의 선조 중에 트레피(Treppy) 혹은 트리피(Trippy)로 불리었던 크리올 여성[Mary Trepsack]이 엘리자베스 배릿의 할머니의 동반자로서, 배릿 집안에서 4대에 걸쳐 정식 가족의 일원으로 받아들여졌다는 것은, 이 시에서 크리올 아기가 겪는 운명과는 대조된다(Markus 94-96).

하든지 간에, 침묵하는 2인칭 청자에게 일방적으로 자신의 말을 하는 시형식이다. 따라서 극적 독백은 겉보기에 "독백적" 장르로 간주될 수 있지만, 화자의 말 속에 이미 청자의 예상되는 반응과 기대지평이 고려되어 있다는 측면에서, "내재적 대화성"(internal dialogism: Bakhtin, *Dialogic Imagination* 279)을 함축한다.[5] 2연 1~4행이 암시하듯이, 도망노예는 처음 미국대륙에 상륙했던 필그림들의 혼령에게 한밤중에 말을 건다. 이후 그녀는 계속해서 이들 청자에게 지금까지 살아온 자신의 삶의 역정을 이야기한다. 그런데 29연 3~5행에서 새벽 동이 트면서 필그림의 혼령들이 사라지고, 30연 1~2행에서 백인 추적자들이 등장하면서, 이후 시의 마지막 행까지는 그들에게 하는 말이며, 중간에 13연 3~7행에서 부분적으로 하나님을 2인칭 청자로 설정하고 있다. 이 이외에 사랑하는 흑인 남자, 자신을 강간한 백인 남자, 백인 아기 등에 대해서도 언급하고 있으며, 이들도 기타의 간접적 청자로 분류될 수 있다.

여기에서 흑인여성 도망노예가 과거 필그림과 현재 추적자의 백인 (남성)을 주된 청자로 삼고 있다는 것은 그녀의 독백의 '내재적 대화성'을 분석하는 데 중요한 단서를 제공한다. 그녀의 독백은 "자유"를 찾아 신대륙에 첫발을 내디딘 백인선조와 대조적으로 지금 자신을 추적하여 살해하고자 하는 도망노예 사냥꾼에 대해, 억압받는 흑인노예의 입장에서 자신의 삶을 돌이켜 보면서, 백인중심의 미국적 자유주의의 자기모순을 지적하고, 그들에게 온몸으로 항변하고 저항하고자 하는 처절한 몸짓이다. 배릿 브라우닝은 독백자의 상상 혹은 환영 속에서 미국의 과거와 현재를 병치 혹은 중첩시킴으로써, 자유를 찾아 신대륙에

---

5) 이러한 측면에서 로버트 브라우닝의 극적 독백 형식의 시들에 대한 검토는 졸고 「브라우닝 시의 역사적 대화성」(『19세기 영문학의 이해와 비평이론』 34-77) 참고.

상륙한 백인 필그림과 곧 체포되어 사형당할 운명에 처한 흑인 도망노예가 처한 상황 사이의 아이러니한 대조를 강조한다.

> 아, 필그림의 영혼들이여, 나는 그대들에게 말한다:
>   나는 당신들이 영령의 땅으로부터
> 이슬처럼 창백한 모습으로 자랑스럽게 천천히 나와서,
>   내 주위를 빙빙 도는 것을 본다.
> 아, 필그림들이여, 나는 그대들의 이름으로
> 죄악과 슬픔의 일을 자행하는 자들의
>   채찍을 피해 밤새도록 숨을 헐떡이며 달렸다오. (2연 1-7행)

> O, pilgrim-souls, I speak to you:
>   I see you come out proud and slow
> From the land of the spirits, pale as dew,
>   And round me and round me ye go.
> O, pilgrims, I have gasped and run
> All night long from the whips of one
>   Who, in your names, works sin and woe.

바로 다음 연에서 밝히고 있듯이, 화자가 구태여 필그림 곳으로 달려온 이유는 "당신들이 자유의 이름으로 축복하였던 / 이 땅을 여기에서 당신들의 이름으로 영원히 저주하기 위함"(Here, in [their] names, to curse this land / Ye blessed in Freedom's, evermore"(3연 6~7행)이다. 처음 1~3연에서 화자가 제시하는 극적 독백의 '극적' 상황에 대한 정보, 즉 청자가 누구인지, 그리고 독백이 이루어지는 구체적 장소와 시간적 배경에 대한 암시는 이 시의 역사적, 사회 비평적 의미를 구체적으로 틀지어준다.

이하 비교적 긴 독백의 과정에서 화자는 계속 "나(우리)는 검다"(I am[We're] black)라는 말을 중간 중간에, 주로 각 연의 서두에서, 간헐적으로 반복함으로써, 자신의 피부색에 대한 자의식을 노정한다(4, 6, 9, 14, 16, 32연 1행; 7연 2행). 물론 피부색에 따른 인종의 구분과 차별은 지배자로서의 백인이 흑인에게 강요한 것이다.[6] 처음 4~8연에서 흑인 독백자는 "검은" 피부의 인간을 만든 조물주에게 창조의 의미에 관해 근본적인 질문을 던진다. 이 부분에서 독백자의 말을 직접 듣고 있는 것으로 생각되는 것은 물론 앞에서 언급한 필그림의 혼령들이지만, 앞에서 이미 지적한 바와 같이, 내용적으로 볼 때 이 부분에서 화자는 그들보다 하나님을 실질적인 상상적 청자로 설정하고 있다고 볼 수 있다. 하나님이 창조한 다양한 피조물의 세계에 있어 정의와 평등의 의미에 관해 화자가 던지는 물음은 기독교에 있어 신의 존재와 섭리의 믿음에 대한 근본적인 도전이다.

> 나는 검다―나는 검다!
>   그러나 그들은 하나님이 그렇게 만들었다고 말한다:
> 그러나 만일 정말 그렇다면, 하나님은 웃으며
>   자신의 작품을 그가 만든 백인의 발밑에다
> 던져 버려서, 그들이 경멸의 표정을 지으며
> 그 어두운 모습을 짓밟아서
> 다시 흙으로 돌아가게 만들어야 했다. (4연 1-7행)

> I am black―I am black!
>   And yet God made me, they say:

6) 18~19세기 유럽에서 발달한 우생학, 인종학, 골상학 등은 이러한 인종주의 이데올로기를 형성하는 데 '과학적' 근거를 제공하였다(박노자 284-90).

But *if* He did so, smiling, back
  He must have cast His work away
Under the feet of His white creatures,
With a look of scorn, that the dusky features
  Might be trodden again to clay.

위의 인용구절에서 화자는 성서에 나오는 조물주-도자기공의 비유를 흑인의 입장에서 다시 쓴다. 이하 5~8연에서 이어지는 도망노예 독백자의 종교적 명상은 신의 창조에 대한 회의와, 저처럼 "어둡게" 창조되었지만, 행복하게 보이는 다른 피조물의 모습에서 암시되는 신의 창조의 정당성과 아름다움에 대한 믿음 사이에서 끊임없이 부유한다.

다시 "나는 검다, 나는 검다"로 시작하는 9연에서, 화자의 독백은 지난 날 자신의 삶에 대한 이야기로 전환된다. 절망적인 흑인노예의 삶에서 한 가닥 희망을 준 것은 다른 한 흑인노예 남자에 대한 비밀스런 사랑이었다(9~14연). 그러나 윌리엄 모리스(William Morris)가 「홍수 속의 낱가리」("The Haystack in the Flood")에서 묘사하는 야만적인 중세나, 후에 조지 오웰(George Orwell)이 『1984년』(1984)에서 묘사하는 전체주의적 디스토피아에서처럼, 폭력적이고 억압적인 체제가 지배하는 백인 중심의 노예제 사회에서, 흑인 남녀 간의 비밀스런 사랑은 결국 흑인남자가 백인주인에게 강제로 끌려가 살해당함으로써 실패로 종결될 수밖에 없다(14연). 이하 흑인 여성노예의 자서전적 서술의 중심을 이루는 것은 백인주인의 윤간에 의해 백인 사생아를 낳게 되고 그 아이를 살해하여 매장하게 되는 "센세이셔널"한 이야기이다(15-28연). 백인남자 주인이 흑인 여성노예를 강간하여 다시 노예가 될 사생아를 낳게 하는 것은 백인이 흑인을 성적으로 식민화하고 지배하는 가부장적 인종주의의 중요한 실제적 전략이다. 레이턴(Angela Leighton)이 지적하듯이, 배릿 브라우닝의 시에서 인종주의의 이데올로기는 "아버지"(백인주인/아기아버지, 필그림 선조[Pilgrim Fathers], 하나님 아버지)의 "이름"과 밀접하게 연관된다(*Elizabeth Barrett Browning* 42). 후에 모리슨(Toni Morrison)의 『빌러비드』(*Beloved*)를 연상시키는 이 흑인여성노예에 의한 유아살해의 이야기는 가부장적 인종주의와 노예제에 대한 화자의 처절한 저항의 몸짓을 나타낸다. 강간에 의해 출생한 사생아는 흑인여성 자신의 자식이라기보다 백인 "주인의 표정"(The master's look, 21연 4행)을 지녔다. 화자는 흡혈귀의 이미지를 사용하여, "백인 천사들"(white angels)이 "나의 과일"(*my fruit*)을 따서 "그 영혼을 빨아먹어버렸다"(sucked the soul)고 말한다(23연). 화자는 끔찍한 고딕적 이미지를 사용하여, 백인중심의 기독교의 창세기의 타락 신화를 다시 쓴다. 흑인노예 여성의 입장에서 유아살해라는 반인륜적 범죄는 백인남성 중심의 가부장적 인종주의에 대해 그녀가 현실적으로 취할 수 있는 최소한의 수동적 저항의 방식이다. 아이는 죽어서 나무 밑 "검은 대지"(black earth, 27연 3행)에 묻힘으로서 "어두운"(dark) 어머니와 하나가 될 수 있다. 워즈워스(William Wordsworth)의 루시(Lucy)시에서처럼, "침묵"과 "어둠" 속에서 모자(母子)를 감싸주는 숲, 나무, 대지는 풍부한 상징적, 원형적, 신화적 의미를 지닌다(25, 27연).

　　마치 코울리지(S. T. Coleridge)의 노수부가 신천옹의 시신을 목에 걸고 바다를 방랑하듯이, 자신이 살해한 아이의 시신을 안고 정신없이 방황하는 화자는 워즈워스의 『서정담시집』(*Lyrical Ballads*)에 나오는 「미친 어머니」("The Mad Mother") 혹은 자기 아이를 잃고 넋을 잃어버린 「가시나무」("The Thorn")의 어머니와 같은 모습이다:[7] "나는 그 몸뚱이를 안고 여기저기 돌아 다녔지요; / 아기는 마치 차가운 돌덩이처럼 내 가슴에 놓여 있었어요"(I carried the body to and fro; / And it lay on my heart like a stone-as chill", 24연 3~4행). 이것은 문명과 이성의 세계로부터 추방된 "야만"과 "광기"의 모습이다. 그녀는 신이 잘못 창조한 타락한 이브이자, 자신의 피붙이를 살해한 카인이다. 그러나 그녀의 독백이 조용한 슬픔과 명상의 어조로부터 갑자기 도전과 풍자의 어조로 바뀌는 22~23연의 서두(각 1행)에서 볼 수 있듯이, 화자는 이제 마치 로버트 브라우닝의 『반지와 책』(The Ring and the Book)의 폼필리아(Pompilia)의 독백에서처럼, 죽기 직전에 자신의 과거의 삶을 돌이켜 보면서, 자신의 아이의 "영혼"을 빼앗은 백인의 문명의 세계에 대해 "하 하!"(23, 24연 1행)라고 웃을 수 있는 비판적 거리와 통찰력을 얻게 된다. 그것은 바흐친의 용어로 표현할 때, 인종주의와 노예제가 흑인남녀에게 가하는 폭압의 "공포"를 희화화하고 "카니발적"(carni-valesque)으로 전복함으로써, 그로부터 민중의 "해방"을 가능케 하는 "민중의 [축제적] 웃음"(people's [festive] laughter)이다(Bakhtin, *Rabelais* 90-92).

먼동이 트면서 필그림의 혼령이 사라지고 자신을 사냥하러 나타난 백인 추적자들(29~30연)에게, 화자는 "나는 미치지 않았다: 나는 검다"(I am not mad: I am black, 32연 1행)라고 당당히 외친다. 그녀를 포위한 백인 사냥꾼들의 돌에 맞아 죽기까지, 그녀는 죽음 앞에서 당당하고 용감하게 그들에게 도전하며 마지막 할 말을 한다. 그녀는 자신의 고통과 희생과 죽음이 백인식 기독교의 "예수"와 같은 역할로 치부

---

7) 스톤(Majorie Stone)에 의하면, 배럿 브라우닝은 자신이 워즈워스의 "긴 민요"(long ballads)라고 지칭한 「페어 원의 처녀」("The Lass of Fair Wone"), 「미친 어머니」, 「가시나무」와 같은 작품의 서정적 민요 형식을 차용하여 나름대로 사회적 주제를 다루는데 사용했다고 한다("A Cinderella among the Muses" 200).

되기를 거부한다(34~35연). 그녀는 그리스도의 7개의 상처와 흑인노
예들의 상처를 비교하면서(34~35연), 백인은 신이 아니며, 흑인은 백
인을 위한 그리스도/희생양이 될 수 없다고 단언한다(35연). 그보다 그
녀는 "마치 햇볕 속에 조롱박처럼 매달려"(hung as a gourd in the sun,
33연 2행) 백인의 채찍을 아무 비명소리 없이 참아내며, 그들을 "저주"
한다(33연). 그러나 마치 셸리(P. B. Shelley)의『풀려난 프로메테우스』
(*Prometheus Unbound*)의 서두에서 프로메테우스가 제우스에게 내린 저
주를 철회하듯이, 그녀는 돌에 맞아 의식을 잃고 죽어가는 최후의 순
간에 백인들에게 내린 그녀의 저주를 철회한다: "백인들이여, 나는 당
신들 모두에게 아무런 저주없이 떠난다"(White men, I leave you all
curse-free: 36연 7행). 따라서 흑인 독백자는 결국 어떻게 해서든지 그
녀가 완강히 거부하는 기독교의 "그리스도"의 대속의 역할을 부분적
으로 수행한다고 볼 수 있다. 물론 엄밀히 말해서 그녀가 저주를 철회
하는 것은 자신을 죽이는 백인을 "경멸"(disdain, 36연 8행)하기 때문이
지, 그들을 기독교인으로서 용서하기 때문이 아니다. 그렇다 하더라도
흑인노예의 입장에서 마지막 순간에 저주를 철회하는 것은 피억압자
의 입장에서 악몽과 같은 인간의 역사에 있어 저주와 증오와 폭력의
악순환을 끊고 사회적 악을 치유할 할 수 있는 일말의 계기를 마련해
준다고 하겠다.[8]

　「필그림곳의 도망노예」는 「어린이들의 외침」과 함께 비평가들 사
이에 많은 논란의 대상이 되었다. 예컨대, 새러 브로시(Sara Brothy)
는 배릿 브라우닝의 「필그림곳의 도망노예」가 궁극적으로 가부장

---

[8] 데이빗(Deirdre David)은『오로러 리』(*Aurora Leigh*)를 "사회적 상처"(social wound)에 대
한 "치유의 시학"(poetics of healing)을 탐구하는 시로 해석하는데(114-27), 이것은「필
그림곳의 도망노예」에도 그대로 적용될 수 있을 것이다.

제와 정통 기독교의 교리로 회귀함으로써, 결국 브랜틀링거(Patrick Brantlinger)가 「어린이들의 외침」에 대해 비판하는 것(54)과 마찬가지로, "자유주의"의 한계를 지닌다고 본다(Brothy 273-88). 그러나 「필그림 곶의 도망노예」의 화자가 끝에서 저주를 철회한다고 해서 반드시 배릿 브라우닝이 백인중심의 보수적, 전통적 기독교의 교리를 옹호하는 입장으로 회귀한다고 보기는 어렵다. 대조적으로, 레이턴은 이 시를 필그림의 상륙을 다룬 히먼스(Felicia Hemans)의 다른 시와 비교하면서, 배릿 브라우닝은 선악의 도덕적 문제를 역사적 현실의 구체적 배경에 정초함으로써 민주주의, 종교적 자유, 가족 배경, 모성애의 전통적 가치들을 근본적으로 문제화하였다고 평가한다(*Victorian Women Poets* 99). 비슷한 시각에서, 쿠퍼(Helen Cooper)는 배릿 브라우닝이 사용하는 극적 독백 형식의 "저돌성"(audacity)에 주목한다(122-23).

바흐친의 대화이론에 비추어 볼 때, 배릿 브라우닝이 반노예제 시에서 사용하고 있는 극적 독백 형식은 그녀 작품의 '자유주의적' 한계를 드러낸다기보다는 오히려 그 시가 함축하는 정치적 급진성을 강화시켜 주고 있다고 생각된다. 배릿 브라우닝이 사용하는 극적 독백 형식은 억압되고 침묵된 타자의 목소리를 그 자신의 관점에서 내재적으로 형상화할 수 있도록 한다. 이 시의 극적 독백에서 화자와 청자 사이의 인종적 차이는 극적 독백의 내재적 대화가 담보하는 사회 비평적 성격을 이해하는 데 중요한 관건이다. 극적 독백이 이루어지는 구체적 장소와 배경은 미국의 과거의 역사와 현재의 실제적 상황 사이의 아이러니컬한 대조를 가능하게 한다. 데이비스(Kate Davies)가 지적하듯이, 낭만주의 여성시인들은 흔히 그들의 반노예제 시에서 흑인노예의 슬픔과 고통을 하버마스의 용어로 여성작가의 "공적 영역"(public sphere)에 적합하다고 간주되는 감상적 언어에 한정시키거나(133-59), 혹은 현세의 고통을 감내하면 내세에서 구원을 받을 수 있다는 식으로, 피식민자의 현실적 고통을 정당화하는 백인의 제국주의적 기독교 윤리에 종속시키려는 경향이 있었다. 대조적으로, 배럿 브라우닝의 작품은 당시 여성문학에서 매우 인기 있는 장르였던 반노예제 시의 지배적 감정 구조, 혹은 "공적 영역"으로서의 여성적 감상성의 문학과 백인중심의 보수적 기독교의 제국주의적 언어를 근본적으로 문제화한다.

III. 「한 나라에 대한 저주」 — 미국의 자기배신과 여성시인의 저주

앞 시와 마찬가지로 『자유 종』(*Liberty Bell*)의 요청에 의해 씌어진 「한 나라에 대한 저주」는 「필그림 곶의 도망노예」보다 8년 뒤인 1856년에 이 잡지에 출판되었으며, 저자가 죽기 전에 직접 감수하여 출판한 시집 『의회에 바치는 시』(*Poems Before Congress*)에 수록되었다. 시 제목에서 "한 나라"는 실제로 미국을 지칭한 것이었지만, 헨리 촐리(Henry Chorley)는 『어시니움』(*The Athenaeum*)에 실은 서평에서 영국이 이탈리아 독립을 도와주지 않은 데 대해서 영국을 비판한 시로 해석하였다 (Forster, *Elizabeth Barrett Browning* 278).[9] 그만큼 이 시에서 배럿 브라우닝이 추구하는 근대 국가의 폐해에 대한 비평은 어느 "한 나라"에만 국한되지 않는 역사적 보편성을 지니고 있는 것으로 읽혀질 수 있

---

9) 이 시는 흥미롭게도 영국 비평가들의 맹공격을 받았음에 비해, 미국에서는(아직 판권협약이 없던 시절임에도 불구하고) 뉴욕의 『인디펜던트』(*Independent*)로부터 그녀가 투고하는 매 시작품마다 100달러를 지불하겠다는 제안을 받을 정도로 열렬한 호응을 얻었다(Mander 114).

다.[10] 같은 잡지에 8년 앞서 출판된 「필그림곳의 도망노예」에서는 미국의 노예제와 인종주의를 비판하는데 초점을 맞추었던 반면에, 「한 나라에 대한 저주」에서는 노예제 문제뿐만 아니라 미국사회 전반에 걸쳐서 미국의 자기모순을 지적하며, 미국에 대한 더욱 일반적이고 통렬한 비판을 가하고 있다. 앞에서 인용한 체스터턴(G. K. Chesterton)의 논평처럼, 배릿 브라우닝은 영국의 제국주의와 국수주의를 비판하면서 이탈리아 독립운동을 적극 지지한데서 볼 수 있듯이, 보편적 인류애를 지향한 진정한 '코스모폴리탄적' 시인이었다. 제목에서 사용되는 "저주"라는 단어는 배릿 브라우닝이 이전 시에서 추구한 근대 사회의 다양한 악과 폐해를 두루 포괄하지만 특히 미국의 노예제 문제에 초점을 맞춘 것이라고 할 수 있다.

　형식적으로 이 시의 서술구조는 프롤로그와 저주 자체로 이분된다. 프롤로그는 "한 나라에 대한 저주"를 쓰도록 명하는 천사[11]와 이에 대해 시인-화자가 응답하는 극적인 대화구조로 되어 있으며, 본시의 "저주"는 미국 국민을 주된 청자로 삼고 있다는 면에서, 이 시는 이중

---

10) 배릿 브라우닝은 이사 블랙든(Isa Blagden)에게 보낸 편지에서 촐리의 비판에 대해 격분하였지만, 동시에 촐리가 "인용한 그 특정한 연들은 마치 영국을 위해 쓴 것처럼, 영국에도 적합하다"(certain of those quoted stanzas do fit England as if they were made for her: Forster, *Elizabeth Barrett Browning: A Biography* 344-45 재인용)라고 은밀히 고백한 바 있다.

11) 배릿 브라우닝의 시에서 '천사'에 대한 언급은 빈번히 나타난다. 예컨대, 「인간의 외침」에서 화자는 "부자들은 '권리'와 미래에 대해 설교하지만,/ 천사가 비웃는 것을 듣지 못한다"(6연 6~7행)고 질타하는 반면에 「어린이들의 외침」에서 아이들은 아이러니하게 하나님이 천사들의 노래 때문에 자기들의 기도를 듣지 못할까봐 걱정한다. 또한 같은 시 마지막 연에서 화자는 하늘을 바라보는 어린이들을 "지위 높은 천사"에 비유한다(13연 1~4행). 나아가서 「극빈아동학교를 위한 탄원」에서는 헐벗은 어린아이들의 이름을 아는 "백의천사"가 언급되며(13연), '영국인'의 어원에 좇아, 로마인들은 영국아이들은 마치 '천사'처럼 아름다울 것이라고 상상한다(21연).

적 대화구조를 지닌다. 물론 이 시의 프롤로그가 겉보기에 '극적 대화'''형식을 취하고 있다고 해서, 반드시 바흐친이 의미하는 진정한 의미에서 (소설적) "대화주의"를 담보한다고 말할 수는 없다. 바흐친은 희곡양식에서 극적 대화 형식은 단지 피상적인 의미에서의 대화일 뿐이며, 진정한 의미에서 소설적 담론의 대화주의와는 엄격히 구분되어야 한다고 강조한 바 있다. 그러나 배릿 브라우닝의 이전 시가 보여주었던 서정적 화자의 목소리 내에서의 잠재적 대화성[12]이 이 시에서 다른 두 목소리 사이의 보다 명시적이고 외적인 대화 형식으로 발전하고 있음은 부인할 수 없다. 정확히 말해서, 이 시의 프롤로그가 반드시 엄격한 의미에서 희곡형식의 순수한 극적 대화를 사용하는 것은 아니며, 시적 화자와 천사의 대화는 1인칭 화자가 독자나 암시된 청자에게 말을 하는 가운데, 1인칭 화자의 서술 속에 인용으로 삽입되어 있다.

배릿 브라우닝이 쓴 일련의 저주 시 중에서 백미라고 할 수 있는 이 작품에서 시인은 특히 노예제에 초점을 맞추어 백인중심의 미국식 자유주의의 모순을 통렬하게 지적하면서, 선지자적 목소리로 심판을 내린다. 「한 나라에 대한 저주」는 특히 다른 어떤 시보다도 칼라일(Thomas Carlyle)이 「영웅숭배론」("Hero Worship")에서 칭송한 "예언자-시인"(Vates; Poet-prophet; Bard)의 모습(Bristow 65-66)을 사회 비평적 시각에서 시적으로 형상화한다. 블레이크와 워즈워스를 포함한 낭만주의 시인들이 전범으로 삼았던 밀턴(John Milton)류의 '예언자-시인'은 신이나 천사와 같은 초자연적 존재의 말을 듣고, 이를 일반인이 이해할 수 있는 방식으로 전달하는 영적 매개자로 간주된다. 프롤

---

12) 예컨대, 「인간의 외침」, 「어린이들의 외침」, 「극빈아동학교를 위한 탄원」 등의 대화적 양상을 다룬 졸고, 「배릿 브라우닝 시의 대화주의와 사회비평」, (『영문학과 사회비평』 146-80) 참조.

로그는 본론의 "저주"를 쓰기 이전에, 바로 그러한 예언자-시인으로서
시인의 역할에 대한 매우 흥미있는 초논평(超論評)을 제공한다. 프롤
로그는 화자가 천사의 말을 "듣는" 것으로 시작한다. 배릿 브라우닝의
여러 시에서 반복되는 "듣기"의 모티프는 이 시에서도 주제적 중요성
을 지닌다. 시인-화자는 한 나라에 대한 저주를 쓰라는 천사의 명령을
듣고 그에 따르기를 여러 가지 이유로 주저하지만, 결국 슬픔에 잠겨
저주를 쓸 수밖에 없다.

천사와 화자의 대화는 이러한 저주의 시를 쓰게 된 과정에 포함된
시인의 내적, 심리적 갈등과 인간적 고뇌를 극적으로 형상화한다. 시
인은 일반적 독자 혹은 구체적으로 저주의 대상이 되는 미국국민에게
시작과정의 배경과 동기를 밝힘으로써 그들의 이해를 구하려 한다. 프
롤로그에서 제시되는 시인과 천사의 대화는 배릿 브라우닝 자신의 저
주의 시에 대한 논쟁적 변호, 혹은 저주의 시학의 개진이라고 할 수 있
다. 시인−화자는 한편으로 마치 칸트가 말하는 도덕의 정언명령의 목
소리처럼(예컨대 프롤로그에서 "thou shalt"의 반복은 성서의 십계명
을 연상시킨다) 한 나라에 대한 저주를 쓰지 않을 수 없다고 느낀다. 그
러나 다른 한편으로 그는 여러 가지 인간적 입장에서 자신에게 부과된
임무에 대해 주저하며 유보적 태도를 취할 수밖에 없다. 프롤로그는
비록 대화 형식을 취하고 있지만, 사실 시인이 실제 하고 싶은 말은 화
자의 말보다는 천사의 말에 더 무게가 있는지도 모른다. 바흐친의 용
어로 말하자면, 천사의 "외적 언어"는 시인의 "내적 언어"를 대변한다
고 말할 수 있다.

프롤로그와 본시의 서술구조는 다같이 3연을 단위로 하여 각 연의
서두와 후렴에서 반복과 변이를 보여주며, 특히 각 연의 말미는 모두
"저주"를 쓰라는 명령으로 끝난다. 천사가 시인에게 서쪽 대양 건너 나

라에 대한 저주를 쓰라는 명령을 내리는 1연 이후, 2~12연에서는 이를 거부하는 화자의 말(반복하여 "Not so..."로 시작하여 "For..."로 이어짐)과 계속 그렇게 하기를 종용하는 천사의 말("Therefore . . . shalt thou write"로 시작함)이 교체되어 제시되며, (앞의 연들과 대조적으로 "So"로 시작하는) 마지막 13연에서 결국 시인이 천사의 명령을 마지못해 받아들이는 장면으로 끝난다. 각 연은 2개의 이행연과 후렴으로 되어 있다. 프롤로그의 첫 연에서 "저주"를 쓰라는 천사의 명령에 대해 시인−화자는 형제나라에 대한 "사랑", 자신의 나라의 국내문제, 여성으로서의 적합성 등을 이유로 자신이 "한 나라에 대한 저주"를 쓰기에 적합하지 않다고 이를 극구 사양하려 하지만, 천사는 오히려 바로 "그렇기 때문에"(therefore) 화자가 저주를 써야 한다고 강조한다. 천사는 반복적으로 화자의 말을 받아서, 오히려 그것을 저주를 써야 하는 이유로 재강세화함으로써, 결국 시인을 설득하는 데 성공한다. 예컨대, 흔히 인용되는 다음 구절에서, 천사는 마치 하늘에서 내리치는 "번개"가 신의 인간에 대한 사랑의 징표이듯, 저주는 대상에 대한 증오의 표현이 아니라 오히려 고귀한 인간적 "사랑"에서 비롯되는 것임을 역설한다: "사랑의 정점(頂点)으로부터 저주는 내리꽂힌다, /마치 하늘 꼭대기로부터 번개가 치듯이"("From the summits of love a curse is driven, / As lightning is from the tops of heaven"[4연 3~4행]).

여기에서 특히 흥미로운 것은, 이전의 시에서는 서술자의 성별(性別)을 암시하는 뚜렷한 단서가 없었음에 비해, 이 시에서 화자는 자신이 여성임을 분명히 밝히고 있다는 점이다. 형제나라에 대한 사랑과 자신의 조국의 화급한 문제로 인해 다른 나라에 대한 저주를 쓸 수 없다는 화자의 변명이 천사의 단호하고 강력한 반론에 의해 계속 전복된 후, 화자는 마지막으로 자신은 "여성"이기 때문에 그러한 "저주"의 시를 쓰기에 적합하기 않다고 탄원한다. 그러나 앞에서와 같이 천사는 화자 자신의 말을 받아서, 바로 "그렇기 때문에"(화자가 "여성"이기 때문에) 오히려 더욱 훌륭한 저주의 시를 쓸 수 있다고 강조한다.

> "그렇게는 안 됩니다," 하고 나는 다시 대답했다.
> "저주를 위해서는, 남자를 택하세요.
> 왜냐하면 여자인 제가 아는 것이라고는 단지
> 어떻게 가슴이 녹고 눈물이 흘러내리는지 밖에 없으니까요."

> "그렇기 때문에," 그 목소리는 말했다, "그대는 오늘 밤
> 나의 저주를 써야 한다.
> 어떤 여자는 울면서 저주하기를, 말하자면
> (그리고 거기에 대해 아무도 놀라지 않는데), 밤낮으로 한다.

> "그러니 그대가 오늘 밤 그들의 역할을 맡아서,
> 울면서 써라.
> 여성의 깊은 곳에서 우러나오는 저주는
> 소금 자체이며, 쓰고, 훌륭하다." (프롤로그, 12연 3-4행)

> "Not so," I answered once again.
> To curse, choose men.
> For I, a woman, have only known
> How the heart melts and the tears run down."

> "Therefore," the voice said, "shalt thou write
> My curse to-night.
> Some women weep and curse, I say
> (And no one marvels), night and day.

And thou shalt take their part tonight,
　　Weep and write.
A curse from the depth of womanhood
Is very salt, and bitter, and good."

이것은 사회비평을 주제로 하는 배럿 브라우닝의 시의 맥락에서 여성시인으로서의 정체성에 새로운 정치적, 종교적 의미를 부여하는 중요한 발언이다. 블레이크(William Blake)의 「런던」("London")의 마지막 부분에서 창녀의 "저주"를 연상시키는,[13] 이 유명한 구절에서 배럿 브라우닝은 18세기 말이래 영국문학에서 남성비평가들에 의해 상투적으로 정식화된 소위 "여성적 감수성", 혹은 "감상성"의 문학을 넘어서서, 여성시인의 목소리를 당대 사회에 대한 통렬한 사회비평의 매체로 전화, 승화시킨다. 프롤로그의 끝에 이르러, 천사의 끈질긴 권고와 명령에 따라 결국 극화된 1인칭 시인－화자가 '여성' 선지자의 역할을 떠맡게 되는 것은 샤인버그(Cynthia Scheinberg)가 배럿 브라우닝의 장편시 『오로러 리』(Aurora Leigh)의 여주인공에 대해 지적하였듯이(306-23), 모세(Moses)와 같은 가부장적 기독교 남성 예언자가 아니라 미리엄(Miriam)과 같은 유대교 여성 예언자의 대안적 전통을 계승하는 것이라고 볼 수 있다.

　이하 "저주"(The Curse)로 명명된 본시는 미국이라는 한 나라가 표상하는 근대 사회의 죄악이 보편적으로 초래한 저주가 무엇인지 구체적으로 밝힌다. 여기에서 화자는 미국을 의인화하여 "그대"(ye)로 지칭하면서, 미국 혹은 미국 국민에게 말을 건다. 프롤로그가 1인칭 화자의

---

13) 레이턴은 배럿 브라우닝의 여러 시에 나타난 "타락한 여성"(the fallen woman)의 이미지를 분석하는 가운데, 배럿 브라우닝이 이 시에서 "타락한 여성"을 특히 "시신"(the muse)으로 부각시킨 점에 주목한다("Because men made the laws" 242).

쓰는 행위에 초점을 맞추었다면, 본시의 "저주"에서는 2인칭 청자가 초점자(focalizer)가 된다. 배릿 브라우닝은 본시에서도 프롤로그에서와 마찬가지로 각 연의 반복적 구조와 구문, 그리고 변이를 수사학적으로 잘 활용한다. 각 연은 3개의 이행연구(二行連句)와 후렴으로 되어 있다. 1부는 모두 "그대는 ……하기 때문에"(Because ye...)로 시작하여 "그러나"(Yet)로 이어지는 세 연으로 구성되어 있는 반면에, 7연으로 되어 있는 2부에서, 1~3연은 "그대는 ……하는 동안 방관한다"(Ye shall watch while. . .)로, 4~6연은 "……할 때"(When. . .)로, 7연은 "가라"(Go)의 명령문으로 각각 시작한다. 그리고 1~2부의 모든 연은 공통적으로 "이것이 저주이다. 써라"(This is the curse. Write)라는 후렴으로 끝난다. 1부의 1~3연은 "때문에"(Because)와 "그러나"(Yet)의 반복적 사용을 통해 미국의 자기모순을 강조한다. 1부 각 연에서 시인은 미국 사회의 여러 가지 자기모순을 정곡을 찔러 지적한다. 구체적으로, 미국은 용감하게 싸워 독립을 쟁취하였지만, 타인의 영혼을 짓밟는 잘못을 범했으며(1연), 최상의 자유를 획득하였지만, 노예를 억압하는 죄를 저질렀고(2연), 그래서 경제적으로 번영하는 축복과 명예를 얻었지만, 순교자들을 질식시키는 거짓을 범했다(3연).

2부의 1~3연에서 화자는 미국이 타국의 억압적 구체제를 방관하고 있음을 질타한다. 미국은 타국의 왕들이 인민의 불을 끄려 공모하는 것을 방관하고 이에 대해 아무 발언을 하지 않는다(1연). 여기에서 배릿 브라우닝은 "불"의 이미지("To utter the thought into flame/ Which burns at your heart."[5~6행])를 사용하고 있는데, 이것은 앞뒤 문맥상 미국이 자신의 생각을 명백히 밝히지 않음을 비판하고 있는 구절이지만, 셸리류의 낭만주의 시의 "프로메테우스 신화"와 연관될 수 있는 배릿 브라우닝의 예언적이고 "불꽃"같은 시의 특성을 대변한다고 볼 수도 있겠다. 미국은 다른 나라들이 "수색견"(Bloodhound)과 생사를 건 싸움을 하는 동안 이를 방관하면서, 그들의 싸움의 명분을 옹호하는 말을 하지 않고(2연), 강자가 봉건시대의 법으로 약자를 질식시키는 것을 방관함으로써, 자신의 영혼을 더욱 슬프게 한다(3연). 나아가서, 4~5연에서는 미국의 위선을 꼬집는다. 선인의 기도는 원수의 발자국 소리 같고(4연), 현인의 칭송은 부끄러움일 뿐이며(5연), 광대들의 조롱도 그대의 잘못에는 값하지 못한다(6연). 마지막 7연에서는 명령문을 반복함으로써, 시인은 미국에게 "악행"이 행해지는 곳에 늘 함께 할 것이며, "그대 자신의 저주"로 그대를 지켜보는 온 세상의 저주를 피하라고 말한다.

매 연의 마지막에 반복되는 후렴으로서 "이것이 저주이다. 써라"라는 명령은 프롤로그에서 보면 천사가 시인에게 하는 말을 본문에서 다시 인용한 것으로 볼 수 있다. 그러나 마지막 연의 내용에 비추어 본다면, 이것은 시인이 미국에 대해 하는 말로 해석할 수도 있다. 다시 말하여, 프롤로그에 의하면 저주는 천사의 명을 받아 시인이 내리는 것이지만, 본시의 결말에 의하면—마치 밀턴의 『실낙원』(*Paradise Lost*)에서 아담과 이브가 자유의지에 의해 스스로 타락하게 되듯이—외부인이 타율적으로 부과한 것이라기보다 결국 미국이 스스로 자신에게 내리는 것이다. 천사의 명을 받아 시인이 저주를 쓰듯이, 시인의 명을 받아 미국은 자신의 저주를 스스로 쓴다. 시인은 최후의 순간에 저주에 대한 미국의 자기책임을 강조한다. 프롤로그가 천사와 시인의 흥미로운 대화의 과정을 보여주고 있음에 비해, 본시는 겉보기에 시인의 저주를 일방적, 독백적으로 제시하는 것처럼 보인다. 그러자 "저주"의 담론 자체가 장르적 특성상 저주의 대상인 2인칭 청자가 초점자가 되는 서술 방식이며, 위의 후렴에서 볼 수 있듯이 그러한 저주가 1인칭 화자가 상대방에게 일방적으로 부과하는 것이라기보다, 저주의 대상 자신이 자유의 이상을 스스로 배신함으로써 자기 자신에 스스로 "쓰는" 것이라는 측면에서, 화자-시인과 청자 사이에 숨겨진 미묘한 내재적 대화성을 함축하고 있다고 하겠다. 「한 나라에 대한 저주」에서 시인은 미국 사회의 여러 가지 자기모순과 문제점에 대해 선지자적 목소리로 비판을 가하였는데, 그중에서도 노예제는 특히 중요한 문제였다. 근대 서양사회의 체제적 병리를 진단하고 비판한 배릿 브라우닝의 다양한 사회적 항거시들 중에서도 「한 나라에 대한 저주」는 이전 낭만주의 시인들이 강조한 선지자—시인의 역사적 역할을 빅토리아조 '여성'시인의 입장에서 새롭게 계승하고 재창조한다는 측면에서 중요한 문학사적 의의를 지닌다.

Ⅳ. 배릿 브라우닝 시의 현재적 의미

극적독백 형식으로 씌어진 「필그림 곳의 도망노예」는 흑인 여성노예의 내재적 관점에서 필그림 및 기타 청자와의 상상적 대화과정을 통해서 백인 식민주의와 인종주의의 가학성과 비인간성을 극명하게 고발한다. 프롤로그와 본시의 두 부분으로 나누어진 「한 나라에 대한 저주」는 천사와 시적 화자의 극적 대화과정을 통해서 독립전쟁에서 인간 해방과 '자유'를 표방했던 신생국 미국이 처한 노예제의 '저주'를 여성시인의 입장에서 받아 쓸 수밖에 없는 시대적 사명과 미국의 자기모순을 강조한다. 바흐친의 대화이론에 비추어 볼 때, 배릿 브라우닝의 시는 이전 낭만주의 여성시인들의 반노예제 시가 지니고 있던 다분히 감상주의적인 편향을 넘어서서 좀 더 공적 영역에서 서양제국의 식민주의·인종주의, 그리고 나아가서 기독교 윤리와 백인중심의 자유주의 이데올로기의 허구와 자기모순을 근본적으로 비판하는 시대적 선진성을 지녔다고 평가할 수 있다. 이러한 측면에서, 그녀의 시는 오늘날 이른바 탈식민주의적 페미니즘의 입장과도 상통하는 현재적 의미를 지닌다고 해도 과언이 아닐 것이다. 본고에서는 배릿 브라우닝의 반노예제 시들을 중점적으로 살펴보았으며, 동시대에 홀로 반노예제 운동을 전개했던 여성 지식인 마티노에 대한 고찰은 다른 기회로 미룬다.

<고려대학교>

인용문헌

박노자, 『하얀 가면의 제국: 오리엔탈리즘, 서구 중심의 역사를 넘어서』, 서울: 한겨레신문사, 2003.

여홍상, 「낭만주의 여성 시인들의 반노예제 시」, 『영문학과 사회비평―19세기 영시와 영문학 교육』, 서울: 문학과 지성사, 2007.

_____, 「배럿 브라우닝 시의 대화주의와 사회비평」, 『영문학과 사회비평』.

_____, 「브라우닝 시의 역사적 대화성」, 『19세기 영문학의 이해와 비평이론』, 서울: 고려대학교, 1997.

Bakhtin, M. M. "Discourse in the Novel". *The Dialogic Imagination: Four Essays by M. M. Bakhtin.* Ed. Michael Holquist. Trans. Caryl Emerson and Michael Holquist. Austin: U of Texas P, 1981.

_____. *Rabelais and His World.* Trans. Helen Iswolsky. Bloomington: Indiana UP, 1984.

Brantlinger, Patrick. *The Spirit of Reform: British Literature and Politics, 1832-1867.* Cambridge, Mass.: Harvard UP, 1977.

Bristow, Joseph, ed. *Victorian Women Poets: Emily Brontë, Elizabeth Barrett Browning, Christina Rossetti.* London: Macmillan, 1999.

Brothy, Sarah. "Elizabeth Barrett Browning's 'The Runaway Slave at Pilgrim's Point' and the Politics of Interpretation." *Victorian Poetry* 36.3(Fall, 1998).

Browning, Elizabeth Barrett. *Elizabeth Barrett Browning: Selected Poems.* Selected & Int. Margaret Forster. Baltimore: The Johns Hopkins UP, 1988.

_____. *Aurora Leigh and Other Poems.* Eds. John Robert Glorney Bolton and Julia Bolton Holloway. London: Penguin, 1995.

_____. *The Complete Poetical Works of Elizabeth Barrett*

Browning. Ed. Horace E. Scudder. Cutchogue, NY: Buccaneer, 1993.

Carlyle, Thomas. ["The Hero as Poet: Dante, Shakespeare"]. Passage 1.7. *The Victorian Poet: Poetics and Persona*. Ed. Joseph Bristow. New York: Routledge, 1996.

Chesterton, G. K. *The Victorian Age in Literature*. Home University Library Series, 1913; Rpt. London: Thornton Butterworth, 1933.

Cooper, Helen. *Elizabeth Barrett Browning, Woman and Artist*. Chapel Hill: U of North Carolina P, 1988.

David, Deirdre. *Intellectual Women and Victorian Hierarchy: Harriet Martineau, Elizabeth Barrett Browning, George Eliot*. Ithaca: Cornell UP, 1987.

Davies, Kate. "A Moral Purchase: Femininity, Commerce and Abolition." *Women, Writing and the Public Sphere 1700-1830*. Eds. Elizabeth Eger, et al. Cambridge: Cambridge UP, 2001.

Forster, Margaret. *Elizabeth Barrett Browning: A Biography*. London: Chatto & Windus, 1988.

Leighton, Angela. *Elizabeth Barrett Browning*. Brighton, Sussex: Harvester, 1986.

_____. "Elizabeth Barrett Browning." *Victorian Women Poets: Writing Against the Heart*. Charlottesville: UP of Virginia, 1992.

_____. "'Because men made the laws': The Fallen Woman and the Woman Poet". *Victorian Women Poets: Emily Brontë, Elizabeth Barrett Browning, Christina Rossetti*. Ed. Joseph Bristow. London: Macmillan, 1995.

Mander, Rosalie. *Mrs Browning: The Story of Elizabeth Barrett*. London: Weidefeld and Nicholson, 1980.

Markus, Julia. *Dared and Done: The Marriage of Elizabeth Barrett and Robert Browning*. Athens: Ohio UP, 1995.

Mermin, Dorothy. *Elizabeth Barrett Browning: The Origins of a New Poetry*. Chicago: U of Chicago P, 1989.

Scheinberg, Cynthia. "Elizabeth Barrett Browning's Hebraic Conversions: Feminism and Christian Typology in *Aurora Leigh*." *Elizabeth Barrett Browning*. Ed. Sandra Donaldson. New York: G. K. Hall, 1999.

Stone, Majorie. "Cursing as One of the Fine Arts: Elizabeth Barrett Browning's Political Poems." *Critical Essays on Elizabeth Barrett Browning*. Ed. Sandra Donaldson. New York: G. K. Hall, 1999.

_____. "A Cinderella among the Muses: Barrett Browning and the Ballad Tradition." Harold Bloom, ed. *Elizabeth Barrett Browning*. Philadelphia, Chelsea House, 2002.

빅토리아(Victoria)조 영시에 나타난, '타락한 여성'을 보는 각각 다른 시선들

이 혜 지

Ⅰ. 들어가면서 ― 빅토리아조 사회의 '타락한 여성' 혹은 매춘부

페미니즘 비평이 대두되면서 지금까지 행해져왔던 영국 빅토리아 (Victoria)조 연구는 여러모로 변모를 겪게 되었다.[1] 빅토리아 시대 문학작품에서 이러한 연구가 중요한 이유는, 영국에서 '여성문제'가 대두되기 시작한 때가 바로 이 시기이기 때문이다. 페미니즘 비평의 안

---

[1] 엘레인 쇼왈터(Elaine showalter), 산드라 길버트(Sandra Gilbert), 수잔 구바(Susan Gubar), 메리 푸비(Mary Poovey), 마가렛 호만스(Margaret Homans) 등 페미니스트 비평가들은, 빅토리아조 영국의 문학작품 및 사회적 사건들에 대해 지금까지 느끼고 써져왔던 방식을 획기적으로 바꾸어 놓았다(Harrison and Taylor, xviii).

목으로 영국 빅토리아조 내 문학작품들을 다시 보는 작업은 필연적으로, 인간사에서 빼놓을 수 없는 인간의 성 행동을 둘러싼 '성(gender)'의 문제를 당시의 문화적 가치를 기반으로 재점검해보게 만든다.

행복한 가정을 꾸리는 것에 큰 역점을 둔 채, 그 어떤 유혹에도 무관심한 척 점잔빼는 빅토리아조 영국 중산층 문화의 이면에는 기실 남녀의 성 역할 및 성욕에 대해 다른 잣대를 들이대고 있었음이 드러난다. 월경, 임신, 출산 등 남성과는 다른 여성의 생물학적 성 차이는 여성을, 바깥 활동보다는 집안에서 자녀를 양육하고 가정을 꾸리는 데 적합한 수동적인 역할에만 국한시켜 왔고, 이렇게 소극적이고 나약한 '집안의 천사' 여성은 성욕이 거의 없는 '순진한' 존재로 인식되었다. 바로 여기서 당시 사회의 이중적인 성 윤리가 표출되는데, 외부활동에서 역량을 드러내는 적극적인 남성의 성적 욕구 표출은 어느 정도 용인되고 크게 비난받지도 않았다. 빅토리아조 사회에서 여성 교육에 관심을 갖고 여성들을 위한 행동 지침을 다수 펴냈던 사라 엘리스(Sarah Ellis)는, 그 저서 『영국의 아내들』(*The Wives of England*)에서, 아내들은 그 남편들의 성적 방종에 기인한 부도덕함을 인내심을 갖고 참아야 한다고 역설하고 있다(106-205).

반면, '정절(Chastity)'이 한 여성을 평가하는 절대적인 기준이 되었던 당시 성 윤리속에서, 유혹에 의해서건, 혹은 성욕에 의해서건 일단 그 정절을 잃은 여성은 과연 구제되고 그 사회에서 다시 받아들여질 길이 있었을까?

19세기 영국 사회에서는, 정숙한 '아내', '어머니'라는 이상적인 여성 역할 이면에, 이러한 여성적 미덕의 가치를 위반한 '타락한 여자(Fallen Woman)'라는 또 하나의 여성상이 자리잡고 있었다. 순진한 처녀가 믿었던 애인에게 버림을 받았든, 일찍이 어린 나이부터 성적인 착취를 당했든, 혹은 정말로 몸을 파는 창녀였든 간에, 결혼관계가 아닌 가운데 일단 한 번이라도 성적인 경험이 있었던 여성은 이 같은 '타락한 여자'라는 같은 범주 아래 추락하여, 그녀가 속한 사회로부터 용서받을 길도, 구제받을 길도 없었다. 이들은, 그녀들의 아버지 혹은 남편들로부터 돈 한 푼 없이 쫓겨나고, 생존에 필요한 가장 기본적인 권리조차 갖지 못한 채 사회의 냉대 속에 방치되었다. 여성의 성 행동에 관한 엄격한 사회적 규범을 파기함으로써 이들은 국가적 도덕성 뿐 아니라 부권을 위태롭게 한다고 간주되었던 바, 이렇게 남성적 특권을 위협한 여성들은 남성들의 보호를 받을 권리를 몰수당했던 것이다.

이러한 '타락한 여자'에 대한 사회적 매도의 기저에는, 서양문화 깊숙이 자리 잡고 있던 '여성의 성(female sexuality)'에 대한 남성들의 편견과 두려움이 깔려있다고 볼 수 있다. 기독교에서 인류 최초의 여성 이브가 아담을 유혹해 죄를 짓게 만들고 그것이 곧 인간의 원죄요, 인간 타락 및 죽음의 원인이 되었다는 사실은, 이후 서구 문화에서 '여성의 성'이 사탄(Satan)을 상징하는 뱀, 죽음, 악 등의, 남성을 파멸시킬 수 있는 부정적 힘으로 여겨질 수 있는 근거를 제공해 주었다.

따라서 이러한 문화 속에서는 오로지 남성의 성욕만이 존재할 뿐 여성의 성적 관심이나 욕망은 철저하게 억압되어 있었다. 남성 중심적 시각에서 바라본 여성은 그 성적인 면에서만 판단되었는데, 즉 성에 대해 무지하며 순결한 '성녀' 아니면, 그 욕망을 주체할 길 없는 '창녀'라는 극단적 이분법으로 갈라져 있었던 것이다. 그리고 이런 양극단의 여성 평가 아래서는 아무리 정숙했던 여성이라도 일단 한번만이라도 잘못된 길로 들어서면 그대로 '타락한 여자'가 되어 그녀가 죽을 때까지는 이 단죄의 영역에서 벗어날 길이 없었다.

빅토리아조 영국 사회 내에서 여성적 미덕에 대한 이러한 지나친 집

착은 역설적으로, 그 사회의 남성적 가치가 그렇게 매도하고 근절하고 싶어했던 성적으로 방종한 여성군인 '매춘부(prostitute)' 계급을 더욱 활성화시키는 결과를 가져왔다. 결혼외적인 관계에서 남자와의 성경험이 있던 여성은, 당장은 아니더라도 어쨌든 매춘으로 갈 수 밖에 없는 치명적인 첫 걸음을 뗀 것이나 마찬가지였기 때문이다. 당시 영국 사회내의 매춘의 문제에 대해 사회적으로 영향력 있는 글을 썼던 윌리엄 액튼(William Acton)은 그의 저서 『매춘』(*Prostitution*)에서 다음과 같이 말하고 있다.

> ...By unchastity a woman becomes liable to lose character, position, and the means of a living; and when there are lost is too often reduced to prostitution for support.

> 정숙하지 못함으로 인하여 여성은 그 인격, 지위, 생활 수단을 잃어버리게 된다; 그리고 이것들이 상실됐을 때는 너무나 빈번하게도, 그 생활비를 위해 매춘으로 전락한다. (Acton 118)

점점 늘어난 매춘의 문제는 19세기 영국 사회 내에서 큰 골칫거리이자 도덕적 위협이 되는 국가적 중대 사안이었다. 통계에 의하면, 1857년, 경찰에 알려진 런던 시내 창녀의 수는 8,600명이었지만 그 실제 숫자는 거의 8만 명에 다다랐다고 한다(Mayhew 476).

이렇게 매춘 여성들이 급격히 증가한 것은 당시 빅토리아 조 영국 사회가 안고 있던 구조적인 문제에서 비롯된 수요와 공급의 법칙에 의한 것이기도 했다. 첫째, 돈과 사회적 지위를 얻은 이후에 늦게 결혼을 하려는 당시 중산계급 남성들의 풍토는, 한편으로는 그들이 결혼 전에도 성적 욕구를 발산할 수 있는 매춘의 수요를 부채질했다. 그러나 보다 더 근본적인 원인은, 여성, 특히 노동계급 여성들의 비참한 환경, 그리고 경제적인 궁핍에 있었다. 18세기부터 일찍이 진행되어 온 산업화로 인해, 가내 수공업에 종사하던 여성들은 일자리를 빼앗기고 그 자리를 메울만한 별다른 대안 없이 가난에 시달리게 되었다. 액튼은, 남성들의 유혹이 단순히 여성의 순결성을 착취하는데 있어서 뿐 아니라 그 여성이 처한 재정적인 어려움을 미끼로 한 유혹이 성공적이었다는 것에 대해 비난하고 있다(118-20). 하층 계급 여성들은 일자리가 없거나, 일을 하더라도 열악한 노동 환경과 저임금에 시달려야 했다. 게다가 남녀노소가 모두 혼숙을 하는 당시 하류층의 주거형태는, 강간, 근친상간 등 어린 나이에 성적인 경험을 하게 만듦으로써, 빅토리아조 중산 계급이 고수하던 엄격한 성 도덕을 우스꽝스럽게 만드는 꼴이었다. 따라서 이런 상황 하에서 생존을 위해 많은 하층계급 여성들이 매춘에 편입된 사회 현상은 어찌 보면 당연한 결과이기도 했던 것이다.

특기할 만한 것은 이 매춘계급의 존재 자체가, '정숙한 여성'이라는 빅토리아조 사회내에서 여성에게 부과되던 이상을 지탱하는 역할을 해 왔다는 사실이다. 렉키(W.E.H. Lecky)는 이러한 역설에 대해 다음과 같이 말하고 있다.

> .....악덕의 극단적인 유형인 그녀 자신은 궁극적으로는 미덕의 가장 효율적인 수호자였다. 만약 그녀가 없다면 수많은 행복한 가정의 도전받지 않은 깨끗함이 오염될 것이요, 유혹 당하지 않은 정숙함의 긍지속에서 분개해서 몸을 떨며 그녀를 비난하던 적지 않은 여성들 이 회한과 절망의 고통을 알게 되었을 것이다.

> ....Herself the supreme type of vice, she is ultimately the most

efficient guardian of virtue. But for her, the unchallenged purity of countless happy homes would be polluted, and not a few who, in the pride of their untempted chastity, think of her with an indignant shudder, would have known the agony of remorse and of despair. (Lecky 283)

즉, 당시 남성들은 정숙한 처녀와의 사랑과 결혼이라는 이상을 추구하는 동시에, 한편으로는 창녀에게로 가서 음욕을 채우는 방탕함의 이중성을 가졌던 바, 그들이 가진 고결한 가정은 이렇게 매춘 계급으로 전락한 여성들의 희생을 통해서 유지되고 있었던 것이다.

그러므로 남성들의 이러한 이중적 윤리의 희생자였던 매춘여성들의 존재는 빅토리아 조 중산계급의 가정 도덕내의 사회적 문제임과 동시에 그 사회를 지탱해주는 하나의 필요악이었다. 그리고 이들은 더 나아가 성병을 전염시킬 수 있는 실질적인 사회악으로 간주되어, 급기야는 1864년 '전염병에 관한 법률'(Contagious Disease Act)이 영국 국회에서 통과되기에 이르렀다.[2]

군대를 성병으로부터 보호한다는 취지 아래 제정된 이 법은, 경찰이 군 주둔 지역 내에서 창녀로 의심되는 여자는 누구든지 체포해서 의학적 조사를 받게 하고, 성병에 걸린 것이 확인되면 치료될 때까지 강제로 구금시켜야 한다는 내용을 담고 있었다. 이 법의 집행은, 길을 걸어가고 있는 여성들은 그 누구라도 의심의 대상이 되어 수치스런 검사를 통과해야 하는 경우를 초래했고, 실제로 매춘부와 그렇지 않은 하층 계급 여성들을 구분해내지 못하는 맹점이 있었다. 게다가, 이 법의 제정 자체는, 빅토리아 조 사회의 매춘에 대한 공식적인 인정아래, 소위

---

2) Wikipedia. "Contagious Diseases Acts." *Wikipedia*. Web. 19 Oct. 2012.

'타락한 여자'에게 남성들이 성적으로 접근하는 것은 묵과하면서 오로지 그 여성들이 남성, 군대 등 그 사회에 끼치는 해악만을 강조하고 있었다. 즉, 법 자체가 매춘의 존재를 인정하면서, 오로지 여자에게만 그 징벌의 잣대를 들이댐으로써, 남녀에게 다르게 부과되는 당시 사회내의 이중적 성윤리를 공고히 하는 결과를 낳고 있었던 것이다.

여성의 입장에서 지극히 악법으로 간주되는 이 법이 1886년 폐지되기까지 많은 여성들이 맹렬히 이에 대해 비난을 해댔고, 이는 이를 공격하는 다수의 중산층 여성들을 결집시키는 실질적인 계기가 되기도 했다. 국가 여성 연합(The Ladies' National Association)은 128명 여성들의 서명을 받아 이 법의 폐지를 주장하는 탄원서를 1870년 1월 1일자 런던(London)의 『일간 뉴스』(*Daily News*)에 실으며 다음과 같이 주장하고 있다.[3]

> 이 질병의 상태는, 우선, 도덕적인 것이지 육체적인 것이 아니다……우리는, 혐오스런 악덕을 합법화하려는 실험을 향해 달려가기 이전에, 그 악의 원인을 다루려고 노력해야 한다는 것을 주장한다. 그리고 더 현명한 가르침과 더 유능한 입법으로 그 원인들은 통제 영역 밖에 있게 되지 않으리라고 우리는 감히 믿는다.

---

3) '전염병에 관한 법률 폐지를 위한 국가 여성 연합'(The Ladies National Association for the Repeal of the Contagious Diseases Acts)는, 영국 국회에서 1864년 통과되었던 '전염병에 관한 법률'에 대항하여, 엘리자베스 울스턴홀름(Elizabeth Wolstenholme)과 조세핀 버틀러(Josephine Butler)에 의해 1869년 설립되었다. 여성 국가 연합은 전적으로 여성들에 의해 조직되고 운영된, 처음으로 정치에 초점을 맞춘 운동이었으며, 그런 의미에서 볼 때, 그 일원들은 여성 권리를 위해 투쟁한 개척자들이었다(Wikipedia. "Ladies National Association for the Repeal of the Contagious Diseases Acts." *Wikipedia*. Web. 19 Oct. 2012).

Because the conditions of this disease, in the first instance, are moral, not physical.....We hold that we are bound, before rushing into the experiment of legalising a revolting vice, to try to deal with the causes of the evil, and we dare to believe that with wiser teaching and more capable legislation those causes would not be beyond control.

매춘이 야기하는 육체의 질병이전에 그것에서 비롯되는 도덕적 죄악의 문제, 그리고 이 악의 근원을 먼저 생각해보자고 하면서 현명한 교화 교육등을 통한 보다 합리적인 대안을 제시하는 이들 여성들의 태도는 분명, 페미니스트 운동의 시작과 맥락을 같이한다고 볼 수 있을 것이다.

뿐만 아니라 당시 많은 중산층 여성들이 계층 간의 장벽을 넘어, 이 창녀들을 도덕적으로 구원하고 더 나아가 그들 사회의 병폐를 없애고 건강한 사회를 만들기 위한 인도적인 노력에 동참했다. 다음 장에서 다루게 될 여성 시인 크리스티나 로제티(Christina Rossetti)도 이러한 매춘부 교화시설인 '성 메리 막달린의 집'(St. Mary Magdalene's)에서 수년간 봉사자로 일한 경험이 있다.4)

이상에서 본 바와 같이 '타락한 여자', 더 나아가 '창녀'는 빅토리아조 사회의 이중적 성윤리 속에 내재되 있던 흔한 존재였고, 따라서 당시의 많은 문학작품에서도 이러한 여성들이 소재로 다뤄지고 있다. 본고에서는, 단테 가브리엘 로제티(Dante Gabriel Rossetti) 의 시 『제니』

---

4) '성 메리 막달레네의 집'(St. Mary Magdalene's)는 빅토리아조 중기에 세워졌던 타락한 여성들을 위한 많은 감화시설중의 하나였다. 윌리엄 마이클 로제티(William Micahel Rossetti)는 크리스티나 로제티의 첫 번째 전기 작가였던 메킨지 벨(Mackenzie Bell)에게, 그녀가 1860-70년대에 걸쳐서 하이게이트(Highgate)를 드나들며 '타락한 여성'들을 구원하는 일에 몸담고 있었던 사실을 언급하고 있다(D'Amico 1992, 67 재인용).

(Jenny), 그의 여동생이었던 크리스티나 로제티(Christina Rossetti)가 쓴 '타락한 여성'들을 다룬 시들, 그리고 당시 여성 운동가였던 어거스타 웹스터(Augusta Webster)가 매춘부를 화자로 내세워 쓴 시『버려진 자』(A Castaway)를 통해, 19세기 빅토리아조 영국 사회 내에서 '타락한 여자'를 바라보던 각각 다른 시각들을 비교 조명해보고자 한다.

Ⅱ. 남성 시인의 시각에서 본 매춘부

단테 가브리엘 로제티의 시『제니』(Jenny)(1870)는 철저히 남성 중심적 시각에서 본 창녀의 모습이다. 화자는 창녀 제니의 방에서 일종의 연민에 젖어 제니를 자신의 무릎을 베고 잠들게 하고 일인칭 독백으로 그녀를 묘사하고 있다. 화자는 자신이 제니보다 훨씬 우월하다는 오만과 편견을 가지고, 그녀와 진정한 의사소통을 하려는 노력을 전혀 보이지 않는다. 이 시가 극적 독백(dramatic monologue)의 형식을 취하고 있다는 것 자체가, 상대방인 제니가 무슨 생각을 하고 있는지를 묻지도 않으며, 그녀의 대답을 기대하지도 않은 채 그저 화자 자신의 생각을 이야기하고 있음을 잘 말해준다.

> 왜, 제니, 내가 거기 있는 너를 볼 때 -
> 네 흩뜨러진 머리칼의 풍성함에도 불구하고,
> 레이스가 달리지 않은 네 비단 속옷과
> 따스한 달콤한 숨결은 허리까지 나와있고,
> 네가 어떤 책처럼 보이는지 너는 모르지,

꿈 속에서 번갯불에 의해 반쯤 읽힌!

Why, Jenny, as I watch you there-
For all your wealth of loosened hair,
Your silk ungirdled and unlac'd
And warm sweets open to the waist,
You know not what a book you seem,
Half-read by lightening in a dream! (43-46)[5]

여기서 잠들어 있는 제니는 자신의 입장을 말하지도, 목소리를 내지도 못한 채 단지 남성화자의 머릿속에서 이상화된 환영으로서 존재하는 수동적, 종속적 위치에 있을 뿐이다. 여성의 목소리는 억압한 채 그는 마치 반쯤 읽다 둔 책처럼 그녀의 생각을 다 알 수 있다고 여기는 독단에 빠져있는 것이다.

화자가 제니에게 이렇게 우월감을 갖고 있는 것은, 꽃으로 비유되는 제니의 감각적인 세계와 책으로 대변되는 남성 화자의 이성적 세계간의 대비를 통해 설명되어질 수 있다. '싱싱한 꽃(fresh flower)'(12), '백합(lilies)'(111), '장미(roses)'(114) 등으로 묘사되는 제니의 세계는 감각적 육체의 영역이다. 제니의 방에서 이런 관능의 세계에 머물던 화자는 돌연 '책으로 가득차 있는' 자신의 방을 떠올린다.

네 이 방은, 나의 제니,
그렇게 책들로 가득찬 내 방에서 돌아선 것으로 보이네

---

5) William M Rossetti, ed. *The Collected Works of Dante Gabriel Rossetti*, Vol.1.(Boston: Roberts Brothers, 1887), p.84. 앞으로 Dante Gabriel Rossetti의 시 "Jenny" 인용은, 괄호 안에 시행만 밝히겠음.

This room of yours, my Jenny, looks
A change from mine so full of books, (22-23)

이는 곧, 가득찬 책들로 대변되는 자신의 지적인 세계가, 여기 누워 있는 젊은 창녀 제니의 그것과는 근본적으로 다르다는 우월감을 드러내고 있는 것이다.

이러한 화자의 오만함은, 지적인 면에서 그리고 도덕적인 면에서 제니를 평가하고 재단하려 든다.

> 만약 내가 큰 소리로 생각할 수 있다면,
> 그녀에게 이 모든 게 말해진다면 어떻게 될까?
> 왜, 마치 거의 읽히지 않은 책처럼
> 반쯤 열렸다가 다시 닫혀지고 마는,
> 그렇게 제니의 뇌의 페이지는
> 그 말들에 의해 열렸다가, 그 뒤에
> 칙칙한 감각위로 다시 닫혀질 지 몰라.
> 제니의 더럽혀진 마음속에
> 어떤 규정된 모양이나 색채가 있기에,

Suppose I were to think aloud,
What if to her all this were said?
Why, as a volume seldom read
Being opened halfway shuts again,
So might the pages of her brain
Be parted at such words, and thence
Close back upon the dusty sense.
For is there hue or shape defin'd
In Jenny's desecrated mind, (156-164)

우선 그는 그녀를 책으로 간주하여, 그의 머리로 그녀를 이해하려 든다. 그리고 이어, 마치 '먼지 끼고' '거의 읽지 않은' 책처럼 제니의 뇌가 순간적으로는 그의 말에 반응할지라도 연이은 통찰력이나 응답 없이 이내 닫혀지고 만다고 말함으로써, 매춘부로서의 자신의 삶에 대한 지각이나 이해를 못하는 생각 없는 존재로서 제니를 묘사한다.

그리고 무엇보다도, 이렇게 가장 기본적인 두뇌활동도 못하는 제니가 심지어는 마음조차 '더럽혀지고 훼손된(desecrated)'것으로 그려진 것은, 화자가 보다 우월한 위치에서 그녀에게 도덕적인 잣대를 들이대고 있음을 보여준다. 화자의 판단속에서 제니는 단순히 사회로부터 버림받은 '타락한 여성'보다도 더 못한 존재, 즉 인간 이하의 취급을 받고 있는 것이다.

이렇게 남성이 절대적 우위의 시선으로 약자인 여성을 바라보는 것은 곧 관음증적 시각을 보여주는 것이기도 하다. 가부장 중심의 빅토리아조 사회에서 그리고 단테 가브리엘 로제티가 속해있던 프리 라파엘라이트(Pre-Raphaelite) 예술 사조안에서, 보는 즐거움은 거의 항상 남성의 몫이었고 여성은 다만 그 욕망의 대상물인 수동적인 역할을 하고 있었다. 그의 시 『제니』는 이 전형을 충실히 따르고 있는 바, 남성 화자는 주도권을 쥔 능동적인 주체이며, 그의 시선이 머무는 곳에 감각적, 미적 대상물인 여성 제니가 있는 것이다. 제니가 화자의 무릎을 베고 잠들어 있다는 상황 자체가 자신의 입장에 대해 아무런 항변을 할 수 없는 그녀의 종속적인 상태를 더욱 공고히 해주고 있다. 비록 화자는 제니에게 연민과 관심을 표명하지만 이는 어디까지나 그녀를, 바라보는 데서 즐거움을 얻을 수 있는 미적 대상물, '가엾은 미인(Poor beauty)'(55)으로 여기기에 가능한 것이다.

이처럼 그녀의 머릿속을 다 알 수 있다고 자만하는 화자는, 잠들어 있는 제니가 꾸는 꿈의 내용도 다 알 수 있다고 말한다.

> 은총으로 가득 찬, 가엾은 수치스런 제니,
> 그리하여 네 머리는 내 무릎위에;
> 누구의 사람 즉 누구의 지갑이
> 네 공상의 길잡이별이 될까
>
> Poor shameful Jenny, full of grace
> Thus with your head upon my knee;
> Whose person or whose purse may be
> The lodestar of your reverie? (18-21)

여기서 'person'을 'purse(지갑)'이라는 동음이의어로 표현하고, 그 지갑이 그녀의 환상의 '길잡이별(lodestar)'이 될 거라고 말한 것은, 돈에 대한 제니의 기호를 지극히 냉소적이고 조롱조로 언급한 것이다.

일찍이 시의 첫 부분에서 화자는 제니를 다음과 같이 묘사함으로써, 돈을 좋아하는, 혹은 돈 때문에 몸을 파는 창녀의 나태하고 늘어진 모습을 묘사한다.

> 나태한 웃고있는 나른한 제니,
> 키스를 좋아하고 금화를 좋아하는,
>
> Lazy laughing languid Jenny,
> Fond of a kiss and fond of a guinea, (1-2)

즉 화자는, 제니가 매춘부의 길로 들어설 수밖에 없었던 사회, 경제적 요인은 전혀 고려치 않고, 다만 돈을 추구하는 제니의 성향만을 우스꽝스럽게 그리고 있다. 이런 그이기에, 제니의 방에 금화를 두고 나오면서도 그는 여전히 그녀가 꾸는 꿈의 내용이 이 돈의 세계이며, 자신은 그런 그녀를 가엾게 생각하고 있다는 독단과 오만에 빠져 있는 것이다.

또한 이 시에서는 앞장에서 밝힌 바대로, 남녀에게 다르게 적용되던 당시 사회의 이중적 성윤리의 잣대를 보여주고 있다. 우선 화자는 다음과 같이 말함으로써, 자신이 창녀의 방을 찾은 것이 이번이 처음은 아니라는 점과 방탕했던 젊은 날을 언급하고 있다.

> 그것은 내가 영위한 경솔한 삶이었네
> 이 같은 방이 그렇게 거의 낯설지 않았던
> 얼마 전에.

> It was a careless life I led
> When rooms like this were scarce so strange
> Not long ago. (37-39)

빅토리아조 사회 내에서 남성은 한때 길을 잃고 방탕한 생활을 했을지라도, 곧 자신을 회복하고 좋은 시민으로 살아갈 가능성이 얼마든지 있었다. 그러나 여성은 일단 성적으로 타락하면 다시는 사회적으로 구제받을 길 없는 낙인찍힌 존재로서 살아가야했다. 화자는 제니에 대한 자신의 욕망에 대해서는 아무런 잘못을 느끼지 못하면서, 순결하지 못한 제니를 불결하고 오염된 이미지로 묘사함으로써 그녀를 단죄하려 한다.

제니의 더럽혀진 마음속에
모든 오염된 조류가 만나는,
중간 거리의 망각의 강
아니야, 그건 어떤 얼굴도 비추지 못한다,
그 느릿느릿한 속도 속에 아무 소리도
그러나 엉긴 소용돌이들을 그들이 휘감을 때
밤과 낮을 기억하지 못한다.

In Jenny's desecrated mind,
Where all contagious currents meet,
A Lethe of the middle street
Nay, it reflects not any face,
Nor sound is in its sluggish pace,
But as they coil those eddies clot,
And night and day remember not. (164-170)

화자가 이처럼 제니를 비판하고 혐오하는 근본적인 이유는, 제니가
상징하는 관능적 육체의 세계가 화자로 하여금 이브(Eve)에게서 비롯
된 인간의 원죄를 떠오르게 하기 때문이다.

바위안에 앉아있는 두꺼비인 양
시간이 부서져 내리는 동안
세상이 저주받은 후부터 그곳에 앉아있는
맨 처음 인간의 죄로 인하여;

Like a toad within a stone
Seated while Time crumbles on;
Which sits there since the earth was curs'd

For Man's transgression at the first; (282-285)

즉, 화자가 향유하던 감각적, 미적 대상물로서의 제니는 또한, 두꺼비처럼 혐오스러운 존재, 남성 화자가 지배하고 파괴해야 할 '육욕'의 화신이기도 하다. 남성의 시각에서 볼 때 여성은 성(sexuality)을 욕망하도록 허락되지 않은 존재였고, 따라서 그 처녀성을 잃고 타락의 길로 접어든 매춘부 제니는 그에게 비난받아 마땅했던 것이다.

Ⅲ. 자매애를 통한 처녀성 회복, 그리고 어머니와 아내의 길

빅토리아 조 문학 및 예술작품에서 빈번하게 등장하는 '타락한 여자'란, 결혼관계가 아닌 상태에서 남자와 성관계를 맺고 이어서 그녀가 속한 사회로부터 낙인찍히고 버림받은, 말하자면 도덕적으로나 사회적으로나 '죄를 지은 여인'이었다. 그런 관계에서 태어나는 사생아의 문제를 비롯하여 이들의 행위는 '커다란 사회악'(Great Social Evil)이었고, 하물며 종교적 의미에서는 더더욱 그러했던 것이다.

평생을 결혼을 안 하고 독신으로 살면서 조용하게 시작활동을 하던 당대의 여성시인 크리스티나 로제티가, 유일하게 사회적 문제에 관심을 가지고 실제로 행동으로 참여하기도 했던 분야가 바로 이 '타락한 여자', 즉 당시 매춘부들을 대상으로 한 갱생 활동이었다. 그녀는 신앙에 의해 영향받아, 매춘부로 전락한 여성들을 모아놓은 런던 소재 감화원들을 드나들며 그들을 돕는 봉사를 했고, 급기야는 런던 하이게이트 힐(Highgate Hill)에 있는 창녀갱생시설인 '성 메리 막달린의 집'에서 공동경영자(associate)로 참여하기도 했다.[6]

『경박한 사랑』(Light Love), 『사과 줍기』(Apple Gathering), 『사촌 케이트』(Cousin Kate), 『아이들에 대한 아버지들의 죄악』(The Iniquity of the Fathers Upon the Children) 등 일련의 시들은 크리스티나 로제티가 1850년대와 1860년대에 걸쳐서 이 시설에서 일하면서 '타락한 여성'들을 만나본 그녀의 경험을 반영하고 있다 할 수 있을 것이다.

그들을 일방적으로 매도하던 당시 사회의 시선과 달리, 크리스티나 로제티가 바라본 이 타락한 여성들의 이야기는 다층적이고 복잡하다. 이 여성들이 그렇게 되기까지 유도한 다른 세력들, 즉, 여성을 유혹한 상대 남성, 그 남자의 신부가 될 소위 '정숙한' 여성, 그리고 여성에게 단 한 번도 성적인 방종을 용인하지 않는 그들 사회의 가혹함에 대해서 시인은 분개한다. 만약 이 여성이 '죄인'이라면, 그 죄는 마땅히 이들과 나눠 짊어지고 갈 몫이지, 결코 여성 하나만을 타락했다고 매도해서는 안 된다는 것이 시인의 입장인 것이다.

1856년 쓰여진 『경박한 사랑』은, 타락한 여성에 대해 쓴 크리스티나 로제티의 첫 번째 시로서, 시의 내용은 '유혹당한 여인과 남자의 배신'이라는 전형적인 틀을 잘 따르고 있다.

> "오 내가 오기 전 그대의 운명은 슬펐지만
> 내가 가면서 더 슬퍼졌네;

---

6) '성 메리 막달레네의 집'은 빅토리아조 중기에 세워졌던 타락한 여성들을 위한 많은 감화시설(penitentiary) 중의 하나였다. 크리스티나 로제티 시집의 편집자였던 그녀의 오빠 윌리엄 마이클 로제티는 그 권말 노트에서 그녀가 하이게이트 감화시설에서 공동 경영자(associate) 역할을 맡아 일했다는 것을 언급하고 있다(D'Amico 1992, 67 재인용).

내 존재는 불꽃의 섬광같은 것,
　덧없는 불빛
　마치 두 불모지 사이에 있는 눈처럼."

"Oh sad thy lot before I came,
　But sadder when I go;
My presence but a flash of flame,
　A transitory glow
　Between two barren wastes like snow."[7]

　시의 서두에서 시작되는 이 남성 화자의 목소리는, 시의 제목이 왜 '경박한 사랑'인지 잘 설명해주고 있다. 버림받은 여인의 탄식과 그 운명을 대비시키며, 한때의 사랑을 그저 하찮고 가볍게 여겨버리는 남성에게 시인은 그 죄를 묻고 있는 것이다.

　『사과 줍기』(1857)에서는 사과꽃을 따는 행위를 여성이 그 '처녀성'(virginity)을 잃게 되는 상징적인 과정으로 그리고 있다.

　난 9개의 사과나무에서 분홍빛 꽃을 따다가
　　그날 저녁 내내 내 머리에 꽂고 다녔네;
　그리고 나서 후에 적당한 때 내가 보러 갔을 때
　　그곳엔 사과가 없음을 알아버렸지.

I plucked pink blossoms from nine apple-tree
　And wore them all that evening in my hair;

---

7) Christina Rossetti, *The Complete Poems of Christina Rossetti, A Variorum Edition* vol.1. Ed. R.W.Crump.(Baton Rouge & London: Lousiana State Univ. Press, 1986) p.136. 앞으로 이 책에서의 시 인용은 괄호 안에 페이지수만 밝히겠음.

Then in due season when I went to see

I found no apples there. (p.43)

연인을 사랑한 나머지, 혹은 연인에게 유혹되어 이 여주인공은 그에게 성급히 정조를 내주었지만, 그 이후, 다른 처녀들이 사과를 수확하는 동안 자신은 빈손으로 돌아올 수밖에 없는 참담한 결과가 기다리고 있었다.

이웃들이 내 옆을 지나갔네, 하나씩 둘씩

그리고 모여서; 마지막으로 간 자가 말했네 밤이 추워졌다고,

그리고 서둘러갔네: 그러나 나는 배회했네, 이슬들이

빠르게 떨어지는 중에도 나는 여전히 배회하고 있었네.

I let my neighbors pass me, ones and twos

And groups; the latest said the night grew chill,

And hastened: but I loitered, while the dews

Fell fast I loitered still. (p.44)

그녀의 사랑을 한낱 사과보다도 하찮게 여겼던 남자도 이제 떠나버리고 그녀는 이웃들의 조소와 손가락질을 받으며 이렇게 추위 속에서 배회하는 운명이 되 버린 것이다.

시인이 분노하며 고통분담을 호소하는 대상은 비단 이러한 남성들뿐 아니라, 그 남성과 결혼하는 성적으로 순결하고 정숙하다고 여겨지는 또 다른 여성들이다. 『사촌 케이트』에서 화자는 자신을 유혹했던 남자와 결혼한 사촌 케이트를 다음과 같이 용기 있는 목소리로 비난하고 있다.

만약 그가 내가 아닌 너를 우롱했더라면
  만약 네가 내 입장에 있었다면,
그가 그의 사랑으로 나를 얻지 않고
  그의 땅으로 나를 사지도 않았더라면:
난 그의 얼굴에 침을 뱉었을 텐데
  그리고 그의 손을 잡지도 않았을 거야.

If he had fooled not me but you,
  If you stood where I stand,
He had not won me with his love
  Nor bought me with his land;
I would have spit into his face
  And not have taken his hand. (p.32)

결혼 전까지 처녀성을 잃지 않고 있었다는 점을 제외하곤 화자와 별반 다를 바 없는 사촌 케이트가 결국은 화자를 남자로부터 버림받게 함으로써 자신을 파멸의 길로 들어서게 하는데 일조를 했다는 생각에 여주인공은 분노하고 있는 것이다.

이처럼 성적으로 더럽혀진 여자와 순결한 여자간의 대비는 그 이전의 여러 문학작품이나 민담 등에서도 있었던 흔한 주제이다. 그러나 크리스티나 로제티 시에서 주목할 점은, 남성화자가 그와 곧 결혼할 순결한 신부도 하나의 성적인 심상(sexual imagery)으로 묘사하게 함으로써, 남성이나 더 나아가 그들 사회가 이 두 여성을 바라보는 궁극적인 지점은 결국 같다는 것을 드러낸다는 점이다.

"저기 가까이에 한 신부가 피어 오르고 있다,
  아침 전의 내 신부;

익어서 피어오르는 그녀, 갈 곳 없는 너처럼,
익어서 피어나는 그녀, 내 장미, 내 복숭아;
　그녀는 밤낮으로 내게 구애한다:
나는 내 품안에서 그녀가 떨고있는 걸 보지;
　그녀는 붉어지네, 내 기쁨;
　내가 보는 앞에서 그녀는 익고 있네, 붉게 익네."

"For nigh at hand there blooms a bride,
　My bride before the morn;
　Ripe-blooming she, as thou forlorn.
Ripe-blooming she, my rose, my peach;
　She wooes me day and night:
I watch her tremble in my reach;
　She reddens, my delight;
　She ripens, reddens in my sight." (pp.137-8)

　『경박한 사랑』에서 이처럼 익고 있는 과일의 이미지, 피고 있는 꽃의 이미지로 신부를 그리고 있는 것은 곧, 그가 조만간 따거나 먹을 수 있는 성적 대상물로 그녀를 파악하고 있다는 것을 나타낸다. 그가 시 속의 주인공 화자를 매도하면서 이미 더럽혀진 그녀와 결혼할 신부를 양극단에 놓고 있는 것은, 다만 그 신부 여성과 아직 성관계를 갖지 않았기 때문이다. 그는 결혼이라는 제도화된 값비싼 대가를 치르고 신부의 '처녀성'을 사려는 것일 뿐, 먼저 유혹하고 버린 여자나, 결혼할 여자 모두 결국 이 남성에게는 같은 가치로 존재하는 것이다.
　빅토리아 조 사회가 결혼하지 않고 성관계를 한 여성을 '타락한 여자'로 낙인찍고 매도한 근거에는 사생아 출산이라는, 사회적으로 문제가 될 만한 비합법적 소생의 결과가 자리 잡고 있었다. 『경박한 사랑』,

『사촌 케이트』 등 시에서 여주인공은, 비록 남자에게 버림받긴 했지만 그 소생인 아이를 통해 사랑의 상처, 주위의 따가운 시선과 평판을 이겨낼 수 있는 위안을 얻으려 한다.

> 그녀는 그의 아기를 그녀의 팔에 세게 당겨 안았네,
>   그의 아기를 그녀의 가슴에;
> "비록 해를 끼치는 사랑은 가버리더라도,
> 우리 둘은 결코 헤어지지 않으리;
> 내 것인, 그의 것인, 너는 얼마나 소중한가."

> She strained his baby in her arms,
>   His baby to her heart;
> "Even let it go, the love that harms;
> We twain will never part;
> Mine own, his own, how dear thou art." (p.137)

남자의 사랑은 시 제목이 시사하는 것처럼 가볍고 경박했지만, 이와 대조적으로 모성애를 기반으로 한 아이에 대한 자신의 사랑관계는 영원히 지속될 것이라는 믿음을 갖는 것이다.

『사촌 케이트』에서도 여주인공은, 자신을 버린 남자와 결혼하는 사촌에게 자신의 아이를 내세우며 당당하게 맞선다.

> 그러나 네가 갖지 못한 선물을 난 갖고 있지,
>   그리고 네가 가지지 못할 것처럼 보이는;
> 네 모든 옷과 결혼 반지에도 불구하고
>   네가 초조해할 거라는 것에 대해 난 의심치 않아,
> 아름다운 머리칼을 한 내 아들, 나의 수치, 나의 자랑,

Yet I've a gift you have not got,
 And seem not like to get;
For all your clothes and wedding-ring
 I've little doubt you fret,
My fair-haired son, my shame, my pride, (p.32)

위에서 묘사된 것처럼 이 여성에게 아이는 자신의 '수치'인 동시에 '긍지'이기도 하다. 크리스티나 로제티 시에 등장하는 소위 '타락한 여성'들이, 이처럼 용기와 의지를 가지고 아이를 키우며 살려는 강인함을 보이는 것은, 실제로 봉사 활동을 하면서 그들을 만나본 작가의 경험을 반영한 것이기도 하고, 당대 사회가 이런 여성들에게 가하던 편견과 매도에 대해 시인이 의도적으로 일격을 가하고자 한 것일 수도 있다.

그러나, 여자가 아이를 그 보상으로 여기고 이를 통해 구원을 얻는다 한들, 정작 사생아로 자라는 그 아이의 삶은 어떠한가? 『아이들에 대한 아버지들의 죄악』(The Iniquity of the Fathers Upon the Children) (1865)에서 시인은, 죄는 그 아버지, 어머니, 그리고 여성의 성적 방종을 전혀 용서하지 않는 가혹한 사회 분위기에 있지만, 정작 가장 큰 벌을 받는 것은 그 소생으로 태어난 순수한 아이, 사생아의 삶이라는 것을 말하고 있다. 이 시의 내용을 살펴보면 다음과 같다. 한 귀족 가문의 아가씨가 비밀리에 사생아를 낳게 되고 이 아이는 그 아가씨의 충성스런 유모에 의해 양육된다. 세월이 흘러 그 유모가 죽을 무렵 아이는 생모인 귀부인이 살고 있는 저택으로 초대되어 다음과 같은 제안을 받는다.

"나의 마님의 하녀가 되는 것:
'그녀의 꼬마 친구,' 그녀가 내게 말했지,
'거의 그녀의 아이' 말야,"

"To be my Lady's maid:
'Her little friend,' she said to me,
'Almost her child,'" (p.172)

이 상황에서 연민과 비애를 느끼게 되는 것은, 자신이 모시고 가까이 할 이 귀부인이 바로 자신의 친어머니라는 것을 이 예민한 아이가 감지하고 있다는 사실이다.

이제 나는 눈과 귀가 있고,
약간의 기지도 좀 있지:
"거의 내 마님의 아이";
난 그녀가 미소 짓던 걸 기억한다,
한숨지으며 함께 얼굴이 붉어졌던 것을;
유리 같은 명예에다 흠집을 낸
그가 누군지 난 알 수 없지만,
그러나 내 어머니, 어머니, 어머니,
오, 나는 모든 다른 사람들 속에서 그녀를 알아보네.

Now I have eyes and ears,
And just some little wit:
"Almost my Lady's child";
I recollect she smiled,
Sighed and blushed together;
I guess not who he was
Flawed honour like a glass
And made my life forlorn,
But my Mother, Mother, Mother,
Oh, I know her from all other. (p.174)

그러나 아이는 이 사실을 발설하지 않은 채 마음의 평정을 찾으려 애쓰고, 어머니는 어머니대로 자신에게 가해질 운명, 즉 "그녀를 굴욕 속에 처박히게 하고 / 아무런 위로자도 없이 내팽겨쳐져 / 그녀의 영광 스런 머리칼이 더럽혀지고 / 그녀의 뺨에 재가 칠해질"(Would set her in the dust, / Lorn with no comforter, / Her glorious hair defiled / And ashes on her cheek)(pp.174-5) 운명의 곤두박질이 두려워 자신의 가면을 벗으려하지 않는다. 당시 사회가 '타락한 여자'에게 가하던 가혹한 형벌을 면하기 위해 끝까지 모성을 거부하는 어머니의 '위선' 앞에서 소녀가 내리는 결단은 더 슬프기만 하다. 어렸을 때부터 지금까지 조롱받으며 불우한 삶을 살았던 그녀는 남들과 같은 가정의 행복을 그리워했지만, 그 꿈을 과감히 버리고 평생을 결혼 안 하고 살다가 이름 없이 무덤 속으로 들어가기로 자신의 삶의 방향을 결정해버린 것이다.

이처럼 '타락한 여성'을 다룬 시에서 그 소산인 사생아의 삶을 부각시킨 것은, 크리스티나 로제티가 분명 시대를 앞서간 시인이었다는 것을 말해준다. 아버지, 어머니가 저지른 성적인 방종, 그 어머니를 버리고 간 아버지, 아이를 낳았지만 끝까지 이를 숨기려하는 어머니의 위선 등은 그 결과가 당대에서 끝나지 않고 오래도록 가는 도덕적 죄악이다. 작가는 사생아의 삶과 생각을 연민의 시선으로 이끌어냄으로써, 이들에게 가혹하기만 했던 당시 빅토리아조 사회의 냉담함을 고발하고, 그 사회적인 관용을 호소하고 있는 것이다.

이처럼 크리스티나 로제티는, '타락한 여성'들을 비난하기 이전에 그들이 창녀로 전락할 수 밖에 없게 만들었던 그 사회가 먼저 책임이 있음을 주장했다. 그리고 이 여성들을 도덕적으로 구원할 수 있는 해결책으로 시인이 제시한 것은, 그녀가 매춘 여성 갱생 시설인 '성 메리 막달린의 집'에서 적극적으로 봉사하면서 몸소 보여준 바와 같이, 바로 계층간의 장벽을 뛰어넘는 여성들간의 '자매애(sisterhood)'이다.

『고블린 마켓』(Goblin Market)(1859)은, 한 여성이 어떻게 남자의 유혹에 넘어가 그 처녀성을 잃고 전락하게 되는지, 그리고 다른 자매의 용기있는 행동과 사랑에 의해 어떻게 그녀가 절망과 죽음의 구렁텅이에서 건져내어져 구원을 얻는지를, 상징적 비유속에 잘 그리고 있는 시이다.

로라(Laura)와 리지(Lizzie) 자매 앞에서 그 과일을 사먹으라고 외치며 유혹하는 고블린들은 모두 기괴하고 동물적인 모습들로, 처녀들이 처음 보고 접하게 되는 남성의 성(male sexuality)을 나타낸다고 할 수 있다. 그 유혹에 넘어가 로라가 자신의 금빛 머리칼을 내어주고 과일을 사먹는 모습은, 그녀가 처녀성을 상실하고, 성(sexuality)의 즐거움을 처음 접하는 과정을 상징적으로 묘사하고 있다고 보인다.

> 그녀는 귀중한 금빛 머리칼을 잘라내고,
> 그녀는 진주보다 더 귀한 눈물 한 방울 흘렸네.
> 그리고선 예쁘고 혹은 빨간 둥근 열매를 빨았네:
> 바위에서 나는 꿀보다 더 달콤한
> 사람이 기뻐하는 와인보다 더 강한;
> 물보다 더 맑은 그 쥬스가 흘렀네;
> 그녀는 전에 결코 그 같은 맛을 본 적이 없네;
> 많이 먹어 봤다고 그게 어찌 질릴 수 있을까?
> 그녀는 빨고 또 빨고 더 많이 빨았네
> 그 이름 모를 과수원이 생산해 낸 과일을;
> 입술이 아플 때까지 그녀는 빨았네;
> 그리고선 빈 껍질을 훌렁 던졌다가
> 그러나 씨 한 개를 모아가지고

밤인지 낮인지 몰랐네
그녀가 혼자 집으로 돌아올 때엔.

She clipped a precious golden lock,
She dropped a tear more rare than pearl,
Then sucked their fruit globes fair or red:
Sweeter than honey from the rock
Stronger than man-rejoicing wine,
Clearer than water flowed that juice;
She never tasted such before,
How should it cloy with length of use?
She sucked and sucked and sucked the more
Fruits which that unknown orchard bore;
She sucked until her lips were sore;
Then flung the emptied rinds away
But gathered up one kernel-stone,
And knew not was it night or day
As she turned home alone. (p.14)

여기서 잘리워진 머리카락, 그리고 연이은 눈물 한 방울은 곧, 출혈을 동반한 처녀성 상실에 대한 적나라한 성적 비유라 할 수 있다. 뿐만 아니라 미친 듯이 과즙을 빨아먹는 행위 또한 성 행동의 일환으로 이해될 수 있다.

이렇게 남자를 처음 접하고 성이 주는 즐거움을 맛본 로라는 집에 돌아온 이후 또다시 이를 열망하며 날로 수척해지고 야위어간다. 이를 보다 못한 리지는 로라를 구원할 방법을 찾기 위해 다시 고블린들을 찾아가는데, 여기서 리지가 고블린들의 유혹을 물리치는 과정은, 마치 강간하려고 덤비는 고블린들에게 대항하는 장면처럼 보인다.

> 그녀의 가운을 찢고 스타킹을 더럽히고
> 그녀의 머리채를 낚아채고,
> 그녀의 부드러운 발을 밟고,
> 그녀의 손을 잡고 그들의 열매를
> 그녀가 먹게 하려고 입으로 밀어넣었네.

> Tore her gown and soiled her stocking,
> Twitched her hair out by the roots,
> Stamped upon her tender feet.
> Held her hands and squeezed their fruits
> Against her mouth to make her eat. (p.21)

과일을 억지로 그녀에게 먹이려는 고블린들의 폭력에 리지는 끝까지 저항하여, 마침내 그 고블린들의 쥬스를 잔뜩 묻히고 와서 로라에게 이를 먹임으로써, 절망의 나락에 있던 그녀를 다시 구원해낸다.

> 로라는 깨어났네 마치 꿈꿨던 것처럼
> 순진한 옛날 식으로 웃고,
> 리지를 껴안았네 그러나 두 세번이 아니라;
> 그녀의 빛나는 머리칼은 회색빛 한 가닥도 보여주지 않았고,
> 그녀의 숨결은 5월처럼 달콤했네,
> 그리고 빛이 그녀의 눈 속에서 춤추고 있었네.

> Laura awoke as from a dream,
> Laughed in the innocent old way,
> Hugged Lizzie but not twice or thrice;

Her gleaming locks showed not one thread of grey,

Her breath was sweet as May,

And light danced in her eyes. (p.25)

고통을 감내하고자 하는 리지의 희생적인 사랑과 용기 덕분에, 로라는 이처럼 기적적으로 처녀성을 다시 찾고 예전의 건강하고 활기찬 삶을 살아가게 된 것이다.

시인은 로라가 완전히 구원되었다는 것을, 그녀가 이후 리지와 마찬가지로 행복한 아내와 어머니가 되었다는 것을 통해 입증하고자 하면서 그 덕을 '자매애'에 돌리며 이 시의 결론을 맺고 있다.

"왜냐하면 자매 같은 친구가 또 없기에
좋은 날에도 혹은 폭풍우 치는 날씨에도;
지루한 길을 가는데 격려해주고
만약 길을 잃으면 가서 데리고 오고,
비틀거리면 바로 세워주며,
서 있는 동안 더 강하게 만들어줄."

"For there is no friend like a sister

In calm or stormy weather;

To cheer one on the tedious way,

To fetch one if one goes astray,

To lift one if one totters down,

To strengthen whilst one stands." (p.26)

앞에서 살펴본 남성시인 단테 가브리엘 로제티가 '타락한 여성', 창녀를 보는 관점과 달리, 크리스티나 로제티는 이들과 직접 공감하고자 했고, 그들을 이렇게 만든 남성과 사회에 그 비난의 화살을 돌리며, 어떻게든 그들을 도덕적으로 구원하는 일에 관심이 있었다. 그러나 『고블린 마켓』에서 제시하는 해결책이라는 것은, 동료 여성의 자매애를 통한 처녀성의 회복이다. 이제 로라는 더 이상 '타락한 여성'이 아니요, 자신의 아이들에게 이전에 자신이 겪은 일들을 교훈삼아 얘기해주는, 평범하고 정숙한 남자의 아내이자 어머니가 되었다

> 날들, 주들, 달들, 해들이 지난 후에,
> 둘 다 그들의 아이들이 있는
> 아내들이 되었을 때;
> 그들의 엄마 마음에 두려움이 따라다니고
> 그들의 생활이 연약한 삶에 몰두해있을 때;
> 로라는 그 어린 아이들을 불러다가
> 그녀의 초반 한창때를 그들에게 얘기해주리,

> Days, weeks, months, years
> Afterwards, when both were wives
> With children of their own;
> Their mother-hearts beset with fears,
> Their lives bound up in tender lives;
> Laura would call the little ones
> And tell them of her early prime, (p.25)

여성이 처녀성을 상실함으로써 한없이 절망의 나락에 빠지게 되고, 자매의 사랑을 통해 그 처녀성이 회복되면 드디어 구원받게 되어 행복한 어머니와 아내로 살아가게 된다는 이 구도는 분명 오늘날 여성주의가 지향하는 방향과는 거리가 있어 보인다. 나름의 주권을 가진 독립

된 인격체로서의 회복이 아니라, 다만 기존의 남성 중심적 사회 구조의 틀 안에서 이상적으로 여겨지던 가정안에서의 역할로 들어가는 것은, 곧 빅토리아조 사회가 부과했던 '이상적인 여성'의 이데올로기에 시인 자신도 동조하고 있는 것이라 볼 수 있다.

Ⅳ. '버려진 자'의 현실

어거스타 웹스터(Augusta Webster)가 1870년 발표한 『버려진 자』(A Castaway)는 매춘부 자신의 독백을 통해, 그 시대를 살고 있는 '타락한 여성' 혹은 '매춘부'에 대해, 앞서 언급한 남성시인 단테 가브리엘 로제티는 물론, 그들에게 동정적이었던 크리스티나 로제티와도 많이 다른 시각을 보여준다. 당시 여성 참정권 및 여성 교육운동에 적극적으로 참여했던 여성 운동가 웹스터는,[8] 독백의 주인공인 율레리(Eulalie)의 매춘부로의 전락 이유가, 빅토리아 시대를 살아가는 여성들이 필연적으로 안고 있던 사회적, 경제적 요인에 있었음을 강조한다. 또한, 그녀가 제시하는 결론은, 크리스티나 로제티가 『고블린 마켓』에서 말한 바와 같은 '모성'을 통한 구원이나, 평범한 '아내, 어머니'로 돌아가는 것을 통한 해결이 결코 아니다.

우선 이 시에서 특기할 것은, 극적 독백을 하고 있는 화자 율레리는,

---

[8] 시인이자 소설가, 극작가, 수필가, 그리고 비평가로 활동했던 어거스타 웹스터 (1837~1894)는 사회개혁에도 관심이 많았다. 초기 페미니스트로서 그녀는, 결혼제도의 폐해, 빅토리아조 사회내에서의 여성의 권리, 교육 문제 등 논쟁적 이슈들에 적극적으로 관여했다("Augusta Webster." *Literature Online*. Web. 20 Nov. 2012).

직접 자신의 목소리로 자신의 삶의 과정과 입장을 말하고 있는 주체라는 점이다. 이는, 단테 가브리엘 로제티의 『제니』에서 창녀 제니가 시종일관 침묵하고 있는 것이나, 크리스티나 로제티의 많은 '타락한 여성'시들에서 남성들이나 사회에 의해 희생된 수동적인 존재들로 이러한 여성들을 그리고 있는 것과는 사뭇 다른 태도이다.

　대부분의 기존 빅토리아조 문학에서 타락한 여성이나 매춘부 인물들이 자신의 목소리를 내지 못했던 반면, 『버려진 자』에서 창녀 율레리가 이렇게 당당히 자신의 주장을 펼치고 있고, 이러한 파격적인 시가 당대에 읽혀진 것은, 그에게 목소리를 부여한 시인 웹스터가 당시 사회에서 존경받는 위치에 있었던 때문이 아닐까 한다. 웹스터는 그녀의 살아생전에, 당대의 명망 있는 시인이었던 브라우닝(Browning)이나 로제티(Rossetti)에 비견될 만큼 잘 알려지고 비평적으로도 인정받던 작가였다. 여성의 권리, 고용과 교육의 문제를 다룬 정치적 성향의 글들을 당시의 영향력 있는 학술지 『검사관』(Examiner)[9])에 발표하기도 하고, 그 시대의 문예평론지 『아테나움』(Athenaeum)[10])에 시 논평을 싣기도 하는 등, 그녀는 문화적 활동도 활발한 저술가였다. 이렇게 명망 있고 영향력 있는 시인이 부여한 것이었기에, 당시 버림받고 소외된 위치에 있던 창녀 등장인물의 목소리도 진정성을 가질 수 있었고, 그녀가 매춘부로 전락할 수밖에 없게 만든 사회적 경제적 요인에도 귀를 기울이게 만든 것이다.

---

9) 『검사관』(Examiner)은 1808년 리와 존 헌트(Leigh and John Hunt)에 의해 창간된 주간지로, 초반 50년 동안은 급진적 주의의 글 등을 싣는 선두적인 학술지 역할을 했으나, 1865년 이후 쇠락의 길을 걸었다("Examiner." *Wikipedia*. Web. 19 Oct. 2012).

10) 『아테나움』(Athenaeum)은 1828년부터 1921년 사이에 런던(London)에서 나온 문예평론지로, 그 시대 최고 작가의 글을 출판한다는 명성을 얻고 있었다("Athenaeum." *Wikipedia*. Web. 19 Oct. 2012).

『버려진 자』는 중산계급 출신의 고급 매춘부 율레리의 긴 극적 독백(dramtic monologue)의 형식을 빌어, 그녀가 겪어 온 삶의 과정들을 반추해 보며, 당시를 살아가는 매춘부로서의 현실 자체를 건조하게 그리고 적나라하게 묘사하고 있는 시이다. 그리고 그녀가 되돌아보는 삶의 과정 속에는, 여성의 성에 가해지는 빅토리아조 사회의 위선과 편견, 압제, 그리고 그들을 매춘 계급으로 몰 수 밖에 없었던 당시의 문제점들에 대한 비판이 여과 없이 그려지고 있다.

율레리의 전락에 영향을 준 첫 번째 사회적 요인은, 남자들에 비해 상대적으로 적게 주어지던 교육기회의 불평등, 그리고 이에 따르는 여성들의 경제적 궁핍이다.

> ......그는 생각했을까
> 한때 내가 그의 누이였음을,
> 누이들이 그렇듯 그를 소중히 여기고,
> 남자형제를 가진 소녀들 모두가
> 그를 위해 견디는 배움에 만족해 하던?

> ......Did he think
> how once I was his sister, prizing him
> as sisters do, content to learn for him
> the lesson girls with brothers all must learn,
> to do without? (483-487)[11]

남자 형제의 배움을 위해 기꺼이 양보를 하고, 결혼해서 그저 남편

---

11) Webster, Augusta. *Portraits*(London and Cambridge: Macmillan and Co. 1870) p.56. *Literature Online*. Web. 9 Oct 2012. 앞으로 이 책에서의 시인용은 괄호 안에 시행만 밝히겠음.

의 그늘 아래 보호받는 여성의 위치에 만족해야 함을 강요받았던 당시 여성 교육의 현실은, 율레리처럼 결혼 못한 많은 여성들이 결국 매춘 외에는 별다른 직업을 택하기 힘들었음을 잘 말해주고 있다.

이처럼 혜택 받지 못하고 그저 남성들에게 경제적으로 의존해야만 하는 여성들의 현실을 직시하며, 율레리는 설령 그녀가 교화되어 매춘 의 삶을 벗어난다 한들, 또 다른 궁핍한 여성 누군가가 그 자리를 채우 게 될 것이라고 냉소적으로 말하고 있다.

> 그리고 결국 그건 힘든 게 되버릴 거야
> 점잖은 여성들이 넘쳐나는 시장과 더불어.
> 만약 내가 밀치고 들어가 기회를 낚아챌 수 있다 한들
> 그리고 어떤 착한 소녀를 쫓아낼 수 있다 한들, 그러면 그녀는
>   부득이
> 와서 우리 무리 중에서 그녀의 기회를 낚아채 가야 할 걸.

> And after all it would be something hard,
> with the marts for decent women overfull,
> if I could elbow in and snatch a chance
> and oust some good girl so, who then perforce
> must come and snatch her chance among our crowd. (273-277)

두 번째로, 율레리가 비판하고 있는 당시 사회가 안고 있던 구조적 인 문제는, 결혼할 수 있는 남성보다 여성들의 숫자가 많았다는 점이 다. 『왜 여성들이 남아도는가?』(*Why are women redundant?*)에서 그레그 (W.R.Greg)가 25만 명이나 '남아도는' 여성들을 배를 태워 식민지로 보내 그곳 남성들과 결혼시켜야 한다고 주장한 바와 같이(15), 당시 영

국 사회 내에서는 결혼할 수 있는 남성들에 비해 여성들의 수가 압도적으로 많았다. 율레리는 이에 대해 다음과 같이 충격적인 해결책을 제시하고 있다.

> 그러나 난 말하지 세상에 너무 많은 여자들을 놓아둔
> 신에게 모든 잘못이 있다고
> 우리는 적정하게 죽어 없어져야 해 그리고
> 남자들이 원하는 수만큼 남아있어야 해, 아무도 헛되이 쓰이지
>   않도록
> 여기 원인이 있네, 여자가 남아도는 것
> 그리고 그 치유책은, 아니, 만약
> 말하자면, 매년, 적정한 비율로
> 때가 원하는 만큼 남자들과 균형을 맞추기 위해
> 여아들을 죽여버리는 것이 법이라면, 자리도 만들어주고
> 우리중의 몇몇은 너무 많이 잃지도 않았을 텐데
> 그게 무엇을 의미하는지 알기도 전에 삶을 상실해 버린,

> but I say all the fault's with God himself
> who puts too many women in the world
> We ought to die off reasonably and leave
> as many as the men want, none to waste
> Here's cause, the woman's superfluity
> and for the cure, why, if it were the law,
> say, every year, in due percentages,
> balancing them with men as the times need,
> to kill off female infants, 'twould make room
> and some of us would not have lost too much,
> losing life ere we know what it can mean (294-304)

남자들과의 수를 맞추기 위해 해마다 일정 비율로 여아를 죽이는 법을 제정하라는 이 주장은 짐짓 경제적 논리에 입각한 신중한 제안을 가장하고 있다. 그러나 사실 그 속에는, 자유방임주의 경제 체제하에서 여성의 성이 상품화되도록 방치한 그 사회의 구조적 모순에 대한 통렬한 비판이 담겨 있는 것이다.

『버려진 자』가, 창녀인 화자의 입을 통해 가장 날카롭게 지적해내고 있는 것은, 당시 매춘 제도를 둘러싼 빅토리아조 영국 사회내의 위선과 남성들의 이중적 태도이다. 앞서 크리스티나 로제티의 '타락한 여성'들을 다룬 시들에서 본 바와 같이, 기존의 빅토리아조 문학 작품 속에 나오는 이들 여성들 대부분은, 남성들에 의해 유혹당하고 버림받거나 혹은 강간을 당해 이 길을 걷게 된 수동적 존재였다. 그러나 이 시에서의 화자 율레리는 경제적인 절박한 이유로 매춘부라는 직업을 스스로 택한 것이었고, 그녀의 선택 뒤에는 매춘의 수요를 떠받들고 있던 남성들이 있었다.

> 그리고 내가 그들보다 누구를 더 상처 준단 말인가? 그만큼 많이?
> 그 아내들? 불쌍한 바보들, 울거나 간직할 가치가 있는
> 그 무엇을 내가 그들에게서 가져간단 말인가? 만약 그들이 안
>   다면
> 하나 이상의 더 많은 남자들이 있다는 것을 인식할 수 있는 자
>   의 눈에
> 그들의 훌륭한 남편들이 어떻게 보이는가를!
> 하지만, 그들이 할 수 있다면, 그들을 가지고 있기 위해
> 그저 애를 쓰라지: 얼간이 하나를 앞치마 끈에 매달고 있는 것은
> 그리 큰 일이 아닐 테니,
> 그리고 아내들은 우리보다 유리한 점을 가지고 있어,

(남편의 결점을 못 보는 착한 이들이 그렇지), 미소나 뿌루퉁함은
이따금씩 그들에게 아무런 비밀스런 메스꺼움도 남기지 않으니
오 그들이 상관한다면 그들의 남편들을 붙잡아 둘 수도 있지,
그러나 그들을 풀어주고 그 도덕성에 대해
훌쩍이며 말하는 게 더 쉬운 삶이지.

And whom do I hurt more than they? as much?
The wives? Poor fools, what do I take from them
worth crying for or keeping? If they knew
what their fine husbands look like seen by eyes
that may perceive there are more men than one!
But, if they can, let them just take the pains
to keep them: 'tis not such a mighty task
to pin an idiot to your apron-string,
and wives have an advantage over us,
(the good and blind ones have), the smile or pout
leaves them no secret nausea at odd times
Oh they could keep their husbands if they cared,
but 'tis an easier life to let them go
and whimper at it for morality. (98-111)

　　이상에서 보는 바와 같이 이 고급 창녀의 입을 통해 묘사되는 남성
고객들은 특별한 존재들이 아니라, 빅토리아 조 중산층 가정의 평범한
남편들이다. 즉, 당시 영국 사회에서 이상적으로 여겨지던 가정의 이
면에는, 이처럼 아내 모르게 부정을 일삼는 남편들이 있었고, 그들의
부도덕성이야말로 바로 여성 매춘 계급의 존재를 정당화해주는 역할
을 했던 것이다.

'타락한 여성'을 바라보는 다양한 시선들 중 『버려진 자』에서 가장 특기할 만한 것은, 화자인 매춘부가 비판하는 대상이 단순히 그들을 둘러싸고 있는 사회제도와 남성중심주의만이 아니라, 이들 여성들을 위한 갱생 운동에 참여했던 당시 여성 운동가들의 견해에도 도전을 가하고 있다는 점이다. 빅토리아조 시대의 진보적인 여성 개혁가들 및 작가들은, 타락한 여성이나 매춘부들이 그들과 '자매'관계에 있으며 전통적인 아내나 어머니로 변모함을 통해 타락의 상태에서 구원에 이를 수 있다는 생각을 공유하고 있었는데, 『버려진 자』는 이러한 그들의 주요 전략을 거부한다(Sutphin 518).

우선, 그들을 교화시켜 매춘계급에서 벗어나게 하려던 이들 여성들의 노력을 비웃기라도 하듯이, 화자는 갱생원에서 있었던 날들을 냉소적으로 회고하고 있다.

> 그들은 보호시설에서 그걸 시도했지, 그리고 난 실패했어
> 난 참을 수가 없었지. 음울하고 끔찍한 방,
> 조악한 적은 급여, 감옥의 규율,…
> ....
>   자, 난 돌아왔네,
> 내 절망의 구렁텅이로. 내가 선택권을 가졌다고 누가 말하는가?
> 어떤 미친 죽음으로 죽어가기 위해 그곳에 머무를 수 있을까?
> 그리고 내가 세상으로 걸어 나온다 한들,
> 죄는 없지만 돈 한푼 없이, 비참함과 배고픔에 의해
> 천천히 시들어가고 추위에 떠는 죽음, 그 더 느린 죽음 외에
> 다른 무엇이 있었을까?

> They tried it at the Refuge, and I failed
> I could not bear it. Dreary hideous room,

coarse pittance, prison rules, ...

....

          Well, I came back,
back to my slough. Who says I had my choice?
Could I stay there to die of some mad death?
and if I rambled out into the world,
sinless but penniless, what else were that
but slower death, slow pining shivering death
by misery and hunger? (238-254)

교화시설에서 도망쳐 나온 이 화자의 변명은, 그곳에 끝까지 남아 있었던들 '죄는 없지만(sinless)' '돈 한푼 없이(penniless)' 가난에 시달리다 서서히 죽음에 이르고 말았을 것이라는 주장으로 이어진다. 이는, 당시 여성 운동가나 봉사자들이 품었던 도덕적 교화의 명분이, 그들이 안고 있던 사회, 경제적 문제로 말미암아 그저 공허한 울림에 지나지 않았다는 것을 보여주는 것이다.

창녀인 화자 율레리가 여성 개혁가들의 논지에 가장 도전을 하고 있는 부분은, '어머니나 아내'의 위치를 찾는 것을 통해 구원에 이르게 된다는 주장에 동조하지 않았다는 점이다. 매춘의 원인이 경제적인데 있다는 것을 믿으며 여성의 교육과 고용 기회를 위해 투쟁했던 많은 여성 개혁가들조차, 여성의 임무는 신성한 가정내에 있다는 그 시대의 이데올로기에 동의하고 있었다. 그들은 매춘부들이 결혼을 통해 고결한 아내가 되고 또 어린아이들의 어머니가 됨으로써 교정됐다고 여겼다(Bell 61).

앞의 크리스티나 로제티의 시 『경박한 사랑』, 『사촌 케이트』에서 살펴본 바와 같이, 꼭 정식 결혼을 통해 아이를 낳은 것이 아닐 지라도,

자기가 낳은 아이의 존재, 그리고 '모성(motherhood)'은, '타락한 여성'들을 위로해주고 그들의 삶을 지탱해 나갈 수 있게 해주는 의지와 희망의 제공처였다. 그러나 『버려진 자』의 율레리에겐, 비록 당사자들의 마음속에서 만들어 낸 것이라 할지라도, 이 '모성'을 통한 구원의 가능성을 찾아볼 수가 없다.

> 그러나 깨어나서 한 두 시간 울다가,
> 그리고 나서 죽어버린 그 어린 것은
> 내 것이었지, 그리고 그가 살았던들....아니 그러면 내 이름은
> 엄마가 됐을 거야. 허나 그가 죽은 건 잘된 일이었어:
> 그때 그가 구원해 줄 수 없을 만큼 가망이 없던 나는,
> 결코 엄마가 될 수 없었을 테니.

> Yet the baby thing that woke
> and wailed an hour or two, and then was dead,
> was mine, and had he lived....why then my name
> would have been mother. But 'twas well he died:
> I could have been no mother, I, lost then
> beyond his saving. (422-426)

화자 율레리는 아기를 낳아서 엄마가 되긴 하지만, 그 아기는 곧 죽어버린다. 하지만 그녀는, 비록 아기가 살았던들 생활이 더 나아지지도 않았을 것이고 기껏해야 가난에 찌든 채 품위만 유지했을 것이라고 자조하고 있는 것이다.

『버려진 자』의 화자가 '집안의 천사'라는 빅토리아조 사회의 여성들에게 부과된 여성 역할을 거부하는 것은, '좋은 아내'의 표본인 그녀의 오빠의 부인을 냉소적으로 묘사하는 데서도 잘 드러난다.

그는 잘했어,
내가 듣기론, 일종의 상속녀와 결혼했다지,
그에게 좋은 아내가 되주는, 보조개진 뺨과
보조개진 두뇌를 가진, 말쑥하고 아담한 여성-
틀림없이 그녀는 결코 그에게 사실임을 인정치 않겠지,
그리고 속삭임 속에서조차, 우리 다른 여성 부류들이 존재함을
그녀는 의심할 수 없을 거야
어느 날 그녀가 알게 된다면 그녀는 뭐라고 말할까
그녀에게 시누이가 있음을!

   He has done well,
married a sort of heiress, I have heard,
a dapper little madam, dimple cheeked
and dimple brained, who makes him a good wife-
No doubt she'd never own but just to him,
and in a whisper, she can even suspect
that we exist, we other women things
what would she say if she could learn one day
she has a sister-in-law! (608-616)

그녀의 오빠에게 좋은 아내가 되 주고 있는 그녀는 상당한 재산을
상속받은 깔끔한 여성이다. 그런데 그런 그녀가, '보조개진 뺨' 뿐 아니
라 '보조개진 두뇌'를 가지고, 화자와 같은 매춘계급 여성들의 존재를
눈치 채지 못할 것이라고 묘사된 것은, 빅토리아조 사회의 이상적 아
내상을 둘러싼 위선과 거짓을 화자가 꼬집고 있음을 말해준다.

   인도되고, 가르침을 받고, 사랑받는 - 아니 그 단어가 아냐,
   남녀간에 사랑받는다는 것은 의미하지

모든 이기심, 모든 불쾌한 이야기, 모든 육욕,
모든 허영, 모든 백치같은 짓을 – 사랑받는 것이 아니라
보살핌을 받는 것.

be guided, tutored, loved-no not that word,
that loved which between men and women means
all selfishness, all putrid talk, all lust,
all vanity, all idiocy-not loved
but cared for. (403-407)

'안전하고도 성스러운' 빅토리아조 중산층 가정은, 기실 남편과 아내간의 진정한 사랑에 기반을 둔 것이 아니라, 이처럼 남성중심주의적 이기심과 탐욕을 바탕으로 한 헛된 것이었다. 이상적으로 보이는 가정 안에서, 아내는 사랑받는 것이 아니라, 다만 인도되고 가르침을 받고 보호되는 존재라는 것이 화자의 주장이다.

V. 나가면서

빅토리아 시대의 많은 중산층 여성들이 계층 간의 장벽을 넘어, 사회적으로 매도되던 매춘부들을 도덕적으로 교화시키고 더 나아가 그들 사회의 병폐를 없애고 건강한 사회를 만들기 위한 인도적인 노력에 동참했다는 사실은 참으로 고무적인 일이다. 크리스티나 로제티도 그녀의 신앙을 통해 이런 활동에 적극 참여했고, 시를 통해 '타락한 여성'

을 바라보던 사회적 시각을 바꾸려 했다는 점에 있어서 분명 시대를 앞서간 시인이었다고 볼 수 있다.

그러나, 당시 빅토리아조 시대 사회가 요구한 이상적인 여성상, 즉 점잖은 가정의 수호자로서 평범하고 정숙한 아내이자 어머니로 살아가는 것이 곧 타락한 여성들이 구원에 이르게 될 목표지점이라는 결론은, 분명 오늘날 페미니즘이 지향하는 방향과는 거리가 있어 보인다. 크리스티나 로제티가 제시하는 여성주의적 시각은, 여전히 19세기의 남성 중심적 사고의 틀 안에서 모색해 본 대안에 지나지 않는다.

이런 점에서 볼 때, 일찍이 여성 참정권과 여성 교육을 위해 투쟁해 왔던 작가 웹스터가 내뱉는 『버려진 자』의 논조는, 크리스티나 로제티의 것에서 진일보한 파격적인 제안을 담고 있다. 당시 '전염병(성병)에 관한 법률' 폐지 운동에 동참했던 여성운동가들의 주장과 근본적으로는 일치하지만, 웹스터가 이 시를 통해 여기서 한 걸음 더 나아가 주장하고 있는 바는 다음의 두 가지 측면에서 보여진다.

첫째, 『버려진 자』에서의 화자인 창녀 율레리는 더 이상 그들을 둘러싸고 있는 남성들과 사회에 의한 희생물이 아니라, 자신의 목소리로 직접 이야기하는 '주체'라는 점이다. 단테 가브리엘 로제티 시에서의 제니나, 크리스티라 로제티의 시들에서 본 타락한 여성들이, 잠들어 있거나 제3자의 입을 통해 거리감을 갖고 묘사된 반면, 『버려진 자』의 화자 율레리는 독립심을 가진 한 인격체로서 의식적으로 또렷이 자신의 입장을 이야기한다.

영국 여성운동사의 관점에서 보면, 당시 '전염병에 관한 법률' 폐지 운동에 앞장섰던 여성들은, 대중 앞에서 정치적으로 발언권을 갖기 시작한 여성 중산 계급의 출현을 보여준다 할 수 있다. 중산계급 출신의 교육받은 여성이었던 율레리도, 여성이 정치적 주체가 되기 시작하던 이러한 때에 대중에게 자신의 목소리로 말하는 이와 같은 여성 중 한 명이었다. 그러므로 그녀가 지적해내는, 부양인이 없는 중산계급 여성이 매춘부 직업을 택할 수밖에 없었던 당시의 사회, 경제적 모순과 문제점은, 자신의 이야기였기에 더 설득력을 가질 수 있었던 것이다.

『버려진 자』가 기존 여성 개혁가들의 논조에서 한 걸음 더 나아가 있는 두 번째 지점은, 이들 중산계급 여성들과, 매춘부로 대표되는 하층 계급 여성들간의 유대 및 자매애를 통한 해결책을 믿지 않았다는 점이다. 무기력한 여성들이 남성들에 의해 착취당해 결국 매춘부로 전락했으므로, 그들과 다른 중산계급 여성들이 모두가 하나라는 '자매애'의 믿음으로 그들을 도와 다시 구출해 낼 수 있다는 것은 당시 여성 운동가 및 봉사자들이 지녔던 기본적인 믿음이었다. 실제로, '전염병에 관한 법' 폐지 운동에 동참했던 '여성 국가 연합'의 지도자들은, 그들 자신이 그 법에 의해 모욕당한 여성들을 대표한다고 말했다(Brown 91 재인용). 그러나 『버려진 자』의 화자는 이러한 논지를 거부하고, 더럽혀지고 썩은 수치스런 존재로 자신을 묘사하며, 감히 평범한 아내들과 자신을 동일시할 수 없다고 말한다.

> 오 신이여, 내가 그것을 알지 못하나요?
> 나 수치와 부패의 존재,
> 인간의 탐욕에 먹이를 주고 그것들을 먹이로 삼는 동물,
> 나는 감히 아내의 이름을 취해선 안돼
> 내 오염된 입술위에, ...

> Oh God, do I not know it? I the thing
> of shame and rottenness, the animal
> that feed men's lusts and prey on them, I,

who should not dare to take the name of wife
on my polluted lips, ... (393-397)

이상의 자조적인 한탄은, 이 시의 제목이 말하는 바와 같이 사회로
부터 '버림을 받은 자'들의 삶, 그 어떤 실질적인 구원방안도 없었던 당
시 매춘부들의 현실을 그대로 보여준다.

그러나 『버려진 자』는 빅토리아조에 존재했던 매춘을 사회적 관점
에서 바라보며 비판하고 있지만, 사실 그 어떤 해결책도 제시하고 있
진 못하다. 이 시의 화자이자 주인공인 매춘부는, 기존 문학작품에서
나오는 '타락한 여성'들의 전형적 유형, 즉, 순진한 여성이 남성들과 사
회에 의해 유린당하고 전락해서 결국 창녀가 됐다는 패턴도 따르지 않
고, 그 죄의 세계에서 벗어나 어머니나 아내로서 다시 구원을 받을 수
있다는 믿음도 거부한다. 다만 그녀의 독백은, 여성의 성을 상품화할
수밖에 없는 당시 자유방임주의 경제체제의 모순, 결혼할 수 있는 남
성의 수보다 여성의 수가 훨씬 많았던 그들 사회의 문제점들을 비판하
고 있으며, 그리고 더 근본적으로는, 성 담론을 둘러싼 빅토리아조의
도덕성에 의문을 던지고 있는 것이다.

성 담론에 기초한 각각 다른 시각으로 지금까지 이 시들을 살펴본
작업이 중요한 이유는, 산업화의 물결을 타고 여러 면에서 급속한 변
화를 겪던 19세기 빅토리아 조 시대에 처음으로 '여성 문제'가 대두되
기 시작했기 때문이다. 일반적으로 문학작품이 한 시대의 사조나 그
사회의 이데올로기를 반영하는 산물이라고 볼 때, 남성의 시각에서 매
춘부를 바라본 『제니』나, 그 시대의 틀 안에서 '타락한 여성들'을 위한
대안을 모색해 본 『고블린 마켓』을 비롯한 크리스티나 로제티의 시들
이나, 매춘부 자신의 목소리로 사회적, 경제적 원인들을 지적하고 있

는 웹스터의 『버려진 자』나 모두, 나름대로 당시 여성문제를 둘러싼 비판적 시각을 담아내고 있다 할 수 있다.

페미니즘 비평이, 주류로 인식되지 못하고 등한시되어 왔던 기존의 많은 문학작품들을 중심부로 끌어들이고 여성주의적 시각에서 재조명해왔음을 상기해보며, 앞으로도 이들 작품들에 대한 색다른 접근과 새로운 질문들이 많이 나오기를 기대해 본다.

<수원과학대학교>

인용문헌

Acton, William. *Prostitution*. Ed. Peter Fryer. Praeger, 1969.

Bell, Shannon. *Reading, Writing and Rewriting the Prostitute Body*. Bloomington: Indiana Univ. Press, 1994.

Brown, Susan. "Economical Representations: Dante Gabriel Rossetti's "Jenny", Augusta Webster's "A Castaway", and The Campaign Against The Contagious Diseases Acts." *Victorian Review* 17. 1(1991).

D'amico, Diane. ""Equal Before God": Christina Rossetti and the Fallen women of Highgate Penitentiary." *Gender and Discourse in Victorian Literature and Art*. Eds. Antony H. Harrison and Beverly Taylor. DeKalb: Northern Illinois UP, 1992.

_____. *Christina Rossetti: Faith, Gender and Time*. Baton Rouge: Lousiana State UP, 1999.

Ellis, Sarah Stickney. *The Wives of England: Their Relative Duties, Domestic Influence, and Social Obligations*. Kessinger Publishing, 2007.

Greg, W. R. *Why Are Women Redundant?* London: N.Trubner & Co, 1869. *Google Book Search*. Web. 6 Nov. 2012.

Harris, Daniel A. "D.G.Rossetti's "Jenny": Sex, Money, and the Interior Monologue." *Victorian Poetry* 22. 2(1984.

Harrison, Antony H. and Berverly Taylor, Eds. *Gender and Discourse in Victorian Literature and Art*. DeKalb: Northern Illinois UP, 1992.

Hickok, Kathleen. *Representations of Women: Nineteenth-Century British Women's Poetry*. London: Greenwood Press, 1984.

Jones, Kathleen. *Learning Not to Be First: The Life of Christina Rossetti*.

Gloucestershire: The Windrush Press, 1991.

Lecky, W.E.H. *History of European Morals*. New York: George Braziller, 1955.

Leighton, Angela. ""Because men made the laws": The Fallen Woman and the Woman Poet." *Victorian Poetry* 27.2(1989).

_____. *Victorian Women Poets: Writing Against the Heart*. Charlottesville and London: University Press of Virginia, 1992.

Literature Online. "Augusta Webster." *Literature Online*. Web. 20 Nov. 2012 (www.lion.chadwyck.co.uk).

Mayhew, Henry. *London Labor and the London Poor*. Vol.4, 1862. Reprinted as *London's Underworld*. Ed. Peter Quennell. London: Spring Books, 1957.

Rodgers, Lise. "The Book and the Flower: Rationality and Sensuality in Dante Gabriel Rossetti's "Jenny"."*The Journal of Narrative Technique*. 10. 3(1980).

Rossetti, Christina. *The Complete Poems of Christina Rossetti*, A Variorum Edition Vol.1. Ed. R.W.Crump. Baton Rouge & London: Lousiana State UP, 1979

Rossetti, Dante Gabriel. *The Collected Works of Dante Gabriel Rossetti*, Vol.1. Ed. William M. Rossetti. Boston: Roberts Brothers, 1887.

Sutphin, Christine. "Fractious Angels, and Nursery Saints: Augusta Webster's "A Castaway" and Victorian Discourses on Prostitution and Women's Sexuality." *Victorian Poetry* 38. 4(2000).

Webster, Augusta. *Portraits*. London and Cambridge: Macmillan and Co. 1870. *Literature Online*. Web. 9 Oct 2012 (www.lion.chadwyck.co.uk) Wikipedia. "Athenaeum(magazine)." *Wikipedia*. Web. 19 Oct. 2012 (http://en.wikipedia. org).

_____. "Contagious Diseases Acts." *Wikipedia*. Web. 19 Oct. 2012 (http://en.wikipedia.org).

_____. "Examiner." *Wikipedia*. Web. 19 Oct. 2012 (http://en. wikipedia.org).

_____. "Ladies National Association for the Repeal of the Contagious Diseases Acts." *Wikipedia*. Web. 19 Oct. 2012 (http://en.wikipedia.org).

책, 텍스트, 텍스트성: 헨리 제임스의 『대사들』

이 만 식

Ⅰ. 서론

헨리 제임스(Henry James)의 『대사들』(*The Ambassadors*)에 관한 해석에 비평가들의 의견이 다음과 같이 일치하지 않는다.

> 포괄적인 불확실성에 갈팡질팡하면서 비평가들은 램버트 스트레터(Lambert Strether)의 교육의 질 즉 이 소설의 결론의 의미에 대해 합의를 볼 수가 없었다. 스트레터가 모든 것을 배웠는가 아니면 아무것도 배우지 못했는가? 그리고 그가 무언가를 배웠다면 정확히 그것은 무엇인가? 결론은 스트레터가 모든 행복을

포기하고 딱하게도 뉴솜 부인(Mrs. Newsome)의 지배로 돌아가는 것인가, 아니면 긍정적인 확인인가? 그리고 만약 긍정적인 확인이라면 무엇을 긍정하고 있는가? 이 소설이 출판된 이래로 이런 질문들이 비평가들의 관심을 끌어왔는데, 그 대답들이 다양했다. (Wallace 99)

작품의 주제라고 할 수 있는 주인공 스트레터의 '교육'에 대한 평자들의 견해를 월레스(Wallace)는 '전부(全部)' 또는 '전무(全無)'라는 이원론적 입장과 '무엇인가' 학습한 내용이 있다는 절충적 입장으로 정리하고 있다. 스트레터의 '교육'이 실패로 돌아갔는가? 아니면 완전한 성공이었는가? 스트레터가 파리에서 배운 것이 있다면, 그것은 도대체 무엇인가? 어떻게 구체적으로 설명될 수 있는가? 작품의 결론에 대한 해석도 이러한 입장과 연관된다. 스트레터는 미국으로 돌아가는가? 돌아간다면, 어디로 돌아가는가? 왜 돌아가는가? 왜 돌아가야만 하는가? 실패하고 돌아가는가, 성공하고 돌아가는가? 실패도 성공도 아니라면, 그것은 무엇이었는가?

본고는 해체론의 책, 텍스트, 텍스트성이라는 세 가지 개념에 의거하여『대사들』이 갖고 있다고 평가되는 해석의 태생적 불확실성을 벗어나는 하나의 틀을 구축하려고 한다. 해체론 자체나 해체론에 입각한 책, 텍스트, 텍스트성의 이론적 구분이『대사들』을 위한 의미 있는 해석의 틀이 될 수 있는 지 설명하는 데 초점을 맞추고자 한다. '책'의 해석에는 시니피앙과 시니피에의 일대일 대응만 존재한다. '책'은 해석의 폐쇄성을 의미한다. 그런데 '텍스트'는 해석의 폐쇄성에 대항하는 개념이다. '책'이 강요하는 시니피앙과 시니피에의 일대일 해석 방식에 대한 저항이다. 요컨대 하나의 시니피에를 위해 여러 개의 시니피앙이 존재할 수 있다. '나무'라는 시니피에에 대응되는 시니피앙이 '나무'라는 단어 한 개 뿐인 것 같다. '책'의 해석 방식이다. 그러나 '사랑'이라는 의미를 갖고 있는 시니피에에 대응하는 시니피앙은 여러 개일 것이다. 여러 개의 이미지가 하나의 의미 또는 여러 개의 의미를 상징하면서, 기존의 '책'과 구별되는 '텍스트'를 만들어낼 수 있다. '텍스트'는 '책'의 현존성에 대한 저항 개념이다. 그런데 해체론은 한걸음 더 나아가 '텍스트'를 문제 삼는다. '텍스트'에서도 유사한 폐쇄성이 발견된다는 것이다. '책'의 폐쇄성을 '파괴'하는 것이 '텍스트'의 임무였다. 해체론은 '텍스트'의 폐쇄성을 '해체'하려 한다. '텍스트' 이론의 경우와는 전략이 다소 다르다. '텍스트'의 임무는 '책'의 현존성을 '파괴'하는 것이었다. 하나의 시니피에에 대응되는 하나의 시니피앙이라는 경직된 해석 체계는 '파괴'되어야 한다는 것이었다. 해체론의 전략은 다소 다르다. '텍스트'의 이론이 '파괴'될 수 없다는 것을 잘 안다. '텍스트'는 여러 개의 이미지가 구축한 상징체계다. 다른 상징체계로 기존의 상징체계를 '파괴'할 수는 없다. 언어는 기본적으로 이미지다. 이미지는 상징을 목표로 한다. 언어를 사용한다면 상징의 체계를 벗어날 수 없다. 상징체계가 아닌, 전혀 다른 해석 방식이 제시되어야 한다. 그러나 그러한 방식은 아직 발견되지 않았다. 해체론의 해석 체계가 갖고 있는 근본적인 아포리아(aporia, 難境)다. '텍스트'를 '파괴'하지 못하고, '해체'만 하는 이유다. 기존의 '텍스트' 체제에 근본적인 문제점이 '이미 언제나' 있었다는 것은 확실히 안다. 그러나 아직 새로운 체제를 구축할 수 없는 상황이다. 따라서 해체론은 '텍스트'의 존재를 인정하면서, 동시에 '텍스트'의 근본적인 문제점을 지적하는 방식을 사용한다. '텍스트성'은 '텍스트'의 존재와 부재의 동시적 공존을 의미한다.

본고의 목적은 해체론의 책, 텍스트, 텍스트성이라는 개념 체계를 이용하여『대사들』을 읽으면서『대사들』에 관한 의미 있는 해석틀을 구축함과 동시에 해체론의 개념 체계를 명확히 하고자 하는 것이다. 어느 정도 의미 있는 해석틀이 될 수 있다면, 해체론의 문학적 적용, 즉 해체비평의 방법론이 제시될 수 있을 것이다.

Ⅱ. 대사의 두 가지 임무

헨리 제임스는 「서문」에서『대사들』의 중심 내용이 "모든 사건 속에서" 주인공 스트레터가 "보는 것"이며, 주인공의 "비전의 전개 과정 (process of vision)"을 "논증"하는 것이라고 설명한다.[1] 하지만 주인공 스트레터가 '보는 것'과 작가 헨리 제임스가 '논증하는 것'이 언제나 일치하는 것은 아니다.

> 배의 도착시간에 대해 웨이마쉬(Waymarsh)에게 그가 모호할 준비가 되어 있었다는 것 그리고 그가 웨이마쉬를 몹시 만나고 싶었지만 동시에 지연되는 기간을 몹시 즐기고 있었다는 것, 이런 것들이 실제 심부름과 그의 관계가 아주 간단하지는 않다는 증거가 된다는 것을 보여주는 그의 속에 있는 초기의 징조들이라고 생각될 것이다. 그는 부담을 안고 있었다. 불쌍한 스트레터, 그가 처음부터 기묘한 이중적 의식의 부담을 안고 있었다고

---

1) Henry James, *The Ambassadors*, New York: W. W. Norton, 1994. p.2.『대사들』의 본문, 「서문」과「소설의 작업계획」("Project of Novel")의 인용은 괄호 속에 쪽수로만 제시될 것임.

고백하는 것이 좋을 것이다. 그의 열의 속에는 거리감이 있었고, 그의 무관심 속에는 호기심이 있었다. (18)

『대사들』의 두 번째 단락의 끝부분이다. 스트레터는 친구 웨이마쉬에게 자신의 유럽 도착 시간을 정확하게 말해주지 않았다. 친구를 만나고 싶기도 하지만, 동시에 만나는 것이 "지연되고 있는 기간을 몹시 즐기고 있었다." 이러한 이중적인 감정은 스트레터가 유럽에 온 목적, 즉 뉴솜 부인에게서 받은 "심부름"이 "아주 간단하지는 않다는 증거가 된다." 임무의 수행이 어려울 것이라는 예감을 스트레터가 갖고 있다. 여기까지는 주인공의 심리 상태의 묘사다. 내면적이기는 하지만, 스트레터가 '보는 것'에 속한다. 그러나 마지막 두 문장은 스트레터가 '보는 것'이 아니다. "불쌍한 스트레터, 그가 처음부터 기묘한 이중적 의식의 부담을 안고 있었다고 고백하는 것이 좋을 것이다." 이건 화자의 목소리다. "불쌍한 스트레터"라고 부르면서, 작품의 처음부터 화자는 스트레터의 어깨 너머에 자리 잡는다. 스트레터가 갖고 있는 '이중적인 감정'을 화자는 '이중적 의식'으로 해석하고 있다. 이안 와트(Ian Watt)가 「첫 번째 단락에 관한 자세한 설명」에서 "스트레터의 의식과 화자의 의식의 이중적 현존"이라는 『대사들』의 특징을 지적한 바 있다(447). 화자가 '말하는 것'은 작가 헨리 제임스가 '논증하는 것'이다. "그의 열의 속에는 거리감이 있었고, 그의 무관심 속에는 호기심이 있었다."라는 인용된 부분의 마지막 문장은 화자의 '말하는 것'이라기보다 작가의 '논증하는 것'에 가깝다. 대부분의 경우, 화자의 목소리와 작가의 목소리는 겹쳐져 있다. 『대사들』의 화자는 말한다기보다 주인공의 "비전의 전개 과정"을 '논증'하려고 노력한다. 친구를 만나고 싶기도 하고, 만나고 싶지 않기도 하다는 스트레터의 '이중적인 감정'이 '열의'와

'거리감,' '호기심'과 '무관심'의 교묘한 겹침이라는 '이중적 의식'으로 '전이'되면서 '논증'의 대상이 된다. 주인공의 '비전'의 '전개 과정'에 관한 '논증' 작업을 위해서, 화자는 주인공의 '감정'을 주인공의 '의식'으로 '전이'시키고 있다.

『대사들』은 모두 12권의 '책(book)'으로 구성되어 있다. 이는 다시 크게 두 '부분(volume)'으로 나뉜다. 세이델(Seidel)은 다음과 같이 두 '부분'의 대칭성에 주목한다.

희극적 사명

책 1: 미국적 체제. 울렛(Woollett)의 뉴솜 부인. 차드(Chad)의 귀국을 위한 대리인(대사)인 스트레터의 유럽 도착.

책 2: 첫 번째 대사(스트레터)의 파리 현장 도착.

책 3: 스트레터와 미국인 대행자. 차드의 아파트에 있는 꼬마 빌햄(Bilham).

책 4: 차드의 미국 귀국을 위한 차드와의 결정적인 협상.

책 5: 글로리아니(Gloriani)의 정원에서의 통찰의 순간(첫 번째 '초감각적 시간').

책 6: 마담 드 비오네(Madame de Vionnet)에게 하는 스트레터의 첫 번째 약속("할 수 있다면 내가 당신을 구원하겠소.")

서사적 구원

책 7: 유럽적 체제. 파리의 노트르담 성당. 차드의 귀국의 연기를 위한 대리인(대사)인 스트레터.

책 8: 두 번째 대사인 사라 포콕(Sarah Pocock)의 파리 현장 도착.

책 9: 스트레터와 미국인 대행자. 사라의 호텔에 있는 마미 포콕(Mamie Pocock).

책 10: 차드의 유럽 잔류를 위한 사라와의 결정적인 협상.

책 11: 시골 저택에서의 통찰의 순간(두 번째 '초감각적 시간).
책 12: "그녀를 결코 저버리지 말라."고 차드에게 요청할 것이라
고 마담 드 비오네에게 하는 스트레터의 두 번째 약속.
(Seidel 132).

두 '부분'의 구조적 유사성보다 더 중요한 것은 '차이'다. 시어즈
(Sears)는 『대사들』이 "유럽과 미국에 관한 것이지만 유럽인들과 미국
인들에 관한 것"은 아니며 "'이중적 의식'의 부담을 갖고 있는 사람에
게 각각의 장소와 거주자들이 갖고 있는 의미에 관한 것이다."라고 말
한다(16). 헨리 제임스는 「서문」에서 이 작품의 중심 내용이 "모든 사
건 속에서" 주인공 스트레터가 "보는 것"이라고 설명한 바 있었다(2).
유럽이나 미국 같은 장소나 차드, 마담 드 비오네, 마리아 고스트리
(Maria Gostrey), 사라, 마미, 빌햄 같은 등장인물 각각의 의미가 중요하
지 않다. 스트레터가 '보는 것'이 작품의 '중심 내용'이기 때문에, 스트
레터의 '이중적 의식'에서 갖는 장소와 등장인물의 의미가 중요하다.
시어즈는 『대사』에서 "공적인 판단력에서 사적인 판단력으로의 거
대한 전이"가 발생한다고 지적한다(23). 첫 여섯 권에서 스트레터는 뉴
솜 부인의 대사(大使)였다. 제1권부터 제6권까지의 전개 과정은 (1) 상
대국 도착−(2) 대사관저 도착−(3) 사교계 등장−(4) 신임장 제청−(5)
국가수반 면담−(6) 아그레망 등 신임 대사의 부임 과정을 패러디한 것
같다. 스트레터는 제7권에서 본국의 소환 명령을 받는다. 그리고 후임
대사의 부임을 대기하다가, 제8권에서 업무를 인수인계한다. 제7권부
터 뉴솜 부인의 공식적인 대사는 사라다. 짐(Jim)과 마미는 대사관에서
근무하는 공사 또는 참사관이다. 그러나 스트레터는 사라와 다른 성격
을 갖고 있는 대사다. 사라는 뉴솜 부인이라는 본국의 의도를 반영하

는 공인(公人)의 역할만을 하고 있다. 스트레터에게는 공인(公人)의 역할에 사인(私人)의 역할이 추가되어 있다. 스트레터는 나름대로 개인적인 판단을 하는 대사다. 두 가지 유형의 대사가 제시되어 있다. 제1권에서 제6권까지 스트레터가 담당하던 대사로서의 공식적 활동 내용이 제7권에서부터 사라에 의해서 반복된다. 제6권까지 스트레터의 외면에 화자의 관심이 집중되고 있다면, 제7권부터 스트레터의 내면에 묘사가 집중된다. 스트레터가 사라보다 중요한 등장인물이며 주인공인 이유다. 사라가 뉴솜 부인의 대사일 뿐이지만, 스트레터는 뉴솜 부인의 대사일 뿐만 아니라, 작가 헨리 제임스의 대사이기 때문이다. 뉴솜 부인의 대사일 뿐이기 때문에 사라가 수행하는 대사의 역할에는 내면의 깊이가 없다. 그저 기계적으로 임무를 수행하는 관료일 뿐이다. 작가의 대사 역할을 함께 수행하고 있기 때문인지, 스트레터의 행위에 더 많은 의미가 있어 보인다. 스트레터는 '뉴솜 부인의 불행한 대사'인 등장인물이면서 동시에 '작가의 행복한 대사'인 화자라는 두 가지 임무를 수행하고 있다. 위에서 검토한 바와 같이, 스트레터의 '이중적 감정'이 화자의 '이중적 의식'으로 '전이'되는 것이 작가의 '논증'적 작업 과정이다. 스트레터의 '비전의 전개 과정'이라고 요약될 수 있다. 아그레망(agréments)은 대사의 대표성을 인정하는 상대 국가의 공식 문서다. 차드와 마담 드 비오네의 불륜을 우연히 목격하기 직전에, 작가의 대표성을 인정하기 위해서, 헨리 제임스가 '즐거움'이라고 해석될 수 있는 불어 단어, 또 하나의 "아그레망(agrément)"을 스트레터에게 수여하고 있다(308, 309).

제7권부터 스트레터의 행동적 양상이 크게 바뀐다. 제7권의 앞부분에서 느끼는 스트레터의 감정은 공직을 벗어난 해방감이다. 제7권부터 스트레터의 내면이 서술의 중심이 된다. "모든 사건 속에서(at all events)"(2) 스트레터가 '보는 것'이 작품의 '중심 내용'이라고 헨리 제임스가 말한 바 있다. 여기서 말하는 '모든 사건'은 주인공의 '외면'과 '내면'을 모두 포함하는 것이다. 제6권까지의 '모든 사건'이 주인공의 외면적 행동에 초점을 맞추고 있다면, 제7권부터 '모든 사건'은 주인공의 내면적 심리에 관심을 집중한다. 『대사들』의 소설적 사건은 제7권부터 본격적으로 전개된다. 그런 다음, 제10권부터 하나씩 작은 결말이 맺혀지면서, 소설의 구체적 내용, 즉 작가가 말하고자 하는 주인공의 '비전의 전개 과정'이 정리된다. 스트레터가 '보는 것'이 작품의 '중심 내용'이기 때문에, 스트레터의 '이중적 의식'에서 갖는 장소와 등장인물의 의미가 중요하다. 앤더슨(Anderson)은 등장인물을 세 집단으로 나누고 있다. 하나는 마담 드 비오네, 마리아 고스트리 및 차드 뉴솜이다. 두 번째는 웨이마쉬, 뉴솜 부인과 사라, 짐, 마미 포콕 등 미국이 갖고 있는 청교도적 유럽관을 대변하는 인물들이다. 마지막으로 "앞의 두 집단을 포함하며 소설의 재현적 힘에 시의 암시성을 추가하는 헨리 제임스 자신의 교묘하게 발명된 '유럽'의 신화나 우화"(Anderson 220), 즉 화자가 있다. 이러한 등장인물 분류가 제1권에서 제6권까지의 첫 부분과 제7권부터의 두 번째 부분으로 나누어지는 소설의 대칭적 구조에 반영된다. 제1권부터 제6권까지 웨이마쉬와 뉴솜 부인 등의 미국적 세계관이 스트레터의 내면을 지배한다. 마담 드 비오네, 마리아 고스트리 및 차드 뉴솜이 보여주는 유럽은 스트레터가 이해할 수 없는 세계다. 요컨대, 파리는 스트레터에게 내면의 충격이 된다. "파리는 무엇인가? 담론적 공간만큼 지리적 공간이 아니다"(Ellmann 505). 파리라는 장소가 갖고 있는 '지리적 공간'의 의미보다 스트레터의 내면에 영향을 주는 '담론적 공간'의 의미가 크다는 주장이다. 파리는 미국이 갖고 있는 청교도적 유럽관에 대한 충격의 이름이다. 스트레터는 뉴솜 부인의 대사(大使)이며, 대사로서 스트레터의 임무는 뉴솜 부인이 갖고 있는 청교도적 유럽관을 대변해야 하는 것이다. 소설의 첫 부분부터 스트레터는 대사로서의 임무 완수에 실패한다. 스트레터의 실패는 너무 철저해서, 결국 본국에서 즉시 귀국을 명령받는다. 두 번째 부분에서는 첫 번째 부분에서 철저하게 승리했던 마담 드 비오네, 차드 뉴솜, 마리아 고스트리가 실패한다. 즉 스트레터의 내면세계를 장악하는데 실패한다. 웨인스타인(Weinstein)은 소설의 후반부에서 "상상된 인생이 상상력의 인생에 의해 점진적으로 교체되고 있다", 즉 "본질적인 전이가 발생했다"고 말한다(163). 제7권의 앞부분에서 스트레터가 느끼는 해방감은 '본질적 전이'의 감정적 표현이다. '상상된 인생'은 마담 드 비오네, 차드 뉴솜, 마리아 고스트리의 영향력에 의해 스트레터의 내면에서 창조된 인생이다. '상상력의 인생'은 그러한 영향력을 패배시키고 새롭게 형성되는 인생에 명명된 이름이다. 새로운 창조에 동반하는 등장인물은 앤더슨의 세 번째 집단인 헨리 제임스 자신의 교묘하게 발명된 "'유럽'의 신화나 우화", 즉 화자다.

III. 책의 억압

차드 뉴솜은 5년째 파리에 거주하면서 귀국을 거부하고 있다. 울렛의 거부(巨富), 뉴솜 부인과 결혼을 앞둔 주인공 스트레터가 뉴솜 부인의 아들, 차드를 귀국시키기 위해서 파리에 온다. 헨리 제임스의 소설, 『대사들』의 이야기는 스트레터의 유럽 도착과 함께 시작된다. 마담 드 비오네는 파리의 미국인 집에서 우연히 차드를 만났는데 자신의 딸, 잔느 드 비오네의 남편감으로 생각하며 차드에게 세련된 교육을 베푼다. 그러다가 차드와 마담 드 비오네는 연인 관계가 된다. 두 사람의 나이 차이가 많다. 남편과 회복될 수 없는 별거 상태에 있는 마담 드 비오네, 즉 마리(Marie)는 공작부인이다. 스트레터가 유럽에 도착할 무렵, 젊은 차드는 마리에게 싫증이 나기 시작하고 있었다. 하지만 마리에게 많은 혜택을 받았다는 사실을 알고 있는 차드는 망설인다. 스트레터는 막대한 재산의 상속과 광고계의 매력을 차드에게 설명한다. 스트레터는 차드의 내적 성장이 마리의 교육 때문이라는 사실을 깨닫는다. 그리하여 스트레터는 뉴솜 부인과 다른 견해를 갖게 되고 마리에 대한 사랑의 환상을 갖게 된다. 차드에게 귀국을 종용하던 스트레터가 작품의 한 가운데 부분에서 입장을 바꾸고, 차드에게 파리에 계속 체류하라고 요구한다. 이러한 입장 변화를 확인하기 위해서, 뉴솜 부인은 자신의 딸 사라를 파리에 보낸다. 스트레터의 변심을 확인한 뉴솜 부인은 스트레터와의 관계를 결정적으로 종료시킨다. 그런데 스트레터가 우연히 차드와 마리의 밀회 장면을 목격하게 되고, 자신이 헛된 환상에 젖어 있었음을 깨닫는다. 마리를 다시 만난 스트레터는 차드에 대한 마리의 사랑이 진심이라는 사실을 깨닫고, 차드에게 마리를 버릴 수 없는 입장이라고 경고한다. 그리하여 스트레터는 울렛의 거부 뉴솜 부인 및 울렛의 후계자 차드와의 관계를 더 이상 회복할 수 없을 정도로 악화시키게 된다.

　작품의 '중심 내용'은 지금까지 요약한 『대사들』의 이야기, 즉 서사(敍事)가 아니다. 「서문」에 의하면, 그것은 주인공 스트레터의 '비전의 전개 과정'인데, 주인공의 '비전'이 서사의 내용과 언제나 일치하지는 않는다. 헨리 제임스를 '미국인 모더니스트'라고 정의하는 허친슨

(Hutchinson)은 "스트레터의 주관적 세계가 개관적 세계에 의해 반영이 되지 않기 때문에, 그는 디킨즈(Dickens)의 『데이비드 카퍼필드』(*David Copperfield*)와 아주 다른 주인공이다"라고 지적한다(75). 주인공의 주관적 세계, 즉 '비전'이 객관적 세계, 즉 '이야기' 속에 반영되던 디킨스의 소설이 아니다. 앤더슨도 "등장인물의 의식"인 "시점(point of view)"이 "전지적 작가"를 대신하게 된 것이 "근대소설에 대한 헨리 제임스의 주요 공헌"이라고 생각하는데 "혼란스러운 실제 생활경험"을 반영할 수 있게 되었기 때문이다(Anderson 221). 이러한 형식이 소설의 내용에 반영되어 있으며 『대사들』의 형식적 특징이 된다. 헨리 제임스의 주체가 "정적 구성체(static composition)" 같아 보이며 서사적(narrative)이거나 극적(dramatic)이라기보다 본질적으로 조형적(plastic)이라는 것, 즉 서사적 움직임이 상실되어 있으며 정적인 주체이기 때문에 "극적 투쟁"의 감각이 모호해지고 있다는 비판이 있다(Fergusson 21). 이에 대해, 퍼거슨(Fergusson)은 헨리 제임스의 "후기 소설들이 서사적 '그리고' 극적 '그리고' 조형적이다"라고 변호하고 있다(21). 디킨즈를 검토하는 관점에서 헨리 제임스의 소설 형식을 검토한다면, 정적이며 조형적이라고 말할 수 있다. 그러나 본고에서 검토한 바와 같이, 주인공의 주관적 세계, 즉 '비전'과 객관적 세계, 즉 '이야기'가 일치하지 않는 모더니스트 헨리 제임스의 소설을 디킨스의 소설처럼 읽을 수는 없다. 디킨즈식의 객관적 서사가 아니라, 헨리 제임스 소설에서는 주인공의 '이중적 인식'에 의한 주관적 서사가 발견된다. 그리고 극적 투쟁의 양상도 심리적이다. 따라서 '정적'이거나 '조형적'이라는 평가는 스트레터의 내면 속으로 들어가는 입구를 발견하지 못한 비평가들의 푸념일 따름이다

　　스트레터는 뉴솜 부인의 대사(大使)로 유럽에 왔다. 대사의 임무는

본국의 훈령(訓令)을 수행하는 것이며 대사 자신의 개인적 견해가 반영될 수 없다. 스트레터가 자신의 개인적 견해를 본국에 밝히자마자, 소환명령을 받는다. "불쌍한 스트레터"(18). 작품의 앞부분에서, 화자는 이러한 스트레터를 불쌍하게 여긴다. 개인적인 견해를 감추어야만 하기 때문에, 작품의 시작부터 스트레터는 '이중적 감정'을 갖고 있었다. 헨리 제임스는 「소설의 작업 계획」에서 이러한 스트레터의 문제점을 다음과 같이 분석하고 있다. 대사로서 "그는 그가 본 것을 그녀에게 말한다. 그는 그가 행한 것을 그녀에게 말한다. 그는 그가 생각한 것을 그녀에게 말한다. 그는 그가 느낀 것을 그녀에게 말한다."는 등 뉴솜 부인과의 "대화의 자유"를 갖고 있다고 생각했다(389). 그러나 그는 자신의 계획이 너무 단순하다는 것을 깨닫고, 마리아 고스트리나 마담 드 비오네와 협의하기 시작한다. 실제 생활경험이 계획보다 훨씬 혼란스럽기 때문이다. 후임대사인 사라는 자신의 임무에 충실하며 사라의 의견은 곧 뉴솜 부인의 의견이다. 사라와 불명예스럽게 교체된 전임대사 스트레터의 대화 내용은 내면적 투쟁의 양상을 띨 수밖에 없다. 뉴솜 부인을 충실하게 대변하는 사라와 변심한 스트레터의 대결 장면은 격한 감정의 표현으로 채색되어 있으며 감정 토로의 어지러운 수면 밑에서 가치관의 대결 양상이 발견된다. 사라는 스트레터에게 자신의 "의무"(278)를 다하지 않고 "미각(taste)"(281)에 집착하고 있다고 비난한다. 미국의 청교도적 의무감과 파리의 예술적 심미관의 대립이다. 자신의 가치관에 따라 차드가 파리에서 바뀐 것에 대해서도 스트레터는 "행운(fortunate)"(281)이라고 묘사하는 반면에 사라는 "몹시 추악하다(hideous)"(282)고 말한다. 제7권에서 시작된 스트레터의 내면의 드라마가 제10권에서 일단락되면서 명확한 대결구도를 형성한다.

'귀국'이라는 단순한 해결책이 차드를 '구원'하는 방식이 될 수 없다는 사실을 스트레터가 점차 인식하게 되면서 뉴솜 부인의 계획을 맹목적으로 추종할 수 없게 되었다. 임무에 너무 충실한 나머지, 대사(大使)는 훈령(訓令)을 어길 수밖에 없게 되었다. 처음에는 뉴솜 부인의 가치관에 의거하여 "강력한 쇠사슬에 의해 고착되는 일반적 안전"을 위해 차드를 "인생으로부터 보호"해야 한다고 주장한다(54). 그러나 최초 예상과 실제 현실은 "너무 많은 차이"를 드러내었는데 놀라운 일은 "자신이 젊다는 것을 발견한 것"이었고 이건 "결코 기대한 적이 없었던" 일이었으며 "자신이 그렇게도 자유롭다는 것을 발견하게 되는 이상한 논리"에 놀라게 된다(60). "도착하는 바로 첫 번째 순간부터" 그랬다고 스트레터가 나중에 고백하면서 "나 자신에게조차 놀라웠다는 것을 인정합니다."라고 말한다(299). 스트레터에게 놀라운 '젊음'과 '자유'를 주는 것은 무엇인가. 사라의 남편인 짐 포콕처럼 보잘 것 없는 사람의 인생, "비실재(nonentity)의 인생"(Wallace 101)을 울렛에서 살았다는 깨달음이다. 내면의 세계를 확보하게 되면서, 스트레터는 "냉정한 생각"(299) 뿐인 뉴솜 부인의 억압을 느끼게 된다. 억압을 인식한다는 것이 진정한 '자유'의 시작이 된다. 마리아 고스트리의 인도에 따라, 웨이마쉬, 사라, 뉴솜 부인 등과 달리, 스트레터 자신에게 있는 '진정한 상상력'이 새로운 삶의 가능성이라는 것을 발견하게 된다. 스트레터는 자유로워지고, 젊어진다.

> 그녀는 잠시 멈췄다. "그러면 내가 당신에게도 요청했던 것처럼 그게 내 문제를 해결하겠네요. 오, 당신은 상상력의 보물을 갖고 있네요." 그녀가 반복했다.
> 그러나 그는 잠시 이것으로부터 생각을 벗어났고 그리고 다른 장소에서 등장했다. "허나 이건 기억해야 할 것인데, 뉴솜 부인

도 상상했어요. 정말로, 즉, 상상하죠. 그리고 명백히 여전히 상상하죠, 내가 발견해야만 했던 것에 관한 공포들을 말이죠. 결국 극단적으로 강렬한 그녀의 통찰력에 의해 나는 그것들을 발견하리라고 예약되어 있었어요. 그런데 그걸 나는 하지 못했죠. 그걸 나는 할 수 없었죠. 그녀가 명백히 느꼈던 것처럼 그걸 나는 하려고 하지 않았죠. 사람들이 말하듯이 이건 그녀의 기준에 '맞지' 않는다는 게 결국 명백해졌죠. 그건 그녀가 감당할 수 있는 것 이상이었어요. 그게 그녀의 실망이었죠." (301)

"꼭 기억해두어야 할 것"은 뉴솜 부인도 '상상력'을 갖고 있다는 것이다. 하지만 '상상력'의 차원이 다르다. 헨리 제임스의 단편 「진정한 사물」("The Real Thing")의 마지막 문장인 "만약 그것이 사실이라도, 나는 대가를 지불한 것에 만족한다네, 기억을 위해서라면.(If it be true I'm content to have paid the price-for the memory)"를 해석하는데 도움이 되는 논리다. "기억을 위해서"라는 구절에 대한 해석이 문제다. '기억'하기 위해서 대가를 지불해야 한다는 교훈적 표현이다. 그런데, 무엇을 기억해야 하는가. 모나크(Monarch) 부부를 '진정한 사물'이라고 판단했던 실수를 기억해야 한다는 것이다. "그녀는 진정한 사물이었다, 그러나 언제나 똑 같은 사물이었다(She was the real thing, but always the same thing)." 뉴솜 부인처럼, 모나크 부부도 경직된 상상력이 원인이었다. 경직된 상상력의 위험을 잊지 않기 위해서, 대단한 위험이라는 것을 '기억'하기 위해서, 다소간의 '대가'를 지불하는 것은 당연한 일이라는 것이다. 그만큼 무서운 위험이라는 설명이다. 모쉬 론(Moshe Ron)은 이 작품이 "재현의 문제 자체를 주제로 극화"한다고 정리한다(43).

뉴솜 부인의 상상력은 강력하지만, "무지(無知)의 강력함"이다(131).

"모든 것을 다 알도록 사실상 운명지어져 있었기 때문에, 스트레터는 자신의 멀리 내다보는 상상력 앞에서 어쩔 수 없었다"(Weinstein 139). 스트레터의 상상력은 깨달음의 '보물'이다. 뉴솜 부인의 상상력의 이름은 '책'이며 뉴솜 부인의 '책'은 '들어맞기'만을 요구하는 책이다. 스트레터는 뉴솜 부인의 '책'이 주는 억압을 명확하게 깨달으면서 이제 '자유'를 느끼며 새로운 인생을 시작하는 '젊음'을 발견한다. 엘만(Ellmann)의 설명에 의하면, 뉴솜 부인이 "차이를 부인"하는 반면, 마담 드 비오네가 "파리의 대표자로서 '커다란 차이'를 구현하고 있다"(506). 뉴솜 부인을 어머니로 두고 있던 차드나 뉴솜 부인을 아내로 맞이하려던 스트레터가 마담 드 비오네의 아름다움에 놀라움을 느끼는 것은 당연하다. 그건 차원이 다른 아름다움이기 때문이다. 스트레터에 의하면, 뉴솜 부인은 마리아 고스트리의 아름다움에도 비교될 수 없다. 뉴솜 부인은 '전지(全知)'하지 않다. 뉴솜 부인은 '무지(無知)'하다. 월레스(Wallace)는 울렛이 "현실을 왜곡"시키며, "창조적인 인생에 궁극적으로 파괴적"이라고 결론짓는다(107).

처음에는 스트레터도 사라와 동일한 수준의 대사(大使)였다. 그런데, 스트레터의 내면에 변화가 일어났다. 과거에는 하나의 목소리만 들으면 되었다. 하나의 목소리만 들을 수 있었다. 뉴솜 부인의 '목소리'만 있었다. 이제, 여러 가지 목소리가 한꺼번에 섞여서 들린다.

> 그가 주목해야 했던 그 목소리는 귀에 들리게 소리를 내는데 실패했다. 그는 이걸 자신 속에 있는 모든 변화의 증거로 받아들였다. 예전에는 그가 그때 들을 수 있었던 것만을 들었다. 지금 그가 할 수 있는 것은 3개월 전을 먼 과거의 한 지점으로 생각하는 것이었다. 모든 목소리들이 더 두꺼워졌고 더 많은 것들을

의미했다. 그가 주변을 돌아다니는데 그것들이 그에게 떼지어 몰려들었다. 그를 가만히 있지 못하게 만들었던 건 그것들이 함께 소리를 내는 방식이었다. 마치 그가 무언가 잘못된 것을 위해서 왔던 것처럼 그는 이상하게도 슬픔을 느꼈다. 허나 마치 그가 무언가 자유를 위해서 왔던 것처럼 흥분을 느꼈다. 그러나 자유가 이 장소와 이 시간에 가장 큰 것이었다. 그가 오래 전에 놓쳐버렸던 자신의 젊음으로 가장 다시 되돌아가게 하였던 것은 바로 이런 자유였다. (283)

스트레터는 무엇인가 잘못된 방향으로 가는 것이 아닌지 이상하게 슬프기도 하지만, 청년시절에 느꼈던 것 같은 자유의 해방감을 느끼게 된다. 여러 가지 목소리가 겹쳐 있는 헨리 제임스의 서술 방식 때문에 『대사들』은 읽기가 쉽지 않다.

어쨌든 그게 그를 어디로 데리고 가는 것이었는지? 역사적 시신(詩神)에게 소중했던 감정의 폭발보다 때때로 더 많은 문제들을 해결했던 건 고요한 순간들 중 하나였다. 스트레터의 침묵의 몫이 소리 없이 꽃피어났던 종합적인 "오 잠깐만"이 고요의 유일한 기능이었다. 그건 이런 무언의 갑작스러운 외침, 즉 자신의 배를 불태워버리는 최종적 충동을 대변한다. 역사적 시신에게 이런 배들은 물론 바닥이 얕고 가벼운 작은 배들에 불과한 것 같아 보인다. 그러나 그가 고스트리 양에게 지금 말하고 있을 때, 그건 적어도 횃불을 밝히는 것 같은 의미를 지니고 있다. "그러면 그건 모의네?" (87)

"오 잠깐만"이라고 침묵을 깨뜨리는 말이 "자신의 배를 불태워버리는 최종적 충동"을 대변한다는 서술 방식은 과장이 아닐 수 없다는 생각이 든다. 그러나 상상력의 두 가지 차원에서 읽어야 한다. 스트레터는 지금까지 뉴솜 부인의 상상력이 제공하는 '하나의 목소리'에 맹종하였다. 이제, 스트레터는 마리아 고스트리의 도움을 받아 빌햄의 언어와 행위가 차드와 사전에 모의(conspiracy)한 것이었다고 깨닫는다. 빌햄도 하나 이상의 '목소리'를 갖고 있었던 것이다. 스트레터의 마음에 들었던 빌햄의 '목소리' 뒤에 차드와 사전에 모의된 '목소리'가 섞여 있었다. 이러한 '비전의 전개 과정'은 '자신의 배를 불태워버리는 최종적 충동'이다. 왜냐하면, '여러 가지 목소리'를 인정하기 시작한다면, 뉴솜 부인의 '하나의 목소리'에 더 이상 맹종할 수 없게 되기 때문이다. '역사적 시신(詩神)'의 관점에서 볼 때, 스트레터의 '배들,' 즉 지금까지 뉴솜 부인을 추종하던 의식은 '바닥이 얕고 가벼운 작은 배들'에 불과할지 모른다. 스트레터의 '배를 불태워버리는' 행위가 역사 전체의 관점에서 보면, 대단한 것이 아닐지도 모른다. 그러나 스트레터 개인에게는 대단한 사건이 아닐 수 없는 것이며, 이러한 의의를 마리아 고스트리는 잘 이해하고 있다. 그건 "적어도 횃불을 밝히는 것 같은 의미"를 갖고 있는 것이다. 완전한 변화는 아직 아니지만, 스트레터에게 변화가 시작된 것이기 때문이다. 여기에도 '이상한 슬픔'과 '해방감'이 공존하고 있다. 빌햄이 차드와 마담 드 비오네의 관계를 스트레터에게 설명하기 위해 사용하는 "virtuous attachment"(112)의 경우, 상상력의 차원이 다르기 때문에 결정적인 오해를 불러일으킨다. 빌햄은 "계획적도 아니고 저속한 것도 아니라는 의미"로 사용했다(Seidel 144). "고상한 애착"으로 번역될 수 있을 것이다. 도덕적으로 비난받을 만한 것은 아닌 애정이라는 뜻이다. 그러나 스트레터는 "순결한 애착"(133)이라고 해석하여, 잔느(Jeanne)가 차드의 애착의 상대라고 판단한다. 차드와 마담 드 비오네의 관계에 대한 잘못된 해석은 스트레터가 헛되이 마담 드 비오네에게 연정을 품게 하는 원인이 되고 차드의 정체를 제대로 파악할 수 없게 만든다. "고상한/순결한 애착"이라는 구절을 둘러싼 해석상의 혼선은 말실수가 아니다. 스트레터가 갖고 있는 상상력의 한계 때문이며, 본질적인 논쟁이다.

헨리 제임스는 다음과 같이 「서문」을 시작하면서, 『대사들』의 핵심 주제를 설명하고 있다. 유명한 조각가 글로리아니(Gloriani)의 파티에서 스트레터가 빌햄에게 하는 느닷없는 충고가 작품의 중심 주제라는 것이다.

> "할 수 있는 한 살아야 해. 그렇지 않다면 실수야. 자신의 삶을 살아가는 한 특별히 무슨 일을 하든 그렇게 문제가 되지 않아. 그렇게 하지 않았다면 도대체 무슨 짓을 한 거야? 나는 너무 늙었어. 내가 알게 된 것에 비하면 어쨌든 너무 늙었어. 잃어버린 건 잃어버린 거야. 그건 틀림없어. 여전히, 우리는 자유의 환상을 갖고 있어. 그러므로 오늘의 나처럼 그런 환상의 기억 없이는 있지 마. 적절한 시기에 그걸 갖기에 나는 너무 어리석거나 혹은 너무 똑똑하였어. 그리고 이제 나는 그런 실수에 대한 반작용의 사례인 것이야. 해낼 수 없더라도 네가 좋아하는 것을 해. 왜냐하면 실수였어. 살아가야 해, 살아가야 한다고!" (1)

실수를 하더라도 열심히 살아가라는 충고다. 삶의 내용이 문제가 아니라, 삶을 살아간다는 것 자체가 중요하다. 자신처럼 '비실재의 인생'을 살지 말라는 충고다. 스트레터의 문제는 뒤늦게 깨닫게 된 인식에 비해 "너무 늙었다"는 데 있다. 우리 모두 갖고 있는 "자유의 환상"이 삶의 핵심이다. 예전에 적절한 시기였을 때, "너무 어리석거나 혹은 너무 똑똑하여" 스트레터는 삶을 즐길 수 없었다. 이제, 자신의 '실수,' 삶을 살아가지 않았다는 실수에 대한 보상을 받으려고 한다. 스트레터는 현재 자신의 행동을 과거의 "실수에 대한 반작용"이라고 분석한다. 너무 늙었기 때문에 더 이상 제대로 살아갈 수 없다는 자각에도 불구하고, 너무 늙었기 때문에 삶의 보람을 찾을 수 없을 것이라는 예감에도 불구하고, 스트레터는 과감하게 그리고 의도적으로 '실수'를 선택한다. 그러므로 아직 너무 늙지 않은 빌햄에게는 실수를 할 권리와 의무가 있다. 스트레터는 애정을 갖고 그렇게 충고한다. 살아가는 것, 사는 것이 무엇보다 중요하다.

뉴솜 부인 차원의 상상력을 포기하지 않는다면, 즉 '책'의 폐쇄성을 '파괴'하지 않는다면, 어떻게 될 것인가. '실수'가 두려워, 살아가는 것, 사는 것을 하지 않는다면 어떻게 될 것인가. 스트레터를 "돋보이게 하는 등장인물(foil)"인 웨이마쉬의 경우를 예로 들 수 있는데, 웨이마쉬는 스트레터가 변하기 "이전의 자아의 구현"이다(Anderson 230).

> 웨이마쉬는 그들의 발치에서처럼 그를 상당히 우러러보았다. "내가 정말로 가야하는지 모르겠어."
> 이게 바로 밀로즈의 양심이 내는 밀로즈의 목소리였다. 그러나 오, 그건 무기력하고 밋밋했다! 스트레터는 갑자기 그를 아주 부끄럽게 느꼈다. 스트레터는 더 과감하게 뱉어냈다. "반면에 마음에 드는 모든 방향으로 자신을 펼쳐. 이건 소중한 시간이야. 우리의 나이에 그런 것들이 다시 생기지는 않을 거야. 내년 겨울 밀로즈에서 그런 것들을 하기에 용기가 없었다고 스스로 자책하지는 마." 그리고 그의 동무가 기묘하게 응시하고 있는 그때 말했다. "피콕 부인을 본받아" (275)

웨이마쉬는 사라와 고상하지도 않은 애착에 빠져 있다. 사라에게는 남편 짐이 있으며, 그 남편은 현재 파리에 같이 와 있다. 마담 드 비오네는 남편과 회복될 수 없는 별거 상태에 있었기 때문에, 차드와의 관계가 '순결한 애착'은 아니어도 '고상한 애착'이 될 수 있었다. 반면에 웨이마쉬는 '실수'를 하고 있다. "밀로즈(Milrose)의 양심"이며 밀로즈를 대표하는 '목소리'인 웨이마쉬를 보면서 스트레터는 갑자기 그를 아주 부끄럽게 느낀다. 사라에 대한 '애착' 앞에서 판단을 내리지 못하고 "가야하는지" 질문하는 웨이마쉬는 '고상'한 지 여부를 고려할 수준에도 와 있지 못하다. 즉 웨이마쉬는 '실수'도 하지 못하는 수준에 있다. 뉴솜 부인을 '돋보이게 하는 등장인물(foil)'인 사라의 경우가 또 하나의 예다. 사라는 스트레터가 변하기 '이전의 자아'가 선택했던 여인상이다. 사라는 자신의 말이 "울렛에서 온 진실한 말"이라고 믿고 스트레터에게 분노를 퍼붓는다(219). 변한 스트레터는 "그것도 진실한 말인지 어리둥절하다"(219). 차드는 냉정하게 판단한다. "그들은 어린아이들이어요. 그들은 인생에서 놀고 있어요!(They're children; they play at life!)"(206). 엘만(Ellmann)은 스트레터와 사라를 동일한 차원에 놓고 "두 개의 충돌하는 해석 스타일"이라고 정의하는데, 사라가 "단일한 의미의 원칙"을 고수한다면, 스트레터는 "차이"를 선호한다는 것이다(504). "차드가 책이라면, 스트레터의 정체성 전체는 간텍스트적이다"(Ellmann 505). 차드를 '책'으로 읽으려는 사라와 뉴솜 부인의 억압 정책은 실패할 것이다. 반면에 스트레터는 차드의 '텍스트'를 만난다. 뉴솜 부인 차원의 상상력을 포기하지 않는 웨이마쉬와 사라는 '실수'를 하는 데에도 어려움을 겪고 있다. 인생을 살아가는 것, 사는 것은 기대할 수도 없는 수준이다. 살지 않는다면 실수라는 것을 깨달은 스트레터는 뉴솜 부인의 억압을 벗어난다. 스트레터는 '책의 억압'을 벗어나 '텍스트'의 세계로 들어간다.

Ⅳ. 텍스트의 환상

텍스트는 무엇으로 구축되는가. 텍스트는 언어로 구축된다. 언어는 기본적으로 이미지다. 이미지는 상징을 목표로 한다. 언어를 사용한다면 상징의 체계를 벗어날 수 없다. 따라서 텍스트의 체계는 상징을 목표로 하는 이미지의 체계다. 텍스트의 체계에는 책의 세계가 갖고 있는 견고한 틀이 없다. 뉴솜 부인의 '책'이 억압하는 체계이지만, 또한 강력한 쇠사슬에 의해 고착되는 일반적인 안전을 제공한다. 사라가 확신하는 '단일한 의미의 원칙'이다. 책의 세계에서는 개인적 고뇌가 불필요하다. 책의 세계에서는 원한다면 누구나 '중심'의 대사(大使)다. 책이 갖고 있는 견고한 해석의 틀에 의존하기만 하면 되기 때문이다. 텍스트의 세계는 기본적으로 불안하다. 책의 '안전'을 벗어난 텍스트의 정서는 '불안'이다. 이미지는 확정되지 않는다. 이미지가 상징을 목표로 하지만, 상징에 도달하지 못한다. 상징으로 가는 길에 있을 뿐이다. 텍스트의 세계는 형성 과정에 있으며 스트레터의 '비전의 전개 과정'과 만난다. 스트레터가 갖고 있는 '비전'은 상징이며 그의 비전을 전개하는 방식은 텍스트다.

스트레터가 쓰기 시작하는 '텍스트'의 상징은 무엇인가. 뉴솜 부인이 '책'의 '중심'이었다면, 마담 드 비오네가 '텍스트'의 '상징'이다. 제7권에서 스트레터는 노틀담(Notre Dame) 성당에 간다. '노틀담'은 번역하면 '우리의 부인'이다. 전반부에서 '우리의 부인'이 뉴솜 부인이었다면, 후반부에서 '우리의 부인'은 '노틀담'이다. 노틀담 성당에서 스트레터는 마담 드 비오네를 만난다. 마담 드 비오네는 스트레터에게 "그녀가 상상할 수 있었을 가능성을 훨씬 넘어서서 낭만적이었다"(176). 스트레터가 "들었거나, 읽었던 어떤 것, 옛 이야기에 나오는 섬세하고 견고하면서도 집중되어 있는 여주인공"이었다(174). 그녀의 섬세함에 의해서 뿐만 아니라, 운명 자체의 손에 의해서 그녀가 작동되는 순간 스트레터는 마담 드 비오네에게 저항할 수 없었다. 스트레터는 "빅톨 위고(Victor Hugo)"(174)의 "로망스"(176), 즉 노틀담의 곱추가 된다. 과연, 마담 드 비오네가 그렇게 대단한 미인인가, 객관적으로 그렇게 매력이 있는가라는 질문은 중요하지 않다. 작품의 '중심 내용'은 헨리 제임스가 지적한 바와 같이 스트레터가 '보는 것'이기 때문이다. 스트레터가 자신을 노틀담의 곱추라고 여기고, 마담 드 비오네에 대한 '너무 늦은' 불가능해 보이는 사랑을 시작한다는 것이 중요하다. 스트레터의 '텍스트'가 마담 드 비오네를 '상징'으로 쓰이기 시작한다. 마담 드 비오네는 노틀담의 '상징'이다. 스트레터가 쓰는 이미지가 축적되면서 텍스트, 즉 상징을 지향하는 세계가 구축되기 시작한다.

> 스트레터가 예전에 결코 없었던 것처럼 밝게 빛난다. "새로운 사실들의 존재 속에 있는 자신을 발견하기 위해서 나왔다. 낡은 이성들에 의해 점점 더 만날 수 없는 것으로 내게 계속 생각되는 사실들이었다. 이 문제는 완벽하게 단순하다. 새로운 이성들, 사실들 자체만큼 새로운 이성들이 필요하다. (195)

스트레터가 예전에 결코 없었던 것처럼 밝게 빛나는데, '새로운 사실'을 위한 '새로운 이성'이 '낡은 이성'을 대치하고 있다는 완벽하게 단순한 논리를 발견했기 때문이다. 구체적으로 이야기하면 뉴솜 부인을 대치하는 새로운 여인, 마담 드 비오네를 발견했기 때문이고, 서술적으로 이야기하면 '책'의 세계를 대치할 수 있는 '텍스트'의 논리를 발견했기 때문이다. '다 아는' 여인, 마리아 고스트리가 스트레터의 인식의 성취를 승인한다. "당신은 예전에 있던 곳에 있지 않아요(You're not where you were). ... 당신은 혼자서 갈 수 있어요.(You can go of yourself)"(192)라고 말하며 마리아 고스트리가 스트레터라는 새로운 '텍스트'의 탄생을 축하하고 있다. 바라스 양(Miss Barrace)이 스트레터에게 말한다. "우리는 당신이 연극의 주인공이라는 것을 알고 있어요, 그리고 당신이 어떤 일을 하실 것인지 보기 위해서 모여 있답니다"(267). 여기서 '우리'는 『대사들』에 나오는 거의 모든 여인네들을 말한다. 헨리 제임스가 「소설의 작업계획」에서 이 사실을 확인해 준다. "뉴솜 부인, 고스트리 양, 그리고 불쌍한 마담 드 비오네 자신(물론 이 마지막 사람은 비밀들 중의 비밀이지만)이 정도의 차이는 있지만 그에게 우호적이며 호의적인 감정을 갖고 있다"(403).

> 그것들은 소수이며 단순했고, 빈약하고 겸손했다. 그러나 그것들은 유럽의 유령이 걸어 다니는 마담 드 비오네의 낡고 높은 응접실보다 훨씬 더 높은 수준으로 그가 명명하곤 했던 것 같은 '그 사물'이었다. '그' 사물은 스트레터가 맞붙어 싸워야 했던 수많은 종류의 다른 사물들을 암시하는 그 사물이었다. 그런데 그건 물론 괴상했다. 그러나 그건 그랬다. 여기서 암시는 완벽했다. 그의 관찰대상들 중 하나라도 어쨌든 그 속에 자리 잡게 되지 않는 게 없었고, 시원한 저녁의 숨결도 어쨌든 그 텍스트의 음절이 아닐 수 없었다. 그 텍스트는 압축되었을 때 단순히 이런 장소들 속에 그런 사물들이 있다는 것 그리고 주변을 움직여 다니도록 선출된 것이 그것들 속에 있다면 그것이 내려앉은 곳으로 설명해야 했다는 것이었다. (308)

완벽한 텍스트의 성취이기 때문에, 유럽의 유령이 걸어 다니는 마담 드 비오네의 낡고 높은 응접실보다 훨씬 더 높은 수준의 '상징'이 된다. 정관사 '그(The)'로 강조되는 '그' 사물이 중요한 이유는 스트레터가 맞붙어 싸워야 했던 수많은 종류의 다른 사물들을 암시하는 그 사물, 즉 '상징'이기 때문이다. 마담 드 비오네라는 상징보다 더 큰 상징을 스트레터가 드디어 만났다. 마담 드 비오네가 하나의 상징이었다면, 이제 또 다른 완벽한 상징을 만났기 때문에, 스트레터의 텍스트는 상징의 '세계'가 된다.

바로 이 순간, 스트레터는 다음과 같이 "진정한 사물(the right thing)"을 만난다.

> 그가 보았던 것은 정확히 진정한 사물, 즉 노를 젓고 있는 남자와 분홍 파라솔을 들고 선미에 앉아 있는 숙녀가 타고 모퉁이를 돌아오는 배 한척이었다. 그건 갑자기 마치 이런 인물들이 또는 그들과 같은 무언가가 그림 속에서 요구되었고, 하루 종일 어느 정도 요구되었고, 한도를 채우려는 목적으로 느린 흐름으로 지금 시야 속으로 떠밀려 들어왔던 것 같았다. (309)

상징의 세계를 진정으로 '완성'시키는 '사물'은 "노를 젓고 있는 남자와 분홍 파라솔을 들고 선미에 앉아 있는 숙녀가 타고 모퉁이를 돌아오는 배 한척"이었다. 헨리 제임스 자신의 단편 소설인 「진정한 사물」에서 비싼 '대가'를 치루고 얻었던 '기억'을 상기해야 하는 시점이다. 겉모습만 보고 모나크 부부가 '진정한 사물'이라고 믿었다가, 상상력의 고갈이라는 예술적 고통의 대가를 치루게 된다. 모나크 부부라는 '진정한 사물'의 참모습은 뉴솜 부인같이 경직된 상상력이었던 것이다. 지금 『대사들』에서 다시 만나게 된 '진정한 사물'도 똑같은 결과를 초래한다. 스트레터가 상상의 세계를 완성한다고 굳게 믿고 있는 '배'에 타고 있는 남녀는 밀회 중인 차드와 마담 드 비오네였기 때문이다. 무엇이 문제였을까.

> "내 뜻은 그들이 어쨌든 어디선가 처음 만났다는 것이지. 어떤 미국인의 집이라고 믿어져. 그리고 그때 그런 의도는 조금도 없었겠지만 그녀가 깊은 인상을 남겼겠지. 그런 다음 시간과 기회가 있으면서 그가 깊은 인상을 남겼겠지. 그리고 그런 뒤에는 그녀가 그만큼이나 나빴어."
> 스트레터는 이걸 모호하게 받아들였다. "그만큼이나 나빴다니?"
> "즉 그녀가 호감을 가지기를, 아주 많이 호감을 가지기를 시작했어. 혼자 있으며, 자신의 진저리나는 입장에서, 그녀가 그걸 발견했지. 그녀가 일단 시작했을 때, 그건 관심이었어. 그건 관심이었고, 지금도 그래. 그리고 그랬는데, 계속해서 그래. 그녀에게도 많은 의미가 있다는 것이야. 그래서 그녀는 여전히 호감을 가지고 있어. 그녀는 실제로 호감을 가지고 있어." 꼬마 빌햄이 생각에 잠겨서 말했다. "더 많이." (167)

마담 드 비오네 "그녀가" 차드 뉴솜 "그만큼이나 나쁘다"고, 사실 그녀가 그에게 더 신경을 쓴다고 빌햄이 스트레터에게 말한 적이 있었다. 그러나 파리라고 말할 수도 있고 마담 드 비오네라고 말할 수도 있을 '텍스트'가 약속하는 '젊음'과 '자유'에 도취되어 있었던 스트레터는 빌햄의 말을 정확하게 이해하지 못했다. "그럼에도 불구하고 그녀가 그를 구원했다는 사실은 남아 있다"(167)라고 빌햄은 주장한다. 스트레터가 너무나도 사실적인 빌햄의 말을 이해하지 못한 이유는 무엇인

가. 언어를 기본적으로 이미지라고 생각하기 때문이다. 언어가 축자적 (literal)이라고 생각한다면 빌햄의 말을 쉽게 이해할 수 있다. 그러나 언어나 비유적(metaphorical)이라고 생각한다면 빌햄의 말을 정확하게 이해할 수 없게 된다. 스트레터가 뉴솜 부인의 '책'의 억압을 벗어난 이 유는 세계를 보다 더 정확하게 이해하기 위해서였다. 따라서 이런 사 태는 아이러니가 아닐 수 없다. 왜냐하면 '텍스트'의 세계에도 문제가 있기 때문이다. 돈 많은 젊은 남자에게 매어 있는 마담 드 비오네를 스 트레터는 노틀담의 상징이라고 생각했었다. 스트레터의 '텍스트'는 그 렇게 시작되었다. 텍스트의 세계가 갖고 있는 함정은 '환상'이다. 현실 의 검증을 받지 못한 환상이다. 이러한 논리의 함정은 텍스트의 체계 가 자의적이 될 수 있다는 것이다. 즉 혼자만의 '환상'이 되어버릴 수 있다는 것이다.

스트레터는 나중에 "뒤늦은 비전(belated vision)"을 만난다(313). 시 어즈(Sears)는 "소망어린 생각에 기초한 휘청거리는 자기기만, 즉 의도 적 눈멈(wilful blindness)"의 "죄"라고 명명한다(46). 시어즈는 '자기기 만'이라고 명명하면서 스트레터 자신의 '눈멈'을 강조하고 있다. 시어 즈는 헨리 제임스의 『귀부인의 초상』(*The Portrait of a Lady*)에서 랄프 (Ralph)의 간곡한 충고를 무시하고 오스몬드(Osmond)와 결혼을 강행 하는 이사벨(Isabel)의 '의도적 눈멈'도 언급하고 있다. 이사벨에게 랄 프의 충고가 있었다면, 방금 읽은 것처럼 스트레터에게는 빌햄의 충고 가 있었다. 문제는 이사벨이 너무나도 명백한 랄프의 말을 무시한 것 처럼, 스트레터도 빌햄의 말을 축자적으로가 아니라 비유적으로 받아 들였다는 데에 있다.

그녀가 아무리 합리적일지라도 그녀는 상스럽게 당황하지는 않았다는 걸 그가 적어도 충분히 인식하였다. 그리고 이것에 곁들여서 차드와 그녀의, 즉 그들의 주목할 만한 '거짓말'은 결국 단순히 그들이 제공하지 않기를 그가 소망할 수 없었던 좋은 심미안에 대한 그런 불가결한 찬사라는 생각이 그에게 몰려왔다. 그들을 제외하고 철야(徹夜) 동안 그는 포함된 희극의 양에 움찔하는 것 같았다. (320)

그러나 '거짓말'은 스트레터에게서 나오지 않았다. 스트레터는 '거짓말'의 도착지점일 따름이었다. '거짓말'의 출발지점은 차드와 마담 드 비오네였다는 것이 '철야'의 결론이다. 사라와 대립하면서 옹호했던 차드와 마담 드 비오네의 "심미안(taste)"(281), 즉 파리의 예술적 심미관은 '거짓말' 위에 구축되어 있었다. "이기적이고 저속했어요."(322)는 마담 드 비오네의 반성하는 표현이다. 그런데 이건 아직도 정확한 '진실'이 아니다. 이기적인 것은 '진실'이지만, 저속하다는 것은 '거짓말'이다. '철야'를 통해서 스트레터가 발견하고 '움찔'했던 "포함된 희극의 양"은 무엇을 말하는가. 마담 드 비오네는 "나는 늙고, 비열하고, 몹시 추악해요.(I'm old and abject and hideous)."라고 고백하는데, 스트레터는 "당신은 훌륭하오(You're wonderful)!"라고 말한다(326). 마담 드 비오네에게 '버림받은' 스트레터가 뉴솜 부인이나 사라에게처럼 분노하지 않는 이유는 무엇인가. 분노하기는커녕, 마담 드 비오네에게 찬사를 보내는 이유는 무엇인가. 끔찍한 '철야'의 결론을 두 개였다. 하나는 차드와 마담 드 비오네의 문화적 세련이 '거짓말'에 기초하고 있었다는 것이다. 다른 하나는 '희극'이 포함되어 있었다는 것이다. 무엇이 '희극'이었는가.

그가 지금까지 죽 실제로 노력하여 왔던 것이 '무(無)'를 상상하고 있었다는 것을 그는 마침내 깨닫는다. 정말로, 정말로, 그의 노력은 상실되었다. 그는 수없이 많은 훌륭한 사물들을 상상하여 온 자신을 발견하였다. (315)

지금까지 죽 실제로 노력하여 왔던 건 '무(無)'를 상상하고 있었다는 것이며 따라서 그의 노력이 상실되었다는 것을 스트레터가 마침내 깨닫는다. 스트레터는 자신의 '완벽한 텍스트'가 전부 환상이었다는 것을 깨닫는다. 마담 드 비오네에 대한 '고상한/순결한 애착'을 중심으로 하는 스트레터의 '텍스트'는 전부 환상에 기초한 것이었다. '수없이 많은 훌륭한 사물들'이라는 텍스트의 구성요소였던 이미지들도 전부 다 '환상'이었다. 즉 '무(無)'였다. '무'를 중심으로 열심히 '완벽한 텍스트'를 구축하는 스트레터의 행동은 희극적이다. 아무것도 없는데, 그곳을 향해서, 그곳을 위해서 열심히 최선을 다하는 자의 모습은 너무나도 희극적이다. 마담 드 비오네에게 '버림받은' 스트레터가 뉴솜 부인이나 사라에게처럼 분노하지 않는 이유는 무엇인가. 마담 드 비오네가 '변심'한 적이 없었기 때문이다. 마담 드 비오네가 스트레터를 사랑한 적이 없었기 때문에, 변심한 적도 없는 것이다. 즉 스트레터가 버림받은 적이 없기 때문이다. 마담 드 비오네가 스트레터를 사랑한 적이 없기 때문에, 스트레트를 버린 적도 없는 것이다.

스트레터가 마담 드 비오네에게 말한다. "당신은 훌륭하오!"(426) 마담 드 비오네는 '훌륭한 이미지'였으며 '훌륭한 상징'이었을 뿐만 아니라, 정말로 '훌륭한 사람'인가 질문해야 한다. "당신은 당신의 인생을 두려워하고 있어요!"라는 스트레터의 말에 마담 드 비오네는 "어린아이"처럼 울었다(324). 그녀는 "자신의 젊은 남자를 위해서 울고 있는 하녀"(325) 같아 보였다. 마담 드 비오네는 '판단'할 수 있다. 그러므로 그녀는 '하녀'보다 "더 비천하다"(325). 울고 난 다음, 마담 드 비오네가 "물론 나는 나의 인생을 두려워해요. 그러나 그건 아무것도 아니죠. 그런 건 아니어요."라고 말한다(325). "무엇을 의미하는지 생각하는 것처럼 잠시 침묵을 지킨 다음"에 스트레터가 "내가 아직도 할 수 있는 일이 있다고 생각합니다."라고 말한다(325). 그리고 작별을 하면서, 즉 마지막으로 헤어지면서, "나는 늙고, 비열하고, 몹시 추악해요"라고 말하는 마담 드 비오네에게 "당신은 훌륭하오!"라고 스트레터가 말한다(326). 마담 드 비오네는 왜 '훌륭'한가. 텍스트의 환상이 폭로된 다음, 늙고, 비열하고, 몹시 추악해 보이는 마담 드 비오네에게 스트레터는 왜 훌륭하다고 말하는지 질문해야 한다. 책의 억압, 텍스트의 환상에 이어지는 다음 단계의 '비전의 전개 과정'이 스트레터에게 있는 것이다.

V. 텍스트성의 무한

텍스트의 환상이 깨진 다음, '철야'를 하면서 차드와 마담 드 비오네의 문화적 세련미가 '거짓말'에 기초하고 있다는 사실을 뒤늦게 확인한 다음, 자신의 행동이 희극적이었다는 사실을 깨달은 다음, 스트레터가 마담 드 비오네에게 "당신은 훌륭하오!"라고 말할 수 있는 이유는 무엇인가? 스트레터에게 마담 드 비오네는 '수없이 많은 훌륭한' 이미지들의 상징이며 텍스트를 만든 환상이었기 때문에, 마담 드 비오네의 몰락은 극적이다. 스트레터가 마담 드 비오네를 위해 희생을 하는 이유는 무엇인가? 스트레터는 차드에게 만약 변심한다면, 마담 드 비오네가 버림을 받는다면, 차드는 "야만인"일 뿐만 아니라 "극악한 범죄자"라고 경고한다(338). '야만인'이 된다면, 마담 드 비오네에게 교육을 받은 차드의 문화적 세련미는 무의미해진다. 뉴솜 부인의 미래의 남편이기를 포기하였고 그래서 뉴솜 부인의 뜻을 전하는 대사(大使)가 더 이상 아닌 스트레터의 말이 차드에게 공적인 압력이 될 수는 없다. 그러므로 스트레터의 목표는 차드의 내면인데, 마담 드 비오네에게 받은 교육에 의해 차드에게 형성되어 있는 세련된 내면에 대한 호소다. 태너(Tanner)는 "마담 드 비오네가 죄인이 아니라 피해자"라고 설명한다 (121). 브래드버리(Brdabury)는 "마담 드 비오네가 스트레터의 '전이된(displaced)' 입장이 갖고 있는 특권을 인식하지 못한다."라고 설명한다 (495). 마담 드 비오네가 차드의 한계를 볼 수는 없지만 스트레터는 볼 수 있다는 것이다. 마담 드 비오네가 하녀보다 더 비천해졌다는 것을 스트레터는 알고 있다. 하녀보다 더 비천한 여인을 위해서 스트레터가 차드와의 관계 단절이라는 막대한 희생을 감수하면서 동정심을 보일 아무런 이유는 없다. 스트레터가 마담 드 비오네를 도와주는 것은 동정심 때문이 아니다. 그래서 브래드버리가 말하는 스트레터의 '전이된' 입장은 좀 더 자세히 검토될 필요가 한다. 그리고 그것이 왜 '특권'인지도 검토되어야 한다.

스트레터가 뉴솜 부인의 '책'의 억압을 벗어났고 이제는 마담 드 비오네의 '텍스트'의 환상이 폭로되었다. 이것이 지금까지의 스트레터의 '비전의 전개 과정'이다. 스트레터의 '전이된' 입장은 텍스트의 환상을 감싸고 넘어가는데 이것을 '텍스트성(textuality)'이라고 부를 수 있을 것이다. 텍스트의 세계를 벗어나지 않으면서 텍스트의 세계를 해체하는 방식이기 때문이다. 이러한 '텍스트성'에는 '특권'이 있는데 그것은 텍스트의 환상이 갖고 있는 한계를 뚜렷하게 인식할 수 있다는 것이다. 그래서 스트레터가 마담 드 비오네의 한계뿐만 아니라 차드의 한계를 명확하게 읽을 수 있다. 대부분의 평론가들이 차드를 "폭로된 악당"이라고 보고 있지만 스트레터의 견해는 "보다 상상력 있게 동정적"이다(Macnaughton 72).

> "내가 했어." 스트레터가 말했다. "내가 할 수 있는 것을. 누구도
> 더 할 수는 없어. 그는 자신의 헌신과 자신의 공포를 주장해. 그
> 러나 내가 그를 구원했는지 확신할 수는 없어. 그는 너무 많이
> 주장해. 그는 자신이 피곤한지 누가 어떻게 생각해낼 수 있겠느
> 냐고 물어. 그러나 그의 앞에는 인생 전부가 있지." (346)

스트레터는 파리에 와서 모든 것을 잃었는데, 차드와 마담 드 비오네의 계략 때문이었다고 말할 수 있다. 그런데, 모든 것을 청산하면서, 모든 것을 버리고 떠나면서, 스트레터는 차드의 '구원'을 이야기하며 마담 드 비오네에게 주는 '도움'을 이야기한다.

> 차드가 말했다. "현실이라고 하기에는 당신이 내게 너무 좋은
> 것 같을 때가 확실히 있어요." (288)

스트레터는 차드와 마담 드 비오네의 관계에 말려들어 울렛에서의 평안한 여생을 송두리 채 포기해야 한다. 그런데도 스트레터가 파리를 떠나면서 하는 마지막 작업의 목표는 차드의 '구원'과 마담 드 비오네의 '도움'이다. 차드가 말하는 것처럼 때때로 현실 속의 인물이라고 믿기에는 스트레터가 너무 좋은 사람이다. 스트레터 자신에게는 마땅히 갈 곳이 없어서 차드와 마리아 고스트리가 스트레터의 앞날을 걱정해

준다. 그러나 스트레터는 그러한 유혹적인 제의도 거절한다. "당신은 왜 그렇게 지독하게 옳아야 하나요?"(347)라고 마리아 고스트리가 불평한다.

> "알아요. 알아. 그러나 어쨌든 나는 가야 해요." 그가 마침내 이해했다. "옳기 위해서."
> "옳기 위해서요?"
> 그녀가 모호하게 반대하면서 그 말을 되풀이했다. 하지만 그는 그녀를 위해 그걸 이미 명확히 느꼈다. "당신도 알듯이, 이게 나의 유일한 논리요. 전체 사태에서 볼 때 나 자신을 위해서 아무것도 갖지 않는 것이죠." (346)

웨인스타인의 해석에 의하면, 스트레터 자신을 위해서가 아니라 뉴솜 부인의 대사로서 유럽에 왔기 때문에, 뉴솜 부인의 비용에서 획득한 삶의 이득은 취하지 말아야 한다는 것이 스트레터의 '논리'라는 것인데, 그렇지 않다면, 차드와 다를 바 없는 수준으로 전락하게 되기 때문이다(Weinstein 158).

본고의 서론에서 『대사들』에 관한 비평가들의 의견이 일치하지 않는 상황을 설명하면서 책, 텍스트, 텍스트성이라는 해체론의 세 가지 개념에 의거하여 해석의 불확실성을 해결하는 틀을 구축하겠다는 목표를 설정하였다. 이러한 해석의 틀이 헨리 제임스가 「서문」에서 정의하고 있는 스트레터의 '비전의 전개 과정'과 어느 정도 일치한다는 것을 지금까지 검토하였다. 그리고 지금 책의 억압, 텍스트의 환상에 이어서 '텍스트성의 무한'을 검토하고 있는 중이다. 스트레터의 파리 '교육'의 결과에 대한 해석은 어렵다. 「서론」에서 언급한 문제점들을 다시 한 번 상기하자면, 작품의 주제라고 할 수 있는 스트레터의 '교육'에 대한 평자들의 견해에 '전부(全部)' 또는 '전무(全無)'라는 이원론적 입장과 '무엇인가' 학습한 내용이 있다는 절충적 입장이 있었다. 작품의 결론에 대한 해석도 이러한 입장과 연관된다. 스트레터의 '텍스트성'이 보여주는 무한한 것 같은 '특권'이 무엇인지에 대한 논란이다. 태너(Tanner)는 울렛도 파리도 부정할 수밖에 없는 스트레터의 입장을 "혼자서, 집도 없이, 얼마간 인생을 벗어나 있지만, 가격을 매길 수 없는 비전에 충만해 있다"고 정의한다(122). 스트레터의 '비전의 전개 과정'의 성과에는 긍정을 하면서도 현실세계와 유리(遊離)되어 있다는 점이 강조되어 있다. 웨인스타인은 '살아가는 것, 사는 것'이라는 '비전'의 목표 자체에 의문을 제기하고 있는데, "차드처럼 살아야 한다면 스트레터처럼 상상하고 반응할 수 없다. 스트레터의 충만한 강렬함을 음미하려 한다면, 차드의 인생 방식의 친교와 경험의 공유는 단념해야만 한다."고 지적한다(Weinstein 153). 이글톤(Eagleton)도 스트레터의 교육의 성과, '비전의 전개 과정'의 결과에 대해 비슷하게 부정적인데, "'안다는 것', 즉 의식 자체가 최고의 비(非)상품이며, 그리하여 제임스에게는 최고의 가치를 갖는다. 하지만 상품이 도전받지 않고 지배하는 사회 속에서 그것은 또한 부재, 패배, 부정이다. '아는 것' 속에서, 세계는 전용되고 동일한 기술 속에서 상실된다. 최종적으로, 이것은 헨리 제임스조차 극복할 수 없었던 모순이었다."라고 말한다(145). 스트레터의 비전의 전개 과정의 결과, 즉 파리의 교육적 효과에 대해 부정적인 입장은 대개 현실세계와 유리되어 있다는 것으로 요약될 수 있다. 이에 대하여, 맥노튼은 스트레터를 '수동적 인물'로 보았기 때문이라고 반박하면서, "마리, 차드, 마리아를 방문할 때 스트레터는 일련의 상대적으로 용기 있는 행동을 수행하고 있었다는 것"이 강조되어야 한다고 주장한다(Macnaughton 69). 밀러(Miller)는 "흔적"이 불륜의 비밀스러운 행위와 글쓰기의 차이라는 점을 강조한다(108). 차드와 마담 드 비오네는 흔적을 남기지 않으려고 조심하면서 시골로 갔다가 불행히도 스트레터를 만난다. 스트레터의 모든 행위는 화자의 글쓰기에 의해 기억하기 위한 흔적으로 남는다. 글쓰기가 본질적으로 "윤리적 행위"라는 밀러의 주장은 이글톤의 논리에 대한 반박이다(Miller 101). 차드로 하여금 마리와 남게 하고 자신은 유럽을 떠남으로써 뉴솜 부인이나 마리아 고스트리의 영구적 보살핌에 대한 모든 권리를 스트레터가 포기하고 있다고 월레스는 설명하는데, "마술을 포기하는 것은 인간적 실패의 기회를 받아들이는 것이지만, 이러한 기회의 보상이 '인생'인 것이다"(Wallace 114).

> 스트레터의 '옳기 위한' 필요의 '동질성'은 혈행정지(血行停止)가 아니라 '무한'이다. 즉 특정의 가치가 시간과 공간의 한계를 초월한다는 확언이다. 소설의 '소멸점'에서 스트레터는 그가 초인이나 비인(非人)이 되었다는 의미에서 변형되지는 않았다. 그러나 사회적 교류에서 불가결한 인습적인 예절의 압박감을 벗어나서 그의 인간성은 상상된 절대적인 도덕성의 자유 속으로 움직여 들어간다. (Bradbury 497)

스트레터의 '텍스트성'이 요구하는 것은 '혈행정지'가 아니다. '책'과 '텍스트'의 문제점은 폐쇄성, 불변성, 고정성이었는데, 이에 반해 '텍스트성'의 방향은 '무한'한 변화이고 고정될 수 없음이며 개방됨이다. 태너, 웨인스타인, 이글톤이 지적하는 것과 달리 스트레터가 현실 세계와 유리되어 있지 않으며, 반대로 현실 세계의 한계를 너무나도 정확하게 인식하고 있기 때문에, 차드나 마담 드 비오네에게 감정적 화풀이를 하지 않는 것이다. 차드를 '구원'하면서 마담 드 비오네에게 '도움'을 주는 것이 스트레터 자신이 파리에서 삶을 살아가는 방식이었으며 자신의 파리 인생을 '구원'하는 유일한 방법이었기 때문이었다. '텍스트성'은 '텍스트'를 초월하는 개념이 아니다. '텍스트'의 한계를 명확하게 인식하고 있으면서도, '텍스트'를 대체하는 글쓰기의 방법이 없다는 한계를 받아들이는 것이다. 텍스트를 받아들이면서 해체하는 '텍스트성'이야말로 해체비평의 방법론이다.

> 그녀가 마침내 아주 희극적으로, 아주 비극적으로 한숨을 쉬었다. "나는 당신을 정말로 거부할 수 없어요."
> "그렇다면 우리는 그래요!" 스트레터가 말했다. (347)

스트레터가 마리아 고스트리의 요구에 응할 수 없는 '윤리적 정당성'의 이유를 설명한 바 있다. 그런데, 왜 고스트리가 "아주 희극적으로", "아주 비극적으로" 한숨을 쉬는 것일까. 월레스는 "비극은 고스트리의 것이고, 희극은 스트레터의 것"이라고 정의한다(Wallace 110). 고스트리의 '비극'은 무엇인가. 헨리 제임스의 「서문」에 의하면, 마리아 고스트리는 '보조인물들(ficelles)' 중 하나이므로 고스트리의 "기능은 어떤 것을 제공하거나 추가하는 것이 아니라, 자신과 아주 다른 어떤 것을 가능한 생생하게 표현하는 것이다"(13). 보조인물은 주제의 "문제"와 전혀 관련이 없으며, 주제를 제시하는 "방식"과 관련된다는 것이다(14). 왜 고스트리는 스트레터와 결합할 수 없으며 여주인공이 될 수 없는가? 브래드버리는 고스트리의 "기회주의적 윤리"를 지적한다(Bradbury 480). 스트레터를 붙잡아두기 위하여, 그녀가 뉴솜 부인에게도 마담 드 비오네에게도 가지 못하게 하는 전략을 사용하였다고 지적한다(Bradbury 482). 위에 인용된 스트레터가 하는 마지막 문장, 즉

『대사들』의 마지막 문장은 이전에 고스트리가 했던 다음과 같은 문장의 패러디다. 스트레터가 마담 드 비오네를 만나게 된 상황에 대해 "나 자신을 위해서 두려워하지 않아요."라고 고스트리가 다음과 같이 말하며 대화가 시작된다.

> "나 자신을 위해서 두려워하지 않아요."
> "당신 자신을 위해서......?"
> "당신이 그녀를 만나는 것을요. 나는 그녀를 신뢰해요. 그녀가 내게 말해줄 게 없어요. 사실상 그녀가 할 수 있는 게 없어요."
> 스트레터가 이걸 생각했었기 때문에 약간 놀랐다. 그런 다음 그가 폭발했다. "오, 당신네 여자들이란!"
> 그 속에는 그녀가 얼굴을 붉힐 뭔가가 있었다. "그래요. 우리는 그래요. 우리는 심연이죠." 마침내 그녀가 미소 지었다. "하지만 나는 그녀의 위험을 감수하네요!" (140-41)

고스트리는 마담 드 비오네에게 스트레터를 빼앗길 가능성을 검토한다. 얼굴을 붉히면서 고스트리가 "그래요, 우리는 그래요. 우리는 심연이죠."라고 말한다. 여기서, 우리는 '여자들'을 말한다. 남성중심주의 텍스트의 세계에서 여자들이 '심연'이며 중심이며 상징이 되려 한다. '여자들'의 존재론이다. "그래요, 우리는 그래요.(Yes-there we are.)"라고 말하며 고스트리는 스트레터의 중심이며 상징이 되고 싶어 한다. 스트레터가 이 문장을 패러디하여 『대사들』의 마지막 문장에서 말한다. "그렇다면 우리는 그래요!(Then there we are!)" 스트레터의 이러한 존재론을 이해하기 위해서는 작가 헨리 제임스의 「소설의 작업계획」에서 스트레터와 고스트리의 관계를 검토할 필요가 있다.

그는 받아들일 수도 동의할 수도 없었다. 그는 그렇게 하지 않는다. 그건 너무 늦었다. 더 빨리, 그랬을 수도 없었다. 하지만 지금은 분명히 그렇다. 그는 자신의 작은 경험 전체를 지나면서 너무 멀리 갔으며 그래서 반대쪽으로 나오게 되었다. 고스트리 양과의 결합에서조차 반대쪽으로. (403)

　　고스트리와 결합할 수 없게 스트레터가 "반대쪽으로 나왔다."고 헨리 제임스가 설명하고 있다. 이전에는 가능성이 있었을 지도 모르지만, 지금은 너무 늦었다는 것이 헨리 제임스의 단호한 설명이다. 그 이유는 스트레트가 그동안 겪은 "작은 경험 전체" 때문이다. 스트레터가 제시하는 존재론인 "우리는 그래요!"는 고스트리와 스트레터의 존재 지평이 다르다는 설명이며, 이것을 고스트리가 이해하고 "아주 희극적으로" 그리고 "아주 비극적으로" 한숨을 쉰다. 지금까지 검토한 바에 의하면, 스트레터의 '비전의 전개 과정'은 첫 번째 '책의 억압'과 두 번째 '텍스트의 환상'의 단계를 지나 세 번째 '텍스트성의 무한'에 도착해 있다. 고스트리는 첫 번째 '책의 억압'의 단계에 있는 뉴솜 부인을 강력하게 비판한다. 고스트리는 두 번째 '텍스트의 환상'의 단계에 도착해 있다. 브래드버리가 지적하는 고스트리의 '기회주의적 윤리'는 스트레터라는 자신의 환상을 성취하기 위한 수단이다. 뉴솜 부인이나 마담 드 비오네와 같은 연적을 물리치고 스트레터를 쟁취하겠다는 환상적 텍스트 속에 고스트리가 존재한다. 서로 다른 존재의 지평 속에 있기 때문에 스트레터와 고스트리는 결합될 수 없다. 스트레터가 두 번째 단계에 있었을 때, 고스트리와 결합할 가능성이 있었을 지도 모른다. 그러나 이제 고스트리는 작품의 '주제'와 무관한 '보조인물'이라는 자신의 존재론에 만족해야 한다.

무한히 변화하는 텍스트성의 미래는 어디에 있는가. 인생을 성취한 예술가, 글로리아니가 제시되어 있다. 그리고 미래의 글로리아니, 빌햄이 있다. 따라서 스트레터는 빌햄을 도우려고 최선의 노력을 다한다. 빌햄은 고스트리와 달리 '기회주의적 윤리'에 물들어 있지 않다. 빌햄의 미래인 마미와의 결합 가능성을 위해서 스트레터는 "얼마 안 되는 자신의 전 재산(every penny of my own)"(260)을 전부 제공할 용의가 있다. 『대사들』의 '보조인물', 빌햄이 앞으로 나올 미래의 책에서 어떠한 주인공이 될 것인지 알 수 없다. 중요한 것은 텍스트성의 무한한 미래가 지금 제시되어 있다는 점이다.

VI. 결론: 물결 패턴

헨리 제임스는 해체론의 소설가다. '책'은 차이를 인정하지 않으며 차이를 억압한다. '텍스트'는 차이를 인정하며 추구하지만 환상의 체계에 차이를 가두려고 한다. 차연은 차이라는 공간 개념에 지연이라는 시간 개념이 덧붙여진 해체론의 핵심 개념이다. '텍스트성'은 텍스트라는 공간 개념에 시간 개념이 덧붙여진 해체비평의 방법론이다. 헨리 제임스의 「소설의 작업 계획」을 읽어보면, 공들여 '차연'을 설명하고 있다.

> 고스트리 양과 관련하여 그를 위한 아이러니한 구절이 있다. 글쎄, 내가 말하듯이, 그는 '차이(Difference)' 속에서 그의 중간까

지 가라앉는 자신을 발견한다. 그가 기대했던 것과의 차이
(difference), 차드 속에 있는 차이, 모든 것 속에 있는 차이. 그리
고 내가 또한 다시 말하지만 '차이'가 바로 내가 제공하는 것이
다. (390)

헨리 제임스가 '소문자 차이(difference)'와 '대문자 차이(Difference)'
를 구별해서 사용하는 이유는 소문자 차이는 '차이'이고 대문자 차이
는 '차연'이기 때문이다. "그가 기대했던 것과의 차이"라는 말은 단순
한 차이가 아니라 차연을 의미한다. "차드 속에 있는 차이"는 마담 드
비오네의 교육을 받아 그 이전과 달리 변한 차드를 말하는 것이므로
차연을 의미한다. 이러한 차연이야말로 "내가 제공하는 것"이라고 헨
리 제임스는 "또한 다시 말하고 있다." 즉 차연이야말로 헨리 제임스의
소설의 작업 계획이라는 뜻이다. 『대사들』의 '중심 내용'은 스트레터
의 '비전의 전개 과정'이었다. '비전'이 아닌 '비전의 전개 과정'이었다.
즉 '전개 과정' 속에서 변하는 '비전'을 제시하겠다는 주장이며, 이 또
한 차연의 철학에 기반을 두고 있다. 책의 억압–텍스트의 환상–텍스
트성의 무한이라는 해체비평의 방법론이 스트레터의 '비전의 전개 과
정'을 설명하는 데 본문에서 유의미하였다는 것 또한 헨리 제임스야말
로 해체비평의 방법론이 유의미하게 적용되는 소설가라는 점을 의미
한다.

E. M. 포스터(Foster)는 차드와 스트레터가 위치를 바꾸는 모래시계
패턴이 있다고 설명한다(155). 미국으로 돌아가고 싶어 하지만 스트레
터의 압력 때문에 차드는 "안절부절(restless, 342)"하며, 스트레터도 미
국으로 돌아가려고 파리의 모든 인연을 청산하고 있지만 실제로는 갈
곳이 없기 때문에, 모래시계 패턴이 플롯의 특성을 전부 설명하지는

못한다. 리비스(Leavis)는 "가치의 감정과 인생의 의의에 의해서 충분하게 통제되지 않는 섬세하고 정교한 기교"를 지적하면서 『대사들』의 "불균형"을 지적하고 있다(186). 노만(Norrman)은 헨리 제임스의 소설 세계와 철학의 특징으로 "A가 변하여 B였던 것이 된다. 반면에 B는 변하여 A였던 것이 된다."라는 공식을 갖고 있는 "교차대구법적 역전(交叉對句法的 逆轉)"이란 개념을 제시하면서 포스터가 제시한 모래시계 패턴을 정교하게 변형시키고 있다(137). A가 변하여 B가 되고 B가 변하여 A가 된다는 단순한 모래시계 패턴에 시간 개념이 도입되어 있다. 그런데 포스터나 노만의 패턴의 문제점은 『대사들』의 본질적 특징을 반영하지 못하고 있다는 것이다. 헨리 제임스는 『대사들』의 중심 내용이 모든 사건 속에서 주인공 스트레터가 '보는 것'이며, 주인공의 '비전의 전개 과정'을 '논증'하는 것이라고 설명한다. 월레스는 짐 포콕, 웨이마쉬, 차드 모두가 "스트레터의 양상들을 반영하며, 사라 포콕처럼 부분적으로는 스트레터의 패러디적 복제품으로 사용된다."라고 설명한다(Wallace 105). 시어즈는 "글로리아니, 차드, 웨이마쉬와 빌햄이 각자 나름대로 스트레터의 성공을 대변하며, 각각 스트레터의 제2의 자아의 역할로 기능한다."라고 설명하고 있다(Sears 40). 중요한 점은 스트레터 이외의 등장인물은 모두 '보조인물'이라는 것이다. 따라서 차드와 스트레터를 동등한 지평에 놓고 위치를 바꾸는 패턴을 탐구하는 포스터나 노만의 논리에는 기본적인 문제점이 있다.

　『대사들』에 거의 기계적인 패턴이 있다는 것은 쉽게 짐작된다. 스트레터라는 첫 번째 대사 뒤에 사라라는 두 번째 대사가 부임하고, 차드와 스트레터가 앞서거니 뒤서거니 미국으로 귀환하려는 것을 감안할 때, 『대사들』에 보다 적합한 패턴으로 '물결'을 생각해 볼 수 있다. 태너는 "제임스가 사람들의 경험을 분석하는데 있어서 '물' 이미지를 자주 사용한다."(Tanner 108)라고 강조하고 있는데, 우선, 미국에서 파리로 밀려오는 대사들의 물결이 있다. 스트레터가 실려 오는 큰 물결은 미국에서 영국에 도착한 다음 천천히 파리로, 목적지로 밀려들어온다. 차드나 마담 드 비오네에게는 피할 수 없는 운명의 물결이었다. 자연의 물결은 사용하기에 따라 유리한 결과를 초래할 수도 있고 불리한 결과를 초래할 수도 있다. 차드와 마담 드 비오네는 큰 물결에 실려 오는 스트레터를 너무 자의적으로 억제하려고 한다. 마담 드 비오네가 싫증나기 시작한 차드는 물결에 실려 가고 싶기도 하고 그렇지 않기도 하다. 작품의 끝부분에서 차드가 런던에 애인을 두고 있는지 논의되고 있다. 파리에서 런던으로 밀려나가고 싶은 차드의 속마음의 표현이다. 런던에서 더 나아가 미국으로 되돌아가는 물결에 실리고 싶은 것이다. 마담 드 비오네는 불안하다. 물결을 타고 자꾸 멀어져가는 차드 때문에 불안하고, 차드를 실어가려고 몰려오는 대사들의 물결들 때문에 불안하다. 마리아 고스트리는 물결의 구경꾼이다. 물결에 밀려들어오는 조가비 등 아름다운 기념품을 수집하려고 런던에까지 나가 있다. 스트레터는 보기 드물게 순수한 기념품이기 때문에, 고스트리가 영원히 곁에 두려고 헛된 욕심낸다. 큰 물결의 효력이 약해지면서, 바다는 작은 물결들을 바로 이어서 보낸다. 작은 물결들에 실려 두 번째 대사의 파견이 있었다. 미국에서 파리로 밀려드는 물결만 있는 것이 아니다. 반대 방향의 물결도 있다. 사라, 짐, 마미 등 작은 물결들이 먼저 파리에서 미국으로 되돌아간다. 바로 돌아가는 것이 아니라, 스위스로 휘돌아나간다. 해변의 작은 물체들이 바다로 되돌아가는 물결에 같이 실려 나가는 것처럼, 스트레터라는 '큰 물결'의 등장에 흔들리던 차드가 '작은 물결들'의 귀환에 결정적으로 영향을 받는다. 차드는 이제 아무런 물결이나 타고 파리에서 미국으로 되돌아갈 것이다. 마담 드 비오네에 대한 차드의 진심보다 차드에게 더 중요한 것은 물결을 타고 파리에서 미국으로 돌아가야 한다는 마음의 흐름이다. 차드는 젊다. 안정된 생활보다 물결에 흔들리는 생활이 차드에게는 더 매력적이다. 큰 물결도 결국 되돌아갈 것이다. 너무 큰 물결이라서 언제, 어떤 형식으로 얼만큼의 물은 해변에 남기고, 얼만큼의 물은 바다로 되돌아갈 것인지 판단하기 어렵지만, 되돌아가는 것은 확실하게 예상할 수 있다. 소설의 마지막 부분에서, 스트레터는 파리에서 미국으로 되돌아갈 것이라는 의사를 밝힌다. 그러나 젊은 시절 그랬던 것처럼, 마음의 일부는 파리에 남기고 미국으로 되돌아갈 것이다.

<가천대학교>

인용문헌

Anderson, Charles R. *Person, Place and Thing in Henry James's Novels*. Durham: Duke University Press, 1977.

Bradbury, Nicola. "'The Still Ponit': Perspective in *The Ambassadors*." *The Ambassadors*. Ed. S. P. Rosenbaum. New York: W. W. Norton, 1994.

Eagleton, Terry. *Criticism and Ideology*. London: NLB. 1976.

Ellmann, Maud. "The Intimate Difference: Power and Representation in *The Ambassadors*." *The Ambassadors*. Ed. S. P. Rosenbaum. New York: W. W. Norton, 1994.

Fergusson, Francis. "James's Idea of Dramatic Form." *Henry James*. Ed. Harold Bloom. New York: Chelsea House Publishers, 1987.

Foster, E. M. *Aspects of the Novel*. Harmondsworth: Penguin Books, 1962.

Hutchinson, Stuart. *Henry James: As American as Modernist*. London & Totowa: Vision & Barnes & Nobel, 1982.

James, Henry. *The Ambassadors*. New York: W. W. Norton, 1994.

Leavis, F. R. *The Great Tradition*. Harmondsworth: Penguin Books, 1948.

Macnaughton, William R. *Henry James: The Later Novels*. Boston: Twayne Publishers, 1987.

Miller, J. Hillis. *The Ethics of Reading*. New York: Columbia University Press, 1987.

Norrman, Ralf. *The Insecure World of Henry James's Fiction*. London: Macmillan, 1982.

Ron, Moshe. "A Reading of 'The Real Thing'." *Henry James's Daisy Miller, The Turn of the Screw, and Other Tales*. Ed. Harold Bloom. New York: Clesea House

Publishers, 1987.

Sears, Sallie. "The Negative Imagination: *The Ambassadors*." *Henry James's The Ambassadors*. Ed. Harold Bloom. New York: Chelsea House Publishers, 1988.

Seidel, Michael. "The Lone Exile: James's *The Ambassadors and The American Scene*." *Henry James's The Ambassadors*. Ed. Harold Bloom. New York: Chelsea House Publishers, 1988.

Tanner, Tony. "The Watcher from the Balcony: *The Ambassadors*." *Henry James*. Ed. Harold Bloom. New York: Chelsea House Publishers, 1987.

Wallace, Ronald. "The Major Phase: *The Ambassadors*." *Henry James's The Ambassadors*. Ed. Harold Bloom. New York: Chelsea House Publishers, 1988.

Watt, Ian. "The First Paragraph of *The Ambassadors*: An Explication." *The Ambassadors*. Ed. S. P. Rosenbaum. New York: W. W. Norton, 1994.

Weistein, Philip M. *Henry James and the Requirements of Imagination*. Cambridge: Harvard University Press, 1971.

Art and Nature in Yeats' "The Tower"

Chun, Seh-jae

The Tower is known along with *The Winding Stair and Other Poems* as one of the best poetry collections of W. B. Yeats for the culmination of his aesthetic maturity. In particular, its title poem, "The Tower" has been evaluated as the poem which epitomizes the central theme which Yeats has dealt in his life(Dyson 37), or the poem of recognizing the power of art(Coote 492). Different from the critical impulse of interpretive closure, "The Tower" seems to be more complicated as Harold Bloom perceptively notes at the problem of "no resolution" and "excursiveness"(350). Within the critical disagreements on "The Tower", the paper is designed to closely reread "The Tower" to illuminate its major theme among the maze of excursiveness.

"I have been very near the gates of death", Yeats notes in his essay on William Blake, "and have returned very weak and an old man, feeble and tottering, but not in spirit and life, not in the real man, the imagination, which liveth for ever. In that I am stronger and stronger as this foolish body decays"(*Essays and Introductions* 138). The agony of an aging poet who still has as passionate an imagination and vision as ever has been the center in much of Yeats' poetry. Particularly "The Tower", composed in 1927 when he was sixty-two, deals with his sense of the discrepancy between declining health and the passionate imagination.

The poem starts with a straightforward outburst of emotions.

> What shall I do with this absurdity -
> O heart, O troubled heart-this caricature,
> Decrepit age that has been tied to me
> As to a dog's tail?
> Never had I more
> Excited, passionate, fantastical
> Imagination, nor an ear and eye
> That more expected the impossible -
> No, not in boyhood when with rod and fly,
> Or the humbler worm, I climbed Ben Bulben's back
> And had the livelong summer day to spend. (I. 1-11)

The word "absurdity" foregrounds the mood of opening. The situation is absurd, because the notion of a worsening physical condition, compared with his still active power of imagination, is unbearable to him. The poet is growing old but his vision refuses to weaken, and his ear and eye still expect the impossible sublimation. Here the fundamental assumption seems to be his tendency to equate the youth and health of the body with the strong empowerment of imagination. As for a poet who states "How can we know the dancer from the dance" in "Among School Children", the disruption of this unity is insufferable.

Getting old, in his way of thinking, is regarded not as growing from inside but something unpleasantly added. Therefore, the "decrepit age" is described as separable from the poet's "dog" body. This notion of separation of body from the age is congruous to his equation of imagination to ear and eye, the sensory parts of the body. The poet's shift of the focus from the unified vision of the body and the imagination to its separation is seen again in his description of old age as something attached to the body in "a sort of battered kettle at the heel".

However, the sense of separation from the present is intensified when imagination of the present invokes the reminiscence of his childhood, when the unity of being was maintained. Young Yeats' fishing experience is colored by a more active imaginative power shown in "Bulben's back", "Livelong Summer" with pathetic fallacy. Young Yeats describes the mountain ridge as "Bulben's back" and the notion of "livelong" with pathetic fallacy, which implies the stronger imaginative power of the past than that of now. Further the "humbler worm" young Yeats satirically employs in fishing, suggests the decrepit age of old

Yeats as well. Even though the imagination of now is still as passionate as ever, the fishing episode of young Yeats insinuates that something is missing from him now. The imagination and what comes from imagination are not separable from the body, even though he tries to think of them separately.

This absurdity finally leads him to defer or abandon his commitment to the unified being of body and imagination and to choose, though reluctantly, to submerge himself in the abstract where the temporal decay of the body is denied:

> It seems that I must bid the Muse go pack,
> Choose Plato and Plotinus for a friend
> Until imagination, ear and eye,
> Can be content with argument and deal
> In abstract things; or be derided by
> A sort of battered kettle at the heel. (I. 12-17)

Here, the use of the prepositions "until" and "or" seems to be deliberate. By using "until", the poet does not seem to give up imagination, ear, and eye completely. His embracing gesture of Plato and Plotinus's philosophies which are averse to the unified component of imagination and body which he has believed, is strategically tentative. Not abandoning but "packing" what imagination works for him so far, and tentatively joining with Plato and Plotinus is his gesture to avoid the direct contradiction of what he confronts now. The impact of not choosing Plato and Plotinus' transcendental abstract philosophy is the unswerving derision by a sort of "battered kettle at the heel." Here at this point, however, he opens the possibility to choose, without making any commitment to either way at all, and he moves to section II.

At the beginning of section II, the poet paces upon the parapets of the tower, looks down the landscape under the 'day's declining beam' and then sends forth his imagination to round up for questioning characters connected with the vicinity of the tower:

> I pace upon the battlements and stare
> On the foundations of a house, or where
> Tree, like a sooty finger, starts from the earth;
> And send imagination forth
> Under the day's declining beam, and call
> Images and memories
> From ruin or from ancient trees,
> For I would ask a question of them all. (II. 1-8)

Obviously the questions are about imagination and age, and how to find a way through them. However, the objects where he casts his eyes symbolically mirror his condition and prefigure what will happen later. He stares at "the foundations of a house", a ruin, which, in his mind, recalls the ruin of his body as an old man and the future ruin of the tower. "The foundations of a house" is balanced with "Tree, like a sooty finger, starts from the earth" which symbolizes the rebirth and the growth of new life after the suffering of fire and agony of life reflected in "a sooty finger."

With the symbolic backdrop of death and regeneration, he poses the question around the landscape. In his projecting the imagination forth and calling up "images and memories", he intends to employ the power of imagination to see whether it could work "under the day's declining beam", which signifies his declining physical condition. He wants to inquire about the experiences of the others. Interestingly the poet selects characters, such as Mrs. French, Raftery, Hanrahan, and the ancient master, who are topographically interrelated to the environs seen from the tower:

> Beyond that ridge lived Mrs. French, and once
> When every silver candlestick or sconce
> Lit up the dark mahogany and the wine.
> A serving-man, that could divine
> That most respected lady's every wish,
> Ran and with the garden shears
> Clipped an insolent farmer's ears
> And brought them in a little covered dish. (II. 9-16)

The story of Mrs. French, according to Yeats' notes, is from *Personal Sketches of His Own Times* by Sir Jonah Barrington. In his original story, the insolent farmer is Mr. Bodkin, a sturdy half-mounted gentleman, and his outdoing outraged Mrs. French. Therefore she wishes "the fellow's ears were cut off! That might quiet him"(Barrington 39). In a short time, her loyal butler brings in a snuff-box containing Mr. Bodkin's bleeding ears. Barrington summarizes the moral of the story:

This anecdote may give the reader an idea of the devotion of servants, in those days, to their masters. The order of things is now reversed-and the change of times cannot be better proved than by the propensity servants now have to rob the families from whom they derive their bread. . . . Certainly the ancient fidelity of domestics seems to be totally out of fashion with those gentry at present. (Barrington 40)

Although the moral of the original story is more or less aristocratic nostalgia for the loyalty of the servant, the emphasis in Yeats' version of the original story lies in the telepathic relationship between Mrs. French and the servant. However, she can make a wish which promptly lets her demented but loyal servant clip off an insolent farmer's ears. Mrs. French's whisper enthralls and maddens the old butler to act on her wish. Similarities are there between Mrs. French and Yeats. Mrs. French, whose aristocratic mood, like Yeats', is reflected in her household, such as in the "silver candle stick or scone" and "dark mahogany" seems to have a spiritual, witch-like quality like Yeats who is losing physical strength and only has the strength of imagination to conjure up images and memories from the landscape.

Like Mrs. French's ability to bring about the action of another, despite her inability to do it herself in the original story, there is a case of the fictional figure, made by the blind poet, bringing about action, which is another tragedy of "one was drowned in the great bog of cloone."

Some few remembered still when I was young

A peasant girl commended by a Song,

Who'd lived somewhere upon that rocky place,

And praised the colour of her face,

And had the greater joy in praising her,

Remembering that, if walked she there,

Farmers jostled at the fair

So great a glory did the song confer.

And certain men, being maddened by those rhymes,

Or else by toasting her a score of times,

Rose from the table and declared it right

To test their fancy by their sight;

But they mistook the brightness of the moon

For the prosaic light of day -

Music had driven their wits astray -

And one was drowned in the great bog of Cloone. (III. 17-32)

As a matter of fact, a peasant girl, before being idealized by the imaginary power of the poet, might have been the homely girl working in the field. However she is idealized like an upper class lady who is narcissistically "praising the color of her face and had greater joy in praising her." The idealized image of her the poet confers causes the death of a certain man who "mistakes the brightness of the moon for the prosaic light of day." Here Yeats' point is in the transformative power of the song, not in Mary Hynes's beauty, which makes the poet compose the song. In the original story, Yeats mentions in his notes that "The peasant beauty and the blind poet are Mary Hynes and Raftery and the incident of the man drowned in Cloone Bog is recorded in my Celtic Twilight"(*CP* 459). Her beauty is more emphasized, but here Yeats reverses it and the song itself, art, confers the glory on her. In Yeats' version, the "certain man" who praises her is maddened by Raftery's words and "those rhymes", not by her beauty itself.

Here the mixture and misunderstanding of the moonlight and daylight have great significance regarding changes in the natural cycle. The temporal movement from "the day's declining beam", to the time when Mrs. French lit a candle to the moonlit night is similar to the aging process of the human being. However, the power of poet's song is strong enough to make man confuse day and night and to cause him to die.

The creative power of the poet, who idealizes Mary Hynes is related to the physical defect from which Yeats suffers. The legendary poet who creates the song for Mary Hynes is the blind poet, Raftery. Raftery's extraordinary perception of her beauty is partly due to his blindness which, as one man told Yeats in "Dust Hath Closed Helen's Eye", gives "a way of seeing things, and hav(ing) the power to know more, and to feel more, and to do more, and a certain wit and a certain wisdom is given to them"(*Early Poems and Stories* 167-8).

It is the case of Homer who is a blind man but his fictional character in his epic Helen brings tragedy to the world:

> the tragedy began
> With Homer that was a blind man,
> And Helen has all living hearts betrayed. (II. 35-37)

Although Yeats attempts to reconcile the discrepancy between her aging and the imagination by bringing about the episodes, the episodes themselves lead him to his realization of the tragic results of imagination brought about by those who experience a discrepancy between aging and the imagination. However tragic they are, Mrs. French, Raftery and Homer are examples of poet figures with the ever strong power of imagination in the face of physical difficulties. They themselves or their fictional figures influence and 'madden' their readers to act on the text in some cases.

The actions are interrelated to the interplay of moonlight and sun in its transcendence. The intermingling of the day and night, whatever the consequences are, seems to obliterate the distinct demarcation of reality and fantasy in which he can transcend the hard fact of growing old by preserving the strong imagination:

> O may the moon and sunlight seem
> One inextricable beam
> For if I triumph I must make men mad. (II. 38-40)

From this statement, Yeats tries to imitate the poetic advancement of the blind poets such as Homer and Raftery. In his attempt to do so, he mentions his fictional story of Red Hanrahan as he notes that "Hanrahan's pursuit of the phantom hare and hounds is from my stories of Red Hanrahan"(*CP* 459).

The poet's attempt to identify himself with Raftery results in the fictional creation of Hanrahan, who has multiple similarities to Raftery, Yeats, and the victims of the previous stories. Hanrahan is similar to Yeats and Raftery in that they are all physically flawed; Yeats in age, Raftery in blindness, and Hanrahan in his failed desire. He is also the target of mockery and a victim in his foolishness to follow those "baying creatures" out of "horrible splendor of desire" like the drowned man in Raftery's story. More complicatedly, the old man who "bewitched the cards under his thumb / That all but the one card because a pack of hounds and not a pack of cards / And that he changed into a hare" is the mirror image of poets such as Raftery, Homer, and Yeats himself who could create the fictional world and freely navigate the visionary and the actual through their works of art. The poet's imaginative power is channeled into the creation of highly imaginative art, and its consequences activate action, much like Mrs. French's necromantic power to make the servant chop off the farmer's ears.

Through the creation of art, the poet tries to find a way to aesthetically resolve the conflict within himself. Freely navigating the minds of old juggler or Hanrahan, the poet distances himself from the self of the real world and objectifies his situation. In his creation of Hanrahan's story, Hanrahan's empty lust and his inability to remember what the baying creatures pursue insinuate, respectively, the poet's failed desire for Maud Goone. Both of Hanrahns's actions insinuate that in creating the story, he is objectifying his own situation. Therefore Hanrahan's actions imply Yeats' sublimated desire. Actually in "The Tower", the poet does not say clearly what it is. It is just "I have forgotten what." In the original story, Hanrahan fell asleep after chasing the hounds and hare, and dreamed a dream in which he was dumb unable to say any words to the women's demonstration of pleasure, power, courage, and knowledge. The women's remarks on him that "He has no wish for us", "He is weak", "He is afraid" and "His wits are gone from him" mirror the poet's self-critique(*Early Poems and Stories* 408). In other words, the story of Hanrahan is an exposure and self-critique of the poet.

The last entry of his memories is the story of the ancient owner of the tower.

> I must recall a man that neither love
> Nor music nor an enemy's clipped ear
> Could, he was so harried, cheer;
> A figure that has grown so fabulous
> There's not a neighbour left to say
> When he finished his dog's day:
> An ancient bankrupt master of this house. (II. 58-64)

"An ancient bankrupt master of this home", through the long years of his stay at the tower, has changed himself into a fabulous figure like the fictional figures in the previous tales. Unlike them, he does not make any profit himself. He does not need love which Hanrahan seeks in vain, nor music which Raftery composes to gratify himself, nor the enemy's clipped ear which Mrs. French wants in order to get even with Mr. Bodkin. He is more similar to the poet Yeats. With the self-pity and self-remorse found in Hanrahan's story and his acknowledgment of the coming of his end of dog's day, the poet inside the tower, where the ancient master finished his dog's day, gathers the figures that he previously narrated.

The characters introduced by the poet in order to 'ask a question of them all' have much in common.

> As I would question all, come all who can;
> Come old, necessitous. half-mounted man;
> And bring beauty's blind rambling celebrant;
> The red man the juggler sent
> Through God-forsaken meadows; Mrs. French,
> Gifted with so fine an ear;
> The man drowned in a bog's mire,
> When mocking Muses chose the country wench. (II. 73-80)

All are associated, Yeats' note says, "by legend, story and tradition with the neighborhood of Thoor Ballylee, or Ballyelee Tower where the poem was written"(*CP* 459). They are adopted from historical, legendary, or fictional figures of Ireland. They share multiple characteristics with Yeats, Raftery, Homer, Hanrahan, or one another. What the poet is trying to convey from the complexity of the multiple characterization seems to be in the same vein of what causes a certain man to be drowned and the loss of the farmer's ears. The mixture, to be exact, the blurring of the border between real and fantasy, daylight and moonlight, and the brightness of the moon and the prosaic light of day seems to obliterate the poet's sense of imbalance between aging and the still strong power of imagination.

Conjuring up again all the figures, he summons from "the Great Memory", including the half-mounted man, Mr. Bodkin, who is the victim of the old servant in Mrs. French's story.[1] He would pose the question of whether they are all against old age like him. The poet is curious to know:

> Did all old men and women, rich and poor,
> Who trod upon these rocks or passed this door,
> Whether in public or in secret rage
> As I do now against old age? (II. 81-84)

This is answered in their eyes "that are impatient to be gone." What are the answers found in their eyes? Who are they? They might be the actual residents of this area or the figures the poet calls up. If they are the real people of the past, what is the point of questioning those who are dead already whether they were against old age or not? If they are the figures he conjures up, they might give an answer to him because they exist on the border between the actual and the visionary. They are alive in the stories and have a privileged status antithetical to the dichotomy of life and death.

Mrs. French's mental, imaginative power, old juggler's and Raftery's

---

1) Barrington says: "My grandfather had convinced a contempt for, and antipathy to a sturdy *half-mounted gentleman*, one Mr. Dennis Bodkin"(38).

high art are enabled by the strong power of imagination, enough to transcend the actualization of life and to disrupt the natural cycle of aging and of day and night.

With all the implications of the answer, the poet still can not embrace all the things the fictional figures suggest. The tragic dark results of them and the transcendental tendency to exceed both the real and the imaginary, as a way to overcome "growing old", can not completely convince the poet. The statement "Their eyes are impatient to be gone" connotes inversely that the poet is not patient enough to accept what the eyes imply, either. Therefore he delves into the story of Hanrahan again from a different perspective. Only Hanrahan owns the special knowledge he pursues. In "his mighty memories", the poet finds "that deep considering mind" which is antithetical to the cruelty and whims of the fictional characters and the fact that Hanrahan is "lured by a softening eye" which is antithetical to "those eyes / That are impatient to be gone." (II. 94, 85-86).

The "considering mind", "the softening eye", and "a touch or a sigh" found in Hanrahan's memory open the poet's eye into "the labyrinth of another's being." The idea of getting into another's being suggests the poet's engagement with the other being. Through this process, the poet's imagination can flow freely into the other's experience and being itself, regardless of the poet's sense of imbalance between the imagination and physicality. This process, convincingly, has the potential to lure the muse to stay, not to go away from him.

The agony of the muse which could not stand the imbalance can be dissolved by slipping into the other's being without the restraint of temporal declivity of the body, except if the memories and consideration of the mind is allowed. The muse, affirmatively, that is the symbolic figure of unified being, now, can stay with the poet.

Intriguingly, the lure to hold the imagination finds its origin in erotic sexuality. Like Raftery who sublimates his desire, in spite of blindness, by the erotic and enchanting metamorphosis of Mary Hynes, and like Homer, the blind poet, who creates Helen, Yeats creates Hanrahan who "had but broken knees for hire / And horrible splendour of desire" as "Old lecher with a love on every wind"(II. 46-7, 89). Naturally the poet's attention to how the memory and imagination work together scales down to the dynamics of the desire for women and imagination:

> Does the imagination dwell the most
> Upon a woman won or woman lost?
> If on the lost, admit you turned aside
> From a great labyrinth out of pride,
> Cowardice, some silly over-subtle thought
> Or anything called conscience once; (II. 97-102)

The poet reasons that if the imagination is lost on woman, it is not because of a "deep considering mind" but because of "pride, cowardice" or "conscience" which are the abstractions found in Plato and Plotinus' ideas.

He acknowledges that the imagination strongly derives from and stays at the desire for women lost as indicated in Raftery and Hanrahan's cases. However Hanrahan's emphasis here is on the defects of mind and memory such as "pride, cowardice some silly over-subtle thought" or "conscience" which restrain the natural flow of sexual energy. Whether the channel of the erotic energy is directed to women won or women lost do not matter. What the poet thinks of as the great danger of the dynamics of the imagination and desire, brought by memory, are the arbitrary and the abstract constraints of the mind such as "pride", "cowardice" and "conscience". By negation, Yeats emphasizes that imagination could reside in women lost. In this stanza, he seems to suggest that the memory of and the desire for woman lost lead him into the labyrinth of another's being if he retains memory and a deep considering mind.

The poet narrows the scope of his initial question of the discrepancy between the imagination and advancing age to the question of erotic memory and imagination. However, it seems that the problem of the physical body remembered is unavoidable. Although, in this instance, he rejects the abstract quality which restrains the flow of sexual energy, what he now appropriates is, as a matter of fact, the abstract such as "that deep considering mind" and its remembered erotic experiences.

So is he caught in the self-reflective trap of logic and the self-contradictory dilemma again? Possibly no. At first he tends to deny physicality and makes a gesture to turn to the abstract. However from the memories of figures he calls up, he realizes the imagination works in the dynamics of desire for the body and cannot stand alone without bodily being. Therefore it seems that the poet makes efforts to persuade himself into not denying but acknowledging old age, in order to accommodate both the imagination and body in himself.

His recognition of his physical decline finds its positive turn in Part III which starts with the poet's declaration of his will as if he already admits his death. Under the guise of making his will, he designates his heir:

> I choose upstanding men
> That climb the streams until
> The fountain leap, and at dawn
> Drop their cast at the side
> Of dripping stone (III. 2-6)

Interestingly, his heir is associated with the growing energy of physical youthfulness. Unlike the deflected sexual energy of Raftery, Homer, and Hanrahan, the heir has the virility of "upstanding men", the physical strength and vitality of going upstream to reach the source of the fountain. Choosing the heir who has the quality, antithetical to the physical condition of the poet himself, is seen as the confirmation of his acknowledgment of physical decline and at the same time, his ecological understanding of organic development from birth to death. In his understanding of life, the ecology of the life cycle, starting from the time of physical youthfulness of the past to the time of maturity of now, is felt in him and he does not deny his declining physical condition.

Like a dying master bequeaths the cryptic to his inheritor, he declares his inheritor will be given his pride. Pride, in part II, is regarded as the abstract quality which functions as an obstacle to getting "into the labyrinth of another's being." However, there is a difference between them. It is specified and conditioned in the following context. First of all, it is freed from its despotic, imperative implication. It is:

> Bound neither to Cause nor to State.
> Neither to slaves that were spat on,
> Nor to the tyrants that spat,
> The people of Burke and of Grattan
> That gave, though free to refuse. (III. 9-13)

Seen in "Easter 1916", "An Irish Airman Foresees his Death", and "Meditations in Time of Civil War", his aversion to the political turmoil which results in tragedy and hatred among his people strongly conditions what pride signifies. Instead, he agrees with what Edmund Burke thinks of as "pride." Burke, though he is politically conservative enough to be against the French revolution, is seen, in "Blood and the Moon" and "Seven Sages", as a politician who

> proved the state a tree
> That this unconquerable labyrinth of the birds, century after century
> Cast but dead leaves to mathematical equality. (*CP* 238)

Burke views the state not as a mechanical structure but as an organic structure which mirrors his ecological understanding of the organic cycle of birth to death. Like the on-going life cycle of the tree, the state should not constrain its subject to its cause. Pride, different from the fascistic bent of imposition and submission of all to its will and cause, is "free to refuse." It is

> like that of the morn,
> When the headlong light is loose,
> Or that of the fabulous horn,
> Or that of the sudden shower
> When all streams are dry,
> Or that of the hour
> When the swan must fix his eye
> Upon a fading gleam,
> Float out upon a long
> Last reach of glittering stream
> And there sing his last song. (III. 14-24)

Like the organic process of Burke's metaphor of state as a tree, the pride, at the beginning, is associated with openness and the start of the day, of the new era or the birth of new being as if the horn announces the new age. Further, the sense of liberation and salvation, like the blooming of the youth after a long period of infertility, is suggested in "that of sudden shower / when all streams are dry."

And the pride found in the swan's last song obviously connects what Yeats feels about his growing old and his impending death. The conventional notion of the swan's last song is not only connected to its imminent death but also to its beauty. Like the beauty in a swan's last song, the song by the dying poet has its pride and beauty and proves that old age is not something to abandon, but something precious enough about which to create a mature and beautiful song.

His specification of what he believes about "pride" goes on to his rejection of Plato and Plotinus's thought.

> I mock Plotinus' thought
> And cry in Plato's teeth,
> Death and life were not
> Till man made up the whole,
> Made lock, stock and barrel
> Out of his bitter soul,
> Aye, sun and moon and star, all,
> And further add to that
> That, being dead, we rise,
> Dream and so create
> Translunar paradise. (III. 26-36)

Different from the beginning, where he chooses Plato and Plotinus's ideas as alternatives to reconciling his discrepancy between imagination and aging, the poet of now, in a confident tone, denies them, though Yeats later apologizes to them, in a note to the poem, for ignoring their suggestion that "it is something in our own eyes that makes us see them as all transcendence"(CP 460). In this case, Yeats' emphasis on the interpretation of Plato and Plotinus' abstract lies not in the importance of "bitter soul" which enables "man made up the whole", but in their logical fallacy, by pointing out "being dead."

In other words, he believes that physical death is the fundamental basis of "Translunar Paradise." Paradoxically, the death of physicality presupposes the physicality of being and its death does not mean the rejection of physicality itself. Rather, it is a strong affirmation of the fact of physicality, and provides the faith in which the poet can justify his declining physicality. With the heightened mood of the poet's confidence in his belief that the dying physical body is the root of creating "Translunar Paradise", he meets the challenge of old age:

> I have prepared my peace
> With learned Italian things
> And the proud stones of Greece. (III. 37-39)

These lines work as the connection between the previous section and this section of the poem. They recall the Renaissance and its rebirth of the Greek period, in which not only all human grandeur, but also the harmony and peace of imagination and body are maintained. He has arranged to make peace with the harmonized past, the memory of which has been painful to the poet who is moving away from its felicity.

However with pride and faith restored and reinforced in memory and imagination, he can now make peace with the harmonized past.

Poet's imaginings

And memories of love,

Memories of the words of women,

All those things whereof

Man makes a superhuman,

Mirror-resembling dream. (III. 40-45)

In the poet's imaginings, the memory of the past and especially the erotic memory of love and women, presumably lost, are restored and enlivened. Rearrangement through memory is an active participation in life and a way of creating a new one. The narrowing process from "memories of love / Memories of the words of women" is like building up an aesthetic work. In the arrangement of the past, the creation of an aesthetic work through memories, a man makes a superhuman out of "All those things." The superhuman does not have any connection to the abstract, which denies the concrete physical existence of the body. It is the superhuman whom the poet calls "death-in-life and life-in-death" in "Byzantium" and who is proved by "complexion and form" in "Under Ben Bulben"(CP 248, 325). Therefore it is in the physicality of the world that the superhuman is rooted.

The process involved in making the superhuman is interwoven with dream-process, as well. It is "Mirror-resembling dream" and not a mirror which automatically shows what is reflected. What the poet gets here is the new creation born by the interplay of imagination and memory.

The process of creating an aesthetic work, in terms of the correlation of the poet of now and the past, is metaphorically suggested in the following bird episode:

> As at the loophole there
> The daws chatter and scream,
> And drop twigs layer upon layer.
> When they have mounted up,
> The mother bird will rest
> On their hollow top,
> And so warm her wild nest. (III. 46-52)

The process of building the nest is not the work of solely the mother bird. Rather, it is constructed by the cooperative efforts of the daws and the mother bird. The main structure of the nest is accumulated by the daws who "drop twigs layer upon layer." These are metaphorically associated with the experience of "learned Italian things" and "the proud stone of Greece", for the term "layer upon layer" signifies the time lapse of the accumulated experience. The chattering and screaming of the daws insinuates not only the on-going process of history, but also the tragedy glimpsed in the stories of Homer, Raftery, and Mrs. French.

On its accumulated layers of walls, the mother bird rests on the nest's hollow top. Like the tower from where the poet is looking down at the landscape, the nest is empty. Like the poet in the empty tower, the mother bird rests on it alone to "warm her wild nest."

The nest is wild because the poet acknowledges the wildness that resides in the artistic structure and even in himself. The wildness and madness, found in Hanrahan and Mrs. French, are the result of the imagination driven to a state of extremity or wildness. However the symbolic meaning of "warming her wild nest" is his way of preparing peace with "learned Italian things" and "the proud stone of Greece" by means of "Poet's imaginings and memory of love and memories of the words of women". Therefore the nest, the tower and this poem, "The Tower", are the newly created aesthetic works. The new creation is the objective correlative to the proud stone of Greece or learned Italian things. The aesthetic work exists independently from the creator, and has its own vitality through which it can reconcile the discrepancy of aging and the imagination.

The aesthetic work, which is composed of the memories of love, "mirror-resembling dream" and the accumulated experience of the past as stated previously, makes man superhuman. Here the process of the poet emphasizes the creative and constructive process of the aesthetic work in which the poet, though experiencing the declining physicality, can rise above his sense of loss.

However, the problem of the poet's posterity is not resolved yet in the interconnection of art and his desire to make peace with the harmonized period in the bird-episode. Faith and pride, though conditioned, are two important qualities in his will to his posterity:

> I leave both faith and pride
> To young upstanding men
> Climbing the mountain-side,

That under bursting dawn
They may drop a fly;
Being of that metal made
Till it was broken by
This sedentary trade. (III. 53-60)

The physical health of "young upstanding men" is combined with the image of fisherman as indicated in the earlier section of part III. However in the last three lines, the poet seems to cynically suggest that his career as a poet actually undermines his vitality. What does "the sedentary trade" and "Being of that metal made" represent and what are the implications? The words "the sedentary" are found in "Ego Dominus Tuus". As in Hic's cynical response to Ille, "the sedentary trade" has to do with his poetic career. Different from Hic's derogatory remarks that "A style is found by sedentary toil / And by imitation of great masters", the poet in "Tower" changes the term from "toil" to "trade". Also "Being of that metal made" is interwoven with a permanent quality found in the abstract world as in "In glory of changeless metal" in the poem "Byzantium". However, does this statement, guessed through the combination of two different poems, suggest his failure to get into the labyrinth of another's being in his poetry? Perhaps not. His cynical attitude to his poetry is the understatement of being a success in his poetry but recognizing, instead, the ecological flow of the life cycle.

He argues "Being of the metal" should be broken and disappeared by the poetic work. However his poetic career here works not as an obstacle to keep the abstract permanent but as an agent to break it. As he previously acknowledges old age, he now again, positively, reconfirms it.

In the concluding section of the poem, Yeats says:

> Now shall I make my soul,
> Compelling it to study
> In a learned school
> Till the wreck of body,
> Slow decay of blood,
> Testy delirium
> Or dull decrepitude,
> Or what worse evil come -
> The death of friends, or death
> Of every brilliant eye
> That made a catch in the breath-.
> Seem but the clouds of the sky
> When the horizon fades;
> Or a bird's sleepy cry
> Among the deepening shades. (III. 61-75)

Here "a learned school" is not a school of Plato, Plotinus, and the intellectual domain offered in "Sailing to Byzantium". It is the school of Renaissance where the harmony of being is celebrated. What he is trying to do is in the same vein of pushing his soul through the process of getting old, even though he severely suffers the discrepancy between his worsening physicality and the preservation of his imagination. However, he can boldly put himself into the decay without hesitation, because he understands its relation.

For him, "the death of friends" or "death of other" is replaced by the ecological process of nature. "The clouds of the sky / When the horizon fades" will be dispersed into the darkness, but the elements which constitute the clouds do not disappear but will continue to exist in another form of nature.

Furthermore, "a bird's sleep cry / Among the deepening shades" which mirrors the two birds' episode also reverberates the poet's ecological recognition of the life cycle. The first bird episode, in the song of the swan, suggests the death of the poet which is connected with the creation of an aesthetic work, and the daw episode implies the life cycle of regeneration. In this context, the "bird's sleepy cry" seems to echo its death again. Therefore the poet with faith and pride, nurtured in the recognition of the ecological cycle and with the creative process of aesthetic work, finds more than the answer to his initial question of "What shall I do with this absurdity?" As a human assumes its biological continuation through its posterity and Socrates with insight regards the creative process of composition as a way of procreation in *Symposium*, the poet can see and confirm his continuation and the implication of permanence through his aesthetic work.

<Sookmyung Women's University>

Works Cited

Barrington, Sir Jonah. *The Ireland of Sir Johah Barrington*: *Selections from His Personal Sketches*, Ed. Hugh B. Staples, Seattle: Univ. of Washington Press, 1967.

Bloom, Harold. *Yeats*. Oxford: Oxford UP, 1970.

Coote, Stephen. *W. B. Yeats*: *A Life*. London: Hodder and Stoughton, 1997.

Dyson, A E. *Yeats, Eliot and R. S. Thomas*. London: Macmillan, 1981.

Yeats, William Butler. *The Collected Poems of W. B. Yeats*. Ed. Richard J. Finneran, New York: Macmillan, 1989.

_____. *Early Poems and Stories*. New York: Macmillan, 1925.

_____. *Essays and Introductions*. New York: Collier Books, 1961.

Reconfiguring Race: Becoming "Black" in Jean Rhys's *Wide Sargasso Sea**

Lee, Jung-Hwa

I .

Jean Rhys's(1890~1979) status as a postcolonial writer depends primarily on her rewriting of the life of Charlotte Brontë's mad white Creole woman, Bertha, in *Jane Eyre*. In *Wide Sargasso Sea*(1966), a prequel to *Jane Eyre*, Rhys places Bertha / Antoinette's madness in the historical context to make the white Creole woman "plausible with a past"(*Letters* 156). By rewriting the white Creole's life, however, Rhys does not undo

---

* This essay is a revised version of my unpublished Ph.D. dissertation chapter.

Bertha / Antoinette's victimization by the Englishman, Rochester. As Joya Uraizee observes, in *Wide Sargasso Sea*, "there is no attempt to dislodge Antoinette / Bertha from her role as scapegoat, and the narrative of *Jane Eyre* is not reversed"(264). Instead, Rhys describes in detail the process of Antoinette Cosway's victimization, explaining how and why the white Creole woman ends up setting fire to Thornfield Hall and throwing herself from its battlements—the ending pre-scribed by Brontë. In contextualizing the pre-scribed ending without substantially deviating from it, Rhys does humanize Brontë's bestial Bertha, but Rhys's Antoinette is hardly allowed a stronger agency than Bertha.

Rhys's project in *Wide Sargasso Sea* is not to create a white Creole woman with powerful subjectivity; on the contrary, it is to render Bertha's victimization convincing in order to facilitate a white Creole woman's imaginary identification with Afro-Caribbean women.[1] In order to fully understand the significance of the cross-racial identification, we need to remember that Rhys's cultural belonging to the West Indies was tenuous. Not only did she leave the West Indies for England at the age of sixteen and never returned except a brief visit, but she was a member of the colonial white planter class. Though the white plantocracy was already in decline when Rhys was born, and the white Creole was always a minority in Dominica, the planter class was an avatar of British

---

1) In my earlier essay on "The Imperial Road", Rhys's unfinished autobiographical manuscript, I have asserted the centrality of white Creole women's desire to culturally identify with black Caribbean women in Rhys's works in order to foreground the divergence of "The Imperial Road" from Rhys's usual racial positioning. See Lee.

colonialism and had sustained slavery until the 1834 Emancipation Act. Rhys felt guilty and defensive about her whiteness and her family's participation in slavery. And she envied black Caribbeans for their culture and sense of belonging to the place.

If Rhys was too white to belong to the West Indies, she was not white enough to belong to England, which made her inhabit the ambivalent place of the in-between. Her migration to England dramatically changed her social and racial status. In the West Indies, Rhys was a member of the weakening yet still privileged class, but in England, she was an impoverished chorus girl, mistress, and obscure writer from a tropical island. Furthermore, European ethnographers subscribed to the idea of "white tropical degeneracy", the idea that contagious tropical climate contaminated white settlers(Thomas, "Tropical" 3). Thus, the white Creole was constructed as a moral, sexual, and racial anomaly—"dark", "violent", "promiscuous", and bestial like Brontë's Bertha(Rosenberg 6). If European ethnography constructed the Creole in general as "black", Rhys herself was often unsure about her racial identity as well, most likely out of wishful thinking. She said to David Plante: "Maybe I do have black blood in me. I think my great-grandmother was coloured, the Cuban"(qtd. in Plante 17). Rhys's depiction of white Creole women as victims of European men was a necessary part of fashioning a white Creole identity because it helped her feel like she was "black", exonerating her racial guilt and allowing her to feel closer to the West Indies.

II.

Wide Sargasso Sea is not only a revision of Brontë's novel but also a complex, ideological reworking of Rhys's West Indian childhood and family history. In particular, the history of the Lockharts, Rhys's maternal family, serves as a significant subtext in *Wide Sargasso Sea*. James Lockhart, Rhys's maternal great-grandfather who had come to Dominica at the end of the eighteenth century to become a slave-owning planter, bought Geneva, "an estate of 1,200 acres and 258 slaves"(Angier 7). His second son and Rhy's grandfather, Edward Lockhart, was a magistrate. The Emancipation Act was passed during Edward Lockhart's life, and Geneva estate was allegedly burned down by newly freed Afro-Caribbeans during the 1844 Census Riots.[2] Rhys's family history has it that the estate was burned down during the uprising. Not only did Rhys mention the burning down of the Geneva house in the "Geneva" chapter of her autobiography, but she also rendered it into the burning down of Coulibri in *Wide Sargasso Sea*. While most Rhys critics and even the Dominican historian, Lennox Honychurch, have treated the arson as a historical fact, Peter Hulme argues that "there was no fire at Geneva" during the Census Riots(81). According to him, "none of the reports,

---

2) In 1844, when a census was taken, there had been the rumor that the census was a preliminary step towards the reintroduction of slavery. The rumor soon escalated into the Census Riots, or "La Guerre Negre", by freed Afro-Caribbeans who believed that they were being enslaved again. The "most active area in the uprising" was Grand Bay where Geneva estate was located(Honychurch 135).

either those sent to the Colonial Office or those kept in the local Minute Books, mentions that the house was burned down" although they do record that it was looted(81-82).

In fact, in *Wide Sargasso Sea*, Rhys hints at the possible conflation of fact and fiction by having Rochester doubt the historical validity of the burning of Coulibri: "I began to wonder how much of all this was true, how much imagined, distorted. Certainly many of the old estate houses were burned. You saw ruins all over the place"(133). Rhys describes her grandfather, Edward Lockhart, as "a mild man who didn't like the situation at all"(*Smile* 25). However, archival evidence suggests otherwise. Edward Lockhart was reprimanded by FitzRoy, Governor of the Leeward Islands, and Lord Stanley, the Colonial Secretary, for being "highly indiscreet" when laborers at Geneva charged that, during the census, he had "wantonly broken into several of their cottages on finding them deserted by their owners"(qtd. in Hulme 82-83). These discrepancies— whether the Geneva house was actually burned down or just damaged, and whether Edward Lockhart was "mild" or aggressive—suggest the complex inter-workings of Rhys's family history and her self-fashioning.

Whereas *Jane Eyre* places Rochester and Bertha before the Emancipation Act of 1834, Rhys deliberately sets *Wide Sargasso Sea* in the 1830s and 1840s immediately following the Emancipation Act in order to contrast weakening former slave owners and rich white newcomers. In *Wide Sargasso Sea*, Rhys separates former slave owners from white newcomers, and the temporal setting of the novel is adjusted to serve that purpose. Based on allusions to Jamaican history in *Jane Eyre*, Sue Thomas dates "the marriage of Rochester and Bertha as having taken place in 1819, with Bertha's incarceration in England commencing in 1823~1824" in *Jane Eyre*(*Worlding* 155-56). This "temporal shift places 'Bertha' Mason's life in a starkly transitional phase of Jamaican and Dominican history" (Thomas, *Worlding* 156). To former slave-owning white Creoles, the transition meant a considerable loss of labor, and with it, of economic power. From early on in *Wide Sargasso Sea*, Rhys emphasizes the Cosway family's poverty that makes them "white nigger" unlike "[r]eal white people" with "gold money"(24). Mr. Luttrell who, like the Cosways, was "waiting for this compensation the English promised when the Emancipation Act was passed" gives up the hope and kills himself(17). When his relatives come from England to look after his property, Christophine observes that they are "not like old Mr Luttrell", differentiating the old plantocracy from white newcomers(26). Impoverished and "marooned", Annette, Antoinette's mother and widow of an ex-slave owner, hastily marries Mason, a newcomer from England, to secure economic protection(18).

Annette's second marriage brings into the family the divide between "the Cosways becoming the old planter family destroyed by Emancipation" and "the Masons representing new capital from England, scornful of slavery but ignorant of the West Indies; a division entirely absent from *Jane Eyre*"(Hulme 79-80).[3] Shifting the temporal setting to the post-slavery period, Rhys not only constructs white Creoles as a

---

3) In *Jane Eyre*, the mad white Creole woman is referred to as Bertha Mason, indicating that Mason is her biological father.

vulnerable class but she also diversifies the white community in the West Indies. Rhys further diversifies the white Creole society by characterizing Annette as a white Creole from Martinique, a French Caribbean colony. *Wide Sargasso Sea* is set in Jamaica(Part I), Dominica(unnamed in the novel but identified by references; Part II), and England(Part III). Annette is isolated from other white Creoles partly because she is from the French Caribbean, not the British West Indies like Jamaica and Dominica. The poverty and the French connection twice distance Annette and Antoinette from white Creoles in Dominica. This constitutes a double act of distancing of Annette and Antoinette—distancing them from other white Creoles and dissociating white Creoles as a whole from English people, especially Englishmen like Mason and Rochester.

The presence of white newcomers in *Wide Sargasso Sea* is important in Rhys's fashioning of a white Creole identity because it allows her to discursively mitigate the antagonism between white Creoles and ex-slaves. Antoinette knows that Afro-Caribbeans hate the Cosways and call them "white cockroaches"(23). But she also knows that once white Creoles are not threatening anymore, they are more derided than hated by Afro-Caribbeans: "The black people did not hate us quite so much when we were poor. We were white but we had not escaped and soon we would be dead for we had no money left. What was there to hate?"(34) By comparison, newcomers from England represent imperialism that outlives the Emancipation Act: "No more slavery! [Christophine] had to laugh! 'These new ones have Letter of the Law. Same thing. They got magistrate. They got fine. They got jail house and chain gang. They got tread machine to mash up people's feet. New ones worse than old ones—more cunning, that's all'"(26).

If Mason does not treat Afro-Caribbeans as slaves, he treats them as "children" who are "too damn lazy to be dangerous"(35, 32). Mason's conception of Afro-Caribbeans as "childlike natives" exemplifies the imperialistic assumption that the colonized are in eternal childhood, and therefore, they need imperial governance for their well-being just as children need parental guidance. Rochester despises slavery, but he threatens the obeah woman, Christophine, with "Letter of the Law" and successfully drives her away. Early in the novel, the major tension of the text clearly lies in the old plantocracy-ex-slave relationship. After Mason, and more significantly, Rochester are introduced in the text, the antagonism between West Indians and Englishmen becomes more prominent than the old plantocracy-ex-slave relationship. As Rochester becomes a new "master", Antoinette is not more powerful than her Afro-Caribbean servants. Being relegated to the position of a powerless victim and enslaved by the new "master", Antoinette feels closer to ex-slaves and turns to them for help.

Fashioning white Creoles as victims involves not only positioning them vis-à-vis oppressive Englishmen but also reworking the history of slavery. Lee Erwin asserts that "[a]ny memory of slavery and, for that matter, any memory of her father—avatar of that history—[···] is excised from Antoinette's narrative"(145). Despite Antoinette's obvious reluctance to address slavery in any direct way, the history of slavery and the memory of old Cosway are not completely suppressed in the novel. In childhood,

Antoinette asks Annette about ex-slaves (or "apprentices" as they were then called) who stayed with her family after Emancipation. Annette would rather not bother herself with the memory of slavery: "Why do you pester and bother me about all these things that happened long ago?"(21) Erwin reads Annette's reluctance to discuss slavery as a duplication of the "excision" of slavery from Antoinette's narrative(145). But, unlike her mother, Antoinette cannot simply dismiss slavery and her father as bygones because that history forecloses her desired identity—the one that anchors her in the West Indies. Antoinette (or Rhys) can neither completely ignore the history of slavery nor directly address it without undermining her desired identity. The history of slavery haunts her consciousness as a source of guilt as well as a critical obstacle to the construction of her identity.

A major confrontation scene in Part II, marking the denouement to Antoinette and Rochester's honeymoon, reveals the discursive process through which Rhys fashions Antoinette as a victim and prepares for her identification with Afro-Caribbeans. Rochester loathes the former slave-owners' promiscuity and miscegenation and finds the outcome—Antoinette's "colored" relatives and "illegitimate" brothers—abominable. And yet, he follows in the old planters' footsteps by having sex with "a little half-caste servant", Amélie, and arranges for Antoinette to hear them "behind the thin partition"(65, 140). Confronting Rochester, Antoinette compares him to former slave-owners: "You abused the planters and made up stories about them, but you do the same thing. You send the girl away quicker, and with no money or less money, and that's all the difference"(146). In response, Rochester avoids discussing his promiscuity and instead criticizes slavery for its injustice; he insists that his "liking" or "disliking" of black people is irrelevant because "[s]lavery was not a matter of liking or disliking" but "[i]t was a question of justice"(146). To Antoinette, however, "justice" is an empty concept or "a damn cold lie"(146). She asks, "My mother whom you all talk about, what justice did she have?"(146-47) This exchange between Antoinette and Rochester consists of a series of evasions on both parts. If Rochester dodges Antoinette's accusation by criticizing slavery, Antoinette evades addressing the injustice of slavery. Instead, she redirects the conversation to emphasize the injustice done to Annette, thus constructing her white Creole mother, not ex-slaves, as a victim. Only then does Christophine enter the scene to fight for Antoinette and against Rochester.

Amid this heated confrontation, Antoinette mentions in passing that old Cosway would protect her if he were alive: "If my father, my real father, was alive you wouldn't come back here in a hurry after he'd finished with you"(147). This brief passage appears insignificant (and it even sounds out of context) until it is put together with Rhys's poem, "Obeah Night." Rhys enclosed "Obeah Night" in a 1964 letter to Francis Wyndham, explaining that "Obeah Night" gave her the "clue" to *Wide Sargasso Sea*: "Even when I knew I *had* to write the book—still it did not click into place [⋯]. Only when I wrote this poem—then it clicked—and all was there and always had been"(*Letters* 262, original emphasis). In the poem—signed by "*Edward Rochester or Raworth*" as "*Written in Spring* 1842"—Rochester recalls the night when he made love to Antoinette under the influence of Christophine's love potion and then revengefully slept with Amélie(*Letters* 266, 264).[4] Stanzas quoted below from "Obeah Night" chronologically and thematically correspond to the confrontation scene in *Wide Sargasso Sea*:

Where did you hide yourself

After that shameless, shameful night?
And why come back? Hating and hated?
[···]

No. I'll lock that door
Forget it. —
The motto was "Locked Hearts I open
            I have the heavy key"
Written in black letters
Under a Royal Palm Tree
On a slave owner's gravestone
"Look! And look again, hypocrite" he says
        "Before *you* judge *me*"

I'm no damn slave owner
I have no slave
Didn't she (forgiven) betray me
Once more—and then again

---

4) In 1964, Rhys was considering Raworth for the Rochester figure's name to make her novel's connection with *Jane Eyre* less obvious: "Mr R's name ought to be changed. Raworth? A Yorkshire name isn't it? The sound is right"(*Letters* 263).

Unrepentant—laughing?

[⋯] (*Letters* 265-66, original emphasis)

In *Wide Sargasso Sea*, Antoinette flees to Christophine after Rochester's affair with Amélie. When Antoinette returns to Granbois with Christophine, they take turns confronting Rochester. In the poem, Rochester says that he would "lock that door" to keep Antoinette from returning to the honeymoon house and symbolically to his heart. The image of the locked door / heart reminds him of a motto about "Locked Hearts" engraved on a slave-owner's gravestone. In *Wide Sargasso Sea*, Daniel mentions old Cosway's "white marble tablet in the English church at Spanish Town" with "a crest on it and a motto in Latin and words in big black letters"(122). The "motto" Daniel describes is probably the same one as the "motto" Rochester refers to in the poem, which identifies the slave-owner in the poem as Antoinette's "real father", old Cosway.5) Invoked from his grave, old Cosway calls Rochester a "hypocrite" who judges former slave-owners with no moral right. "Obeah Night" thus depicts the encounter between Rochester and old Cosway that Antoinette only imagines in *Wide Sargasso Sea*.

But why does Rhys insert old Cosway into this scene of romantic crisis? Old Cosway does not reproach his son-in-law's infidelity but instead virtually reiterates Christophine's words that newcomers are

---

5) According to Hulme, "'Corda serrata pando,' 'locked hearts I open,' was the motto of Rhys's mother's family, the Lockharts"(77). Both in the Lockharts and the Cosways, the motto is tied to a patriarchal slave-owner.

"worse than old ones—more cunning." In the poem, Rochester defends himself by insisting that he is not enslaving Antoinette, which of course would not sound convincing to the reader of *Wide Sargasso Sea*. After all, at stake in the confrontation scene is not a questioning of Rochester's fidelity. Rather, it is the replacement of the former slave-owner versus ex-slave antagonism with the Englishman versus Creole opposition. Rhys carefully foregrounds racial and sexual power relations in which Rochester is a "more cunning" oppressor than former slaveholders and Antoinette is his slave. On the surface, "Obeah Night" describes Rochester's love-hate feeling towards Antoinette. On a deeper level, however, it pictures Rochester as a slave-owning patriarch in denial, which is a major point that Rhys tries to establish in Part II of *Wide Sargasso Sea*.

Rhys made a very conscious stylistic choice to fashion Antoinette's white Creole identity. Her 1959 letter indicates that she contemplated three options for *Wide Sargasso Sea*'s narrative point of view—Antoinette's first-person narrative throughout the novel, Rochester's and Antoinette's alternating first-person narratives, and third-person narrative(*Letters* 162). In another letter written in the same year, Rhys emphasized that Antoinette "must be 'placed'" and suggested that "a monologue of Mrs Rochester à la Charlotte Brontë" would not do it(*Letters* 161). "Another 'I' must talk", she wrote, "[t]hen the Creole's 'I' will come to life"(*Letters* 157). By 1962, Rhys "felt the man must tell the story of their 'honeymoon.' Not the girl"(*Letters* 215). Whereas Antoinette's childhood in Part I and incarceration in England in Part III are narrated by Antoinette, Rhys has Rochester recount the honeymoon in Part II (except Antoinette's brief interruption to describe her visit to Christophine's house where Rochester is absent). As soon as Rochester takes over narration, he notes how "alien" Antoinette is: "Creole of pure English descent she may be, but they [her eyes] are not English or European either"(67). He notices that Antoinette talks and acts like Afro-Caribbeans. As Rochester cannot see Antoinette as a "legitimate" white woman, he codes Antoinette as almost "black." He says that Antoinette "look[s] very much like Amélie", suspecting that "[p]erhaps they are related", not only because he knows about old Cosway's miscegenation but also because he perceives all Creoles, regardless of their skin colors, as one related race that is foreign to him and conspiring against him(127). Having Rochester narrate about a half of the entire novel, Rhys puts Antoinette and Afro-Caribbeans equally under Rochester's masculine colonial eyes. To him, Antoinette is connected to the menacing West Indian landscape as much as Afro-Caribbeans are and their historical difference is obliterated.

Erwin has made a similar point, arguing that in *Wide Sargasso Sea*, "the gaze of England" acts as "a third term" to "dissolve the bar between the two terms [of whiteness and blackness] and enables their at least partial merging by investing them with common features"(155). What drives Antoinette's narrative is the desire "to occupy a racial position not open to her", but "the impossible desire evident in Antoinette's narrative" can be more readily realized from Rochester's outsider perspective(Erwin 155). Rhys fashions her white Creole heroine as a victim through

Rochester's indiscriminately oppressive eyes. In *Jane Eyre*, Rochester loses his sight in the fire Bertha sets to Thornfield Hall. *Wide Sargasso Sea* foreshadows that this will happen probably as a result of Christophine's curse; when Rochester says, "I would give my eyes never to have seen this abominable place", Christophine answers, "You choose what you give, eh? Then you choose"(161). But *Wide Sargasso Sea* ends before Rochester actually loses his eyes and Rhys leaves that incident outside of her narrative. If Bertha takes Rochester's eyes in *Jane Eyre*, Rhys uses them to construct Antoinette's West Indian identity in *Wide Sargasso Sea*. Rochester's blindness completes Jane's female *bildung* in Brontë's novel. But it is not his blindness but his point of view that Rhys appropriates in order to place Antoinette in the West Indies.

III.

In order to place white Creoles in the West Indies, Rhys sets up parallels between Rochester and former slave owners, on the one hand, and between Antoinette and ex-slaves, on the other. While Rhys focuses on the first parallel in Rochester's narrative(Part II), she constantly envisions Antoinette in the position of the enslaved in Parts I and III, most significantly through Antoinette's tripartite dream.

In the first part of Antoinette's serial dream, Antoinette in childhood is "in the forest" with "[s]omeone who hate[s] [her]," still "out of sight" but "coming closer"(26-27). She senses imminent danger but cannot avoid it: "though I struggled and screamed I could not move. I woke crying"(27). Years later in the convent, Antoinette has her second dream, which is more fully developed and symbolically charged. In the second dream, Antoinette is "walking towards the forest"(59). This time, she follows an unnamed man, instead of being followed by him, "sick of fear" but making "no effort to save [herself]"(59). She is "holding up" her "white and beautiful dress" to keep it from getting soiled(59). After they reach the forest, the man still postpones enacting what he has been planning to do: "Not here, not yet"(60). Now Antoinette does not "try to hold up [her] dress" anymore and lets it "[trail] in the dirt"(60). Then, she realizes that the surroundings have changed; Antoinette and the man are "in an enclosed garden surrounded by a stone wall" and unfamiliar trees, not in the forest(60). Even in the dark, she knows that "[t]here are steps leading upwards"; she thinks, "[i]t will be when I go up these steps. At the top"(60). The (English) garden and the steps leading to the attic where Antoinette will be incarcerated suggest that, in the dream, Antoinette and the man have been transported from the West Indian forest to Rochester's Thornfield estate. After waking up from the second dream, Antoinette reports that the dream is "mixed up" with the "thought" of Annette who became mad in the aftermath of the fire at Coulibri and subsequently incarcerated(61). Antoinette's first two dreams, then, serve as a premonition of Rochester's sexual exploitation of Antoinette as well as Antoinette's displacement and incarceration.

A composite of complex cultural and personal associations, Antoinette's dreams are significant on multiple levels. It has been noted that the two dreams are a reworking of Rhys's own traumatic sexual relationship with an old English gentleman, Mr. Howard, that Rhys describes in her unpublished autobiographical text, "Black Exercise Book."[6] Thomas sees in the Mr. Howard narrative a "sexual rite of passage from naïve girlhood to 'doomed' womanhood"(*Worlding* 27). In the Mr. Howard narrative as well as in Antoinette's dreams, the "sexual rite of passage" overlaps with a racial rite of passage. In her study on the "Black Exercise Book", Leah Rosenberg reads the young Rhys's white dress as her "sexual honor—her ticket to marriage—as well as a sign of her racial whiteness"; by relinquishing the attempt to keep the bridal dress clean, she "stops trying to keep herself white and accepts the position of mistress and her exclusion from marriage"(13). In the "Black Exercise Book", as Rosenberg and Thomas suggest, the young Rhys is constructed as a "black" mistress / sexual servant by Mr. Howard's sexual and racial fantasy, in which she is lured to participate.

In *Wide Sargasso Sea*, Rhys makes a more positive connection between Antoinette's renunciation of white womanhood and her adoption of blackness. Later in the novel, Rochester comments that Christophine "might hold her dress up" because "[i]t must get very dirty" and "it is not

---

6) In the "Black Exercise Book", Rhys recalls with much difficulty that, at the age of fourteen, she submitted herself to the "mental" seduction and physical advances by Mr. Howard, aged around seventy. For extensive discussions on the "Black Exercise Book", see Rosenberg; and Thomas, *Worlding*, chapter 2.

a clean habit"(85). Antoinette explains that a soiled dress represents respectability for Afro-Caribbean women; "[w]hen they don't hold their dress up it's for respect" or "for feast days or going to Mass" because it means that they are rich enough not to "care about getting a dress dirty" (85). She suggests that, in West Indian cultural context, a soiled dress signifies black female pride through its cool dismissal of the sanitary standard of white femininity. Antoinette's act of letting her white dress be soiled in the dream, then, constitutes not only a moment of abandonment of white feminine ideals and racial whiteness, but also that of an active cross-racial gesture.[7] By having Antoinette give up her white dress and the white femininity that it symbolizes, Rhys literally and figuratively fashions Antoinette as a "black" woman like Christophine.

Rhys makes a link between Antoinette's submission to Rochester's exploitation and the fashioning of her as a "black" woman. It is significant that Antoinette dreams the first dream on the day when she is forced to exchange clothes with her black playmate, Tia. Coming home in Tia's dress, Antoinette is seen and laughed at by "real" English people, the Luttrells. Embarrassed and ashamed, Annette tells Christophine to "[t]hrow away" and "burn" Tia's dress and sells her ring to dress Antoinette properly(25). This incident of racial cross-dressing is a forced and negative experience for Antoinette, making her realize that she is

---

7) I do not deny that Antoinette's soiled dress (and her dream as a whole) can be seen as a defeat. Rather, I mean to bring into focus the function of the description of such a defeat in Rhys's self-fashioning by arguing that her representation of passivity has to do with her desire to fashion herself as "black."

economically and emotionally insecure and that she is a source of shame to her mother. The feeling of insecurity is manifested and intensified by the first dream in which she is helplessly chased by a stalker despite her effort to escape. In the second dream, however, though fearful, she chooses to accept the role of a victim. Not only does she follow the man but she refuses to be saved: "if anyone were to try to save me, I would refuse. This must happen"(59-60). In the second dream, Antoinette also appropriates racial cross-dressing as a necessary strategy for cultural identification. By dressing Antoinette like a "black" woman right before alluding to Thornfield Hall, Rhys prepares Antoinette for the incarceration at Rochester's house.

In Antoinette's third and final dream, which centers on her torching of Thornfield Hall, Rhys most strongly and controversially suggests Antoinette's identification with Afro-Caribbeans. Critics have read Antoinette's burning of Thornfield Hall in Part III as a repetition of ex-slaves' burning of Coulibri in Part I(Barnes 152; Erwin 143). Similarly, Moira Ferguson asserts that Antoinette's incarceration in the attic of Rochester's estate "recapitulates the lives of slaves who were locked in cellars, victims of systematic abuse"(14). In fact, Rhys once titled the novel *Before I Was Set Free*. It "is my name for it", she wrote, "whatever its other name may be"(*Letters* 215). The tentative title indicates that, in Rhys's mind, Antoinette's captivity by Rochester was associated with slavery. Juxtaposing the two situations of captivity as well as the two acts of burning a master's house, *Wide Sargasso Sea* suggests a strong parallel between ex-slaves and Antoinette. Furthermore, in her third dream, Antoinette is guided to her final act by Christophine and Tia; Antoinette invokes Christophine for help when setting fire to Thornfield Hall, and Tia dares Antoinette to jump from the battlements to join her. Antoinette's "final leap represents a celebration of or fantasized union with a blackness finally seen to have been the desire of her narrative all along"(Erwin 154). Even though Antoinette's final act in the dream is suicidal, Rhys thought it "in a way triumphant"; "She burns the house and kills herself(bravo!)"(*Letters* 157, 297). Antoinette's final act is "triumphant" because, through it, Antoinette finally achieves her desired identity even though it is only in her dream.

Kamau Brathwaite warns that Antoinette's relationship with Afro-Caribbean women in *Wide Sargasso Sea* is not to be taken as a historically accurate depiction of West Indian racial relations of the time, pointing out that the Antoinette-Tia relationship is a historically unconvincing representation(73). In fact, *Wide Sargasso Sea* is a self-conscious text that acknowledges the dreamlike quality of Antoinette's identification with Afro-Caribbeans. It is no coincidence that the cross-racial identification takes place in Antoinette's dreams. Neither is it an accident that Antoinette's burning down of Thornfield Hall and her final jump are presented as her dream and that the novel closes before she actually enacts it. The novel ends with Antoinette in the hallway holding a candle, implying that she will probably burn down the house and jump as she does in the last dream and in *Jane Eyre*. But whether the final act will enable the cross-racial identification remains uncertain because when she is about to join her childhood playmate, Antoinette is brought back to reality from her dream: "I called 'Tia!' and jumped and woke"(190). As Mary Lou Emery writes, "[w]e can begin to answer the question of Antoinette's location by observing that she inhabits a dream"(37). Antoinette "inhabits a dream" because it is dream space that allows her desired identity, while in reality she is located in in-between space. Antoinette finds the in-between space uninhabitable: "So between [Afro-Caribbeans and English people] I often wonder who I am and where is my country and where do I belong and why was I ever born at all"(102). By framing Antoinette's identification with Afro-Caribbeans within a series of dreams, Rhys allows her white Creole heroine a fantasized and yet probably the only available identity.

IV.

Rhys's core ideological project in *Wide Sargasso Sea* is the creation of a cross-racial identification. In *Wide Sargasso Sea*, Rhys consciously fashions white Creoles as victims to build the cross-racial identification between Antoinette and Afro-Caribbeans. Englishmen are instrumental in Rhys's fashioning of white Creole women as victims, and the most prominent example of this is the Rochester figure (unnamed in *Wide Sargasso Sea* but inferred from *Jane Eyre*). The presence of Englishmen helps Antoinette mitigate her racial guilt and thus reconcile her family's participation in slavery and her desire to culturally connect with Afro-Caribbeans. Rhys effaces the racial line between whiteness and blackness by shifting the binary to a dichotomy of Englishness and Caribbeanness. As Rochester becomes a convincing oppressor, the historical difference between white Creoles and Afro-Caribbeans is obliterated. By the end of the novel, Antoinette literally dreams a West Indies that accommodates her white Creole identity better than the West Indies where she grew up. Rhys's white Creole heroine dreams that she has become embraced by black Caribbean women. But her blurring of the racial line entails the desire to silence a certain racial history of the region. Rhys self-consciously intimates the dreamlike quality of the racial crossing by presenting the cross-racial identification as Antoinette's dreamwork.

Rhys was aware that the fashioning of a white Creole identity in *Wide Sargasso Sea* consists of the combination of an unconventional gothic melodrama (the Antoinette-Rochester relationship) and a dream (Antoinette's identification with Afro-Caribbeans). Rhys conceived the novel as a "reactionary 19th century romance" written against Brontë's romance novel(*Letters* 157). In 1962, however, Rhys realized with some uneasiness the dreamlike quality of her project: "This book should have been a dream—not a drama—I know. Still I want to make the drama *possible*, convincing"(*Letters* 216, original emphasis). However, there is no real tension between an anti-romance gothic drama and a dream in *Wide Sargasso Sea*. On the contrary, they complement and fortify each other to place the white Creole Antoinette in the West Indies. The two aspects of the novel are entwined because Rhys constructed Antoinette as a victim of an exploitive man through the unconventional melodrama of Antoinette and Rochester, while she created a cross-racial identification through Antoinette's dreams. By revising Brontë's romance novel into a West Indian gothic drama haunted by obeah, zombies, gravestones, and ruins, Rhys returned to the West Indies, her unhomely / uncanny home.

<Chosun University>

Works Cited

Angier, Carole. *Jean Rhys: Life and Work*. Boston: Little, Brown and Company, 1990.

Barns, Fiona R. "Dismantling the Master's Houses: Jean Rhys and West Indian Identity." *International Women's Writing: New Landscapes of Identity*. Ed. Anne E. Brown and Marjanne E. Goozé. Westport, CT & London: Greenwood, 1995.

Brathwaite, Kamau. "A Post-Cautionary Tale of the Helen of Our Wars." *Wasafiri* 22(Autumn 1995).

Emery, Mary Lou. *Jean Rhys at "World's End": Novels of Colonial and Sexual Exile*. Austin: U of Texas P, 1990.

Erwin, Lee. "'Like in a Looking-Glass': History and Narrative in *Wide Sargasso Sea*." *NOVEL: A Forum on Fiction* 22.2(Winter 1989).

Ferguson, Moira. "Sending the Younger Son across the Wide Sargasso Sea: The New Colonizer Arrives." *Jean Rhys Review* 6.1(1993).

Honychurch, Lennox. *The Dominica Story: A History of the Island*. 1975. London: Macmillan, 1995.

Hulme, Peter. "The Locked Heart: the Creole Family Romance of *Wide Sargasso Sea*." *Colonial Discourse / Postcolonial Theory*. Ed. Francis Barker, Peter Hulme, and Margaret Iversen. Manchester & NY: Manchester UP, 1994.

Lee, Jung-Hwa. "Jean Rhys's Racial Disorientation: 'The Imperial Road' and the Question of Racial Identification in the 1970s." *English Language and Literature* 55.3(2009).

Plante, David. *Difficult Women: A Memoir of Three*. London: Victor Gollancz, 1983.

Rhys, Jean. *The Letters of Jean Rhys*. Ed. Francis Wyndham and Diana Melly. NY: Viking, 1984.

_____. *Smile Please*: *An Unfinished Autobiography*. NY: Harper & Row, 1979.

_____. *Wide Sargasso Sea*. 1966. NY & London: W. W. Norton & Company, 1982.

Rosenberg, Leah. "'The rope, of course, being covered with flowers': Metropolitan Discourses and the Construction of Creole Identity in Jean Rhys's 'Black Exercise Book.'" *Jean Rhys Review* 11.1(Autumn 1999).

Thomas, Sue. "The Tropical Extravagance of Bertha Mason." *Victorian Literature and Culture* 27.1(1999).

_____. *The Worlding of Jean Rhys*. Westport, CT & London: Greenwood, 1999.

Uraizee, Joya. "'She Walked Away without Looking Back': Christophine and the Enigma of History in Jean Rhys's *Wide Sargasso Sea*." *CLIO*: *A Journal of Literature, History, and the Philosophy of History* 28.3(Spring 1999).

Fluidity: The Idea of City in *Secret Agent*, *Mrs. Dalloway* and *Bleak House*

Lee, Seog-kwang

Ⅰ. INTRODUCTION

The world eyed London during the summer of 2012. The 2012 Summer Olympic Games are now over. The Olympic Park, however, will remain for God knows how long. The spiral structure next to the arena that witnessed more exciting events than deplorable ones still flushes; a reminiscence of a good summer. The brand-new Stratford shopping centre hummed with shoppers over the holidays and still sees people scurry around, both coloured and non-coloured (so to speak), near and far-off. If Dickens had come alive today and watched the opening ceremony of the Games, he would have felt strangely at home; if he had wandered the streets of London and heard what had happened in London during the past year-especially the London riots that had taken place exactly a year before the sophisticated London Olympic Games-he would feel more uncomfortable with feeling so strangely at home because London may seem as volatile as it was when he wrote his Dickensian novels.

Hermione Lee's Virginia Woolf biography shows that London was greatly influential upon Woolf's life as writer, a city where Woolf spent the majority of her life until she settled in Sussex.[1] Conrad's London is also partly attached to his London experience. Walton in his essay argues that from his earliest contact with London, Conrad associated the city with his inveterate anxiety about a career and also with his determination, as he put it, to "justify my existence to myself" as a seaman and later to "make a name" as a writer.[2] Conrad as a metropolitan figure used quite a number of cities and places in his stories and London is one of the major cities he imbued his creative setting with for his fictional world. Dickens started living in London at the age of 10 for nearly 40 years until his family moved to Gad's Hill in 1860. One can therefore argue that there would have been no Dickens without London (and perhaps

---

1) Woolf was born at 22 Hyde Park Gate, Kinsington where she had lived until she moved Bloomsbury Square at the age of 22 after her father's death.
2) James Walton, *Conrad, Dickens, and the Detective Novelin Nineteenth Century Fiction*, (California: University of California Press,1969), vol.23 No4, p.447.

neither Woolfian story nor Conradian creativity would have existed without London, which was especially influential upon *Heat of Darkness* and *The Secret Agent*). His fictional characters and settings are inseparable with London. The correlation is undeniably immense. They are commonly attached to London and the city has a huge impact on their creative minds.

The paper is thus triggered by the assumption that any interpretation of the city is in some sense an account of city experience whether implicitly or explicitly; in other words, the idea of the city is inseparable from individual responses to it. It is widely known that at the turn of the 20th Century, the city, rather than merely understood within a framework, increasingly became the construction of subjective individual experience. It was understood that the urban context threatened individuality more and more; its correlation became immensely important. This essay seeks to look at how the idea of the city is presented in *The Secret Agent*, *Mrs Dalloway and Bleak House*. In doing so, the present work seeks to conclude that the idea of the city is seen as continuous, fluid and complex in literature. In order to succeed in reaching this point of view, the present work will examine the way in which the city is presented and the relationship an individual inhabitant maintains with it.

Ⅱ. *The Secret Agent*

The city that is portrayed in *The Secret Agent* is described as;
[A] peculiarly London sun . . . hung at a moderate elevation above Hyde Park Conrner with an air of punctual and benign vigilance. The very pavement under Mr Verloc's feet had an old-gold tinge in that diffused light, in which neither wall, nor trees, nor beast, nor man, cause a shadow. Mr Verloc was going westward through a town without shadows in an atmosphere of powered old gold. There were red, coppery gleams on the roofs of houses on the corners of walls, on the panels of carriages, on the very coats of the horses and on the broad back of Mr Verloc's overcoat, where they produced a dull effect of rustiness.[3]

As the passage shows, the city lacks the vibrancy and energy commonly shared by the different urban worlds. The profusion of objects and people, almost bursting beyond the frame, and the charged emotional matrix of subjective urban vision is not shown; his city is an atmosphere serene and composed, where contrast and contradiction have given way to harmony. There is a sense in which this city thus offers an escape from chaos and urgency-it has a natural homogeneity; an unchallenged wholeness and unity. Yet in many ways it is a less appealing city. Hanging 'at a moderate elevation', the sun is heavy and

---

3) Joseph Conrad, *The Secret Agent* (London: CRW Publishing Limited 2005), p.25-6. All subsequent references to this edition incorporated in the text.

lethargic, and the 'diffused light' it spreads is thick, almost stifling. This city has no rhythm, no pulse and no sense of being alive. This morning is not too stagnant, but neither is it fresh: this city is unable to renew itself.

An attempt is made to relieve its heaviness; to generate a sense of delicacy through the exploitation of its surfaces. 'Tinge[d]' by the sun, the gesture towards a subtlety they cannot quite evoke. The city tries to imitate and reproduce a delicate emotional register; the suggestiveness of flickering form created in Impressionist painting.[4] But the seemingly heavy, crusty texture of this thickly painted canvas finally defies the attempt. There is a sense that this city is partly withheld: 'panes', 'corners', 'roofs', small details and segments all represent, and attempt to suggest, the wholes which they do not declare. The secrecy it seeks is not attained as this city is far too familiar for it, but this narrowing of the focus does have a different significant effect. No-longer-discrete wholes, individual buildings and objects cease to be available for simple, referential identification like the church and square. Thus they lack the centredness, the *integritas*, the degree of autonomy and independence possessed by the individual objects in Krook's shop or Mr Tuklinghorn's chambers (to be discussed later). In this transformation, the cause of the lethargy to which this world is subject begins to emerge. The buildings and structures of the Conradian city cannot create or sustain a sense of variety or difference, and the interactions which generate the centrifugality, the dynamism, energy and tensions of urban world cannot, therefore, ever take place.

---

4) It is well known that Conrad was interested in Impressionists paintings.

Even as a totality, this city in many ways has only a slight, superficial presence. Its texture is heavy and lacks depth, a sense of identity and commitment. The transparency of the city is such that these surfaces reveal the whole thing. In this very different world of Conrad, the roofs of buildings, reflecting the light, give no assurance that a deeper level exists. 'Daudet' as Conrad wrote, sees 'only the surface of things ... for the reason that most things have nothing but surface'.[5] A sense of final absence of intrinsic significance or meaning pervades his own work here.

The individual inhabitant does not occupy a privileged place in this urban world. Through its uniform texture, the city reworks and extends the diminishment of human individuality. There, the refusal to privilege human forms over those of the myriad objects by which they were surrounded made it difficult to distinguish individual forms and identities. In Conrad, individuals like the city itself become dissolved into a play of light and colour; that 'rustiness' which spreads over Mr Verloc's ample back. Individuality no longer has integrity and autonomy. It has been reduced to one more surface, indistinguishable from the total effect into which it has been blended.

In a sense, the individual is thus appropriated by the city. However, this city has so little sense of itself - so little commitment to any physical form or spiritual identity-that it does not interact or incorporate with the individual in any significant way. As it is essentially a visual city (a spectacle rather than an experiential entity), it recasts the texture of Mr

---

5) It is well known that Conrad was interested in Impressionists paintings.

Verloc's clothing without effecting any deeper imaginative or emotional transformation. Likewise on the following page, a butcher boy 'dash[es] round the corner', a 'guilty-looking cat issue[s]' from under some stones, and 'a thick police constable, looking a stranger to every emotion' apparently 'surge[s] ...' out of a lamp-post(28). The city apparently conjures up the human forms by which it is inhabited, but otherwise they remain seemingly autonomous.

Conrad's London, like that of Dickens', undergoes a perceptible metamorphosis over the course of the story. As the Assistant Commissioner travels to Brett Street in the closing chapters he comes across an urban world moving along with, yet clearly different from, the anaesthetised city through which Verloc has earlier walked:

> [The Assistant Commissioner] advanced . . . [into] a wet London night, which is composed of soot and drops of water. . . . [A] suspect patch of dim light issued from Mr Verloc's shop front, hung with papers, heaving with vague piles of cardboard boxes and the shapes of books. Behind the Assistant Commissioner the van and horses, merged into one mass, seemed like something alive; a square backed black monster blocking half the street, with sudden iron-shod stampings, fierce jingles, and heavy, blowing sighs. The harshly festive, ill-omened glare of a large and prosperous public-house .... seemed to drive the obscurity of the street back upon itself, make it more sullen, brooding, and sinister (165)

This passage returns. A fluidity of form re-emerges; a fluidity of a completely different order. The instability and indeterminacy of the flickering shadows and the eddying breeze are replaced by dissolution and decomposition; cardboard boxed are collapsed together into 'vague piles', while the van horses 'merge into one mass'. The sense of precariousness and elusiveness, even of fragility, is replaced in this novel by an impulse to disintegration. The impenetrability of the city is also coming into view, but the mystery which attended it has disappeared. The opacity of this city no longer signals a withholding-the deepening of a realty formerly transparent; rather it consists in an obscurity. The difficulty is in viewing, not in comprehending, the 'shapes of books' in Mr Verloc's window. This urban world lacks meaningfulness, presence and depth.

It also wants a spiritual dimension. The Conradian London is unable to transcend its own materiality. There is an attempt at transformation: through the van and horses waiting in the dark; an apocalyptic vision struggles to establish itself. But this 'square-backed black monster blocking half the street', emitting 'sudden iron-shod stampings, fierce jingles, and heavy, blowing sighs' only seems sinister. This city can become other only the imagination. There is an imitation, but finally no reproduction at all of the vision and the dynamism. As Mr Verloc encountered the city earlier in the book, the urban world is, spiritually at least, ultimately characterised by absence.

In Conrad's city, the individuals who populated this unappealing urban world are in many ways threatened by their environment, much like the inhabitants of Dickens':

Only a fruiterer's stall at the corner made a violent blaze of light and colour. Beyond all was black, and the few people passing in that direction vanished at one stride beyond the glowing heaps of oranges and lemons. No footsteps echoed. They would never be heard of again. . . . The policeman on the beat projected his sombre and moving form against the luminous glory of orange and lemons, and entered Brett Street without haste. . . . He seemed to be lost forever to the force. He never returned. (164)

The city that acknowledges and respects individual human forms is encountered by Verloc on his journey to the Embassy to dissolve them into itself. This dwindling authority of the individual over his own identity in the face of city experience culminates in the passage above; as human forms are engulfed and absorbed; obliterated altogether by their urban context.

Since this city has no spiritual or visionary dimension, there can be no hope of recuperation through the operation of a second level or alterna tive order. In Conrad, the equivalent policeman is simply eliminated; 'lost forever' as he is absorbed into the blackness of the prosaic urban night.

There is a limited attempt at self-assertion on the part of the inhabitants of this city. The fruiterer's stall in the passage above, with its 'violent blaze of light and colour(164), like the 'harshly festive, ill-omened glare of the public-house's barrier of blazing lights'(165), attempts to offer a measure at least of resistance to the all-absorbing blackness of the urban world around. 'at one stride beyond the glowing heaps of oranges and lemons'(164) however, the policeman disappears back into the night. There is no exchange between city and self. And no hope of the subjective transformation. All that is possible for the individual in this oppressive urban world is the recovery and defence of tiny patches of space; a gesture, but finally only a token gesture of defiance.

III. *Mrs Dalloway*

The city of Woolf's *Mrs Dalloway* is an entirely different entity to the urban world presented by Conrad:

> Big Ben strikes. There! Out it boomed. First a warning, musical; then the hour, irrecoverable. The leaden circles dissolved in the air. . . . In people's eyes, in the swing, tramp and trudge; in the bellow and the uproar, the carriages, motor cars, omnibuses, vans, sandwich men shuffling and swinging; brass bands; barrel organs; in the triumph and the jingle and the strange high singing of some aeroplane overhead was what she loved; life; this moment of June.[6]

The city of Woolf no longer consists of objects or buildings, no longer

---

6) Virginia Woolf, Mrs Dalloway (London: Flamingo, 1994), p.8. all subsequent references to this edition incorporated on the text.

exists as an accumulation of doors and windows. Instead, it is an aggregate of colours, sounds and syncopated rhythms: 'the swing, tramp and trudge' or carriages and sandwich men. It is fluid. Therefore there is no concrete entity of the city for description, definition or objective transcription, but, it can be said that there is instead an iridescent, shifting surface, perpetually reinvented and renewed. To sum up, it is neither translucent nor opaque. While it does not have transparency, it does not attempt to hide or withhold itself like the darker city of Conrad. It might often seem elusive though it is not secretive.

It seems that the city of *Mrs Dalloway* regenerates rather than reproducing itself: the brass bands and barrel organs will return tomorrow, but still today, 'the moment of June 'has an integrity and an individuality with a uniquenes so fits own. Moments of city experience are not discrete units, succeeding and displacing each other in a daily cycle as part of a continuous accumulation of sights and sounds which, evergrowing and moving forward, can never return to re-enactor reproduce. '[Dissolv[ing] in the air', each hour is' irrecoverable'- transient and fragile, each moment is invested with a value it does not have in the Conradian square and also afreshness it does not possess else where.

This city is plural; spatially disconnected if temporally continuous. Bells, organs and aeroplanes create an 'uproar' and a 'bellow' in the streets. Yet their combination does not become disconcerting. City life in Woolf is underwritten by no expectation or model towards which the whole should tend, and is thus undisturbed by the multiplicity and diversity of its parts. It is centripetal, in a way, rather than centrifugal.

Woolf's account travels in the opposite direction: the disparate sounds and movements, 'the motor cars, omnibuses, vans', the 'triumph and ... jingle' and the 'strange high singing' are all drawn together, as the narrative culminates in the single word: 'London'. This core, in which everything is concentrated, is not tense or contradictory. While apparently unconscious of one another other, the sights and sounds from which this urban world is made complement, anticipate and even generate each other. There is a certain choreography latent in the interaction of the 'shufflings' and 'swingings', as they resolve themselves into a continuous though not metronomic beat.

The relationship between this city and its individual inhabitants is unstable-in some sense it is paradoxical-but ultimately comfortable. There is a sense in which subjectivity appears to be erased once again by city experience: the individual, bombarded by a series of impressions which fill his entire consciousness, might feel that he has no existence beyond his context; that he is completely constituted by his world. Clarissa confesses to such an anxiety when she describes her 'sense of being herself invisible, unseen and unknown' as she passes along the city streets. To the extent that city experience is fragmentary, plural and fluid, this directional correlation between the texture of the city and the composition of consciousness also renders individual identity unstable in two dimensions-in both time and space it becomes fractured, or seemingly precarious. There is no sense, however, that the city threatens individuals as it generates and reconstructs consciousness. Woolf's urban worlds do not become each other and therefore does not attempt to convert its inhabitants to its own terms. City experience in this novel does not appropriate the individual or obliterate it as in the sinister city of Conrad. Instead, it extends and enriches individuality; revealing the 'unseen' and unimagined part of selfhood, which can only be acknowledged and reclaimed once discovered 'attached to this person or that'(163). Arguably it can be an extension of, rather than an entity indifferent or hostile to, individual identity. The sense of conflict and tension, of anxious collaboration, has gone in this novel.

There is no sense at all that the city forces the individual to participate in the world it conjures up. It cannot contain its vitality and energy: it expands beyond itself, and spills over into the consciousness by which it is encountered even though it makes no demand. It invites, even urges, individual participation in its rhythms and patterns-the ebb and flow of its continual flux-whilst not becoming coercive. Peter Walsh, when walking down Whitehall, finds that the 'regular thudding sound of a unit of cadets which passes him drums his thoughts, strict in step ... without his doing', implicitly subjecting him to the 'one will' that 'works' the 'legs and arms' of the soldiers 'uniformly'(57). The 'swing, tramp, and trudge' of the city itself does not impose itself in this way. Having no stable, centred sense of itself, no identifiable core, it cannot demand conformity, but there is no intention that it might wish to. In resisting definition, it feels no urge to define. Instead, the complex, subtle rhythm woven from the combination of its various yet not quite autonomous pulses flows around but outside the private spaces of individual houses, enticing their inhabitants to 'plunge ... into the open air'(7).

While the city prompts the individual and generates the impressions, which the receptive rather than perceptive consciousness often very passively accepts, the relationship between city and self is very much a reciprocal one. As a series of sounds and colours, rather than as a collection of physical structures, the city no longer has an independent existence. As selfhood is to some degree constituted by its urban environment, so the city is vulnerable in many ways to the subjectivity of its inhabitants who 'make it up, build it around [themselves], tumbl[e] it and create[e] it every moment afresh'(8). Incorporated into the consciousness of the different characters, it is reconstructed, through the operation of memory and association, in terms of individual experience:

> Bond Street fascinated her; Bond Street early in the morning in the season, its flags flying, its shops, no splash, no glitter, one roll of tweed in the shop where her father had bought his suits for fifty years, . . . She pausing for a moment at the window of a glove shop where, before the War, you could buy almost perfect gloves. And her old Uncle William used to say a lady is known by her shoes and her gloves. . . . Gloves and shoes; she had a passion for gloves; but her own daughter, Elizabeth, cared not a straw for either of them. (15)

Again, there is no sense of appropriation. Mrs Dalloway does not transform the city, but simply reconceives it in a way that allows her to extend herself beyond her context, and assure herself of an existence and an individuality outside her urban world. There is no deformation or reformation. Not threatened by her world, Clarissa has no need to impose or assert herself.

In *Mrs Dalloway*, their interaction takes the form of an alternation. Based upon sensation and association rather than vision, the irrelationship develops in to a sort of dialectic: the city prompts the individual, whose response is modified by further external stimulation, to express itself. Mutual interrogation and a spirit of discovery replace the strife, competition, confusion and compromises of Esther's(in *Bleak House*, to be discussed later) more dynamic and problematic encounter with the emotionally charged atmosphere of the riverside.

There are moments in which this relation becomes unbalanced; moments in which the individual takes up and transforms the people and the buildings around him. Eschewing self-definition, the city residents, if it does not authorise imaginative appropriation and inscription on the part of its inhabitants. Peter Walsh, freed from the more determinate space of Clarissa's house ('He had escaped! Was utterly free', 58), begins to invent and recast both his won identity, and that of the people and city around him:

> The random uproar of the traffic has whispered through hallowed hands his name . . . You, she said, only you . . . [A young woman] waited at the kerbstone. . . . Was she, he wondered as she moved, respectable? Witty, with a lizards flickering tongue, he thought (for one must invent), a cool waiting wit . . . He was an adventurer, reckless, he thought, swift, daring, indeed (landed as he was last

night from India) a romantic buccaneer, careless of all these dammed properties. . . . (59-60)

But the girl soon enters her house and the game is over. Apparently this is a city of individual freedom, but not of fantasy or total imaginative licence. Perpetually changing and shedding skins, it dispels and eludes even as it appears to prompt, or at least to lay itself open to subjective transformation. It resists appropriation as it invites participation; it evades domination as it seeks interaction. Ultimately, therefore, its relation with its individual inhabitants will always be dialectical-neither city nor self is able, if it were to desire, to dominate or subjugate the other.

IV. *Bleak House*

The urban world Dickens presents in his novel, *Bleak House*, is where the anticipated total coherence is finally achieved if one relies upon a single angle. The place of the individual inhabitant in London is complex and ambiguous. On one level, such a presentation of the city makes provision for individuality. It has the same time and space for people as for the object with which they surround themselves:

There were several second-hand bags, blue and red, hanging up. A little way within the shop door, lay heaps of old cracked parchment scrolls, and discoloured and dogs eared law-papers . . . we should not have seen so much but for a lighted lantern that an old man in spectacles and a hairy cap was carrying about in the shop··· He was short, cadaverous, and withered; with his head sunk sideways between his shoulders, and the breath issuing in visible smoke from his mouth, as if he were on fire within. His throat, chin, and eyebrows were so frosted with white hairs, and so gnarled with veins and puckered skin that he looked . . . like some old root in a fall of snow. (99-100)

However, as the passage above shows, the relationship between the city and its individual inhabitants proves disturbing in a number of ways. The dissolution of hierarchy involved in detailed description in one sense threatens human individuality; the sheer density of Dickens' urban world often leaves characters struggling to distinguish themselves against a wealth of objects, which refuse to remain in the background. Krook in the above passage is introduced as an extension of his room, almost literally of the furniture.

The objectives and inherent quiddity of this urban environment also renders it unavailable for appropriation by the individual. Dickens' London, pregnant with its own objective presence and meaning, resists the kind of interpretation or transformation through which the individual might go beyond or distinguish himself above it. The reality of the city takes priority over its courtrooms, streets and market places, but turns down the further distinction they might expect.

This exclusion of individual imagination by the completely self-proclaiming nature of the urban world even limits the extent to which the individual can participate in his environment. The usual negotiations, (in other words, the processes of projection and reception, emotional and spiritual transactions and transfer of influence between city and self) through which genuine identification and integration might be achieved, can never take place in his city. In one sense, the urban spaces of this city (Krook's shop or Mr Tulkinghorn's chambers) form tightly woven fabrics in which integration is apparently complete. However, they are made up of parts that are in some sense different and independent of each other. The same autonomy precludes any identification by Eather in the scene she relates as she travels through the city streets. The sheet of glass by which she is physically separated from her surroundings seems in many ways symbolic of her inevitable spiritual removal The self-evident familiarity of this urban setting resists the emotional input by which the individual might truly be drawn into the city he inhabits.

Presumably a final problem for the individual in the London presented in the first half of *Bleak House* stems from the problematic relationship Dickens creates between parts and wholes. In Mr Tulkinghorn's chambers, the taste and character of the owner are the organising factors that draw the disparate objects together, and his own characters thus reflected rather than compromised. In the public spaces of the city, however, which take on the character of a larger social group, individuals, such as Allegory and the Turkey-carpet, begin to find themselves reduced and compressed. When Lady Dedlock, for example, ventures into Tom-all-Alone's 'ruinous place' of 'tumbling tenements' and 'slim' and 'nauseous air'(272) -she is forced to assume the 'plain dress' of an 'upper servant'(276). She must repress the half of herself which does not belong in these surroundings (and as the former lover of Captains Hawdon it is only half of her self which is out of place); just as back in Lincolnshire, she has checked her interest in the account of Nemo's death provided by Mr Tulkinghorn: the 'sort of squalor' which should not, Sir Leicester believes, be introduced' among the upper classes'(216). Neither Chesney Wold nor Tom-all-Alone, she discovers, is finally able to encompass the complexity of her individuality. It seems therefore that the city delimits the range or the access available to the range of individual identity. In this sense, it poses an even greater threat. As Lady Dedlock 'treads...the streets' with an 'unaccustomed foot', she catches the attention of passers-by, who find' something exceedingly inconsistent 'in the contrast between her plain dress and 'refined manner'(276). Unable to wholly reclaim the part of herself that belongs in this urban slum, she finds herself subject to fracture. The demand for coherence and consensus in this city lead not only to repression and reduction, but also to the dislocation of the individual characters by which it is inhabited.

The dense, transparent urban world, which thus emerges in the early chapters of Bleak House, is not preserved into the later passages of the novel. By the time Esther travels through the streets once more (this time with Bucket in search of her mother) she provides a very different account of her surroundings:

> The river had a fearful look, so overcast and secret, creeping away
> so fast between the low flat lines of shore: so death-like and
> mysterious. I have seen it many times since then, by sunlight and
> by moonlight, but never free from the impression of that journey.
> In my memory, the lights upon the bridge are always burning dim;
> the cutting wind is eddying round the homeless woman whom we
> pass; the monotonous wheels are whirling on; and the light of the
> carriage-lamps reflected back, looks palely in upon me-a face,
> rising out of the dreaded water. (828)

The reality of Dicken' urban world is thickly expressed in this passage.
The city, 'secrete' and 'mysterious', is starting to withhold itself. It also
becomes sinister-the growing impenetrability and indeterminacy are
perceived by Esther as 'dreaded' and 'awful', even 'death-like'. It is no
longer adequate simply to describe this world, and no longer possible to
explain it. Instead it needs to be evoked, its atmosphere conveyed. As an
understanding of London can only be partial, so it must always be
provisional. The growing indeterminacy is paralleled by an increasing
sense of fluidity: the river is 'creeping away', and the 'cutting wind
edd[ies]' around the homeless woman that Esther and Bucket come
across. The meaning of the city is no longer stable but precarious, the
establishment of a determinate order constantly deferred.

The city also begins to develop a surreal and visionary quality in this
passage. When Esther describes the fearful look of the now animated

river ('creeping away'), and imagines 'a face, rising out of the dreaded water', she is beginning to perceive the city as 'other'-the site of strange or unknown forces, as it was later to be conceived by painters such as Meidner, Grosz and Steinhardt. Dickens' portrayal wants for the sense of impending collapse characteristic of such pieces; their violence, dynamism and contrasts. However, he begins to transform the transparent, knowable, possessable city presented in the early stage of this novel into an unfamiliar, autonomous other.

This redefinition of the city itself inevitably involves a substantial revision of its relationship with the individuals by which it is inhabited. As an unfamiliar otherness, the city no longer offers to place and integrate the individual, and then there are occasions when it appears to pose a much more active and palpable threat:

> I recollect the wet house-tips, the clogged and bursting gutters and water-spouts, the mounds of blackened ice and snow over which we passed, the narrowness of the courts by which we went. At the same time I remember . . . that the stained house-fronts put on human shapes and looked at me; that great water-gates seem to be opening and closing in my head, or in the air; and that the unreal things were more substantial than the real. (867)

As shown in the passage, Esther's sense that external senses are being reproduced inside [her] head suggests growing confusion between internal, psychological spaces, and the actual, physical dimensions of the city through which she is passing. The city begins to invade her individuality-it begins to violate her personal and mental frontiers. In the early parts of the story, the city wove heterogeneous parts into an integrated whole, the urban world of the final chapters threatening to engulf the individual forms by which it is inhabited. The problem of appropriation posed on the first instance, is replaced by the threat of assimilation.

In some sense the city of Esther's frantic journey poses a greater threat to individuality than the urban environment she observed as she travels to Kenge and Carboy's. However, it liberates subjectivity. Even as it threatens Esther, the wet, wintry city morning also stimulates her. Now no longer self-proclaimingly meaningful, it invites the imaginative and emotional transformation resisted by the city of the early chapters; it accepts the forms that Esther, disorientated and confused by her long, tense journey, instinctively imposes upon it. She reinvents the house-fronts as 'human shapes', incorporates the face rearing up form the water into the scene by the river and allows 'unreal things' to become 'more substantial that the real'.

However, when Esther imposes these new shapes upon her sur-roundings, her reconstruction of them is in many ways a response to the impression they have made upon her. She suggests that the houses have themselves 'put on' the unfamiliar shapes she sees: though in part, the transformation of her urban context that she undertakes is an act of revenge; a way of making the city bear the trace of the anxieties it has itself engendered.

The opposing impulses to appropriation found in this city; on the one hand of the individual by the city, on the other of the city by its individual inhabitants, thus finally resolve themselves into an uneasy collaboration. At once alienated by a world spiritually autonomous and perceivably other, and invited, even challenged subjectively to participate in it, the individual is finally drawn into a tense but dynamic relationship with his environment, which is more precarious and unstable than what he enjoyed in the transparent city of the earlier chapters, but in which a level of subjective and spiritual engagement is restored. Rather than allowing individual imagination complete freedom to recreate the city at will, Dickens establishes a fusion in which self and city are combined to create, and perpetually to renew the urban world of which they are part.

V. CONCLUSION

The idea of city presented in the novels is too fluid and complex to justify the categorisations according to which it is traditionally understood. The three portrayals this paper considered demonstrate considerable awareness of, and are in many ways continuous with, or enriched or modified by each other. It can be argued here that the superficial world of the early chapters of Conrad, for instance, reinvents the transparent city of Dickens. The presentation of the city in the later passage of *The Secrete Agent* is very clearly drawn upon the spiritual urban vision unveiled in Esther's journey, although the city weighs down with the heaviness of its materiality. The plurality and disconnectedness of the city conjured by Woolf is anticipated by the centrifugal impulse by which the dense urban world of the *Bleak House* becomes increasingly characterised. Likewise, the elusiveness and fragility of this precarious city fabric in many ways represents a translation of the more sinister indeterminacies of the Conradian and Dickensian urban visions. Each of these ideas of the city is in some sense a hybrid, each to some extent are staging of an earlier, and an anticipation of a later presentation. Each clearly possesses an individual identity, but none is so coherent or so informing that it might be encompassed by a single category or label. Like Lady Dedlock, or the Turkey-carpet spread on the floor at Mr Tulkinghorn's, the idea of the city as it emerges in any of these texts must be reduced or compressed by the application of a single theoretical or aesthetic term; fluid.

<Korea University>

Works Cited

Anderson, R, Linda, *Bennett, Wells and Conrad*: *Narrative in Transition*. London: Macmillan, 1988.

Baguley, David, *Naturalist Fiction*: *The Entropic Vision*. Cambridge: Cambridge University Press, 1990.

Briggs, Asa, *Victorian Cities*. London: Penguin Books, 1990.

Caws, Mary Ann, ed. *City Images*: *Perspectives From Literature, Philosophy, and Film*. London: Gordon and Breach, 1991.

Conrad, Joseph, *The Secret Agent*. London: CRW Publishing Limited, 2005.

Dickens, Charles, *Bleak House*. London: Penguin Books, 1994.

Fleishman, Avrom, "The Landscape of Hysteria." *The Secret Agent' in Conrad Revisited*: *Essays for the Eighties*. Ed. Ross C. Murfin. Alabama: University of Alabama Press, 1985.

Schorske Carl E., "The Idea of the City in European Thought: Voltaire to Spengler." *The Historian and the City*. Ed. Oscar Handian and John Burchard. Cambridge: M.I.T Press, 1966.

Sherry, Norman, ed. *Joseph Conrad*: *A Commemoration*. London: Macmillan, 1976.

Walton, James, "Conrad, Dickens, and the Detective Novel." *Nineteenth Century Fiction* 23.6(1969).

Woolf, Virginia, *Mrs Dalloway*. London: Flamingo, 1994.

Woolf, Virginia, "Flying Over London." *Collected Essays*. London: Hogarth Press, 1967.

Woolf, Virginia, "Street Haunting."*Collected Essay*. London: Hogarth Press, 1967.

Woolf, Virginia, "The Docks of London."*Virginia Woolf, Selected Essays*. Oxford:Oxford University, 2008.

Fetishism, Allegory, and the War:
Reading Septimus's Homoerotic Desire in *Mrs. Dalloway*

Lee, Jong-im

One of the most crucial achievements of postcolonial criticism in the 1990s was to reformulate the classical definitions of literary modernism. The postcolonial scholars critiqued the conventional scholarly mode of interpreting modernist literature which typically features the writers' aestheticism. This modernist aestheticism was often expressed by the writers' obsessive stylistic experiments and their subjective world view, which is closely linked to their attention to and employment of psychoanalysis. Against this form of apolitical and ahistorical aestheticism, postcolonial critics deliberately excavated the political dimensions of the modernist texts by, in particular, situating the authors and their texts within the historical context of imperialism, colonialism, and the Great War. These efforts by the postcolonial critics inaugurated the reading of modernist texts for their political significance. Some of the most critical attention has focused on James Joyce and Virginia Woolf, arguably the most representative of the apolitical aesthetes. The Joyce critics, such as Dominic Manganiello, Vincent Cheng, Mark Wollaeger, Enda Duffy, and James Fairhall,[1] and the Woolf critics, such as Mark Hussey, Kathy Phillips, Merry Pawlowski, and Christine Froula[2] among many others, consistently demonstrated that Joyce and Woolf had intensely engaged in socio-political issues and ideologies in their era, representing the issues in a highly repressive manner in their works. Even their avant-gardism, from this perspective, represents the technique of disguising and aestheticizing those political and historical issues and concerns.[3]

The comparison and highlight of Joyce and Woolf as political writers is meaningful not just as a challenge to their conventional reputation as apolitical aesthetes but also as a way to investigate their strategy for combining psychoanalysis with material reality. Indeed, for both of

---

1) See, for example, Manganiello, *Joyce's Politics*, Fairhall, *James Joyce and the Question of History*, Duffy, *Subaltern Ulysses*, Cheng, *Joyce, Race, and Empire*, and Wollaeger, Luftig, and Spoo, eds. *Joyce and the Subject of History*.

2) See, for example, Hussey, *Virginia Woolf and War*, Phillips, *Virginia Woolf against Empire*, Pawlowski, *Virginia Woolf and Fascism*, and Froula, *Virginia Woolf and the Bloomsbury Avant-Garde*.

3) For the classic discussions about the political impulse inherent in avant-garde art and literature, see Poggioli, *The Theory of the Avant-Garde*, and Bürger, *Theory of the Avant-Garde*. For a more recent investigation of avant-gardism and racial politics, see Yu, *Race and the Avant-Garde*. My dissertation, "Aesthetics of Deterritorialization: The Nomadic Subject and National Allegory in James Joyce, Salman Rushdie, and Theresa Hak Kyung Cha" is an attempt to define the interrelationship between avant-garde aesthetics and national politics.

them, the individual psyche is not detached from socio-cultural and historical reality. For example, many critics have pointed out the striking commonalities and mirroring relationship between *Ulysses* and *Mrs. Dalloway* as post-World War I novels, their urban aesthetics centered on the two cities of Dublin and London, the deployment of flâneur protagonists, the one-day setting and time as a structural device for the narrative, the obsessive exploration of human sexuality, and so on. The big differences of the two novels are the protagonist's gender and the scale, the part and parcel that makes critics often indicate that *Mrs. Dalloway* is a miniature, feminist version of *Ulysses*.[4] In addition to these commonalities, these two novels share a deep allegorical dimension in which the authors often use human sexuality and psychoanalysis as the allegorical device for offering social and political criticism and satire. This allegorical reading of modernist texts, Joyce's and Woolf's in particular, is rare, though not non-existent.[5] This endeavor to reconcile and combine sexuality and politics, psychoanlysis and materialism, and the private and public sphere comprises my argument and goal in this essay. By attempting such, I challenge Fredric Jameson's landscaping of First-World literature as the modernist literary world divided as "Freud vs. Marx"(69).

As I have recently and extensively examined Joyce's *Ulysses* in this

---

4) For the intertextual understanding of the two novels, see, for example, Garvey, pp.299-308.

5) Duffy's reading in *Subaltern Ulysses* is a representative example of an allegorical reading of Joyce. My reading of Joyce in my dissertation, "Aesthetics of Deterritorialization", also belongs to this category. For the representative example of an allegorical reading of Woolf, see Brown, "The Secret Life of Things."

vein,[6] I turn here to doing the same of *Mrs. Dalloway*, the sister-text to *Ulysses*. As a way of bridging the conventional opposition of aestheticism and politics in modernist literature, what I attempt to do is to demonstrate the ways in which Virginia Woolf represents the pathological symptoms of social structure through the unconscious desire of individual psyche and the frustration of its fulfillment in *Mrs. Dalloway*. More specifically, I try to illustrate Woolf's insight into the shaky foundation of the British Empire by presenting the cracks and fissures in the national ethos caused by the political ideologies of militarism and patriotism and the gender and sexual ideologies of patriarchy and heterosexual normativity. Through my analysis of the pathological symptoms of Septimus, the male protagonist of the novel and the alter-ego of the female protagonist, Clarissa, I argue that Woolf provides a social critique and satire of the British Empire in the novel. She effects this perspective by representing Septimus as the embodiment of the gap in the inner links of these ideologies and his pathology as the satirical allegory of the crumbling symbolic order of the British Empire. An important undertaking in this interpretation involves, in this regard, synthesizing the existing criticism which rather unilaterally emphasizes the pathological social structure of the British Empire[7] or the victimization of individuals by the society driving them into madness,[8] and thus tends to miss the linkage points between the two aspects.

---

6) See, J-I. Lee, pp.28-91.

7) See, for example, Briggs, pp.43-49, and Seidel, pp.52-59.

8) See, for example, Bazin and Lauter, pp.14-39, and Poole, pp.79-100.

As a first step for reading Septimus at once as a victim and an allegorical emblem of the self-contradictory sexual ideology of the British Empire, we need to pay special attention to a curious interior monologue by Rezia [Lucrezia], Septimus's wife: "Every one has friends who were killed in the War. Every one gives up something when they marry"(66). Though short, Rezia's thoughts, as narrated by Woolf, carries multiple meaning. Literally, it denotes her frustration with her husband's mental breakdown after his war experience, and thus her suffering in an unhappy marriage. In addition to this surface meaning, however, her remarks connote a deeper level of subtle and complicated relationships between men in the war. Certainly, there is nothing unusual in her first statement, since it suggests that Septimus's trauma is deeply attached to his guilt as a war survivor. But her second statement shows a clear jump or lacuna with respect to the logical sequence initiated by her first statement. Why should men "give up" their friendship or comradeship simply because they are married? Why does she use the ambiguous word, "something", instead of specifying what each married person "gives up"?

These questions lead us to perceive that Septimus's trauma is much more complex than his simple guilt as a survivor, and that his friendship with a man was serious enough to disrupt his married life with a woman. By juxtaposing the two loosely connected sentences, Woolf manipulates her repressed narrative to showcase the hidden sexual desire and practice, the romantic/erotic relationship between men, in a society that enforces heterosexual normativity. Indeed, Woolf's subsequent narrative about

Septimus's wartime memory, his cherished memory with Evans in particular, more directly visualizes the nature of their relationship:

> . . . [H]e drew the attention, indeed the affection of his officer, Evans by name. It was a case of two dogs playing on a hearth-rug; one worrying a paper screw, snarling, snapping, giving a pinch, now and then, at the old dog's ear; the other lying somnolent, blinking at the fire, raising a paw, turning and growling good-temperedly. They had to be together, share with each other, fight with each other, quarrel with each other. (86)

This passage, which describes Septimus's life in the trenches, is full of the imagery that highlights the intimacy of the two men, Septimus and Evans, his senior officer. Through the metaphor of two loving dogs, Woolf implies that the camaraderie formed in the dire situation of war can foster extraordinary affection among men who share the life and experience of the trenches. Woolf also suggests that this intense affection contains another facet at the subconscious level, for she deploys the language of heterosexual eroticism to portray the intimacy of the two dogs. As seen in their gestures, one "snarling, snapping, giving a pinch . . . at the old dog's ear" and the other "turning and growling good-temperedly", Woolf uses gendered language to represent the homoerotic relationship between Septimus and Evans,[9] one in which the two men

---

9) In his recent study, which has examined the unique approach to human intimacy by the Bloomsbury Group, Jesse Wolfe defines *Mrs. Dalloway* as "a *memento mori* not just for victims of the War, but for lost homoerotic possibilities"(145).

play the different gender roles of male and female, respectively.

It is uncertain in Woolf's repressed narrative whether the intimacy between Septimus and Evans was a real sexual relationship or was limited to their erotic desire, but the perception of homoeroticism in Septimus's psyche opens up a new interpretational dimension for analyzing the complex landscape of Septimus's trauma. As a World War I veteran, Septimus's mental breakdown is nothing unusual, for it is well compassed by the category of what Freud calls "war neuroses"(*SE* XVII 205-15). His guilt, fear, emotional paralysis, and suicidal impulse are all the typical symptoms of "shell shock", an expression common in early twentieth-century post-WWI terminology known as "post-traumatic stress disorder(PTSD)"[10] in the twenty first-century post-Iraq and -Afghanistan War terminology. Nevertheless, Septimus's guilt as a survivor seems to go beyond the normal clinical symptoms of such, especially in his extreme self-hatred and self-condemnation:

> . . . He had not cared when Evans was killed; that was worst; but all the crimes raised their heads and shook their fingers and jeered and sneered over the rail of the bed in the early hours of morning at the prostrate body which lay realising its degradation; how he had married his wife without loving her; had lied to her; seduced her; outraged Miss Isabel Pole, and was so pocked and marked with vice that women shuddered when they saw him in the street. The verdict of human nature on such a wretch was death. (91)

---

10) For the reading of *Mrs. Dalloway* from the perspective of war trauma and PTSD, see Henke, pp.164-66.

Reading the vivid description of Septimus's passion and suffering, one might wonder why he could not mourn the death of Evans; why he transfers his guilt of having survived alone to his moral degradation; how his guilt for his deceased friend relates to his guilt for his wife; and why only women, not men, become the torturers of his alleged immoral behavior in his fantasy? To investigate and resolve these vexing issues, it will be helpful to draw upon Sigmund Freud's theory on "mourning and melancholia." Freud's thesis on "Mourning and Melancholia" was published in 1917, several years before Woolf began to develop her ideas for *Mrs. Dalloway* in 1922(H. Lee, 164). Considering the tight bond between Freud and the Bloomsbury Group,[11] a loose circle of writers, intellectuals, and artists living and working together near Bloomsbury in London, particular attention should be paid to the alignment between Freud's theory and Woolf's fiction. Critically, since Woolf was a leading member of the Bloomsbury and a salient affinity exists between her representation of Septimus's psyche and Freud's notion of melancholia, it is highly possible—likely even—that Woolf familiarized herself with Freud's theory and strategically used it to portray Septimus's trauma.

Comparing "mourning" and "melancholia", Freud contends that both mourning and melancholia are emotional reactions to the loss of love-objects, but they are different in that mourning involves a conscious

---

11) For instance, James Strachey, a British psychoanalyst and the general editor and translator of the *Standard Edition of the Complete Psychological Works of Sigmund Freud*, was a member of the Bloomsbury Group, and the Hogarth Press, the publisher of the *Standard Edition*, was run by Virginia Woolf and her husband, Leonard Woolf. For further discussion about the close relationship between Freud and the Bloomsbury Group, see Wolfe, pp.51-75.

loss, whereas melancholia relates to an unconscious loss—that is, the melancholic subject lacks the understanding and recognition of what he or she has lost. For this reason, in melancholia, the grief and dejection sink deeply into the psyche, causing pathological symptoms such as "self-reproaches, self-revilings" that "culminate[s] in a delusional expectation of punishment." Freud further elaborates his theory by suggesting that melancholia engenders "pathological fixation to the lost love-object", the fixation which prevents the subject from finding a new love-object and drives him or her into self-denigration and condemnation for its moral despicability(*SE* XIV, 244-45).

In light of Freud's definition, Septimus's psyche strikingly resembles the pathological symptoms of melancholia. From this presumption, it follows that Woolf presents Septimus's neurosis as the symptom of melancholia caused by his unconscious loss of his love-object. Indeed, in her narrative Woolf recounts Septimus's initial lack of understanding of the meaning of Evans's death for him:

> . . . [W]hen Evans was killed, just before the Armistice, in Italy, Septimus, far from showing any emotion or recognising that here was the end of a friendship, *congratulated himself upon feeling very little and very reasonably*. The War had taught him. It was sublime. He had gone through the whole show, friendship, European War, death, had won promotion, was still under thirty and was bound to survive. (86, my emphasis)

Instead of mourning the loss of his beloved friend and exploding his grief outwardly, Septimus represses his grief deep inside even to the extent of celebrating his aloofness. Although Septimus's psychological act of self-deception justifies his emotional paralysis as the natural outcome of the "manliness" he developed through his war experience, the language Woolf deploys, "reasonably", hints at another motive leading him to congratulate himself: the hidden element repressed by Septimus's psyche. Given their homoerotic relationship, it is undeniable that Evans's death is an irrecoverable loss for Septimus. But the irony is that his death also provides him with an opportunity to escape from the psychological burden caused by his *unreasonable* violation of social norms.

Septimus's psyche, Woolf indicates, oscillates between his fixation on Evans as his lover and his desire for finding refuge within the safety zone of social normativity. His guilt for Evans, in this regard, symptomatizes his melancholic double jeopardy: guilt of survival and guilt of betrayal. Instead of revealing his grief, Septimus tries to disguise his emotion by seeking a comfort from a socially respectable female substitute. His guilt about his wife, and for all women by extension, reflects his tormented conscience and, paradoxically, his fruitless attempt to achieve his social readjustment by exploiting them as safety valves. Woolf portrays the failure of Septimus's initial attempt, and consequently, the destructive power of social repression inflicted upon an innocent and helpless individual through her graphic representation of Septimus's megalo-maniac fantasy as "the giant mourner" lamenting the death of Evans "with legions of men prostrate behind him"(70).

In terms of Septimus's acculturation struggle as a veteran who should return to civilian society after the armistice, Woolf's narrative about his impulsive marriage to Rezia is both intriguing and telling. Septimus proposes to Rezia, the younger daughter of the owner of his lodging house in Milan, mainly because her hat-making gives him the sense of safety and comfort, as detailed in Woolf's narration:

> For now that it was all over, truce signed, and the dead buried, he had, especially in the evening, these sudden thunder-claps of fear. He could not feel. As he opened the door of the room where the Italian girls sat making hats, he could see them; could hear them; they were rubbing wires among coloured beads in saucers; they were turning buckram shapes this way and that; the table was all strewn with feathers, spangles, silks, ribbons; scissors were rapping on the table; but something failed him; he could not feel. Still, scissors rapping, girls laughing, hats being made protected him; he was assured of safety; he had a refuge. But he could not sit there all night. There were moments of waking in the early morning. The bed was falling; he was falling. Oh for the scissors and the lamplight and the buckram shapes! He asked Lucrezia to marry him, the younger of the two, the *gay*, the frivolous, with those little artist's fingers that she would hold up and say "It is all in them." Silk, feathers, what not were alive to them. (87, my emphasis)

This passage illustrates the first symptoms of Septimus's mental breakdown. Contrary to his emotional detachment and numbness at first, Septimus is described here as a serious neurotic struggling with nightmares, panic-attacks, and a lack of feeling. Only when he observes the girls making hats does he, each time, temporarily exit his suffering. Though brief, during these exits, Septimus feels "protection", "safety", and "refuge" from their hats. As a desperate gesture to escape from his mental crises, he proposes to Rezia. He marries her, especially because she is a skillful artisan in hat-making whose fingers seem to have a magical power to make dead things alive. She is the possessor of a sophisticated taste for hats, as well. "It is the hat that matters most"(87) is her cherished opinion; hence, she tends to disregard a woman who makes a poor choice of her hat, and greatly admires a woman who displays an extraordinary fashion sense through her perfectly matching hat and dress.

Not only is his marriage motivated by hats, but the happiest moments in his married life are also associated with hats or hat-making. The last scene right before Septimus's suicide, in which Septimus and Rezia make a hat for Mrs. Peters together, is a good example. Woolf represents the scene as a rare instance of euphoria for the couple, so much so that the deeply touched Rezia concludes that "it would always make her happy to see that hat. He had become himself then, he had laughed then. They had been alone together. Always she would like that"(144). For Rezia then, Mrs. Peters's hat is the symbol of the special bond and profound love between Septimus and herself. For Septimus, however, the hat seems to harbor more complex and multiple functions. The specific language Woolf deploys generates the unique irony that creates an homoerotic twist and a cruel subtext that is far away from Rezia's tender emotion and desire for Septimus. When the hat is completed as a collaborative work, with Septimus's design and Rezia's sawing, Septimus asks Rezia to try it on, and she reluctantly and shyly accepts his request, saying, "But I must look so *queer*!"(144, my emphasis). The word "queer" is intriguing and revealing here, since it strongly resonates with "gay", the word which Woolf employs to depict Rezia's personality, the character trait that attracts Septimus to her.

Given the colloquial meaning of "queer" and "gay", signifying homosexuality, it is quite clear that Woolf represents Septimus's unconscious motive for his marriage to Rezia by manipulating the dual meaning of the words. Woolf implies that Septimus selects her as his spouse not simply because her merry and lively character gives him comfort but also because she serves him, in his unconscious, as a channel to maintain his homoeroticism and a bridge to connect him with Evans through her hat-making.

As discussed earlier, Septimus's regard for hats goes far beyond the normal parameter of such, just like his obsession with the late Evans. His obsession intensifies as his hallucinations become deeper and wider, growing to encompass Septimus who sees apocalyptic visions, hears supernatural sounds, and talks with dead people, the specter of Evans in particular. Septimus's ecstasy at the moment of seeing the finished hat for Mrs. Peters is a clear indicator of the inversion of reality and fantasy in his psyche, as demonstrated by his exclamation that "[i]t was so real, it was so substantial, Mrs. Peter's hat"(144). In addition, for Septimus hats are deeply libidinal objects as well, ones which are closely intertwined with his sexual arousal. The following excerpt from Woolf's narrative evidences this claim, for the passage portrays the bleak inner landscape of Septimus's psyche when his excitement at Mrs. Peters's hat is over and the panic-attack revisits him:

> He started up in terror. What did he see? The plate of bananas on the sideboard. Nobody was there . . . . That was it: to be alone forever. That was the doom pronounced in Milan when he came into the room and saw them cutting out buckram shapes with their scissors; to be alone forever. (145)

The atmosphere of this scene—centered by seemingly trivial items such as bananas and scissors, images often associated with male genitals, and the aesthetic effect of the violent movement of "cutting out buckram shapes with [their] scissors"—is surprisingly erotic and sensual. By mobilizing the subtle imagery linked to sexual intercourse and penetration, Woolf showcases the argument that, for Septimus, hats are not just his special interest but objects charged with his intense libido, the fetish in Freudian terms. Woolf also suggests some possible correlation between Septimus's hat fetishism and Evans's death by highlighting the rhetorical disparity between his self-proclaimed doom and his first encounter with hat-making. Woolf indicates that this logical lacuna can be the location of his psychic repression, the space holding something unspeakable in his mind.

Septimus's pathological obsession with hats finds a striking affinity in the psyche Freud addresses in his famous theory on fetishism. Freud's theory on fetishism has been criticized because of its theoretical limitations and arbitrariness. He has been a major target of cultural historians, who have endeavored to establish fetishism as a larger historical and cultural discourse beyond the narrow boundary of sexology.[12] Feminist scholars also have joined the critical forces after finding his theory to treasure phallocentric misogynist ideas. In addition, as Freud himself admits, his theory fails to provide a convincing explanation about the relationship between fetishism and homosexuality (*SE* XXI 154).

Despite these flaws, Freud's notion of fetishism offers a useful theoretical tool for analyzing Septimus's psyche. This is especially so since his theory concerns a mode of acculturation by an individual subject, a psychological process in which his or her subconscious effort to adjust him/herself to socio-symbolic systems occurs through compromises and detours rather than direct, open challenges. In his treatise, "Fetishism", Freud investigates why and how some people invest an extraordinary amount of libido into specific material objects instead of human genitals. Freud explains the psychic mechanism as the dual process of "disavowal" and "replacement" by arguing that "the fetish is a substitute for the woman's (mother's) penis that the little boy once

---

12) Apter and Pietz' co-edited volume, *Fetishism as Cultural Discourse*, is a significant work that represents this perspective. For examination of the political origin of sexual fetishism, see Nye, pp.13-30, and Mehlman, pp.84-91. For investigation of historical and cultural origin of the fetish, see Pietz, "The Problem of the Fetish" pp.5-17.

believed in and—for reasons familiar to us—does not want to give up"(*SE* XXI 152-53). Freud's account can be paraphrased as follows: a little boy believes that his mother once had a penis like himself, but she lost it by virtue of the castration conducted on her by his father. In an attempt to avoid his father's castration threat to him, the boy replaces his mother's lost penis with other objects such as shoes, hats, velvet, fur, and the like.

As an instance of what Freud calls "a token of triumph over the threat of castration and protection against it"(154), the hat fetish secures for Septimus a means of maintaining his homoeroticism while avoiding social censorship and surveillance. It is no wonder, in this sense, that Septimus feels "safety", "protection", and "refuge" from the hats Rezia makes. Her hats serve as libidinal substitutes for Evans, and her hat-making helps his lost love-object return to him. From this perspective, Septimus's magnetic attraction to Rezia's magic fingers and his hallucinatory remarks—"[i]t was so real, it was so substantial, Mrs. Peters' hat"(144)—undertake a completely different meaning. They are not just the symptoms of his psychopathy but the return of the repressed, which has been buried deep inside his unconscious.

But why, specifically, hats, and not other objects? One may question. Freud's theory is effective for explaining Septimus's fixation to hats as well. Freud emphasizes contingency and arbitrariness, rather than symbolic value, in fetishistic fixation. In the midst of this random fixation, Freud suspects, "what is possibly the last impression received before the uncanny traumatic one is preserved as a fetish"(155). In light of this account, the previously discussed scene involving Septimus's despair at his solitude represents the very beginning of his fetishistic fixation. By spotlighting the logical abyss between his recognition of being left alone because of Evans's death and his first encounter with the girls' hat-making, Woolf identifies Septimus's traumatic cognitive interruption as the moment he develops his fetishistic fixation on hats. Septimus's self-declaration about his tragic destiny—to remain as a solitary man for his life—becomes possible in this situation, Woolf suggests.

This self-declaration also makes possible deeper examination of the relationship between Freudian fetishism and homosexuality. Freud constructs male heterosexuality as sexual normativity in his theory of fetishism. He contends that fetishism "saves the fetishist from being a homosexual by endowing women with the attribute which makes them acceptable as sexual objects"(154). But he also admits that he cannot explain why some people become homosexual after the traumatic experience of seeing female genitals whereas others become heterosexual. Ironically, Whitney Davis's deconstructive reading of Freud leads him to find "homo-vision" within Freud's theory itself. Davis argues that the Freudian fetishist is primarily a homosexual in that he denies "the evidence of his own eyes that every one is not just like him." He refuses to believe the existence of the other sex; "he believe[s] in one sex (one's own sex) only"(103).

Davis continues to assert that fetishism is composed of two steps: first, the process of substituting the primary homosexual belief, and second, the act of dehomosexualizing fetishistic looking. However, this fetishistic disavowal constantly reaches the same conclusion, one situated in homosexuality, since a heterosexual fetishist is, logically, supposed to look away from male genitals. Hence, he should keep looking at the unwished-for female genitals and thus keep triggering the cycle of fetishism. This structure of fetishism generates a paradox and dilemma for a heterosexual male. Insofar as he is fetishistic, both his gynophilia and gynophobia bring him close to homosexuality. In short, "homosexuality is the reality of fetishism and fetishism is the imaginary of homosexuality"(106). Davis's argument helps us to understand that Freud's theory fits well into Septimus's psychic mechanism. On the one hand, Septimus's hat fetishism reflects his subconscious effort to comply with socially respectable heterosexual normativity, but on the other it functions as a safer way for him to cherish his secretive homoerotic desire for Evans.

Aside from this psychoanalytic and libidinal approach to fetishism, socio-cultural and historical theories on fetishism offer more theoretical terrain for scrutinizing the dilemma Septimus faces as a war veteran. William Pietz, who made a significant contribution by shifting fetishism from sexual and personal discourse to socio-cultural and historical phenomena, characterizes the general traits of the fetish as object historical, territorialized, reified, and personalized. More specifically, Pietz notes, the fetish is one's meaningful fixation on an unrepeatable event; it occupies material space in and at the site of human body or in the form of some portable or wearable things; it embodies social values and ideology; and, regardless of its objective social value, it arouses an intense personal and emotional response(10-13).

In light of Pietz's notion of the fetish, Woolf's statement in her essay, "Modes and Manners of the Nineteenth Century"(1910), is quite inspiring. It shows her remarkable insight into the nature of hat fetishism of the British middle class. For Woolf, the hat fetish is an emblem of the interlinks among social structure, cultural practice, and individual erotic consumption of the fetish, as she writes: "Wars and ministries and legislation—unexampled prosperity and unbridled corruption tumbling the nation headlong to decay—what a strange delusion it all is!—invented presumably by gentlemen in tall hats in the Forties who wished to dignify mankind"(McNeillie 330-31). Through this condensed and poignant critique of the British middle class ideology, Woolf suggests that the social, political and economic ideologies and practices such as imperialism, militarism, and bureaucracy are closely tied to the bourgeois humanist ideology,[13] and that this social, political, and economic structure is symbolically represented by the cultural practice of wearing "tall hats." In this sense, for Woolf, a gentleman's tall hat is an allegorical emblem of the social structure, and a reified object embodying social value inflated far beyond its original or objective material value. Besides, it is a historical, territorialized, and personalized material object in that it is a cultural product of the specific historical

---

13) For discussions about Woolf's insight into the interconnected structure of bourgeois patriarchy, militarism, and patriotism, see Phillips, pp.1-51, Schaefer, pp.134-50, and Usui, pp.151-63.

period in which the British middle class seized power. Moreover, it is metaphorically attached to the gentleman's body as an inseparable part or extension, the one which evokes an excessive obsession and affection from him.

Indeed, Woolf represents this fetishistic obsession with hats as an everyday practice of the British middle class in many places in *Mrs. Dalloway*. Clarissa, the female protagonist of the novel, for example, encounters her childhood friend, Hugh Whitbread, in a London street. In the scene, she is described as becoming very self-conscious about Hugh's gaze at her hat and afraid of his judgment of its inappropriateness given the time of day. Her anxiety originates from a number of her past experiences that always made her feel very "oddly conscious (at the same time) of her hat . . . as he bustled on, raising his hat rather extravagantly and assuring her that she might be a girl of eighteen"(6). In fact, Fred Miller Robinson substantiates Woolf's fictional representation in his book, *The Man in the Bowler Hat: His History and Iconography*, by writing that the topper was "an obvious sign of the 'upper' classes and hence a sign of power"(22).

Woolf's writing about the hat fetishism of the British middle class opens up a possibility of revealing Septimus's hat fetishism as the multiple projection of his desire. Before going to war, Septimus was an ordinary working-class young man who had deeply internalized existing social values and ideologies. Even in the turmoil of modernization and urbanization uprooting and dissolving individuality, he survived in the metropolitan city and strived for upward social mobility through his integrity, passion, and ambition. His patriotism and idealism as a young man drove him to be one of the first volunteers "to save an England which consisted almost entirely of Shakespeare's plays and Miss Isabel Pole in a green dress"(86), his night school teacher with whom he fell in love. Despite this patently heroic and chivalric gesture, Septimus was a timid introvert dreaming to be a poet. This effeminate and docile personality, combined with his sincerity and hard-working ethics, allowed him to easily garner his superiors' favoritism, as clearly exemplified by the special care given him by Mr. Brewer, his boss in London, and the tender affection of Evans, his senior officer in the army.

These seemingly contradictory facets of Septimus's, his dualistic personality and gender and sexual orientation—passionate and shy, heroic and timid, idealistic and realistic, masculine and feminine, and homoerotic and heterosexual—may not be so confusing or troubling, if we draw upon Eve Kosofsky Sedgwick's analysis of male homosocial desire immanent in the Western patriarchal tradition. In her book, *Between Men: English Literature and Male Homosocial Desire*, Sedgwick argues that "in any male-dominated society, there is a special relationship between male homosocial (including homosexual) desire and the structures for maintaining and transmitting patriarchal power"(25). She schematizes these structures as erotic triangles in which women always exist as a channel or conduit for the relationship of identification or desire between men. She also adds that this homosocial bond may take different forms of ideological homophobia, ideological homosexuality, or a combination of both, depending on the specific historical period and society. Sedgwick continues to make a stunning point: this homosocial bond is expressed in conjunction with class and power relationships. For instance, in the homoerotic/homophobic relationship between a high-class and a lower-class man, the latter takes a position and role of a female by subjecting himself to his superior(1-27).

Viewed from this perspective, Septimus's heroic and chivalric gesture and his effeminate and obedient attitude to his superiors are not mutually conflicting. They are just varied forms of patriarchal ideology firmly embedded in his unconscious, the ideology with which he pursues conventional social values including socio-economic success, intellectual ambition, and patriotism. Within this ideological structure of patriarchy and whether he wants to or not, Septimus is driven by those material and social values to exploit women as his stepping stone to reaching his goal. Just as Miss Isabel Pole helps him with his upward social mobility through her education, so does Rezia and her hat-making serve as a bridge to connect him with Evans.

Working in the similar vein as Sedgwick, George Mosse offers compelling arguments and analyses about the self-contradictory bourgeois sexual ideology, the ideology schizophrenic enough to impose heterosexual normativity and respectability, on the one hand, and foster homosexual impulses, on the other. This ideological contradiction, Mosse stresses, abruptly erupts in critical situations like war. In his book, *Nationalism and Sexuality*, Mosse argues that "camaraderie", or "the comradeship of the trenches", is supposed to be exempted from homoerotic implications or suspicions because of society's emphasis on the spiritual bond between men for "the national cause." Nonetheless, according to Mosse, the masculine world surrounding trenches is frequently portrayed as an erotic landscape in which soldiers often bathe together in the river or under the sun with their naked bodies(119).

Based on Mosse's inquiry, we find that Septimus's grief over Evans's death and despair at "the end of a friendship" emerges as a complete irony. If the war, the arena of hyper-masculinity, aestheticizes the masculine body and world as both "erotic and pastoral", as Mosse writes (119), Woolf's satire reminds us that this romanticized and aestheticized world literally signifies "the end of *friendship*."

In many ways, Septimus is an allegorical emblem of the self-contradictory British middle-class sexual ideology, not just its victim. Slavoj Žižek once argued that "The function of ideology is not to offer us a point of escape from our reality but to offer us the social reality itself as an escape from some traumatic, real kernel"(45). When Septimus was saturated by and immersed within the ideological fantasy, he was sane and normal. His neurosis breaks out when he is confronted with the "traumatic kernel" of the empire and the war. At this critical moment, the self-contradictory and schizophrenic middle class ideology reveals itself through the fissures and cracks created by slackened ideological repression and censorship. Septimus's suicide demonstrates that his fetishistic fantasy, no longer serving him as a security device, ends up a failure. By employing Septimus as the allegorical emblem of the British middle class ideology and its pathological symptoms, Woolf ironizes and satirizes the fundamentally insane socio-political structure of the British Empire and its symbolic systems in her novel, *Mrs. Dalloway*.

Works Cited

Apter, Emily and William Pietz, eds. *Fetishism as Cultural Discourse*. Ithaca and London: Cornell UP, 1993.

Bazin, Nancy Topping, and Jane Hamovit Lauter. "Woolf's Keen Sensitivity to War: Its Roots and Its Impact on Her Novels." Hussey.

Briggs, Marlene. "Veterans and Civilians: The Mediation of Traumatic Knowledge in *Mrs.Dalloway*." McVicker and Davis.

Brown, Bill. "The Secret Life of Things (Virginia Woolf and the Matter of Modernism)." *Modernism/Modernity*. 6.2(1999).

Bürger, Peter. *Theory of the Avant-Garde*. Trans. Michael Shaw. Minneapolis: U of Minnesota P, 1984.

Cheng, Vincent J. *Joyce, Race, and Empire*. Cambridge: Cambridge UP, 1995.

Davis, Whitney. "Homovision: A Reading of Freud's 'Fetishism.'" Gender 15 (1992).

Duffy, Enda. *Subaltern Ulysses*. Minneapolis: U of Minnesota P, 1994.

Fairhall, James. *James Joyce and the Question of History*. Cambridge: Cambridge UP, 1993.

Freud, Sigmund. "Fetishism." *The Standard Edition of the Complete Psychological Works of Sigmund Freud*. XXI. Ed. and Trans. James Stratchey. London: Hogarth P, 1962.

_____. "Introduction to Psycho-Analysis and the War Neuroses." *SE* XVII.

_____. "Mourning and Melancholia." *SE* XIV.

Froula, Christine. *Virginia Woolf and the Bloomsbury Avant-Garde*. New York:

Columbia UP, 2005.

Garvey, Johanna X K. "'A Voice Bubbling Up': *Mrs. Dalloway* in Dialogue with *Ulysses*." Neverow-Turk and Hussey.

Henke, Suzette A. "Modernism and Trauma." Linett.

Hussey, Mark, ed. *Virginia Woof and War*. New York: Syracuse UP, 1991.

Jameson, Fredric. "Third-World Literature in the Era of Multinational Capitalism." *Social Text* 15(1986).

Lee, Hermione. *Virginia Woolf*. London: Chatto and Windus P, 1996.

Lee, Jong-Im. "Aesthetics of Deterritorialization: The Nomadic Subject and National Allegory in James Joyce, Salman Rushdie, and Theresa Hak Kyung Cha." Diss. U of Wisconsin-Madison, 2011.

Linett, Maren Tova, ed. *The Cambridge Companion to Modernist Women Writers*. New York: Cambridge UP, 2010.

Manganiello, Dominic. *Joyce's Politics*. London and Boston: Routledge & Kegan Paul, 1980.

McNeillie, Andrew, ed. *The Essays of Virginia Woolf*. Vol I(1904~1912). Sandiego, New York, and London: Harcourt Brace Jovanovich P, 1986.

McVicker, Jeanette, and Laura Davis, eds. *Virginia Woolf and Communities*. New York: Pace UP, 1999.

Mehlman, Jeffrey. "Remy de Gourmont with Freud: Fetishism and Patriotism." Apter and Pietz.

Mosse, George L. *Nationalism and Sexuality*: *Respectability and Abnormal Sexuality in Modern Europe*. New York: Howard Fertig, 1985.

Neverow-Turk, Vara, and Mark Hussey, eds. *Virginia Woolf*: *Themes and Variations*. New York: Pace UP, 1993.

Nye, Robert A. "The Medical Origins of Sexual Fetishism" Apter and Pietz.

Pawlowski, Merry M. *Virginia Woolf and Fascism*: *Resisting the Dictators'*

Seduction. New York: Palgrave, 2001.

Phillips, Kathy J. *Virginia Woolf against Empire*. Knoxville: U of Tennessee P, 1994.

Pietz, William. "The Problem of the Fetish, I." Res 9(1985).

Poggioli, Renato. *The Theory of the Avant-Garde*. Trans. Gerald Fitzgerald. Cambridge, Mass.: Harvard UP, 1968.

Poole, Roger. "'We All Put up with You Virginia': Irreceivable Wisdom about War." Hussey.

Robinson, Fred Miller. *The Man in the Bowler Hat: His History and Iconography*. Chapel Hill: U of North Carolina P, 1993.

Schaefer, Josephine O'Brien. "The Great War and 'This Late Age of World's Experience' in Cather and Woolf." Hussey.

Sedgwick, Eve Kosofsky. *Between Men: English Literature and Male Homosocial Desire*. New York: Columbia UP, 1992.

Seidel, Michael. "The Pathology of the Everyday: Uses of Madness in *Mrs. Dalloway and Ulysses*." Neverow-Turk and Hussey.

Usui, Masami. "The Female Victims of the War in *Mrs. Dalloway*." Hussey.

Wolfe, Jesse. *Bloomsburry, Modernism, and the Reinvention of Intimacy*. New York: Cambridge UP, 2011.

Wollaeger, Mark A, Victor Luftig, and Robert Spoo, eds. *Joyce and the Subject of History*. Ann Arbor, MI: U of Michigan P, 1996.

Woolf, Virginia. *Mrs. Dalloway*. Sandiego and New York: Harcourt Brace, 1981.

Yu, Timothy. *Race and the Avant-Garde*. Stanford, CA: Stanford UP, 2009.

Žižek, Slavoj. *The Sublime Object of Ideology*. London and New York: Verso, 1998.

저자소개

최재민(Choi, Jaemin)

1994년 고려대학교에서 학사 졸업을 하였으며 1997년 같은 대학에서 나다니엘 호손(Nathaniel Hawthorne)의『주홍글씨』에 대한 석사학위논문을 썼다. 이후 미국으로 유학 2010년 Texas A&M 대학에서 밀턴과 르네상스 문학과 관련한 논문으로 박사학위를 받았다. 존 밀턴(John Milton), 윌리엄 셰익스피어(William Shakespeare), 에밀리어 랜여(Aemilia Lanyer) 등 르네상스 작가들에 대한 논문들을 발표해 왔으며 현재는 목포대학교 영어교육학과에서 조교수로 재직 중이다.

김천봉(Kim, Chun-bong)

『셸리 시의 생태학적 전망』이라는 논문으로 고려대학교대학원에서 영문학박사학위를 받았고, 현재 숭실대학교에 출강하고 있으며 프리랜서번역가로서 주로 영미시를 우리말로 번역하여 국내 독자들에게 소개하고 있다. 그동안 번역시집으로『겨울이 오면 봄이 저 멀리 있을까?』,『서정민요, 그리고 몇 편의 다른 시』,『근대영시100선』,『19세기영국명시: 낭만주의시대』1~3권,『19세기영국명시: 빅토리아여왕시대』1~3권,『19세기미국명시』1~7권,『이미지스트』와『이미지스트 시인들』등을 출간하였다.

박우식(Park, Woo-sik)

고려대학교 석사 및 박사과정을 수료하고, 가천대 시간강사, 육군 3사관학교 전임강사를 거쳐 현재 한국교원단체총연합회 재직 중이다. 주요 논문으로는 "Grotesque: Representation of Absolute Truth in *Winesburg, Ohio* and *Yellow*", 「데릭 월콧의 시에 나타난 민족적 정체성의 문제」, 「코울리지의 대화시 연구」 등이 있다.

전범수(Jon, Bumsoo)

고려대학교 영문학과 및 동대학원을 졸업하고 2012년 미국 Texas A&M 대학교에서 영문학 박사학위를 받았다(19세기 영국 낭만주의 전공). 현재 고려대학교 영문학과 강사로 재직중이며, 19세기 영국시, 텍스트 연구(textual studies), 문학과 시각 문화 등에 관한 여러 편의 논문을 발표했다.

여홍상(Yeo, Hong-sang)

서울대학교 영문학과 학사 및 동 대학원 석사. 미국 위스컨신대학교 영문학 박사. 공군사관학교 영어교관 및 한신대학교 영문학과 교수 역임. 19세기영어권문학회장 역임. 현재 고려대학교 영문학과 교수. 저서『근대영문학의 흐름』, 역서『변증법적 문학이론의 전개』, 편역『바흐친과 문화이론』외 다수의 저서, 역서, 논문들이 있음.

이혜지(Lee, Hye ji)

수원과학대학교 관광영어과 부교수로 재직하고 있다. 이화여대 영어영문학과 학사 및 석사학위를 취득하고 고려대학교에서『Keats시에 나타난 여성상 연구』로 박사학위를 취득했다. 주요 저술로는『Caryl Churchill의 여성극 연구』,『제인 오스틴 소설에 나타난 제국주의적 요소들』,『흑인 페미니즘을 통해 본 민족주의와 제3세계 페미니즘의 상관관계』, *Basics in ESL I, II.*, *Topics in ESL I, II*이 있다.

이만식(Lee, Man-sik)

가천대학교 영문과 교수로 일하고 있다. 그는 『T. S. 엘리엇과 쟈크 데리다』, 『해체론의 문학과 정치』, 『영문학과 해체비평』과 『영문학과 상호텍스트성』 등 4권의 영문학저서를 냈으며, 『시론』, 『하느님의 야구장 입장권』, 『나는 정말 아주 다르다』와 『아내의 문학』 등 4권의 시집을 낸 시인이다. 그리고 『해체론의 시대』라는 한국문학평론집을 낸 바 있다. 또한 잭 케루악의 『길 위에서』, 스콧 피츠제럴드의 『위대한 개츠비』, 조너던 컬러의 『해체비평』을 비롯하여 다양한 번역작업을 하였으며 하고 있다.

전세재(Chun, Seh-jae)

고려대 영문과를 졸업하고 뉴욕주립대학교(Buffalo)에서 낭만주의 시를 생태학적 관점에서 연구한 논문 『At the Borders of Humanity』로 영문학 박사학위를 받았다. 현재 숙명여자대학교 영문학부 교수로 낭만주의 영시, 영어권문학과 환경 과목 등을 가르치고 있다. 주요 논문으로는 "Ted Hughes's Animals Reconsidered", "Ecology, Nature and Sublime" 등이 있으며, 옮긴 책으로 『고대 로마에서 전차경주를』, 『네이키드 런치』, 『동물로 산다는 것』이 있다.

이정화(Lee, Jung-hwa)

경북대학교 영어영문학과를 졸업한 후, 고려대학교에서 영문학 석사학위를 취득하였다. University of Florida에서 영문학 박사학위를 받고 현재 조선대학교 영어교육과 조교수로 재직 중이다. 대표논문으로 「1950년대 런던의 흑인 도시 산책자: 샘 셀본의 『외로운 런던인들』」, 「에드워드 시대 사무직 계층과 문화적 구별짓기: 포스터의 『하워즈 엔드』」, "Fashioning Irish Masculinity: Dandyism and Athleticism in *Ulysses*" 등이 있다.

이석광(Lee, Seog-kwang)

현재 고려대학교에 출강하고 있다. 고려대학교 영문학과 학사 취득 후 동대학원 석사과정에서 수학하였다. 영국으로 유학, 워릭대학교에서 영문학 석사 학위를 취득하고 서섹스 대학교 영문학 박사 취득, 옥스포드 대학교 PGCE 취득하였다. 주요 저서로는 "Hegelian Power Relations in *Passing* and *Autobiography of Ex-Coloured Man*" 과 "Ethical Chiasms: Iris Murdoch and Emmanuel Levinas in *A Severed Head:* 'possession' and the metaphysical implication" 외에 "Modern Self, Uncanny and a Mediating Scheme in Mary Shelley's *Frankenstein*" 등이 있다.

이종임(Lee, Jong-im)

고려대학교 영어영문학과 학사, 석사 및 미국 위스콘신 대학교 영문학과 석사, 박사 학위(2011)를 받았다. 위스콘신 대학교와 네브라스카 대학교에서 19세기와 20세기 영미문학의 여러 주제를 강의했으며, 미국 국제학회에서 20세기 서구 모더니스트 작가들과 제3세계 작가들에 대한 여러 편의 논문을 발표했다. 『한국 근현대사 사전』의 현대편을 저술했고, 『세계의 문화』, 『헨리 데이비드 소로의 삶과 글』, 『테러리스트와 사회민주주의자』 등, 많은 단독 혹은 공동번역서를 가지고 있다. 지금은 학위 논문을 책으로 전환하는 작업을 진행하고 있다.

L.I.E. **영문학총서 발간위원회**

위원장: 이만식(가천대)

19세기영어권문학회 발간 위원: 여홍상(고려대), 장정희(광운대), 유명숙(서울대),
　　　　　　　　　　　　　윤효녕(단국대), 김현숙(수원대), 정규환(한양대),
　　　　　　　　　　　　　전세재(숙명여대), 이선주(송호대), 조병은(성공회대),
　　　　　　　　　　　　　이소희(한양여대), 엄용희(명지대)

영문학과 역사적 상상력

인쇄일 초판1쇄 2013년 5월 14일
발행일 초판1쇄 2013년 5월 15일
지은이 여홍상 편
발행인 정구형 / **발행처** L.I.E.
등록일 2006. 11. 02 제17-353호

서울시 강동구 성내동 447-11 현영빌딩 2층
Tel : 442-4623,4,6 / Fax : 442-4625
homepage : www.kookhak.co.kr
e-mail : kookhak2001@hanmail.net
ISBN 978-89-93047-51-6 *94800 / 가 격 26,000원

L. I. E. (Literature in English)